别雷的文学观及其现代神话小说
《彼得堡》研究

吴 倩 著

中国海洋大学出版社

·青岛·

图书在版编目(CIP)数据

别雷的文学观及其现代神话小说《彼得堡》研究 /
吴倩著. —青岛：中国海洋大学出版社，2024.5
ISBN 978-7-5670-3846-2

Ⅰ.①别⋯　Ⅱ.①吴⋯　Ⅲ.①别雷－小说研究　Ⅳ.
①I512.074

中国国家版本馆 CIP 数据核字(2024)第 091675 号

出版发行	中国海洋大学出版社			
社　　址	青岛市香港东路 23 号		**邮政编码**	266071
出 版 人	刘文菁			
网　　址	http://pub.ouc.edu.cn			
电子信箱	2586345806@qq.com			
订购电话	0532-82032573(传真)			
责任编辑	矫恒鹏		**电　　话**	0532-85902349
印　　制	日照日报印务中心			
版　　次	2024 年 5 月第 1 版			
印　　次	2024 年 5 月第 1 次印刷			
成品尺寸	170 mm×240 mm			
印　　张	16.50			
字　　数	287 千			
印　　数	1～1000			
定　　价	68.00 元			

发现印装质量问题,请致电 18663037500,由印刷厂负责调换。

目　录

上篇　理论研究

上篇

理 论 研 究

20 世纪 90 年代以来，随着国内外对俄罗斯白银时代文学研究的兴起，对别雷学说的研究也渐成规模，但也存在诸如别雷文学观概念阐释不清、文本理解困难等问题，暴露出欠缺深层次的理论认识，因此，需要深入研究别雷的文本，并通过哲学、音乐、数学等与文学有关的交叉学科呈现别雷的文学观。首先需要厘清别雷文学观研究的现状。

一、国内研究现状

与别雷相关的研究，国内少于国外，具体情况如下：

(一)翻译别雷作品时附带阐释其文学观

20 世纪 90 年代之前对别雷的研究多见于零星的评论和文学史中，没有形成研究体系。国内真正对别雷的研究，始于别雷小说《彼得堡》(1992,钱善行)和《银鸽》(1998,刘文飞)的翻译，别雷的一些文学观点被初步介绍到国内，两位学者的阐述也奠定了其后我国别雷文学观研究的基调，即以文本研究为主。基于中国知网(CNKI)的统计数据如下：在 1990.01—2023.03 期间，有关别雷学术研究的文章共计 54 篇，其中以《彼得堡》为研究对象的 24 篇、《银鸽》4 篇、诗歌 6 篇、其他研究 13 篇、硕博论文 7 篇。学者们探讨了别雷的象征、节奏、音乐和思想观等。尤为突出的是周启超(1991)、林精华(1994)、祖国颂(2002)和管海莹(2006)等学者的研究。

(二)对别雷文学观进行专门研究,但不全面

虽然国内别雷文学观的研究成果并不丰富，但也出现了一些研究别雷文学观的专家和研究者的论著。其中，学者管海莹分别在著作《建造心灵的方舟——论别雷的〈彼得堡〉》(2011)、《别雷小说研究》(2021)和多篇文章(2006,2012,2016,2022)中探讨象征、节奏和视觉等关键性问题，杜文娟在《诠释象征：别雷象征艺术论》(2006)一书中研究了别雷象征主义艺术观的理论机制与小说诗学特征，探究二者之间的内在联系，并做出整体性描述。另外，王彦秋的《音乐精神》(2010)部分章节介绍了别雷的音乐理念，王彦秋指出别雷诗歌具有音乐精神的特点。

可见，国内对别雷的研究已经从翻译介绍，发展到文本研究，越来越重视别雷的理论维度。以上的成果对本课题研究有很多值得借鉴的地方，尤其学者管

海莹、杜文娟和王彦秋的研究成果也为研究提供了新的思路。但总体上国内对别雷文学观的研究尚未形成体系,研究的重点仍旧是别雷小说和诗歌的写作特点和写作技巧,尚缺对别雷文学理论广度和深度的研究。

二、俄罗斯研究现状

(一)别雷文学观的初始研究:散见于同时代人的评论(1902—1933 年)

从 1902 年到 1934 年别雷去世期间,巴丘什科夫(Ф. Батюшков,1904)、勃留索夫(В. Брюсов,1904,1905,1909)、别尔嘉耶夫(Н. Бердяев,1916,1923)、格尔申宗(М. Гершензон,1916)、库兹明(М. Кузмн,1921)、托什马耶夫斯基(Б. Тошмаевский,1920,1929)、罗扎诺夫(И. Розанов,1928)、帕斯捷尔纳克(Б. Пастернак,1931)、季莫菲耶夫(Л. Тимофеев,1933)等学者纷纷发表文章,对别雷发表的诗歌、小说,从写作手法到作品涉及的概念进行全面的解读,其中诗歌节奏、诗歌音乐性、小说宇宙性等形成了关于别雷文学观点的基本论调。其中尤为突出的是别尔嘉耶夫的《星际小说》[*Астральный роман*(1916)],文中明确指出《彼得堡》是一部星际小说,它为本课题别雷文学观的宇宙论奠定了基础。

(二)别雷文学观的多方位研究:出现大批俄罗斯学者的专门研究成果(1934—1999 年)

1934 年别雷逝世后到 1964 年这段时间,都是对别雷作品的零星研究,例如马丘林斯基(К. Мочульский)的《安德烈·别雷》(1955)。从 1965 开始,进入一个新的阶段。每年都会发表大量研究别雷的论著,涌现出大批别雷学说研究者,以拉夫罗夫(А. Лавров)、斯毕瓦克(М. Спивак)、多尔戈波洛夫(Л. Долгополов)、列弗涅夫斯基(С. Левневский)等学者为代表。多尔戈波洛夫专注于分析小说《彼得堡》的思想内涵和写作方法。他关于别雷小说是建立在日常生活和永恒之间,而非陀思妥耶夫斯基的善恶之间的思想,为别雷小说文学思想奠定了基调。由列弗涅夫斯基、拉夫罗夫、斯毕瓦克等人编写的《安德烈·别雷:创作问题——文章、回忆与出版物》[*Андрей Белый:Проблемы творчества:Статьи,воспоминания,публикации*(1988)]与《社会问题:安德烈·别雷——生活、世界观与诗学》[*Социальный выпуск:Андрей Белый. Жизнь,миропонимание,поэтика*(1995)]等都成为研究别雷文学观点必不可少的参考资料,这些著作以客观事实为依据,呈现出别雷作品内在的发展机制。

(三)别雷文学观的研究正规化:形成以别雷纪念馆为中心的研究基地(2000年至今)

进入2000年以后,一方面,拉夫罗夫、斯毕瓦克等学者继续研究别雷,分别在2004年、2007年、2012年、2015年和2022年出版研究别雷的文集,尤为突出的有文集《安德烈·别雷:支持与反对。安德烈·别雷在同时代人的评价与解释中的个性与创造》[*Андрей Белый : pro et contra. Личность и творчество Андрея Белого в оценках и толкованиях современников. Антология* (2004)]。该书汇集了同时代人对别雷已有的作品和思想发表的各种观点,还包括一些鲜为人知、从未出版过的别雷撰写的文章、散文和评论等。另外,斯毕瓦克于2022年出版了《处于神话与命运之间的安德烈·别雷》(*Андрей Белый между мифом и судьбой*),本书研究别雷的神话观与别雷自传之间的关系,将别雷的作品融入文学和社会政治背景之中,详细分析了20世纪初莫斯科象征主义者的主要神话元素和语言特征。

另一方面,随着2000年规模较大的"世界变革中的别雷学术大会"的召开,逐渐形成以阿尔巴特街别雷故居纪念馆为中心的学术殿堂。以斯皮瓦克为首的中心工作人员承担了别雷书籍、信件、随笔、回忆录等的收集、整理和出版工作。并且为了纪念别雷诞辰,每隔五年筹办一次学术会议,探讨别雷的作品、思想、写作特点等,涉及别雷在文化、哲学、美学、诗学、艺术等方面的造诣,会后出版相应论文集。

综上所述,国外研究呈现两个发展趋势:其一,别雷文学观的研究时间长久,研究成果丰富,对别雷的节奏观、生活创造、神话创造、宇宙主义、自我意识等问题进行了分析和阐释,这为本课题的展开奠定了基础,为进一步研究提供了材料、思路和方法。但是他们的研究往往直接摆明论点,而脱离别雷创作的思想过程,有限地探讨别雷的文学观,造成了对别雷作品理解上的困难。

其二,即便有别雷文学观的研究,但是没有从语境这个角度进行探讨,还没有专著出现,正是在此意义上,给进一步研究提供了专题性深入的空间。这里需要指出的一点是,在每次纪念别雷诞辰的学术大会上,除了传统的欧美国家学者,日本和韩国亚洲学者也纷纷加入,但是没有中国学者参加。由此可见,需要加快融入世界别雷学说团体的步伐,建构中国别雷学说研究体系。

深入分析别雷的文学评论专著,挖掘其中的思想内涵,阐述其中的文学观内容。理论研究包括四个部分:

1. 语言观

确定别雷语言哲学观点。在文中提炼出三个观点，即语言的视觉性、语言的声音和语言的修辞性，后两者分别通过别雷的论著《声音诗学》和装饰性散文（诗性散文）呈现出来。

2. 节奏观

首先厘清别雷的节奏含义。别雷对节奏的独特理解，在于研究轻重音节偏离的现象，与常规的音步（格律）相区别。因而，他的研究着眼点就是偏离常规的音步，这被别雷称为真正的节奏。此观点体现在《节奏辩证法与〈青铜骑士〉》（1927）中。其次，分析别雷的节奏姿态。节奏姿态主要体现动态性，在文本中常以曲线来表达。

3. 优律思美

可以说，优律思美的观点散落于别雷的不同作品中。因此，对优律思美的归纳和阐述有一定的困难。但是优律思美的观点又常见于别雷的作品中，有必要对优律思美进行研究。主要通过优律思美的含义、根源来阐述，特别关注与现代舞的博弈境遇。

4. 自我意识观

自我意识是别雷文学观的重要组成部分，也是别雷世界观的最终指向。在小说《彼得堡》和《柯吉克·列达耶夫》中成为别雷描绘的重要对象。自我意识思想集中体现在《自我意识的进程史》（1920）中。

5. 生活/生命创造观（жизнетворчесто）

俄文词 жизнетворчесто 是由别雷提出并首次运用的，该词有两个层次的含义：其一，生命创造。此观念来自尼采的思想，人的生命得到了重新阐释。生命作为一股力量，需要不断地积累、不断地激发，才能在适当的时候，释放出多余的力量，才能去行动，去改变自己和世界。其二，生活创造。这属于艺术和生活的基本关系范畴。别雷的观点是，可以通过艺术规则改造生活，激发个人的创造力。

本书拟在前人研究的基础上，归纳总结别雷文学观的内容，反思其中存在的问题，以期促进别雷学说和白银时代文学理论的丰富和发展。另外，别雷的作品充满深刻的思想内涵，呈现象征主义的特征，通过仔细阅读别雷的作品，追寻文本的内在思想机制。

第一章　语言观

■ **内容提要：**

　　本章探讨别雷的语言观，通过三个小节确立别雷语言的视觉性、语言的声音与语言的修辞性。语言的视觉性具有语法的意义，通过词语的排列和句法特征，彰显语言的视觉性。加之，别雷强调事物的动态性，因此，诗歌在此也呈现出视觉上的姿态。语言的声音性主要通过别雷的论著《声音诗学》体现出来。声音在此与上帝的"道"具有创世的同等意义。另外，别雷将施泰纳的优律思美学说运用到词语之中，也就是将音乐舞蹈中的音律移植到作品创作中，特别关注单词的发音。语言的修辞性主要通过装饰性散文或者诗性散文体现出来，即散文在形式和结构上呈现出诗性的特点。

第一节　语言中的视觉性

　　到了二十世纪初，别雷的研究方向开始由象征理论向创造理论转变，在语言方面关注艺术话语产生的理论并进行实验性操作。别雷重点研究语句生成的层级，包括声音层、节奏层、形象层、视觉层等。视觉领域，更广泛地说是感官领域，通常被认为是一个不受语言和符号支配的自由领域，具有系统性，与语言处于并存和对比的状况下。以往的研究往往将视觉与其他学科联系起来，超出语言的范畴，然而，通过研究别雷的文学理论可以得出以下的结论：视觉性存在于语言自身之中。首先，别雷提供了搜索和分析文本视觉性的详细和具体的步骤。其次，文本视觉性的产生并非由于某个科学领域知识，而是源于作品本身的内在原则，可以这么说，别雷创立了一种语法意义上的视觉语言。读者不是从作者的描绘中勾勒出形象，而是文本自身发展的阶段和结果。这个阶段先于词汇表现之前。当然，此处别雷继承了波捷布尼亚的理论学说。波捷布尼亚谈到图像（形象）选择词和词组的作用，先于整个文本创作之前。别雷看作视觉层，包括色阶、透视和结构。这种视觉在语言中的作用与认知语言学的发展有着密切的关系。为了分析文本中的视觉性，别雷提出的第一个具体方法，被称为图像（形象）的拼凑聚焦法。实施的具体步骤如下：首先，摘抄关于某个事物的诗句；其次，去除共同的诗句以及极特殊诗句，这样，保留下不同的诗句；最后，将不同的诗句拼凑到一起。这些诗句往往为缩写句，称为图形（形象）的聚焦。虽然诗句很短，但是印象会更加深刻，并且寻找到意蕴丰富的个性化诗句。这些聚焦的图形（形象）具有神话的象征的特点，这些神话和象征在别雷的笔下又重新组合成可表达和可见的形象，呈现出沃尔夫语言世界图景观的特征。别雷试图通过视觉方式，厘清并确定作家或者作品的特点，而不是通过历史或者因果律来理解。别雷对此的解释没有运用心理分析，而是采用施泰纳训练洞察力的方法。训练洞察力的第一个阶段，即通过冥想形成千变万化的形象。需要注意的一点是，施泰纳认为，最初的冥想总是自我感知，尽管是类似于事物的图像。别雷对普希金和丘特切夫的理解，也是在他们的自我感知中，他们经受着阿里曼的考验，在别雷看来，显然普希金通过了考验，而丘特切夫害怕这个考验。冥想中必须时刻观察自身的情况，冥想出的形象或者图形是太一身体的反映，例如，在冥想中出现的黎明颜色。这个颜色反映了周围的氛围，或者说是人体生物电场的颜色。

别雷根据巴拉诺夫·勒姆（Баранов Рем）公式，用曲线来表现诗歌的可视化节奏，这些曲线构成的姿态具有了全人类的意义。需要注意的一点是，并非节奏使形象明晰化，而是其中蕴含的意义使形象明晰化。"纯粹意义的领域"可以"通过节奏烙印在我们意识的边缘"，节奏被称为"意义在词汇上的形象投影"和"诗歌脸谱的"姿态。脸谱是可以看到的，可视的，并且脸谱这个词形象地表达出词与词组所具有的视觉细节，此处可以看到，别雷在文本中多次用脸谱这个词，并非简单地运用比喻修辞手法，而是更多指向脸谱是面目表情，是变化的，有形象性、有意义的。

别雷指出，诗歌的节奏不仅通过音节的计数获得，而且通过词法和句法，例如单词的排列、句子的倒置和平行等。由此，别雷挑选了三个不同作者的三个诗句，每个诗句都由三个单词构成，分别分析每个诗句本身的姿态，别雷比起一般性地分析诗歌的形象，此处更多谈到的是文本中可见感官下诗句的形象性、结构性和姿态化。普希金的诗歌 Небосвод дальные блещет 按照词性排列顺序是,名词—形容词—动词;按照句子成分排列是,主语—定语—谓语。有小幅度的倒置现象。正常次序是 Дальный небосвод блещет,句子成分平等的关系体现出句法的规整、有序、简洁。这句诗句的姿态就是,向远方前行、直行或者飞行 дальные,清晰地分成段的倒置 небосвод дальные。另外,句末的动词说明姿态不是静态,而是一个动作;不是一条直线,而是处于运动状态的直线形成的一个扇形,或者飞奔而去的一把利剑,或者是扫射的目光。丘特切夫的诗句 пламенно твердь - глядит,诗人采取摒弃修饰名词的定语的手法,而对动词进行修饰,加强动态性,并全部使用倒装句。正常语序为 ПлАменно глядит тверь 或者 Твердь пламенно глядит。主语位于动词和动词修饰语之间,并且动词及其修饰语用破折号分开。无疑,твердь 形成姿态是,它从句子的边缘走向了中心地位,将动词和修饰词推到两侧,向前弯曲形成了交织的姿态,破折号拉长并拉紧这个交织,不是诗人仰望苍穹,而是天空俯视诗人,也同样构成了一个交织的或者反射(回望)的姿态。Барантынский 的诗句 Облачно небо родное。全句无动词,过程化程度降低,缺乏张力。替代动词,起到位于作用的是描叙性词 облачно。此处有小幅度的倒置,正常语序是 Родное небо облачно 或 Облачно родное небо。同时两个形容词围绕在一定名词两侧。由于缺少动词,形成了环形结构[根据重音的规则来看,这里形成了 о-е-о 的圆形,再比较普希金的诗句 небосвод дальные блещет,形成了 о-а-е 的样式,这明显是从后元音—中元音—前元音的变化,符合普希金诗歌的姿态,更准确地说,千篇一律没有规则的云彩形成的椭圆形。这些节奏姿势表达意义,意义形成了三位诗人的个性"脸谱"(лицо)]。

　　另外,别雷作为图形或者视觉散文的先驱,将在诗歌创作中使用的"梯子"结构运用到散文中,此方法能够更准确地划定话语应该停顿的地方以及从属于哪句诗行。在散文中与诗歌图形相结合的技巧,导致散文结构具有了诗歌所侧重的纵向联系。从以往说明性的比喻诗歌转向了视觉诗歌,在个别情况下,诗歌的可视化有助于故事情节的发展,但是在大多数情况下起到了对文本词语进行空间布局的作用。

第二节　语言中的声音——声音诗学

　　别雷的《声音的诗歌》是关于神话诗学的建构问题,从语音学角度表达宇宙一切统一的观点。别雷认为宇宙学的象征蕴含在词语本性中,他还持有末世论和世界革新的观点。他试图厘清上帝创世所使用的形而上学的逻各斯和作为精神位格的上帝呼吸。世界最初的声音应该包含上帝呼吸的回音。对于信徒来讲,声音拥有了生命的意义和力量。耳朵听到的声音在人的意识中还包含着最初的意义,虽然模糊不清,但是意义还存留在词根和共振中,在呼吸的作用下还可以产生。因此,作家形象地将人的嘴比喻为最大的宇宙。作家追随施泰纳的脚步,提出形象化的宇宙学。在别雷的文本中,声音最初被比喻为初始,这个词等同于逻各斯。作为最初的物质,具有了神话时空体的意义。作家通过存留的意义,体现在声音中揭示词语的宇宙秘密。声音也能破解缔造者(艺术家)的隐藏的含义,直观地面向世界的本源。语音上的词源转变为希伯来神秘哲学的灵魂上的词源,通过词和新的感受重新揭示宇宙的发现。宇宙学被理解为进化。上帝的《将要》类似天体物理学的大爆炸。与天体演变的物理力学不同,还包括精灵的参与,也就是类似天使们。因此,参与创世的不仅有上帝,还有神灵们。根据索洛维约夫的宇宙学说①,创造者在奠定宇宙的基石后,赋予大地独立的生产能力,他提到,星球上的有生命集体并不直接由创始者缔造,而是由大地创造的。地球作为特别的宇宙的原生力。但是他也强调了缔造者的主导地位。大地就成了世界智慧创造的同义词。世界灵魂不确定的分裂性决定了创造演变的复杂性和戏剧性。这个矛盾的过程与索菲亚的统一性相对立,而在世界的末日世界又重返统一。施泰纳提出了独特的对世界创造的解释,提出现代星球演变的阿各个阶段,爱的宇宙的创造就成了宇宙演变的结果。在这个过程中上帝神的个性占据中心的地位。别雷被施泰纳的理论和他自己的《意义的符号》(1910 年)的思想的雷同感到惊讶。别雷将施泰纳理解为新宗教意识,即末世论意识的表达者。通过语言的洞察,古代被认为是魔鬼的精灵们精神上发生了改变。例如古埃及直观将亚洲列入了神话诗学中。亚洲在别雷的认知中是自我认知的象征,即 азъ(斯拉夫语的代词,我的意思和 я 的意思),诗人建构了共振和意义的一系列顺次链条:在希伯来秘密哲学中,称呼我们肉眼无法看见的光的天空为亚洲,朝拜者可以见到,一般在黎明时分,它是上帝之城,它不能存在于尘世中,由 рай-всё-азия 到 рай-пан(泛指,一切)-азия 到 фатанзия,另外通过幻想(因为幻想的俄语是 фатанзия),但是幻想可以存在于尘世中,在火光的云彩之后。(26 页)圣经中的词语不仅包含着上帝的允诺,还有关于逻各斯神秘超时间的存在,上帝和它的王国不是在审判之后存在,而是现在就存在,在个人的

---

① 详见《俄罗斯与世界教堂》第六章《俄罗斯与宇宙天堂》(Россия и вселенная церковь)

日常生活中。也就像索洛维约夫所说的,上帝与我们同在。别雷一直保留着民族之根。施泰纳将逻各斯赋予了太阳的象征意义。在太阳系中逻各斯位于中心。索洛维约夫对人、对美的感受来源于物质是否含有精神之光。在人的道德层面上,内心的光就是圣灵。通过揭示索菲亚的象征意义,表达了末世情怀。宇宙之物获得了民族的特点,即上帝之城的建设。对未来俄罗斯的希冀。通过不同寻常的新神话相近的原则达到了精神上的一切统一。作家极力赞赏的古希腊神话,加上末日来临的象征,预言被上帝的逻各斯改造的新世界即将到来。词语的创造是诗人最大的精神动力。宇宙和人的统一是通过声音,在言语中实现。通过词语的生命构成了统一的人文宇宙。他对象征的追求是在现实生活中表现神的象征。他走的是生活创造之路。

　　总之,文化的多样性和节奏的性质问题体现在作家的文学实践写作中。通过话语实现的大小宇宙的结合,反映在他的作品《声音的诗歌》一文中,语音因为神话化而具有了意义,声音发音过程也同样具有了意义。作家的目的不是激发语音内部意义,而是发出这个声音,传导这个声音的创造能源,即声音自己创造的发声学,他在《声音的诗歌》前言中特别强调了这本书不是科学理论书,而是诗歌、幻想,激发作者的主观的即兴之作。他对声音的关注是因为他认为在声音中蕴含着词语的隐含意义。他将声音神话化,将声音视作古老的意义的手势:声音中没有明确的概念意义,但是意义的意图我们却十分明确,就像即便我们没有听见发言者说的话,但是我们却能根据他的手势明确他的发言意图(例如高兴、愤怒等)。他试图恢复声音的面貌,最初的自我意识。他依据施泰纳的韵律舞蹈理论和实践,通过手势和身体姿势还有声音传达圣经神秘的意义。人(小宇宙)等同于大宇宙。世界的创造就是词语的创造。个人的话语的发生动作是一遍一遍重复世界创世的动作。人的口腔小宇宙使大宇宙(人的头脑,理智)的意义发出声音。类比是神话化最重要的一个手法。别雷对声音的理解中,声音带有了线条、颜色和手势的意义。作家的思想是唤醒自我、人的精神的完善。表达个人意识的言语成为主要的手段,言语和其他人联系到一起。作家深入到词语声音层面上可感的、直观的、综合的神话的意义。脱离词语僵化的词语的概念意义,盘活词语的形成和进化意义。展示的文本内容发生很大的改变,脱离文本的题材,转向内心的旅游。从前世转向现今的肉体,又从肉体转向后世。

　　总之,在作家的审美思想中,语言问题,特别是声音问题,占有重要地位。

他认为声音是艺术灵感的主要形成源泉,也是唤醒感官和心理情感的手段。别雷尝试在文学中进行言语实验,因为他认为声音是人类原初内在元素的反映,并且是具有寓言特征,反映主体思想的语义承载者。别雷善于运用新词和重新排列词序,这些在别雷有关声音象征的理论中都有所论述。别雷的文学思想形成,显然离不开波捷布尼亚关于语言起源和发展的理论影响。别雷认为,经验属于人的精神世界,认知的经验不属于认知,它是创造力,而"创造力的第一个行动就是对事物的命名"。别雷在此继承了波捷布尼亚(А. А. Потебня)对词的解释。波捷布尼亚认为,知识的内容和组织结构全部来自感官经验。理解也从感觉开始,从认知行为的统一开始,首先出现的是感觉图像,之后出现概念,词包括在概念之中。因此,图像决定了词的意义,词建立了意义的必然性,即概念。词是结合经验和文化传统神话创造的过程。在创造中,图像隐喻意义被隐藏,图像成为现实本身。尽管别雷并不赞同波捷布尼亚所依赖的经验心理学,但他认同波捷布尼亚对下面的叙述,即词的多种语义类型的统一性,隐喻、神话和诗歌由此诞生。他们都在意识中认识到最初的、概念形成前的时刻,这个时刻被波捷布尼亚被认定为"偶然",而在别雷看来,被称为"自由"。并且,波捷布尼亚理论①建构在文化传统上,而别雷却认定词是由节奏产生的,即由词的字母排列产生的风格上的不同。

第三节　装饰性散文

装饰性散文出现在 16 世纪英国,被称为绮丽体。装饰性散文善于运用修辞格、语音、词法和句法等语言的多种形式和手段,尤其重视作品的节奏、诗意和色彩。装饰性散文的一个重要方面就是散文的节奏,基于这一点,装饰性散文指涉散文的诗性。对散文体进行诗意改造,并非简单化地将非韵律词语换成用韵词语,而是通过增加元音音节延长词语,减慢速度;或者相反,通过使用短音节词汇缩短句子,形成韵律和非韵律文本双重出现的场景,可以达到细读文

---

① 波捷布尼亚的语言观点包括:1. 思想在语言的基础上产生;2. 单词的内部形式和它的词源意义不可分割;3. 单词是从直观感性形象到抽象概念;4. 神话、俗语、文学都是语言产生的,构成符号象征体系,甚至神话和宗教的创作根源在于象征中。因此,在神话、宗教和象征之间存在着内在的联系。象征主义的口号一直是创作高于认知,而在阅读了波捷布尼亚作品后,观点发生了改变。

本、反复阅读的效果。同时散文的声音重组变得同样重要,表现为其中出现的押韵,并根据诗句模式对文本进行总体同源化,于是,出现许多同根词。为了进一步迷糊化散文体,对诗节进行调整。"他们将文本按顺序划分为有编号的'诗节',每一节都不长,与所有其他诗句(包括直接相邻的诗节)的大小相当,并且通常等于一个扩展的句子。这种以圣经结构模型为原型的诗节,通常被称为版本化的诗节"。① 散文的诗化造成以下几个特点:一般诗行不长,诗行之间形成对比,追求特别的句法。

装饰性散文,打破以往的诗歌和散文的藩篱,形成诗性散文。在创作作品时,辞格、语言空间、节奏韵律等因素的选择决定权在作者手里。摒弃以往作者全能全知的视角、霸权话语,不再对现实画面进行客观的再现,不再诉求因果关系,而是基于经验积累起来的主观观点感受时空混乱的世界。通过有意识地破坏文本音节、词法和句法的规整形式,通过辞格化的文本,字体的变化,穿插报纸摘要、会议纪要和历史文件等造成语义上的碎片化和不连续性,产生许多新的话语。装饰性散文是新的艺术词,是"故事"和"装饰"两种风格主导因素相互作用的结果。在装饰性散文中,我们不是在谈论故事本身,而是关于叙事的"故事色彩",故事和装饰并不是简单的并存关系,而是创造一种新的品质,发现遮蔽的艺术文本潜能,故事和装饰构成的"双重世界"带有作者个性化色彩。装饰性散文中所创造的"新词"被证明是极其富有成效的,在不同的时代发挥作用。装饰性散文还体现出一种特殊的思维方式,沃尔夫·斯密特(В. Шмит)称其为神话思维。神话思维指出词语和事物之间的关系,不是事物的象征,而是类似唯实论,名称和所指的事物之间有必然的联系,呈现出象似性的理论性。象似性体现在情节的发展和散文中的隐喻上。装饰性散文的另一个特点是故事情节和事件被淡化。根据洛特曼(Ю. М. Лотман)的观点,无情节、神话化和装饰性的文本并不阐明发生变化世界的新鲜事情,而是表现封闭宇宙的周期性重复,封闭宇宙的秩序建立起来,并且逐步稳定下来。装饰散文的主题符合世界神话图景的周期性,虽然主题重复削弱了故事情节,但是保证了文本的整体性。小说中基本单位不是人物,而是情节。情节的发展不是遵循因果关系,而是依靠想象得以推进。情节上呈现出神话的特质、神话的模式和结构,反映神话中现实与永恒、光明与黑暗的关系以及创世的基本主题。从而,神话成为揭示现

---

① 〔俄〕Орлинцкий. Ю. Б. Стих и проза в культуре серебряного века. Москва, изд.《Издательский Дом ЯСК》, 2018, с. 113-114.

实的关键所在。文本还融合了幻想和现实的因素,这些因素往往通过主人公的个人感受呈现出来,文本中呈现出贯穿文本始终,往往和文本书名重合的象征形象。

别雷并没有明确提出装饰性散文的概念,但是别雷却被认定为装饰性散文的代表者。这和他的文学主张以及观点是密不可分的。例如,别雷提出了文本组织层次的方法,包括音步、诗行、诗节结合到一起构成的节奏,以及话语结构形式,其中包括缩进、双重并列、排比、对比等,还有话语的描绘形式,其中包括比喻、夸张、标点符号等。别雷还将诗的文本比作音乐器材,"像琴弦一样'拉伸'的乐器","颤抖"着发出共鸣和头韵的声音。《艺术词典》将装饰风格定义为"郁郁葱葱,艺术气息浓厚"。散文中的装饰是没有意义的点缀、造作和华丽,别雷对此持反对意见,他认为,恰恰相反,诗性散文是优良之作,是"诗界最难的领域,充满了取之不尽、用之不竭的资源"①。

别雷的作品还体现出装饰性散文具有的可视性。别雷将诗歌创作中使用的"梯子"结构移植到散文中,此方法能够更准确地划定话语应该停顿的地方,以及从属于哪句诗行。在散文中使用与诗歌相同的技巧,这导致散文结构具有了诗歌所侧重的纵向联系。从以往说明性的比喻诗歌转向了视觉诗歌,在个别情况下,诗歌的可视化有助于故事情节的发展,但是在大多数情况下起到了对文本词语进行空间布局的作用。按照诗歌的样式对散文进行韵律和声音的改造,将惯用的诗歌元素移植并扩散到散文中,这种改造打破了散文线性陈述的方式。当然,此处也不能忽视别雷对装饰性散文这种诗歌和散文之间特定形式的诉求,这种形式在散文体裁系统中充当类似抒情诗的一种结构形式,作为短篇散文或者散文诗。别雷主要通过对散文结构进行改造,使散文具有韵律化、同源化(同根词)、可视化、小型化和诗节化的特点。别雷有意将诗歌词语末尾的押韵和诗歌模式化的音节消解在散文中,但散文仍旧包含了短小的、和诗歌相似的段落。通过插入,用韵脚改变或者代替三音步诗,从而切割程序化的链式抑扬格。② 有意将韵脚拉长到一定的大小,但是听起来并不悦耳,只靠着拉长音节,并不能构成散文的韵律。词语才是散文的韵脚,而相连的韵律链并不构

---

① 〔俄〕Белый Андрей. Проблемы творчества. Статьи. Воспоминания. Публикации. М., изд. 《Советский писатель》,1988. 103 с. 51.

② 别雷在《我们如何写作》中谈到,创作的开始阶段诗歌和散文被同时歌颂,只是到了最后阶段诗歌被韵律化,而散文成为自由悠扬的调式和宣叙调。

成散文韵律的元素。别雷撰写的散文具有韵律性,韵律表现了诗歌特点,即词语重音强弱分明。韵律被看作一种结构,被称为圣经体①,此结构有助于在写作中保持一致和严格的手法。

其实,别雷论著专注的方面,常常具有装饰性散文的特点。尤其体现在他对果戈理写作风格的分析上。别雷认为,果戈理与普希金、莱蒙托夫不同,普希金和莱蒙托夫追求的是文学内容,而果戈理利用韵律、重复、倒置等方法,表现出诗歌性。另外,作家分析果戈理的写作风格,想要表达出文本内部话语语义场的相互影响,也就是作者有意对语义进行干扰。例如多语义双关语、各种修辞的使用、多种文本的混杂等。通过运用不同寻常的语法和偏离既有的模式,而使词汇具有新的意义和构建新的形象。通过意义和想象激活属于不同语义场的词汇,呈现出双关语的特质。别雷认为,在句法修辞学方面,果戈理注重节奏和语调,借用诗歌手法,写成了诗歌散文,因此,在研究中别雷使用纯粹的诗歌工具来考虑果戈理文本句子的特点。别雷认为,果戈理通过使用极其重要的重复辞格手法,构建陈述的主题,并成为音节构成的基础。重复②具有多重功能,与人物的心理和手势特征相关。精心构建情节结构,组织材料。例如从乞

---

① 别雷的组诗《交响乐》具有了圣经体的一些特点。一是诗歌有一个段落,大部分由一个句子构成。二是句子的结构短小而简单。这是通过将一个单词独立,即将未完成句子变成完全句子而达到的。或者在诗节中进行分割,将一个词分为两个部分来写。如果说上述是作者有意打破话语的自然流动性,创造离散型即消极陈述的韵律。那么在文本中作者还采用了一种与此相对立的积极韵律,即采用传统韵律组成元素,是带有交叉和多层次特点的重复,例如别雷在《交响乐》中大量使用重复手法。包括头语重复、间隔性重复(隔几行重复)、一章末尾重复、一个章节副歌的整句重复、部分词语改动的重复、一个章节内部或者相邻章节诗句的重复、形成闭环重复、首句和尾句的诗句重复、回声式重复(下一句重复上一句的词语),还包括词根重复、模式重复、主体和情节的重复。别雷使用重复的目的在于,揭示各个故事之间存在的隐形联系,从而,表面的杂乱变得有迹可循,成为一个有机的整体。

② 装饰性散文是受散文诗化影响的结果,将诗歌规则用于散文中。修饰性散文具有的诗歌性质,也从诗歌中继承了象似性,象似性是指在语言、顺序和数量等方面具有相同的特征,例如,装饰性散文象似性通过声音和主题的重复表达出来,具有神话世界重复的效果,而声音和主题的重复又构成了文本的主导旋律。叙事层面和情节层面的句法由主导旋律决定。在叙事层面上,体现了节奏和声音的重复,在通常的因果和历史序列中,强加了一个超因果和永恒的联系网络。在装饰性散文中,重复手法是决定文本连贯的唯一因素。而声音重复,在既没有词源也没有语义联系的单词之间建立偶然的语义联系,成为文本叙事主要的辞格。因此,在小说《彼得堡》中经常见到这种用法。例如参议员说出词形相似,但意义毫不相干的单词。别雷试图将声音主题化为故事主题,服务于意识流小说的主旋律,关注参议员的大脑游戏。同时,近音词也体现了卡西尔建立的神话思维法则,即任何明显的相似性都是实体身份的直接表达。因此,参议员面具下的真实个性得以表现出来。当然,散文的装饰化不可避免地导致其情节的弱化。在《彼得堡》中更多是对句子语法的重视,而讲述的故事并不复杂,并且常常跳跃,导致读者阅读的困难。并且所讲述的故事可以分解为单独的主题片段,它们之间的联系不再以叙事语段给出,而是根据相似和对比的原则以诗意范式的形式呈现出来。

乞科夫夫到乞乞科夫,中间有作者、仆人、长官、作者、乞乞科夫等几个层级,又回到主人公。别雷在分析了果戈理的夸张和对比时,敏锐地捕捉到,夸张在果戈理的小说中占主导地位。

另外,别雷分析道,果戈理通过设立宇宙背景,一个事物的符号得以呈现为多个物体的符号。例如:蓝色像黑海,眼睛像天空,忧郁像恶劣天气下的大海等。如此用法,在单一的事物或者现象中可以实现意义多重生发,别雷认为是共鸣产生的结果,因此他更倾向于将事物或者现象的特征理解为一个整体存在的神话图景。"果戈理的比喻扩大化就是如此这般,它们常常表现为神话,其中夸张被扩大化。"

别雷还关注果戈理作品的词汇整体特征、名词和动词的特点、散文的韵律,以及作家使用的修饰语、重复、夸张、比较、语音等写作手法。别雷用比喻的方式解释了果戈理使用名词和动词的总体特征:"如果在果戈理使用的动词中用火药来形容词组爆发,那么在浇注成型的名词中,就会有触发火药的扳机钢。"[①]别雷将果戈理所使用的重复修辞格用比喻的方式实物化和可视化:"重复这个修辞格成为其他修辞格的背景,就像希腊建筑的柱廊,决定建筑的其他要素。"[②]别雷作为一名数学系高才生,在文学语言中直觉地感受到事物、身体和超验的交集。"单词的重复像腺体一样布满了故事的肌肉结构:第一阶段的肌肉结构被结缔组织的脂肪沉积所取代……果戈理使用的修辞格,如身体的部位——由相同的基本组织构成,它们各自执行自己的功能;但同时它们又通过血液循环的节奏和活力连为一个整体。"[③]在果戈理的作品中,别雷明显感受到动词使用频率的增加,这给文本世界带来了动力,用感受的方式浸透可见的形象。别雷认为,果戈理创造了一种新的艺术视角,让"岿然不动的实体开始从原地运动起来",例如"道路在他的脚步中奔跑""俄里去书写"等。果戈理有意增加动词的权重,并且使用频率较低的动词、民间用语、拟声词等,别雷认为,这样就会激活动词在语音上的潜力,造成词语陌生化的效果。别雷关注果戈理在选用修饰语时对事物的主观感知,其中浸透了作者的创作意识。例如,一个反应迟钝的地球、相互融合的吻等。别雷认为,果戈理正是对色彩和声音的敏锐性,才使果戈

---

①　〔俄〕Белый А. Мастерство Гоголя. Москва, изд. 《Государственное издательство художественной литературы》, 1934, с. 214.

②　Так же, с. 236.

③　Так же, с. 279.

理不仅仅属于浪漫主义者,也使其具有了象征主义和印象主义的特点。

装饰性散文中的诗性被定义为语言艺术,散文中的诗性主要通过以下几个手段实现。

(1)文本的范式化。就是将相似性和对立性引入本书。主要包括节奏、声音、情节和主题的相似和对立。此处,文本的范式化,使永恒的主题和超因果律处于主导和支配的地位,而通常词语的连续性、时间和因果律处于次要地位。

(2)神话思维。神话思维使单词能指和所指的任意性,变得具有一定的动机性,常常使用比喻、悖论、谚语、俗语和诙谐词语等修辞方法。

(3)文本的互文性。通过叠加各种互文的文本,为同一个主题服务,强调某个主题的重要性,也衍生出多重的意义并释放了它们的语义潜力。

当然,借助人物的思考和意识活动才激发了诗性特征。因此,神话思维和潜意识成为别雷关注的重点。神话思维具有一定的结构,通过象征、声音或者主体的重复表现出来。形式和主题体现出对等性。在装饰性散文中能指被符号化,文本中出现众多的同义词和同根词,原始的语言思维占据主导地位。在别雷的作品中,叙事文本和所描绘的世界都受到诗意结构的影响,这些诗意结构反映了神话思维的结构,对应潜意识的逻辑。装饰性散文常常具有诗歌、神话和潜意识杂糅的特征,包含散文、诗歌、哲学、心理学等交叉性内容。别雷是针对现实主义对人的潜力和对世界的调整能力等问题提出了质疑。别雷认为,在现实主义作品中科学经验模式在虚拟叙事中占据着主导的地位,以描绘的艺术世界的模仿逼真程度、心理行为可信度以及情节事件的复杂性为评判作品的标准,显然,别雷拒绝这种只关注理性、关注还原现实程度的模式。别雷批评现实主义对超自然的否定,对世界的感知仅限于理性主体可用的知识和理解,他试图恢复对直觉和本能的重视。显然,别雷否定现实主义世界观,坚持神话思维。这种神话思维体现在生活创造中,感知神性的存在,体现自我意识的最高层级。别雷创建新神话与其说是体现在偏爱的神话情节和英雄上,不如说是体现在神话思维的结构上。

但值得注意的一点是,装饰性散文并非别雷首创,在文学史的各个时期都可以找到叙事文本的诗化加工的痕迹,但当诗意原则和隐含的神话思维占据主导地位时,叙事的诗化程度显著增强。装饰性散文具有神话结构,其中一个主要原因在于可以随意使用文字符号,从而打破约定俗成的单词意义。一个单词,在现实世界中被认为是一个纯粹的传统符号,而在神话思维的世界中则成为一个具有物质形象的符号。

装饰散文经常使用神话思维结构和潜意识的逻辑,潜意识成为别雷关注的重点,并且在创作中频繁使用。装饰性散文倾向于描绘一种古老的、潜意识状态,或者描写儿童思维的形成,别雷在小说《柯吉克·列达耶夫》(1915—1916)中有过具体的描写。将神话思维和潜意识视为相关的、同构的,神话思维也会影响装饰性散文中描绘的世界结构。装饰散文倾向于创造古老的循环范式盛行的世界。装饰性散文中的人物经常模仿和重复神话模式,当然,神话般的重复否定了叙述的情节性。叙事的故事往往被削弱,以至于看似有故事情节的结果往往被证明只是神话循环的一部分。作者作为一个叙事者,已经不是权威全能的故事讲述者,他代表一个抽象的形象,进入了一个新神话的界面。新神话将本书中的神话思维理解为潜意识。现代神话以其非理性的、联想的、范式的逻辑,揭示了与潜意识相同的结构。这也是新神话力图回归神话结构的文化和历史原因之一。新神话反对主人公在理智指导下的英雄行动,而认为其是由潜意识支配的重复和循环的行动。诗歌、神话和潜意识将世界视为一个联想网络,从而建构相似、对立的世界图景,以期克服现实主义创立的幻觉世界。

同时,装饰性散文还关照读者的感知,同弗洛伊德的无意识研究方法相类似,也就是弗洛伊德指出的,作为一个心理分析师,需要聆听整体的内容,而不做任何重要的和不重要因素的划分,给予所有的因素同等的重视。因此,在文学中读者所做的就是去聆听,而不轻易做决定。读者不仅需要通过内容找到文本的意义所在,而且要关注文本形式背后的意义所在,关注文本的重复因素和等价物,以及蕴含在主题和形式中的节奏。不再基于历史和因果序列,而是基于诸如对比或相似之类的诗意手段,即基于语言艺术中构成的对等关系。

在神话世界中,事物由于并存性成为一个统一体。人与自然、主体与客体、人的外部世界和内心世界都参与维持秩序中,加之不断重复细节,以此表达历史事件的再现。例如古代大洪水原型,物体和事件跨越了外部世界和内部世界之间的边界,恢复了人与自然的神话统一。外在世界和内在世界中的现象同时介入,实际上表明主体和客体之间界限的消融。在《彼得堡》中外部世界处于混沌状态,同时主人公尼古拉·阿勃列乌霍夫的意识状态也处于混沌之中,别雷将其重述,事件情节消散,变成了关于死亡与重生、关于自我意识的神话。

本章小结

　　对语言与诗学理论的研究,可以说贯穿了别雷的整个创作活动,从早期的《象征主义》(1910)文章的创作到《果戈理的技巧》(1934)一书的完成。需要注意的一点是,别雷文学理论观点并非因为师从人智学导师施泰纳而发生改变,一直是稳定而连贯的,只不过思想散见于不同年份的作品和讲座中,他在《为什么我成为一个象征主义者》一文中明确表明过,宣称自己一直都是一名象征主义者。在别雷的作品中,阐明语言作为一种活动,通常与洪堡、波捷布尼亚的名字相关,并且称他们的语言理论为象征主义的基础。而且,语言研究成为文学家别雷分析自我意识的基础,语言的含义隐藏在每个说话者自身上。因此,语言的理论与自我意识的概念有关,自我意识也成为别雷在第一次世界大战、俄罗斯革命和内战时期从事文学和哲学活动的关键词。当然,别雷在阐述语言观念时,同时汲取了施泰纳的一些观点和练习方法。具体可以参阅第四章"自我意识观"。

　　另外,别雷的作品主要是装饰性散文。装饰性散文促进了 20—30 年代文学的发展,形成了有关装饰性散文的文学观和审美观,装饰性散文中的一些元素迄今为止仍旧对俄罗斯文学产生影响。利哈乔夫(Д. С. Липачёв)指出,在古俄罗斯文学中在就存在装饰性,"装饰性散文某些元素始终存在于古俄罗斯文学的一些作品中"[①],到 20 世纪初成为独立的文学支派。

---

　　① 〔俄〕Лихачев Д. С. Поэтика древнерусской литературы. Изд. 3- е. Моска, изд.《Наука》, 1979, с. 218.

第二章　节奏观

■ **内容提要:**

　　别雷的节奏观渗透在他写作与生活的方方面面。准确理解和阐释别雷的节奏观,有助于厘清别雷的创作特点,克服对其作品理解上的困难。本书将围绕别雷节奏观的内涵和相关文学理论,说明他运用数学方法分析诗歌的缘由,解读他对诗歌中不同节奏图形和节奏比例的论述,并揭示作为辩证法的节奏的特点。

　　洛特曼(Ю. М. Лотман)、费先科(В. В. Фенщенко)、古谢夫(Вл. Гусев)、加斯帕罗夫(М. Л. Гаспаров)等俄罗斯学者纷纷指出,节奏(ритм)在别雷的文学创作中起着极为重要的作用。别雷本人在文艺评论和演讲中也多次谈到过节奏的问题。

　　别雷的节奏具有双重含义。

　　一是指诗歌或者音乐的节奏。别雷在其评论文集《绿草地》(*Луг зелёный*,1910)和《象征主义》(*Символизм*,1910)中,对节奏作了明晰的阐释。此后,在《节奏与意义》(*Ритм и смысл*,1917)、《论节奏姿势》(*О ритмическом жесте*,1917—1919)和《节奏辩证法与〈青铜骑士〉》(*Ритм как диалектика и 〈Медный всадник〉*,1927)等文章中,他也多次论及节奏问题。再之后,他又将节奏观念引入散文领域,形成独具风格的"装饰性散文",由此,节奏成为评判"装饰性散文"的一个重要标志。

　　二是指生活的节奏。别雷曾在《阿拉伯图案》(*Арбески*,1910)中提到,节奏在生活中呈现出自然与无意识的本性。此时,别雷已经跨越诗歌、散文和音乐的界限,打破了对节奏狭义的理解,将节奏的外延拓展到生活的场域。

　　受到人智学影响后,别雷的节奏观呈现出宏伟的宇宙论特点,即世间万物皆蕴含着宇宙节奏。别雷进一步将节奏、词语、身体、音乐、感受等与宇宙空间有机地结合起来,效仿"优律思美"(эвритмия)的思想范式,探讨节奏与意义之间的关系。从哲学角度,可以说,节奏获得了形而上学"普遍性"的意义。因而,在别雷的文本中不断出现以节奏为关键词的论断:"节奏是世界创造发展的一般规则""节奏是可以将混乱调整为新意识的音乐""历史的节奏""社会的节奏""个人和整个人类认知的节奏""欧洲思想的节奏"等,还有构成人智学神秘领域的"太一体节奏""星际体节奏"以及某种神秘数字的节奏,例如数字七的节奏。别雷曾以七年为一个期限,勾勒出一个人的自我成长图形。

虽然别雷罗列出了诸多事物的节奏,但是他始终认为,艺术节奏才是人类和最高力量结合的表征。通过"声音的呐喊与节奏的传递",精神世界才得以实体的形式呈现出来。

本书主要探讨别雷关于诗歌中节奏的观点。别雷将常规的音步视为格律(метр)。而别雷认为真正的节奏在于偏离这些常规的音步,并对这些偏离常规(别雷称之为节奏)的诗句进行了分析。别雷采用数学统计方法进行了分析,并得到客观精确的数据。别雷研究的主要步骤是:第一步,确定偏离的诗句;第二步,列举偏离诗句的类型;第三步,将三行诗句偏离的音步连接起来,绘制出不同形状的几何图形;第四步,计算出常规音步和偏离音步之间的比例数值。

第一节　诗歌中的节奏

费先科对别雷节奏观进行了大量研究,他认为,别雷的节奏观至少包含五层含义:①节奏是言语重音的组织形式;②节奏是偏离常规诗行格律的体系;③节奏是一行诗句或一首诗中的诗行之间的常规抑扬格与偏离抑扬格的比例;④节奏是与诗意直接相关的"节奏姿势";⑤节奏是整体"旋律"。需要指出的一点是,此处结合了管海莹对费先科别雷节奏观的理解和阐释。

这五个方面基本囊括了别雷节奏观的内涵,但毋庸置疑,费先科的总结比较抽象,缺少对别雷节奏观的具体说明。因此,本书力图结合别雷的相关论述,选取他的《俄语四音步抑扬格的表征实验》(*Опыт характеристики русского четырёхстопного ямба*,1909)一文作为考察对象,对上述费先科总结的别雷节奏观的内涵作进一步阐释,以期消解节奏观上的抽象性,呈现文本的具体性。

但在此之前,我们首先需要厘清,别雷为何摒弃文学研究中的常规手段而采用数学方法来研究诗歌。别雷探索诗歌节奏的出发点,是希望为诗歌批评奠定坚实的基础,并试图使文学批评本身成为一门精确的科学。他是最早将定量方法引入诗歌研究的作家之一。具体来讲,促使别雷采用数学方法研究诗歌的原因,主要有以下三个方面。

第一,别雷丰富的数学知识。别雷 1903 年毕业于莫斯科大学物理数学学院,其父亲尼古拉·布加耶夫(Николай Бердяев)是俄罗斯知名的数学家,担任学院院长一职。别雷后来明确提到受到父亲的影响,以及对毕达哥拉斯和莱布尼兹的数学思想的借用,同时也指出数学和节奏之间的关系。"无法着手普及最复杂的数学领域,我只会参考伽罗瓦、阿贝尔、索弗斯·李和俄罗斯数学家尼·布加耶夫的作品。布加耶夫,他可能促使我在遥远过去的记忆中寻找韵律图形的数学计算,我当时还是一名自然科学专业的学生;我还将参考瓦西里耶夫教授的陈述,他在自己撰写的《整数史》一书的末尾指出,数学发展的结果是出乎意料的和全新的,并提出了异常深奥的数论任务,因为以毕达哥拉斯为标志的不连续性问题的神话胚胎般地蓬勃发展起来,作为一种纯粹的数学不连续理论,毕达哥拉斯的节律在其中也被重新理顺;在它们之中,莱布尼茨关于作为灵魂音乐的数学思想,活跃在节奏中。"[①]

第二,对统一性的追求。正如古谢夫提到的,"象征主义强烈寻求一种统一的精神,不想将理性的和内在的科学原则排除在这种统一之外,但宗教和整体的精神任务抵抗理性主义的冲击,它只能有意识地摸索妥协的可能性"[②]。正是出于对统一性的追求,别雷试图将精确的自然科学方法应用于诗歌研究领域。随后,古谢夫又指出,这是当时一种流行的研究方法:"别雷将目光转向斯宾塞,但只是在物理意义上,它的数学化身('力的经济法则'的所有变体)以及当代活力论和数学思想。诸如'创造力守恒定律是形式美学的基本规律之一''艺术的形式原则必须以动态原则为基础。测量运动的数量和速度应该是艺术中的主要测量方法''等价律将在形式美学中找到它的表达'……自然,别雷特别关注韵律现象和语言创造力中其他极其具体、有形的事实。"[③]

第三,诸多象征主义者美的追求。他们发展了谢林关于"美是自由和必然性"的观念,接受了弗拉基米尔·索洛维约夫(В. Соловьёв)关于"美是通过真理

---

① 〔俄〕Белый А. Собрание сочинений. Ритм как диалектика и《Медный всадник》. Исследование. Москва, изд.《Дмитрий Сечин》, 2014, с. 9.

② 〔俄〕Белый А. Проблемы творчества: Статьи, воспоминания, публикации. Сборник. Москва, изд.《Советский писатель》. 1988, с. 429.

③ Так же, с. 430.

实现善"的论述,并进一步提出美是"世界的数学模型",理解发生事件的法则是一种协调现实的音乐节奏。因此,他们诉诸古老的毕达哥拉斯数论。在毕达哥拉斯的教义中,数作为事物存在的规律,伴随着事物一起存在。数字最初不仅具有数量上的确定性,而且还具有质量上的规约性。例如,数字 1 代表"真理",数字 2 为"意见",数字 3 为第一个基数,数字 4 和 9 分别为第一个奇数和第一个偶数的平方,数字 10 表示"达到完满与和谐"。

因此,别雷采用数学方式研究诗歌问题就不难理解了。在早期研究诗句理论时,别雷就采用统计分析方法来探讨诗歌的四音步抑扬格。他收集了 27 位诗人所创作的 327 首诗,共计 16029 诗行,以笔算方式对收集的材料进行了数据分析,并统计了其中的重音。分析时,他提醒读者注意抑扬格偏离常规的现象。别雷之所以研究诗歌抑扬格的偏离现象,分析偏离与节奏的关系,原因在《俄语四音步抑扬格的表征实验》一文的开篇处他就已经交代清楚:"通过分析诗歌的节奏,我们得到无数关于分析诗歌风格的数据;我们将偏离规范格律的总数中存在的某种统一性称为节奏,以此可以划分偏离的类型。"①也就是说,他采用数学方法,分析四音步诗歌中抑扬格的偏离现象,找到其中蕴含的某种规律,即节奏。他通过对四音步诗歌中抑扬格的偏差进行数量统计,借助几行诗之间抑扬格偏差连接后构成的几何图形,来确定一位作家诗歌的节奏倾向以及该作家的写作风格,从历时角度来看,甚至可以确定一个时代的诗歌风格特点。下面,我们就对别雷的研究内容和结论进行梳理。此处采用别雷标记时使用的符号,用"U"代表非重读音节,"-"代表重读音节。通常,正常的抑扬格如下:

Оне|гин вно|вь часы |счита|ет (Пушкин)
U-|U-|U-|U-|U

Певца|ми все|й земли |просла|влен (Брюсов)
U-|U-|U-|U-|U

Люблю |дере|вню, ве|чер ра|нний (А. Белый)
U-|U-|U-|U-|U

也就是说,一个非重音音节后面紧跟着一个重音音节,即 U-|U-|U-|U-|有规律的形式,这就是常规的抑扬格。但事实上,大多数诗歌偏离正常的规范,即

---

① 〔俄〕Белый А. Собрание сочинений. Символизм. Книга статей. Москва, изд. 《Культурная революция; Республика》, 2010, c. 215.

出现第一音步、第二音步和第三音步的偏离现象,而且还会有第一音步与第三音步、第二音步与第三音步同时出现偏差的情况。据此,可将抑扬格偏离分为以下几种情况。

(一)第一音步出现的偏离

Пере|до мно|й яви|лась ты (Пушкин)

UU|U-|U-|U-

Пере|д враго|м сомкну|тым стро|ем (Батюшков)

UU|U-|U-|U-|U

Прео|долел|я ди|кий хо|лод (Ф. Сологуб)

UU|U-|U-|U-|U

此处,第一个音步中正常的一个非重音音节(U)和一个重音音节(-)的组合被打破,形成了两个非重读音节(UU)构成的音步。

通过对此类型诗歌的研究,别雷惊喜地发现,这种偏离常规的诗句在诗歌中恰恰表现为一种"常态":在16029诗行中,使用规范抑扬格的诗行占25%,而高达75%的诗行是偏离常规的抑扬格。茹科夫斯基(Жуковский)之前的诗歌中,这种偏离常规的形式比较少见,罗蒙诺索夫(Ломоносов)是最少使用第一音步偏离的诗人。而在茹科夫斯基之后,出现了大量使用此种类型抑扬格的作家,例如巴拉滕斯基(Баратынский)、费特(Фет)、索洛古勃(Ф. Сологуб)。

(二)第二音步出现的偏离

Где ро|за бе|з шипо|в растет(Державин)

U-|UU|U-|U-

С улы|бкой о|твеча|ет он(Пушкин)

U-|UU|U-|U-

В ресни|цах сте|клене|ют сле|зы(А. Белый)

U-|UU|U-|U

经过研究对比,别雷发现,第二音步的偏离现象出现在茹科夫斯基之前,从18世纪末19世纪初开始出现。自茹科夫斯基和普希金之后,就鲜少见到了。此种类型抑扬格在亚济科夫(Языков)的诗中出现13次,梅伊(Мей)的诗歌中出现17次,阿·托尔斯泰(А. Толстой)诗作中出现13次,梅列日科夫斯基(Мержковский)和戈罗杰茨基(Городецкий)诗歌中分别出现16次和11次。

罗蒙诺索夫和捷尔查文(Державин)、巴甫洛娃(Павлова)、丘特切夫(Тютчев)、勃洛克(Блок)和别雷则频繁使用此种偏离规范的抑扬格。

(三)第三音步出现的偏离

Броди | л в Москве | опусто | шенной（Батюшков）

U- | U- | UU | U-

Святу | ю мо | лодо | сть твою（Фет）

U- | U- | UU | U-

Сгора | ли де | моны | и бо | ги（Ф. Сологуб）

U- | U- | UU | U- | U

第三音步的偏离诗行占据总偏离诗行的 2/3，"这样的诗行在所有诗人中都很流行，它比常规的抑扬格更常见。对于茹可夫斯基之前的诗人，总共 596 行的诗，平均约 250 行为第三音步偏离诗行。从普希金开始，这个数量平均增长到 300 多行。在当代诗人(勃留索夫、勃洛克、戈洛杰茨基)中，偏离总和似乎再次下降到平均 280 行。善于使用第三音步偏离诗行的诗人有：普希金、亚济科夫、丘特切夫、别内迪克托夫(Бенедиктов)、梅伊、涅克拉索夫(Некрасов)和梅列日科夫斯基。最少使用此种类型偏离的是诗人卡普尼斯特(Капнист)，还有普希金时代之后的诸多诗人——巴甫洛娃、波隆斯基(Полонский)、勃留索夫(Брюсов)、勃洛克和戈罗杰茨基"①。

(四)第一音步和第三音步同时出现的偏离

Бого | подо | бная | царе | вна（Державин）

UU | U- | UU | U

Ине | подви | жною | средо | ю（Тютчев）

UU | U- | UU | U- | U

И зе | лене | юще | е про | со（А. Белый）

UU | U- | UU | U- | U

关于第一音步和第三音步同时出现的偏离，别雷同样给出了结论："在茹科夫斯基之前(与罗蒙诺索夫相比更常见)，这些偏离的诗句在诗人的作品中很少见到。而在普希金、莱蒙托夫、巴拉丁斯基、丘特切夫、亚济科夫、费特、梅伊、索

---

① 〔俄〕Белый А. Собрание сочинений. Символизм. Книга статей. Москва, изд. 《Культурная революция; Республика》, 2010, с. 220.

洛古勃的诗中则比较常见。"[1]

(五)第二音步和第三音步同时出现的偏离

Уме｜ньшены｜，продо｜лжены(Пушкин)

U-｜UU｜UU｜U

Как де｜моны｜глухо｜немы｜е (Тютчев)

U-｜UU｜UU｜U

Сере｜бряны｜е то｜поля(А. Белый)

U-｜UU｜UU｜U

这种类型诗句在别雷考察的 27 位诗人的作品中都比较少见,在他选取的 12516 诗行中,平均 227 行出现一次,明显高于这个平均数的有别雷本人(23 次)、罗蒙诺索夫(11 次)、卡普尼斯特(9 次)与勃洛克(4 次)等。

最少见的类型是第一和第二音步同时偏离的现象。别雷指出,这种情况非常少见,他自己临时写了一行诗句:

И ве｜лоси｜педи｜ст лети｜т...

UU｜UU｜U-｜U-...

通过对以上几种偏离类型诗行进行统计与分析,别雷得出的结论是:早期诗歌的改革先行者是茹科夫斯基和巴丘什科夫(К. Н. Батюшков),而非普遍所认为的普希金,因为音步的偏离现象对于四音步抑扬格的发展起到了至关重要的作用。无论偏离现象在一个诗人的作品中频繁出现还是较少出现,都会呈现出这个诗人的创作风格,并表现出诗歌发展的某种"趋势"。因此,普希金实际上是继承了茹科夫斯基和巴丘什科夫两位诗人创作上的偏离现象。"他(普希金)重复了巴丘什科夫的偏离现象(33 次),并适度增加了第三音步偏离的情况(341 次)。在茹科夫斯基创作的作品中,第三音步偏离的平均总数从 30 次上升到了 90 次,普希金只不过将这个数量追加到 110 次;在茹科夫斯基的诗作中,第一音步和第三音步偏离的总数是 30 次,而反观普希金的诗作,偏离的总数只有 16 次,减少了几乎一半。可以说,茹科夫斯基诗作中偏离数量比之前增加了

---

① 〔俄〕Белый А. Собрание сочинений. Символизм. Книга статей. Москва，изд.《Культурная революция；Республика》，2010，с. 220.

三倍,与普希金相比较,则达到六倍之多。"①因此,在 19 世纪上半叶的俄罗斯诗歌中,正如别雷所指出的那样,有一种愿望,即"将第一音步的偏离频率增加到极致,而将第二音步的偏离现象减少到最低程度"②。

当然,别雷的这些结论并非毫无意义的枯燥数据。相反,偏离现象促使了节奏的多样化演变,也为以后别雷阐释声音、节奏与意义的关系提供了一个重要的参数。

第二节　诗歌中的节奏图形

别雷在对一行诗句音步偏离现象进行类型划分的基础上,又将范围扩大到几行诗句,即前面费先科提出的"节奏是一行诗句或一首诗中的诗行之间的常规抑扬格与偏离抑扬格的比例"。实际操作中,需要先确定节奏的类型,例如,确定小角度锐角三角形的节奏是 1.2.1、2.1.2、2.3.2,还是 3.2.3。这里取用三行诗,其中数字 1 代表第一音步中的偏离现象,数字 2 表示第二音步中的偏离,数字 3 代表第三音步的偏离;同时,需将诗行中的偏离音步作为一个点,之后将这几句诗行中所有偏离的点连成图形,这样,就得到不同的几何图形,例如三角形、正方形、菱形、X 形等。

(一)三角形

别雷区分了四种类型的三角形。

第一种类型(1.2.1):

И по|люби|ли все| его,
UU|U-|U-|U-
И жи|л он на| брега|х Дуна|я,
U-|UU|U-|U-|U
Не о|бижа|я ни|кого (*Цыгане*)
UU|U-|UU|U-

① 〔俄〕Белый А. Собрание сочинений. Символизм. Книга статей. Москва, изд. 《Культурная революция; Республика》, 2010, с. 223.

② Так же, с. 223.

抽离掉诗句,只保留符号表达模式;然后,将每句诗行的偏离作为一个点连接起来,就会构成三角形。

UU|U-|U-|U- 第一音节偏离 1
U-|UU|U-|U-|U 第二音节偏离 2
UU|U-|UU|U- 第一音步偏离 1(第三音步偏离忽略不计)

第二种类型(2.1.2):

Дни, ме|сяцы|, лета| прохо|дят
U-|UU|U-|U-|U

И не|приме|тно за| собой
UU|U-|U-|U-

И мла|дость, и| любо|вь уво|дят(Пушкин: *Бахчисарайский*

фонтан)
U-|UU|U-|U-|U

按照上面的方法操作,得到的三角形如下:

U-|UU|U-|U-|U
UU|U-|U-|U-
U-|UU|U-|U-|U

第三种类型(2.3.2):

Поми|луй! И |тебе|не тр|удно
U-|UU|U-|U-|U

Так ка|ждый ве|чер у|бивать? —
U-|U-|UU|U-

Нима|ло. — Не|могу|понять...(Пушкин: *Евгений Онегин*)
U-|UU|U-|U-

得到的三角形如下:

U-|UU|U-|U-|U
U-|U-|UU|U-
U-|UU|U-|U-

第四种类型(3.2.3)：

"При｜яно ду｜мать у｜лежа｜нки...

U-｜U-｜UU｜U-｜U

Но зна｜ешь: не｜веле｜ть ли в са｜нки

U-｜UU｜U-｜U-｜U

Кобы｜лку бу｜рую｜запречь? " （Пушкин：《Зимнее утро》）

U-｜｜U-｜UU｜U-

得到的三角形如下：

U-｜U-｜UU｜U-｜U
U-｜UU｜U-｜U-｜U
U-｜｜U-｜UU｜U-

(二)菱形

И Та｜не уж｜не та｜к ужа｜сно,

U-｜UU｜U-｜U-｜U

И лю｜бопы｜тная｜теперь

UU｜U-｜UU｜U-

Немно｜го рас｜твори｜ла дверь... （Пушкин：《Евгений Онегин》）

U-｜UU｜U-｜U-

得到的菱形如下：

U-｜UU｜U-｜U-｜U
UU｜U-｜UU｜U-
U-｜UU｜U-｜U-

通过对图形的分析,别雷认为,节奏上呈菱形的诗句,在内容上往往对应着某种张力。同时,别雷还总结了喜欢使用菱形节奏的作家,主要是普希金和茹科夫斯基。在普希金诗作中,菱形节奏在《叶甫盖尼·奥涅金》中出现过五次,在《鲁斯兰与柳德米拉》中出现过三次,而在《高加索的囚徒》《强盗兄弟》《波尔塔瓦》和《青铜骑士》中都没有出现。而后在《茨冈》中出现一次,在《巴赫切萨拉伊的泪泉》中出现两次。总的来说,在普希金所有的诗歌中,菱形节奏共计出现了 11 次。但是在茹科夫斯基的 596 行诗句中,菱形节奏就已经出现了三次。

其他诗人使用此图形节奏十分有限,例如,捷尔查文使用了两次,巴甫洛娃和费特各使用了一次。除此之外,在其余诗人诗作中,根本没有出现菱形节奏。

(三)X 形

Глухо｜безмо｜лвная｜земля

UU｜U-｜UU｜U-

Мне не｜поко｜рная｜доны｜не:

U-｜U-｜UU｜U-｜U

Благо｜вести｜тельство｜пусты｜ни（А. Белый）

UU｜U-｜UU｜U-｜U

得到的 X 形如下:

UU｜U-｜UU｜U-

U-｜U-｜UU｜U-｜U

UU｜U-｜UU｜U-｜U

此处,别雷认为,X 形与菱形的表达的意义基本相同。

(四)人字架三角形

Не а｜нгел ли｜с забыт｜ым дру｜гом

U-｜UU｜U-｜U-｜U

Вновь по｜вида｜ться за｜хотел?（Лермонтов）

UU｜U-｜UU｜U-

得到的人字架三角形如下:

U-｜UU｜U-｜U-｜U

UU｜U-｜UU｜U-

人字架三角形是体现节奏动感的最典型的图形之一。普希金在青年时期较少使用这种图形,因为在他 1814 年和 1815 年的 596 行诗句中只出现两次,而在 1828—1829 年的诗作中则增加到八次。别雷自问道:"会不会是偶然呢?我从 1824—1827 年的普希金诗作中又摘取了 596 行抑扬格诗句,人字架三角形共计使用了六次。我由此得出以下结论:普希金更频繁地使用这个图形节奏,表明他对节奏把握的日趋成熟。总的来说,年轻诗人没有或非常罕见地使用人字架三角形节奏,但后来在他们的诗作却更频繁地见到这种图形的节奏。在《叶甫盖尼·奥涅金》的 596 诗行中,人字架三角形已经出现了 11 次。"①

(五)正方形

В хронологической пыли
UU|U- |UU|U-
Бытописания земли.（Пушкин）
UU|U- |UU|U-

得到的正方形如下：

UU|U- |UU|U-
UU|U- |UU|U-

别雷认为,"正方形对于听觉来讲,是非常有特点和最优美的节奏图形"②。这是诗人诗歌创作走向成熟的必经阶段。别雷仍以普希金为例,他说:"普希金 596 诗行的《皇村诗集》中,只有一个正方形节奏。在他 22～36 岁创作的诗歌中,同样数量的诗行中这个图形节奏出现了九次。在《叶甫盖尼·奥涅金》下半部(596 行)中,正方形节奏出现了十次。我们由此得出结论:采用正方形节奏是一个诗人走向成熟必然经历的阶段"。③

除了上述图形之外,别雷指出,还有梯形和 Z 形等。

通过分析以上图形,别雷发现,每位诗人对某个图形节奏都有自己独特的使用偏好。例如,茹科夫斯基喜欢使用人字架三角形,索洛古勃则倾向正方形,雅科夫(Яков)使用频率最高的是矩形,丘特切夫更加喜欢锐角三角形。而有些诗人则避免使用某一图形节奏。

别雷也在此指出,诗人的创作个性不在于使用某个固定图形节奏,而在于他们使用不同图形节奏的数量、不同图形节奏相互组合的方式。通过组合,不同图形节奏构成一个复杂的整体,这才是诗人独一无二的诗歌创作特点。别雷以普希金的《鲁斯兰和柳德米拉》中的诗句为例,从整体上分析了诗歌节奏的特点。通过第一段和第二段诗句的对比,可见第二段诗歌节奏更加地丰富,因为

---

① 〔俄〕Белый А. Собрание сочинений. Символизм. Книга статей. Москва, изд. 《Культурная революция; Республика》, 2010, с. 231.

② Так же, с. 236.

③ Так же, с. 236.

使用的图形和偏离音步的数量多于第一段,而复杂的图形节奏构成了整首诗的节奏,其中的一个图形节奏只是整体节奏中的一个构成元素。因此,可以从形成节奏的图形复杂度比较诗的节奏韵律。从图形使用的数量来看,无疑丘特切夫使用的图形最为丰富。

第三节 诗歌中的节奏比例

别雷的研究没有只停留在勾勒诗歌中偏离音步构成的图形上。在《节奏辩证法与〈青铜骑士〉》一文中,他说道:"但我非常清楚,符合格律规范的诗行虽是一种极好的节奏样式,但是节奏不只是在一行诗句中,而是在所有诗行的比例中。"[①]于是,别雷将常规音步的总和与偏离音步总和进行数值比较。他的计算方法是从第一个偏离音步开始算起,到下一个偏离音步为止,计算其中共有几个常规的音步和几个偏离的音步。然后,再把两种情况的数量进行对比,得到一个比例数值,以此类推,再算下一个比例数值。之后,将所有的比例数值相加,得到一个小数。下面,将分析诗歌中正方形、人字架三角形、小角度锐角三角形及大角度锐角三角形的数值对比情况。此处仍采用前面使用的符号标志,即重读音步用"U"表示,非重读音步用"-"表示。不再列举具体诗句,而是直接使用符号模式,将原来正方形节奏的两行诗句排列为一行,于是得到已变成一列诗句的模式:

$$UU|U-|UU|U-|UU|U-|UU|U-$$

从第一个偏离音步到下一个偏离音步的对比,呈现出均匀性,间隔均为 $1:1$,用"|"隔离的抑扬格,用公式表示为:

$$\frac{1}{1}+\frac{1}{1}+\frac{1}{1}+1=4$$

需要指出的一点是,最后一部分呈现出一个正常的音步,记作数字1。分子表示偏离的音步总和,分母则代表常规的音步总和。

三角形人字架为:

---

① 〔俄〕Белый А. Собрание сочинений. Ритм как диалектика и《Медный всадник》. Исследование. Москва,изд.《Дмитрий Сечин》,2014,с. 61.

$$U-|UU|U-|U-|UU|U-|UU|U$$
$$\begin{array}{ccc} | & | & | \\ 1 & 2 & 3 \end{array}$$
$$U-|UU|U-|U-|UU|U-|UU|U-$$
$$\begin{array}{ccc} | & | & | \\ 1 & 2 & 3 \end{array}$$

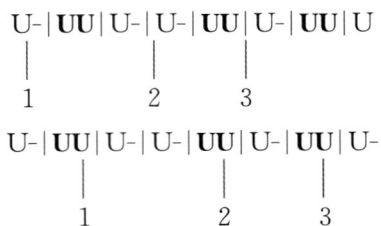

此处一共有三个偏离的音步,从第一个偏离音步到第二个偏离音步,其间共有两个正常音步,记作分母 2,一个偏离的音步,记作 1,比例为 $\frac{1}{2}$;从第二个偏离音步到第三个偏离音步,其间共有一个正常音步,记作分母 1,一个偏离的音步,记作分子 1,比例为 $\frac{1}{1}$;将其相加,之后再加上一个正常音步 1,得到公式如下:

$$\frac{1}{2}+\frac{1}{1}+1=\frac{(1+2+2)}{2}=\frac{5}{2}=2.5$$

通过这两个图形的对比可知,正方形节奏比例数值构成更加简单,为 $\frac{1}{1}$;而相比较而言,人字架三角形就要复杂一些,有 $\frac{1}{2}$ 和 $\frac{1}{1}$ 两种比例。小角度锐角三角形和大角度锐角三角形的计算方法与此相同,但数值不一样。

小角度锐角三角形比例为:

$$U-|U-|UU|U-|UU|U-|$$
$$U-|U-|U-|UU|U-|$$

$$\frac{1}{2}+\frac{1}{4}+1=\frac{(2+1+4)}{4}=\frac{7}{4}=1.75$$

大角度锐角三角形比例为:

$$U-|U-|UU|U-|UU|U-|U-|U-|U-|U-|UU|U-|$$

$$\frac{1}{1}+\frac{1}{5}+1=\frac{(5+1+5)}{5}=\frac{11}{5}=2.5$$

别雷认为,通过将上面两种几何图形进行对比说明,大角度锐角三角形更加简单,分别为 $\frac{5}{5}$、$\frac{1}{5}$,而小角度锐角三角形为 $\frac{1}{2}$ 和 $\frac{1}{4}$,所以大角度锐角三角形听起来更有节奏感。另外,尽管偏离音步和正常音步之间的距离发生了显著变化,但大角度锐角三角形比例的总和(2.5)与人字架三角形比例的总和(2.5)相等。而且,比例数值越高,听起来越悦耳。后来,别雷用这些比例值作为数据,绘制了节奏曲线图,称为"节奏姿势"。当然,"节奏姿势"在别雷的理解中是与声音和意义密不可分的,并能使内容和形式相一致的陈述得到进一步深化。关于这一点,在《节奏辩证法与〈青铜骑士〉》一文中也有体现。在该文中别雷多次提到,可根据小数画出曲线图,形成节奏姿势。"让我印象深刻的是数字曲线的层次变化与文本内容的一部分到另一部分过渡之间的惊人联系。我很清楚,我绘制的曲线不是一时兴起和偶然的,而是表达了内容的对应物。对应的性质仍然模糊不清,但从对曲线的数十次检查,从文本图像变化与曲线水平变化之间的对应关系中可以清楚地看出某种对应关系。同时,在内容上我攫取的当然不是抽象语义内容,而是经验、情感、形象、想法、意志冲动的全部材料。所以在一种情况下,曲线水平的下降或上升显示在从文本图像到想法的过渡上:或从思想到情感,或从一种情绪到另一种情绪(从光明到黑暗),或从图像到相反的图像(例如,从光明到黑暗)。对于一些诗人来说,曲线更容易让人思考(例如,丘特切夫);对其他人来说,是一种内在的语调手势(例如,普希金)……"[①]

第四节　节奏辩证法

别雷在《节奏辩证法与〈青铜骑士〉》一文中提到,节奏是一种辩证法,具有普遍性,体现出一种原理。他以用石头建造房子为例,指出重要的不是石头本身,石头不过是建筑材料,关键是建房子的原理。"而'纯'科学,在追求准确的过程中,有一种生活倾向:掌握生活中所体现的辩证原则。它(房子)的材料是依据一定的建造原理排列起来的石头,而不是石头本身。建一栋房屋,形成的是具有特定内部结构的建筑物,不是一堆砖瓦石块。原理是科学的目标,如果该原理至少有可用的最低限度材料,则必须建造该建筑物,建造一排房子就等于建造了十排房子。"[②]正是这种规则的存在,才将体现原理的节奏视为辩证法。别雷一直孜孜不倦地寻找规则,因为"每门科学都有一个目标:找到一个原理,它不仅是一个事实的结论,也不仅仅是一个有限的归纳,也是第一个数学推导,

---

① 〔俄〕Белый А. Собрание сочинений. Ритм как диалектика и《Медный всадник》. Исследование. Москва, изд.《Дмитрий Сечин》, 2014, с. 62.

② Так же, с. 11.

即预测能力:规律和现象"①。别雷将节奏视为辩证法,因为辩证法是蕴含在所有思想家头脑中的一条原理,别雷称其为一盏灯。"《作为辩证法的节奏》这本书标题的悖论变得平平无奇。这个题目如同古老而著名的歌曲,由不止一门科学在历史中传唱,在科学努力制定原理的过程中……甚至从远处看到一个原理,就像一盏指路灯,没有它,漫无目的地用事实使科学超载,这只能是科学的压舱石……"②

别雷继续用形象的方式解释把节奏视为辩证法的原因。"仅通过解剖学和生理学,死骨(钙质外壳)和依附着活组织的骨骼,这些骨骼经历了儿童软骨的变形,变成了老人的骨骼;在这种变形中,骨骼和软骨是与物种属相同的结缔组织的变体……并且我申明:要了解骨、韵律、形状、组织硬化——拿这些骨头、韵律、形状、硬化,原则上是整个组织的变形,我将变形规则称之为节奏规则。"③此处,以人头盖骨随着年龄变化为例,别雷意图弄清人儿童状态的软骨变成去世时头盖骨的变化原理。节奏原理如此相似,即厘清如何用同样的词汇写出不同的诗歌。

在阐述了作为辩证法的节奏之后,别雷进一步阐明了节奏如何体现辩证法这个问题。根据辩证法的正题、反题与合题三个阶段,合题用数学公式表示为 $\sqrt{a^2}$,根就是 $\pm a$,其中根代表内容和形式的辩证统一。别雷在该书中写道:"我的神秘主义是,在'$\sqrt{a^2}$'中没有单独的、静态的和纯粹的内容('+a')或者形式('-a'),但有形式与内容相统一的 $\pm a$……"④

在作为辩证法的节奏中,还体现出节奏的另外一些特点,主要包括以下五个方面。

(一)节奏具有内在性

此处节奏的内在性,是指它是身体器官特有的本性,而不是人身体之外的事物或者现象,并且先验地存在着。"这种变形不是在过去几千年的某个地方给予我们的,而是在我们自己身上发生的:在我们体内的线性声音起源的系统发育原理中,就像一个由内在旋律决定大小的胚胎。节奏是我们在选择单词和

---

① Так же,с. 11.

② 〔俄〕Белый А. Собрание сочинений. Ритм как диалектика и《Медный всадник》. Исследование. Москва,изд.《Дмитрий Сечин》,2014,с. 12.

③ Так же,с. 14.

④ Так же,с. 15.

线条之前的语调,每一个诗人自己都称这种旋律为节奏。普希金、布洛克、布留索夫、费特、马雅可夫斯基、歌德,无论方向如何,都认为声音是第一形象和认知倾向。诗以具有一定语调的声音传给我们,节奏是内部语调的印记,它决定了一个物种或大小的线条类型的选择。"①

(二)节奏具有动态性

不同于希腊人强调空间上的对称性和静态性,别雷更加强调时间上的动态性,也就是节奏。也就是说,别雷的节奏观念并非静态化的,而是具有动态性和协调性的,能够将现象的多样性转化为统一性,为自我认识和理解超越理性范畴的"纯粹意义"开辟了道路。

别雷进一步指出,节奏具有流动性,正是这种流动性使每首诗具有特有的节奏,这就不同于固化的格律。

"节奏是形式上的主要声音的痕迹,反映格律诗行类型的风格选择,因此每首诗,相同的韵律,由一个独特的风格组成,这正是所寻找的节奏。节奏是一种定性定量的调性,不能用韵律单位分解:它是一种形式外壳上的动态过程的痕迹……"②

节奏的动态性促使诗歌话语始终处于相互关联的网络中。"在韵律中,格律的概念是一个普遍概念。康德会说:当我们想到格律时,我们把它归入'普遍'的数学范畴;当我们有节奏地思考它时,我们把它归入'交互'的范畴。那里是机械原理,这里是动态。在后者中,它被纳入音步的合成中,在其中揭示了一种在格律中没的新属性。可以说,音步的化学物质正在被消除。"③

(三)节奏具有群体性

别雷从声音发生学的角度论述了节奏的群体性特点,指出了节奏的客观性。此处,诗人只是声音的接收者,节奏起到的则是一个媒介的传导作用,而接收到的就是集体无意识观念。

"诗人在表达时是带有语调的,但它的表达是对诗人声音的反映,他是对赋予声音的回声。在声音和反映过渡之间,诗人需要从事复杂的工作,去关注声音,以及在内心语调中专心致志,以期重新创造声音。然后,声音已经表现在语

---

①　Так же, с. 17.

②　〔俄〕Белый А. Собрание сочинений. Ритм как диалектика и《Медный всадник》. Исследование. Москва, изд.《Дмитрий Сечин》, 2014, с. 25.

③　Так же, с. 27.

调中。心脏的跳动永远是一种工具,诗意的有机体是一个喉舌,集体的嘴唇依附在上面。但是为了让事实发声,诗人'必须'戴上一种无线电接收器。命令来自以太的无线电波,而不是路过批评家发出诗人'应该'的声音:命令是虚构的!诗人从虚构跑向无线电波:这是他的职责。

诗人用形象表达他们的任务。他们断言(不分流派),声音、节奏、内部语调是'秩序'再现的第一阶段。声音作为第一个要素,是由普希金和布洛克指出的;马雅可夫斯基指出,还有节奏。但是声音不是作为一个简单的量来呈现的,而是作为这样或者那样的定性呈现的。声音的音调是由向诗人发出声波的群体决定的。未来诗句的节奏,或谐音的表现,是内心语调的反抗。"①

别雷在此表达的思想是,声音具有一定意义,并且具有某种节奏,而节奏所呈现的是一种集体力量,这种力量以宇宙存有的以太波,即节奏的形式传达给诗人,诗人将其表现在作品中。

(四)节奏先于创作

作为辩证法,节奏表现出形式和内容方面的限制,但同时又赋予它们新的意义,打破以往对形式和内容的狭隘理解。"我觉得节奏是一种形式,因为可以将诗行中的点连接起来,绘制出曲线图,并对它们进行计算;节奏是我这位艺术家所熟知的那种悠扬的声音,图像和具象的内容都由此诞生……"②此处,别雷强调节奏先于创作,贯穿作品的始终,由节奏引导出作品中具体的事物形象和故事内容,从而达到内容和形式的统一。

(五)节奏先于格律

格律是不变体,节奏先于格律。"节奏作为一种诗歌形式的起源,揭示了原始属中物种形成的相同辩证图景。古代部落生活中的和声、旋律、语调、节奏(随意喊叫)和未意识到的节拍自成一体。该系统仍然是未定义的旋律,既不是歌词,也不是史诗,也不是诗歌,也不是音乐,也不是散文,也不是我们次要的正式标准中的诗;同时,这也不是混乱。在我的语言中,这意味着:节奏先于格律,节奏是一种格律。各种格律在使用时的各种沉积是一种选择现象,即格律中一

---

① 〔俄〕Белый А. Принцип ритма в диалектическом методе //Вопросы литературы. 2010. №2, с. 250.

② 〔俄〕Белый А. Собрание сочинений. Ритм как диалектика и《Медный всадник》. Исследование. Москва, изд.《Дмитрий Сечин》, 2014, с. 22.

些特征的存活和其他特征的萎缩。格律是各种稳定的节奏,是主要的语调。"①

本 章 小 结

别雷一直坚持认为,当代艺术家的首要任务是寻找丢失的节奏。因为在协音、和声、节奏和旋律中印刻着某种初始原则。

"节奏不是一个抽象的公式,而是在诸多变化进程中寻找到组织这些进程的某种统一的原则。节奏不仅是理性的产物。您需要能够看到事实背后的意识形态和想法……虽然它尚未完全由抽象符号表述出来,但被我们视为一个活生生的、动态的元素,它蕴含在每一个事实之中,并将这些事实组织成一个有机体。我们缺乏节奏感,我们习惯于把一切都简化为理性的、抽象的概念。"②以及"……节奏是混沌的动力,把混沌变成一个圆舞。节奏是一种磁流,将一堆杂乱无章的锯末变成一个和谐的整体"③。

可见,在别雷的文学理论批评与文学实践创作中,节奏是贯穿始终的主题。1910 年 4 月,别雷的《象征主义》一书由缪萨革特(Mycaгет)出版社发行,随后出版社组织了一个以别雷为首的小组。在别雷的引导下,组员很快掌握了统计方法,随后开始用此方法研究五音步和六音步诗歌。在取得了丰硕研究成果之后,该小组筹备出版有关节奏的教科书,可惜的是,书虽然已经完成写作,但却没有正式出版发行。别雷又按照节奏创作了诗歌《交响乐》四部曲,根据节奏对小说《彼得堡》进行了第二次修改,撰写了有关节奏的文学理论,发表了有关节奏的社会意识形态方面的文章,并多次举办了有关节奏的讲座。据统计,在1917—1920 的三年时间内,别雷做了 30 场讲座,探讨节奏与意义的关系、节奏与诗歌语调的关系等。为了让观众有直观的体验,作家一如既往地精心准备了149 张图表。

总之,节奏一直是别雷学研究领域的核心议题,别雷本人对节奏也具有自己独特的见解,他在创作中还对声音(听觉)、色彩(视觉)、形式和意义给予极大的关注,无疑,节奏在其中起到了重要的作用。

---

① Так же, с. 16.

② 〔俄〕Белый А. Ритм и действительность. Ритм жизни и современность. Москва, изд. *Искусство*, 1989, с. 173.

③ Так же, с. 174.

第三章　优律思美

■ **内容提要：**

　　本章探讨优律思美的含义、优律思美与现代舞的博弈、优律思美的意义所在等。厘清优律思美的含义有助于理解别雷的文学观，可以进一步了解别雷论著中有关的阐述。当然，优律思美也构成别雷文学观不可或缺的一个组成部分。

　　舞蹈成为理解别雷本人及其作品和思想的一个关键词。在诸多关于作家的传记和回忆录中都提及别雷的舞蹈，他的舞姿很怪异，甚至在关于他的画像和漫画中也可以看到同样怪异的舞蹈姿势。同时，舞会也成为别雷诸多作品中所涉及的一个重要场景。别雷对书中主人公的舞姿描写，甚至对个别姿态给予特别的关注和描写，例如跳舞时手的舞动。其实，别雷从小就接受舞蹈的训练，他很快就喜欢上跳舞，在接受施泰纳人智学思想后，同舞蹈有关的优律思美也纳入他的视野。

　　优律思美（эвритмия）此概念源自希腊，意指和谐、有韵律的动作，是一种用动作描绘词语的视觉艺术。这个概念是由哲学家施泰纳提出并发展起来的。在施泰纳看来，人自身从内在到外在，从灵魂、精神到肉体，就是一个完整的人的系统，表现为活的生命体的活动，呈现出优律思美特征。施泰纳将人分为物质身体、星芒体、以太体这几个部分，认为人是由身体、灵魂、灵性三个层面共同构成的，每一个人的成长都需要这三个部分的共同成长和协调工作。因此，优律思美就是要用肢体律动的方式统一人的外在与内在，达到身体、灵魂、灵性的统一。

　　别雷参加了 1913 年 8 月 28 日在德国慕尼黑举办的优律思美第一场演出，演员们通过舞姿将词汇以可视的方式呈现出来，传达身体固有的宇宙以太体的特征。此后，别雷多次参加在多纳赫举办的优律思美演出，别雷当时的妻子安娜也是一位出色的优律思美演出者，因而，别雷不仅是一名观众、优律思美的行家，而且常常参加练习。另外，别雷钟情于优律思美，还在于他对现代舞持负面的评价。现代舞在别雷看来，是"二十世纪野蛮"和"生命危机"的表征。因为现代舞起源于非洲。现代舞的兴起势必引发重回原初非洲黑人的危机，因为黑人的舞蹈激发人身上的兽性，而优律思美恰恰可以克服这些危机，因为其与更高层次的精神世界以及更深远的宇宙空间相关联。别雷在《声音的诗歌》中做出以下的描写。

"我看到一位优律思美演员，一个传达声音的舞者，她表达了宇宙螺旋般的律动，表达了上帝对我们发声：我们在上帝之声中飞向天空，太阳、月亮和地球在她的手势翻动间燃烧……优律思美舞者将在空中向我们做出神圣的手势，声音将落到手势起舞之间形成的线条上，光明随之降临，我们就像天使一般"。①

如果现代舞被别雷视为欧洲和世界陷入灾难的候症，无疑，优律思美是克服世界大战恐怖的一种方式，甚至是拯救人类的一种方式。1915 年别雷频繁参加冥想课程训练，而冥想课程被认为是静态的优律思美。别雷将静态的优律思美代入自传体小说《柯吉克·列达耶夫》(1915—1916)，小说在词语结构方面被视为优律思美。别雷曾经描写过，小说中的短语是架构在圆周运动中，展示出一些图片，而图片由短语的花环组成。小说描写了舞蹈的场景，其中主人公经历着宇宙的旅程，而不是儿童表演的普通舞蹈。此处，对舞蹈的描写就具有优律思美的特征。别雷强调舞蹈本身，甚至与舞蹈有关的故事，因为舞蹈被小主人公视为精神世界的反映，作为"不是我们生活的尘世，站在我们身后的宇宙"的象征。因此，别雷在德国师从施泰纳期间，形成了现代舞与优律思美对立的模式，现代舞作为负面和消极的承载者，而优律思美体现积极的一面。现代舞引起别雷的厌恶和惊恐，因为别雷意识到，现代舞场所充斥着毒品，是一个至暗之地，现代舞破坏了道德，是人类陷入放荡的深渊境地。现代舞也被证实是政治的载体，反映出政治的含义，别雷甚至认为，现代舞等同于法西斯主义。别雷后来在《生活节奏与现代性》一文中表达出来现代舞具有的政治性："节奏是混乱的动态化，将其变成一个圆形的舞蹈……你需要携起手来，形成一个链，一个圆圈。矛盾的混乱必须变成舞蹈。理解现代性就是形成一个圆形的舞蹈，一个圆圈，一个链条。这是节奏，而不是扰乱邻居的动作，而不是踩到任何人的脚。节奏是对每个单独的韵脚作为一个整体的考虑，决定了每个部分在韵脚的集体

---

①　〔俄〕Белый. А. Глоссолалия. Москва，изд.《Evidentis》，2002，с. 12-13.

中占据的位置"。[①]

别雷后来回到俄罗斯后,由于1923年人智学团体被解散,不再从事优律思美的活动。

综上所述,施泰纳通过一系列复杂的事件,制造神秘的氛围,预言不久将来会发生的事件及其发生的必然性。别雷听400多场施泰纳的讲座,积极参与优律思美的实践研讨会。优律思美是一种形成灵魂自我意识的动态学习系统。根据施泰纳的说法,优律思美不仅是一种舞蹈,而且是一种"可见的言语",一种表达内部声音与外部情绪的运动。施泰纳热情的精神服务与别雷对基督教的特殊观点,其神秘的根源和仪式相关联,这表现在他对"玫瑰十字架"思想的迷恋中。别雷师从施泰纳,获得关于呼吸练习和训练记忆、意志力和超能力的方法,掌握感受自身星体存在的技巧,即离开肉体渗透到精神实体的世界。在学习过程中,别雷擅于运用绘画,描绘"内眼"所见到的世界,譬如栖居在月球、土星和太阳的众天使、天体的层级以及天庭的景观等。因此,通过神秘思想,别雷掌握理解宇宙的奥秘,用以建立一个新的神秘现实世界。但是,参与者因为无法获得如此深奥的知识,因此形成了白银时代特有的"精英圈",圈内人士如同著名的古希腊厄琉息斯密仪一样,获得了最高的真理,并准备在最严格的保密气氛中进行一场精神革命。但在德国的七年,别雷始终处于贫困状态下,在熟人的帮助下勉强度日。别雷经常以独特的穿着和独特的舞步出现在晚会上,造就了独特的文化个性,通过语言和音乐节奏体现强大的宇宙生命力量,通过肢体运动,模拟宇宙的创造过程,通过节奏的同步,以期建立个人、群体、宇宙的和谐关系。通过练习可以获得这种节奏感。练习基于肢体、声音、节奏的基础上,赋予肢体动作[别雷称其为姿势(жест)]一定的意义。这在文本中有所描写。语言的优律思美借由肢体雕刻出空间的生命力量,表达并成为这声音语言中本身存在的力量动作姿势及韵律。

本章小结

优律思美思想很难进行阐述,因为这个观点散见于别雷的论著中。此处只论述两点。

---

① 〔俄〕Белый. А. Ритм жизни и современность. Ритм и действительность. Москва, *Искусство*, 1989,с. 343.

一是表现在别雷对色彩和词语姿态的描写中,这在《节奏观》一章中有所阐述。别雷在《声音的诗歌》中用字母 a 表示双手向两侧伸直,字母 e 代表两手相交,字母 u 代表双手向上,手指向上指的动作。同时,每个字母又具有色彩的意义,例如字母 a 代表白色、飞翔的东西,整体表达作者的兴奋和期盼。

二是表现在对曲线的追求中。曲线也被别雷比作某种姿态,这在第二章"节奏观"中也有所描写。别雷师从施泰纳时期,常常进行冥想练习。他经常用螺旋曲线或者图形记录冥想时刻的记忆画面,以此表达精神上经历的死亡,别雷也将这种方法记录在自传体《怪人笔记》之中。别雷用图像表达心灵情感,因为他延续了表达神秘内容时借助视觉艺术的传统。这种现象在神智学和人智学领域并不少见。例如,著名的画家康定斯基就是利用图画色彩表达神智学的感受。

第四章 自我意识观

■ **内容提要：**

　　本章探讨别雷的自我意识观①。主要包括自我意识的内涵、自我意识的模式、自我意识与他者、自我意识与文化、自我意识中的人格与个性五个小节。通过这五个小节，力图厘清自我意识所包含的具体内容，以及别雷在其论著中常用的一些术语。本章的讨论对理解别雷晚期的重要论著《自我意识的心灵》有一定的帮助。

第一节　自我意识的心灵

　　自我意识的心灵（самосознающая душа）从俄语词的构成来讲，由四部分构成，即 сам、со、знающая、душа。第二个词 с 作为一个前置词，具有和……在一起的意思，根据德国别雷研究学者的观点，这里的前置词并没有和后面的动词知晓（знающая）发生关系，构成新词，而是代表与周围环境（宇宙）的关系，这里无疑和人智学的知识相关。根据人智学理论，人处于七个不同层次，地球是其中的一个层级。同时，人本身具有四元，即物质体、以太体、星芒体和我体。物质体是世界万物每个事物都具有的载体；以太体是能量体，提供生长的保障，植物也有；星芒体，又称为情绪体，具有正方面的喜乐的情绪，同时也含有负情绪体，例如悲伤、愤怒、忧愁等，星芒体不是人类独有的，动物也有；我体是人类独有的一个层面，我体的基础是意志。因此，了解人智学理论，有助于厘清别雷的自我意识心灵的观念。

　　施泰纳建构了自我意识的概念，从文化历史来看，自我意识有一个时间段，

_____

　　① 这里的自我意识观在别雷的笔下，通常写作 самосознающая душа（自我意识着的心灵），其中意识着是一个动词，很难找到和汉语相匹配的词语，只能翻译成自我意识的心灵。

大致从 1413 年开始,一直到 1573 年。显然,无论是施泰纳,还是别雷,都认为当下这个时期无疑属于自我意识阶段。而对个人来讲,主要是指人 35 岁到 42 岁这段时间的心灵本质。从而,自我意识既呈现文化精神面貌,又被认为是推动文化进程的个人精神力量。施泰纳认为,人在亚特兰蒂斯时期之后,就开始远离鲜活的感知精神世界,现如今需要使用新的方法找回活生生的思想和生活。别雷继承了这种观点,将目标放在如何发展自我意识上。首先将自我意识分为七个阶段,自我通过七个层级得到发展,并逐步在心灵中产生高尚的自我,之后形成自我心灵或者玛纳斯(Манас)(印度的灵),这是人类精神发展的高级阶段。

但是,别雷的玛纳斯与俄罗斯人智学家波拉瓦茨卡娅(Блаватская)的玛纳斯并不相同。她认为人的心灵向两级发展,一是向下,趋近人的兽性,另一个是向上,接近神性和灵性。但是施泰纳认为灵可以向外转向感觉器官,以此促进心灵个性化和自我意识的发展,但是这样的转向也会导致产生远离灵性的危机。另外,灵可以使思想升华,因为人们在思考到善和真理时,会将终究面临死亡、受时间限定的自我和永恒的心灵联系起来。自我如果能够体会到心灵永恒,人就此就获得了个人的永恒。无疑,此处将自我置于心灵的中心地位,理智、意识心灵、直觉作为自我通向心灵的桥梁。意识的心灵类似亚里士多德提出的具有理智能力的努斯(поэтикос),努斯不是天生的,而是后天培育的,需要人积极地参与才能出现。通过努斯的积极作用,人可以靠近神性,因为在认识的活动中具有普遍、永恒性的努斯与个人心灵的理智活动发生纠缠。施泰纳认为,心灵在认知中能够达到永恒的精神世界,但同时也保留在肉体中,具有个性化特点。心灵虽然没有前存在,但是却有后存在,即死后可以继续存在。

别雷首次使用自我意识的心灵这个概念是在《现代视野中的鲁道夫·施泰纳与歌德》(1915)一书中。别雷认为,自我意识的心灵是认知的一种特殊能力,这个能力意味着,能够使内容理性化、层级化,同时符合鲜活的心灵活动。别雷在此书中还曾使用呈现(становление)这个词,以此代替意识着这个形动词。别雷曾用呈现这个词,是因为他认为呈现更能体现出不是事先确定的,而是一种慢慢进行的运动和过程。当然,别雷使用这个词来自歌德的呈现,显然,别雷用来表达思想的变化,而不是歌德所指的初始植物的变体。但是最终别雷还是按照导师施泰纳的翻译,稍加改动,变成自我意识的心灵。其实,无论自我意识的心灵还是呈现,究其原因,还在于别雷竭力表达事物、事件和思想的动态性。自我意识的呈现在具体的文化史中。并且通过考察文化,可以得出初始自我变体和呈现出节奏的结论。节奏在此体现出天使的表情,也就是心灵实体或者思想的表达。别雷将文化史看作一部反映人类自我意识的历史。在人类文化史中,具有个人意识的人们,是作为人类先锋的代表,被别雷称作世纪的头颅(чело-век)。(详见后面《自我意识与文化》一节)

综上所述,自我意识的心灵,在别雷看来,是一个人可以自己创造的最高精神等级玛纳斯,也称为自我意识。为了达到玛纳斯的程度,首先需要转向自我。通过对自我的反思,精神与灵魂产生了某种联系,同时发展和提升自身的修为。别雷将达到的玛纳斯层级特征表达为根据有机体的模式将整体和部分联系起来。达到玛纳斯层级的人可以与灵魂世界,包括九个阶层的天使和基督耶稣本人进行沟通。与灵魂世界的沟通,不是与他们的融合,这是一种单子的状态,即彼此之间独立,保持彼此之间的差异,但又互相联系,这为自我与灵魂的协作提供了条件。并且联系不仅仅局限于自我与灵魂世界的范畴,还包括自我的不同转世和个性中的各种人格。从自我意识出发,形成了倍增能力的整体关系的最高意识形式,与精神世界相连。如果人们一起进行这样的练习,那么它就可能变成他们在基督里的精神结合。别雷试图不止一次地在图表和比喻图中表达这种形式的关系。别雷自我意识的中心目标是面向心灵,在一中结合许多人的意识,向更高阶段发展,达到结合单元—两元—多元。这对人智学进行了创造性的解释。

第二节　自我意识的模式

意识的心灵这个概念的产生可以追溯到古希腊时期,这个概念在中世纪已至现代都得到了运用和发展。在此基础上,施泰纳创建了自我意识,此概念不仅包括对以往记忆的留存,还包括对形体的保留,犹如印度教中梵的个性,即有星际的、宇宙的和肉体的。同时,心灵个体化,身体神圣化,与神智学不同,人智学心灵内核包含在人的留存、释放,特别是人的发展中。个性的我和神性的我相融合,人的特性不仅没有缺失,而且还得到了扩展。借助于直觉感让"自我"和"心灵"联系起来,是施泰纳人智学的核心要点。

与施泰纳人智学的不同在于,别雷创造了一种模式,这个模式作为心灵和灵性的中介,起到了象征化的功能作用。这个模式建构的理论依据是歌德的变形理论和施泰纳的认知理论,具体来说,是认知的物力论(以力或者能量解释宇宙)和认知的内在论。别雷在此基础上创造了作为逻辑具象主义的移动思维模式,而自我意识的模式受到逻辑具象主义的限定。施泰纳认为,对客观现实的所有意识都受到判断的制约,而作为判断行为的意识则是判断的前提。意识在此被理解为一种智力活动。换句话说,概念的形成过程要早于固定的概念本身,从而,意识本身的过程更加重要,在此具有现象学特征,体现意识的活动(也就是认知过程)通过认知意识和现实产生联系。需要指出的是,施泰纳和歌德都认为有一个原始的力量推动了世界的形成以及万事万物的生死枯荣和成长变化,成为事物变形的动力,歌德称其为内驱力。同样,施泰纳通过客观现实、意识活动、意识三角形的方式将流动的思维和现象世界联系起来。这种作为认知的具象—移动方式的物力论(内驱力)使认知的内在化成为可能,在思维活动的过程中将现实世界和精神两个世界变为一个整体,将思想和现象的结合从几何学转到了感觉上可认知的世界。别雷强调认知方法的内在特性,称为逻辑上的具象主义。内在性能够在运动形式和节奏中反映生动的思想和心灵本质。也就是说思想不能针对一些僵死固定的概念堆积,而是在移动中的相互关系中,通过一系列概念的结构或者时空体产生意义,是内在化的结果。毫无意外,别雷将此观点通过艺术形式表达出来。他想象地将思想比作彩虹,别雷认为彩虹不是一个水滴的结果,而是通过一系列折射形成的。同样,自我意识是一种思想或者精神,其中包含形象、概念和其他认知形式,并且是不断运动的,处在具象的相互关系中。在空间上,别雷将具象确定为结构,而在时间上,确定为主题的变奏。具象在思维运动中呈现出空间结构或者时间变奏构成了个人的特性。

　　总之,物力论和内在化构成别雷自我意识模式的基础,物力论以力或者能量解释世界和宇宙,例如,别雷生命的创造,就以力为推动能源,激发生命向前或者返回起点的运动。认知上的内在论,也称为逻辑上的具象主义。认知上的内在论在物力论和内在论的基础上创造了逻辑具象主义的移动思维模式,意识被理解为一种智力活动,意识的呈现过程无比重要,通过活动将意识和现实世界关联起来,认知的这种具象—移动的方式,使认知的内在化成为可能,在意识活动中将主客体连接成为一个整体。而象征化即主题的变奏和空间结构成为自我意识的认知方法。这种认知方式就使自我成为永恒的自我。别雷将施泰纳的理论和他对心灵的认知,即关于人的内部秘密的学说联系起来。别雷将单元—双元—多元模式看作是自我认知的活动,在历史和文化的现象中寻找痕迹。这种模式使他能够对历史中的自我意识的发展形式和状态进行分析。分析的结果直观上呈现为一条曲线。而这种曲线分析方法是别雷常用的一种数学手段。侧面说明别雷一直力图创造多维的艺术形式,即将人智学、哲学观、科学观和形象的、自由的艺术观点结合起来。

第三节　自我意识与他者

自我意识通过他者塑造自我形象和形成自我概念。费奥多尔·斯捷潘(Степан Ф.)试图解释别雷关于勃洛克的书的主角其实是别雷本人。"事实上,别雷整个创作生涯一直专注于'自我',他所做的只是描绘'意识全景'"。① 通过重新塑造自我,他将勃洛克视为平等的他者,进行多维度的对话。别雷对勃洛克的对话并不是引用、摘抄,而是心灵上与别雷对话,被巴赫金成为内部对话,在对话的刺激下,形成了别雷对立矛盾的多重人格。在勃洛克的回忆录中,别雷的自我不仅仅是一个变化的个体,而且是自我与他者对立的一系列变化。

一、他者之一:勃洛克

别雷与勃洛克的关系是一种对立的,包括友好与敌对、喜爱与排斥两对矛盾关系,夹杂着爱恨情绪。别雷对勃洛克的描写,不局限于记忆的回溯,而是按照艺术规则展示自我的每一次变化,呈现出一个反思、痛苦、遭受迫害的自我主体。与我相对立的非我是反对自我的一种力量,这种力量包括亲属、友人,甚至整个社会群体。这种对立力量具体体现在他与父亲关系,他与勃洛克、勃留索夫、梅列日科夫斯基等人的交往感受。这些人作为非我—大他者和小他者的象征,贯穿别雷所有作品中。这些因素和对立形成固定的模式,贯穿别雷的大部分作品中。同时,固定模式促进了别雷自我的成长,主角别雷的个性成为文本的主导者,其个性成长预设作品情节的发展,构成动态的叙事,别雷对主人公行动、情绪和爱恨等心理的把握成为文本的一个关键要素。例如,他尊称勃洛克

---

① 〔俄〕Степан Ф. Памяти Андрея Белого. Воспоминания об Андрее Белом. Москва, изд. 《Республика》, 1995, c. 171

为他的精神导师,但同时也对抗勃洛克的一些特点。对勃洛克的回忆记录成为别雷自我意识的实验室,甚至对波洛克进行自我认同。因此,他们的意识形态和文学分歧每次都被别雷痛苦地感知,对勃洛克的个人背叛,是对作为同面人的背叛,也是作为他自己一个人格的背叛。别雷对人格有整体和形象的集体性的含义。形象的集体将一个人的自我和非我结合起来。别雷通过两种方式实现这种结合。一方面,别雷解体为一些矛盾的人格,这些人格戴着伊万诺夫、梅列日科夫和勃洛克的面具,出现了各种别雷化的"集体"。另一方面,别雷和友人的个性同时出现。例如,勃洛克既被识别为别雷,也被识别为勃洛克本身。有时,他者执行心理催化剂的功能,他们通过他们的存在,以自己的方式,有助于凸显别雷的某一个人格。他者的观点都对别雷产生影响,也形成别雷自我表达的特定模式。他者像一面镜子,别雷被倒映出来;同时,别雷也凝视着,以便更好地看到自己的面容。自我认同是在与他者的交流和与他者的互动中实现的。在与勃洛克成为一个不可分解的复合体中,别雷以不同的方式感知他,这使他能够以不同的角度,以发展的态度看待诗人。变动的视角不仅可以从多方面审视勃洛克,而且也反映出别雷自己不同的侧面或人格。别雷抑或作为勃洛克的兄弟,抑或成为勃洛克的同貌人,抑或成为勃洛克的对手,每一个形象都在别雷心中引起不同的反应,激活别雷不同的潜能,并且实现多重的自我。在《世纪之初》中,别雷阐述了他对自我变化的思想:"自我变化取决于自我进入何种社会组合:人格(或复杂的'abcd'的'a')不是作为'a'而生活,而是作为每个关系的总和(在'ab'组合中体现出一个,在'bacd'中体现出另一个);'人格'对我来说是一个来自集体并且从集体中获得的个性"。① 因而,别雷在诸多回忆录中通过从一个集体到另外一个集体的转换,揭示自我变化的各种特征。

别雷对勃洛克的描写采用两个空间的艺术对位方法,即通过他与勃洛克的日常生活和诗歌生活来代表两个诗人的不同点。同时,别雷还使用理智化的时空记忆和跳跃的色彩记忆。具体来说,理智记忆是指空间记忆方法和时间记忆方法,能够将事件所处的场域和时间,即空间和时间准确系统化,指出确切的城市,如莫斯科、圣彼得堡等,以及确切的时间,如 1901 年,1905 年,1907 年,1910年。而与之相反的是一种颜色记忆法,记住的只有颜色、斑点等,此处自我意识反映的不是处于日常生活中的人格,而是具有种族和集体性的个体,以及自我意识在智力网络中的跳动。显然,别雷一贯使用色彩表达自我意识。色彩学特

---

① 〔俄〕Белый А. Начало века. Москва, изд.《Художественная литература》, 1990. с. 646.

别吸引施泰纳和别雷的注意,这源于对歌德色彩学的关注和吸收。歌德在色彩学中恢复了对光的封闭式理解,将光视为与黑暗相反的非物质东西,这样才能看到真正有色世界的来源。无疑,在歌德看来,光是内在的神秘精神和心灵。歌德看待光的方法十分独创,因为他发现了一个全新的视角——生理学研究视角,光本身被歌德视为人眼的内在属性。这种方法使人们去探索人类作为一个有机的本性,与超然的世界联系到一起。歌德将人的感官作为研究的工具,依赖于感官对自然的反应,因此,颜色是眼睛的反应,是在光的帮助下形成的。而且,不仅有肉体的眼睛,还有精神之眼,使内光朝向外光。

别雷指出,施泰纳压缩了歌德的观点,用一句话来表达,"光是在直接感知中给予我们的"。因为从人智学神秘主义来讲,根据其来源和定义,人智学最早是指要闭上眼睛来观看世界,用心灵之眼来观测世界、关照自我。此处,别雷以他自己的方式进一步形成了歌德之光的思想。基于这一观点,回忆录作者别雷的内心的成熟,需要一个同路上的兄弟,勃洛克的眼神与回忆录中别雷自己的眼神相吻合。因此,别雷不断将重点放在主人公的眼睛上,以期寻找自我意识、光、光芒。眼睛与眼睛的相遇,彼此之间就产生了纠缠。

在歌德的理论中,所有真实的色彩都是经形而上学光的修饰而得来的,它是由黑暗来决定的。光通过不同强度的混浊介质,以各种方式变暗。"眼睛变得阴云密布"负载一个重要的语义,因为它也意味着混浊,一个人经过规定的道路,从黑暗到光明。然而,"在启蒙道路上迷失的"勃洛克的运动矢量恰恰相反,他是从光明走向黑暗。根据别雷对勃洛克的个人传记及其诗歌的研究可以看出,涉及波洛克的色彩,明显从以前的金色,变成了灰绿色,直至黑色。这三个颜色的变化与布洛克诗歌三卷的色彩图像彼此呼应,别雷对这些图像进行了详尽的分析。歌德以整体、运动的方式看待自然界的颜色变化,别雷将此策略用于探讨勃洛克眼睛颜色、诗歌色彩的变化等。内在体验对颜色具有意义,追求和谐和整体,在阴影中出现补偿色,阴影是黑暗的显示。光与黑暗的变化,构成颜色。

第一次和勃洛克见面,看到勃洛克被金色的光芒环绕,而第二次见面时,这种金色光芒却消失,这令别雷感到困惑,但是感到这是发自内部的光。本着歌德色彩学说的精神,一个人身上的物理特质是与他形而上学光是统一的,是真正的象征。后来,别雷发现波洛克身上出现了暗紫色和绿色,暗紫色已经不是纯颜色,而是混合了黑暗的颜色。别雷认为勃洛克在启蒙的路上迷失了方向,如同俄罗斯一样,进入绿色的沼泽地。后来别雷将精神的镜像投射到施泰纳身上,将建造歌德大殿称作"十字之路"。别雷采用了习以为常的文字游戏 Дорнах‐дорн‐терновый венец(荆棘冠冕),将施泰纳视为基督耶稣,因为他背负了人们所有的病痛,表现出意识和集体个性的特征。而歌德大殿如同各各他山,集中了各方力量、黑暗与光明,螺旋般旋转进入宇宙。后来歌德大殿被大火所毁,别雷认为这是一个悲剧的象征,同时,洗涤一切的火却因为综合了黑暗和光明的因素,而意外恢复了施泰纳学说所倡导的回到原初的状态,就是摧毁腐朽的条条框框所约束、所遮蔽的多纳赫一切事物。

　　总之,歌德的色彩学成为别雷对色彩理解的重要依据。因此,首先需要了解一下歌德的色彩学,这主要涉及两个方面。

　　一是歌德色彩学建立在对光明和黑暗的对比基础上。例如对歌德大殿第一次毁灭的解读。别雷认为,多纳赫歌德大殿汇集了黑暗和光明的各种力量,并且以螺旋的形式进入宇宙空间,与宇宙共筑成一个有机体,但是大殿却被大火烧毁。别雷认为,这是一个悲剧的象征,但火具有光明和黑暗的特点,同时也推进了多纳赫的改革,诸多条条框框的束缚被打破,多纳赫重新回到施泰纳所说的原初状态。

　　二是人的视觉(内在视角)成为色彩的始源,光成为人视觉的内在属性。别雷将此用于很多研究和写作中。他还使用惯用的手法,即分析词的含义。他通过分析 созревание(发育成熟)这个词,得出这个词具有 зрение(视觉)和 зрак(眼光)意思。他认为,一个人的成长离不开自己眼神和他人眼神的纠缠,这样才能促进人的成熟。因此,别雷的自我意识的成长也同样需要对同路人的关注,这样的同路人有波洛克、施泰纳等人,在他们身上寻找自我意识的光芒。例如,他对波洛克的描写。眼神成为重要的语义负载。一般人的精神之路从黑暗走向光明,但是别雷对波洛克眼光的描写却是从光明变成黑暗。这意味着波洛克与此相反,开始从光明走向黑暗。

二、他者之二:施泰纳

　　不同于勃洛克作为他者亦敌亦友的关系,施泰纳在别雷的思想和生活中扮演着类似拉康小他者的角色,人智学的思想也对别雷的人生前进起着极大的作用。人智学试图通过宣扬宗教符号的深奥理论,以期统一不同的宗教信仰。别雷继承了这种思想,对世界进行神性思考,其实,别雷还受到索洛维约夫思想的影响。因此,别雷将发展中心放到艺术上,提出艺术家责任的问题,艺术家成为超验的承载者,是超现实的先驱者,艺术家们通过遣词造句释放语言最神奇的内在力量,另外,语言获得如同巫术中咒语的魔力,对现实产生极大的影响。

自 20 世纪以来,别雷追随施泰纳,为俄罗斯寻找一条新的道路,试图在文化中以个性重铸为目的。别雷认为个性需要去建构,去行动,去揭示和完善精神世界,才能提升自我的最高层级,才能改变现实生活。别雷所谈及的个性带有初始的含义,成为他应该说是的样子,不要附加任何的遮蔽物,无疑,此处具有存在主义的特点。别雷曾在自传中谈及,20 世纪 90 年代中期他经历了意识形态和创造的危机,于是,与施泰纳的会面成为他克服危机、回归精神世界的一次契机。别雷在见过施泰纳后,认定作为一名思想家,需要忠于自己的内心世界。他认为,人智学是精神直觉的体现,直觉定义了他的心灵生活,并形成了自我意识。

施泰纳成为别雷追求的理想人物——小他者。于是,他写道:"在施泰纳身上,我们寻觅到我们一直寻找的东西,那是我穷其一生都在寻找的,他是一个拥有不可估量的精神价值的人,是一位基督教战士"。[①] 从此,别雷走上了精神启蒙的道路,并认同施泰纳关于一个人即便没有指导教师,也可以走上启蒙道路的观点,积极进行冥想练习,以便深入人的心灵深处。同样,别雷也带有宗教思想,因为人智学的中心人物就是基督,人在发展过程中,需要依靠基督的脉动。别雷认为施泰纳就是第二次降临人间的基督,脉动作为一种内在的驱动力,也经常出现别雷的文本写作中,当然,也体现了人具有神性的一面。

对别雷作品的研究得出以下的结论:他的艺术作品文本中人智学思想和象征的反复出现,是对人智学思想在其结构中所起的巨大作用的确认。对别雷来说,人智学不仅是思想的集合,而且是一股活生生的力量,甚至影响着他的整个生命。换句话说,不仅影响作为一个作家,而且影响作为一个人的别雷。与施泰纳一样,别雷坚持这样的立场:通过洞察世界,超感者学会坚定自信地站在生活中。他开始知晓生命现象的原因,而没有这种洞察力的人,就像一个盲人一样在迷宫中摸索。在他的作品中,别雷认为邪恶的根源在于对精神法则的违反,而精神法则与自然法则一样不可动摇。精神法则需要友爱和团结,但是生活充满了仇恨和敌意,需要在所得和给予之间取得平衡,一个人试图尽可能多

---

① 〔俄〕Белый А. Материал к биографии. http://az.lib.ru/b/belyj_a/text_1915_03_material_k_biografii.shtml

地为自己争取。为了避免违反规则，人类的生活必须按照精神规则进行。

另外，对施泰纳而言，认识和领悟世界本质的真正起点不是一个观念，而是认识和思考的过程。这个过程是更强大的力量，是在人类内部运作的机制。整个进化过程包括人类众多形式。人类是由四个部分构成，即肉体、以太体、星光体和我体。自我意识处于最高的层级上，但只有超感官才能获得。别雷在许多作品中运用自我这个概念，自我只有通过内在的活动，才能在有意识的灵魂中显现出来，自我主要功能是改造人的精神结构。别雷认为精神的胜利需要牺牲肉体和自私的行为，这样才能保证人们精神的复活，然而，这恰恰是最难的，这需要克服身体的欲望。别雷认为，人类已经到了发展的转折点和极其危险的时刻。进一步沉浸在物质世界中，可能会完全退化并变成低级存在的物体。唯一的出路是呼唤基督，而且诗人不仅要求他自己，也要求其他人做出牺牲，提升精神层次。因为世界是一体的，要求整个人类通过直觉经验认知精神世界。跟随精神世界的律动，上升到最深的精神层级。因此，别雷认为人智学最重要的任务是形成自我意识的心灵，这不仅体现在每个人身上，而且在整个文化的演变中表现出来。别雷忠于施泰纳的思想，他认为，每个自我个体的日常生活的任务和活动是极其复杂和多方面的，通常，普通人对此一无所知，但他通过直觉体验，会想要防止宇宙被彻底毁灭的悲惨结局。同时，对精神世界的提升不能是机械的、无意识的或抽象的。需要个人在精神上有意识地与世界协调工作。其第一阶段就是吸收关于人类精神存在的基础知识。根据施泰纳的说法，上帝无形地存在于属于宇宙的一切事物中，尤其是在一个人的精神中。

根据人智学学说，几千年前，人类已经下降到物质世界，达到最低的临界点，之后他必须开始上升，回到最初的精神世界。如果说，它的下降是无意识的，由更高的存在引导，那么上升必须由自己完成。因此，人类必须认真考虑和安排日常生活，但是当下却呈现出危机和邪恶的力量。别雷认为，邪恶的根源在于违反了精神法规，因为精神法则与自然法则一样，是不可动摇的。精神法则需要友爱和团结，要求每个人对自身负责，但是人们往往试图摆脱精神法规的束缚，这样，人们的日常生活生活充满了仇恨和敌意。因此，为了防止违反法规，人类的生活必须按照精神律令进行。

综上所述，别雷的所有愿望和理论研究，都是作为提高自我意识的方法，都是为了未来筹划的，因此具有积极性。

虽然别雷和施泰纳是在 1912 年认识的，但是别雷思想上的变化却不是截然分为两个部分。他们的会面以及后来别雷师从施泰纳研究人智学，并没有成为别雷思想上的分界线。从本质上来讲，别雷自己曾经说过，施泰纳的学说让他感到熟悉。施泰纳认为人类的肉体有三个层次：星光体、以太体和物质体。相对应的灵魂也有三个层次：自我精神、生活精神和人类精神。他对历史的思考，不仅是对过去的沉思，而且是生活在其中。对于他来讲，历史不是描写，而是自身的成长过程、个人的体验，用自己的经验来理解历史，修正现在的一切。他对历史的理解，是对精神历史的理解，将历史作为材料。从感觉器官，这时的社群因素占据主导地位，通过个人与社群脱离的判断精神，达到意识精神领域。而其中的个性或者同一个人许多个性组成的个性又构成了社群，但是已经不是生理上的共性，而是在每个人身上都体现单独的。在历史事件中个人找到了自己的独特性，不困于个人的生活中，而是推广到许多人个人经历的生活中，空间上不限于某个固定的城市，而是随便一个地方，人物上不限定某个人物，作为作家的别雷注重的是个人的体验。不能作为一个客观的描述者，不能作为一个预言家，历史学家应该参与到历史当中，不是抽象的思维，而是具体的、事实的东西，而体现这种事实性的只有那些体验到自我意识，而这种自我意识又能体现种族体系的方法。因为在意识中世界不仅仅是可以意识到，而且是完整的和正在完成的。世界的完整性在意识中完成，并且和意识相符合，不仅是意识到某种东西，而是之前受到洗礼的某种东西。在意识连续的意向性之后，即便意识到某种东西，但是也放弃了所意识到的东西的主要特征，这个世界不在无尽的空间中，而是在人的内心世界中。将历史写成了自己的自传体，自我的感受，所以不会完成，完成时伴随着的只能是死亡。

他的作品中体现出积极的哲学元素。他并不是直接意义上的哲学家，而是一位艺术—人智学体验者，在哲学的范畴内思考艺术家特殊的思想和文学的作用。他的哲学思想带有象征主义和形象性，而不是术语概念性的。别雷一直在思考意识经验中形象和概念的关系问题，带有现代解释学、现象学和拉康心理学的特点。别雷运用人智学的神话词典清除、复活、改编现代哲学中不生动、死板的模式。他只不过将舞台搬到了人智学的神话上。他的哲学性更多是对艺术创作、艺术的本质和意义的反映。因此他更多描绘的是感觉和肉体，如何能够感知、经历和理解现实，具有后现代主义的特点，不仅是艺术的象征化（如同康德和新康德主义所坚持的），而是利用抽象的哲学概念给予他的材料来创建新的艺术形象。他不再将艺术看作是概念的图景，而是将文学看作是人智学的经验,并将这个经验作为自己研究的对象。他将当时流行的哲学问题引入哲学传统场景中。例如,肉体问题,不是生理上,而是以太、星芒(入定)的问题。这个包含意愿肉体、激情的热情的太空整体性以形象的形式存在,在大脑中思索中存在。在思索整体时,就会遇到自己,他重视感受的经验,而不是确定某种目的(宗教的、神秘的等等)。别雷认为人对世界的理解不能只归于想象,我们要经历过星光体——热情和激情的阶段才能认识自己。这样的话,肉体就不再被看作是带有原罪的、具有生理特征的客观的物体。自我呈现的精神不是一成不变的,而是在融化,被热情所浸透,获得思维情感的弥散。它不是意识的主体,而是宇宙的意识,囊括很多我,是集体性的。施佩特指出在艺术作品中只有情感领域给予作家一席之地。但是作家作为个体却与作品分开,从内部、思想和逻辑的角度来讲,我具有社会性,与原初的许多我联系到一起。别雷用词语的形象性来激发这种热情。但是在行走的征途中遇到的不是善和美,而是阻碍愿望实现的恶,和另外的我、死亡的我,但是别雷认为这正是人的转折期。因此他创作悲剧,引用莎士比亚、陀思妥耶夫斯基的悲剧,但是不是为了洗涤心灵、净化灵魂,而是为了和它相遇。是我在他者镜子中的我的悲剧的真实性。艺术通过形象清楚地表达了激情,要唤起我们自身上的热情,以避免另个我经历痛苦,走向死亡。我们正是在热情中感受到另一个我,用理智(判断)将我们带到死亡之地。但是这是在相遇时我们心中萌芽出自我的意识,还没有被道德价值、意识主体和其他形而上和神圣的面具所覆盖的动物的感觉的精神。并不是让他者死亡(意识),而是类似自我牺牲。别雷没有特别关注人智学的术语内涵,而试图在 19 世纪文化中寻找到模式,这个模式是解决 19 世纪象征密码的一把钥匙。他首先将精神分为三个层次:最高层是自我呈现的意识,中间层是判断意识,最底层是感觉意识。19 世纪的思辨哲学是向下的运动轨迹,即从最高层到最底层,别雷试图弄清楚这个轨迹的象征表现。他将此解释的方法聚集到一个关键的问题,即主客体的关系。

造词,阐释词义,释放出语言内在的神奇力量,这被别雷比喻地称作"巫术",带有仪式的特点,并对现实产生极大的影响。别雷有意建立个人之路,施泰纳认为,一个人即便没有导师指引,也可以自行走上启蒙之路。人智学知识成为别雷神话建构的材料,人智学所强调的自我意识使别雷获得一种新的精神和创造力量。

三、他者之三：保罗

别雷自我意识的思想深受保罗的影响，别雷在他的自传回忆录中也传达了同样的思想。

别雷在《自我意识的心灵》一书中指出，第一个具有自我意识的人是保罗。保留的神学思想通过与基督形象的结合反映了真正的基督教。由此，促使别雷开始认真思考基督教具有的新特质和调性。思考的结果表明，保罗是第一个感知并沉浸在基督教的人，他身上完美地体现了前神话信仰，即知觉心灵与包罗万象的知识，包括希腊哲学、犹太经文和智慧的综合。因此，保罗成为自我意识心灵的第一个承载者。并且，从时间角度上来审视，保罗不仅在历史上是智慧与意识心灵结合的完美例子，而且在未来发展中是表征的模式。考察保罗的人格会发现，使徒保罗既指向未来，又包含未来。别雷认为，保罗代表的不仅仅是对西方文化心灵和智力发展的期待，甚至是约翰《福音书》中揭示的灵知的延续。别雷详细介绍了传道者约翰与使徒保罗之间的关系，比较了他们所写作品的风格与内容的异同，并建立了联系，这样，使约翰认识论和保罗的上帝教义得以延续。保罗既体现了个性和普遍性，并作为感觉、知识和个人发展的多样性模型被提出。

别雷写道，使徒如果能够得到神的启示，必须具备两个条件：一是上帝的仁慈和爱，二是个人的精神活动，即自我意识努力遇到基督。每个人都必须积极汲取知识，进行常规训练，以便为基督的到来做准备。换句话说："人必须抬高自己，才能与基督力量下降的步伐一致。"这一点可以通过密集的灵性训练和努力来达到。因此，别雷将使徒的话语与人智学的灵性联系起来，同时引导着别雷走向自己的启蒙道路上。"不是我，而是在我身上的基督"是《自我意识的心灵》中不断反复出现的主题。别雷认为，一方面，历史沿着时间轴以及人类精神和智力发展，另一方面，描述了自我意识心灵的形成过程和动能。保罗身上体现的自我不再仅仅是智力上的，而是有意识地感知、坚信和反思自我意识。保罗作为理想人类的主题和"原型"，保罗被证明是《自我意识的心灵》书中的关键人物之一。他的话"不是我，而是基督在我里面"在书中被反复强调，试图唤起别雷与基督的相遇以及对基督冲动的接受。

然而，别雷不仅在《自我意识的心灵》一书中多次提到使徒保罗，并且，对保罗有持续的兴趣，例如他曾在传记中多次强调保罗的思想。究其原因，像保罗一样,别雷强调自我的重要性及其在历史发展中的巨大意义,尤其是在他有关文化和自我意识的作品中强调个性。除此之外,回忆录和自转书中大段的描写表明,别雷故意消解自己的经历,而强调其个性感受和反思。别雷感到他被选择走上大马士革道路,并且经历着其中的一切,这与自我意识的使徒传记有着惊人的相似之处。当别雷发现自己走在通往人智学和心灵的道路上时,他不再盲目地信奉任何教条或教义,而是寻求走一条通往个人自由的道路,要求自己采用一种基于歌德的世界观和施泰纳创立的人智学哲学的研究人智学的认知方法。和保罗一样,他原来也是一位个性主义者。他对神秘科学的僵化形式不感兴趣,也对他的一些追随者所展示的对鲁道夫·斯坦纳作品的盲目服从不感兴趣。对他来说,重要的是每个人的生命和个人发展的特殊机会,并通过接受基督冲动来实现:"不是我,而是我里面的基督⋯⋯"

1914 年 11 月和 12 月,别雷尽最大的努力寻找自己的人智学方法,他越来越强烈地感到有必要与施泰纳的其他门徒和追随者分离。因为保罗也没有寻求任何亲密的盟友,而是为自己打造了独特的经验和概念"工具"。别雷的寻找在他身上唤醒了一种煽动性的热情和对使命的意愿,甚至导致他离开了人智学社团。在克里斯蒂亚纳经历了召唤感之后,他有意识地决定在俄罗斯为人智学工作,在远离人智学中心的地方沟犁,以完成东西方思想的结合。他设想自己成为德国和斯拉夫文化的中介,成为一名虚拟的"国家使徒",旨在传达自己对人智学的独特理解。

总之,保罗作为自我意识心灵的第一个人,是《自我意识的心灵》的关键人物。他被描绘成一个有意识的自我意识文化和基督文化的哲学家。这对别雷来说具有巨大的意义,他成为自我意识显现和成长的他者。

总之,别雷本人也一直强调我和你共同组成的集体,强调与他者的关系,因此,这里运用别雷的原文话语作为本章节的结尾:"在人类自我意识成长过程中存在着节奏,这个节奏使我们有可能将各种文化时代看作是某一个有机体迈出的一步。这个有机体不仅是生物学意义上的人类,而且是 чело-век、时代的前额。当自我意识不断扩大时,集体的个性中的自我越来越感受到与其他集体的联系,我不只是我,而且是有组织的集体,是统一体,是具有潜能的杂多,随着自我意识的增大,我就成为你⋯⋯和通常的我不同,包含了集体,所有的我们。"[①]

---

① 〔俄〕Белый А. Душа самосознающая. Москва,《Канон＋》,1999,c. 504.

第四节　自我意识与文化

在别雷看来,文化是人类意识成长的产物。他在《自我意识的心灵》一书中,从人类自我意识的出现,历时地分析文化中各个时期代表人物所具有的个人意识,从而揭示文化史其实就是一部个人意识史,并且是一部没有完成的历史,因为这个历史是一个动态过程,一个不断运动的过程。

别雷运用的术语"自我意识的心灵",来自他对施泰纳德语"Bewusstseinsseele"(意识心灵)的俄文翻译(самосознающая душа),增加了动态的意思。自我意识的心灵作为人类心灵的一种力量,创造了某个时期独特的风景和面貌,是推动文化进程的不可忽视的动能。

别雷将人、自我与文化史联系起来,他写道:"人只有向前追溯根源,向后展望未来,才能理解作为鲜活生命整体的自我,作为 чело-век,世纪的前额,并通过他者揭示集体的个性。人在历史中,在生活中呈现自己全面的文化特征。文化就是人的面貌(лицо)上的人的生活。由于人的意识是自由的,要为了自己和人类的命运负责,呈现悲剧的人物,只有处于悲剧中的人,才能获得灵魂的复活。人通过外在的死亡获得了内部自我肯定的第一步,在行走中遇到灵魂的自我,于是与永恒在一起成为最重要的事件。生活是从意识生活开始。思想经历三个阶段:肉体阶段、精神时代和灵魂时代。肉体时代出现在印度,精神时期出现在波斯神话中,这个阶段没有个性,只有全人类。从 7 世纪—14 世纪,思想来自神话,个性来自种族,艺术来自神秘世界。灵魂的历史始于人开始认识自己。人需要重新体验历史,以整体的眼光看待历史(自我),其中蕴含着灵魂的种子,需要揭示灵性,灵魂是精神和身体的整体。"[1]

别雷持有的"自我意识的心灵"的观点,可以被称为文化类型学,因为它揭示了其发展的普遍原则,确定了文化发展的四个阶段,并且每个阶段都包含前几个阶段的元素。为了阐述和分析每个阶段,别雷引入了诸多的文化元素,这些元素来自哲学、音乐、文学、建筑学、物理学、地质学、生物学、社会学等。在每个阶段,这些文化元素按照一定的设计进入互动的环节,形成各式各样的组合。之后向下一个阶段过渡。当各种领域的元素组合时,由于个人意识的扩展而引

---

① Так же, с. 539.

起文化危机,为了克服这些危机,于是,新的文化元素被引入组合,这就完成了阶段的交替,真正进入一个新的阶段,实现文化向文明的转变。但值得注意的一点是,文明在别雷看来是固定的和僵死的,具有负面的一面。与此同时,前一阶段的文化发展在向新阶段过渡的过程中,有些文化元素以一种新的形式继续存在。在这种情况下,这些文化元素进入无意识领域,同时从第一阶段移动到第四阶段,获得习惯的属性。因此,文化危机被别雷解释为一个先决条件,未来发展的一个动能、一个节奏。"如果发现了文化过程的节奏,会发现它只有在我们的自我意识作为文化。"为了阐明和理解别雷文化发展基本原则的本质,有必要参考别雷的第二任妻子布加耶娃的回忆录。在关于别雷的回忆录中,她指出,根据别雷的说法,文化诞生了统一和整体,在人类历史上形成了一种特殊的节奏姿态。正如上面所提到的,由于有些文化元素是由于个人意识的爆发而发展起来的,在历史上每个时期都是独一无二的,但却反复出现在历史进程中,以新的身份不断重复,别雷称之为"历史的螺旋"。

与此同时,正如布加耶娃所写的那样,别雷将各个时期的文化有机地联系起来,并形成不断运动的"圆圈"。在别雷看来,危机成为文化自我发展的唯一机会。在其中,别雷看到了文化创新出现的冲动,尽管这个过程同时伴随文明增加的趋势,上面已经提及,文明在此带有负面的意义。在此,文化被别雷视为人类意识发展的轨迹,贯穿所有时代和文化领域。并且,出现文化危机,并不是令人忧思的现象,因为文化危机是人类意识发展的不可逆转的积极结果。

但是由于象征意义处于形式的限制和内容的丰富性之间,造成了象征主义本质上的二元叙事。内容的无限性是一种非理性,而非理性是不可能用绝对符号来思考。这就使象征总是指向两个极端,即形式的有限性和意义的无限性。从这样的角度来看,文化的语义统一显得模棱两可,是有条件的和不合理的。显然,正是这种数量众多的意义与普遍性的形式之间出现了不可调和性,迫使别雷中断了他创造理论的尝试,走上了对其时代进行自传式解释的道路。在他的自传中,他的批判意识,即自我意识渐渐形成,他将其解释为一个象征化过程。正如他对此的描述,"象征"的概念模糊地出现在作者童年的脑海中。起初,它只是作为父母用来识别图像的名称,让幼小的别雷特别着迷。但是,它一经出现,便成为理性意识增强的一个标志。描写诸如此类的回忆,别雷的目的是想表明,在有意识的人格形成过程中,心理和意识形态是密不可分的。另外,象征还有一个特征,即具有形式和概念的特征。诚然,这在《意义的象征》一书中清楚地表露出来。作者区分了象征的不同层级,从具体的个体开始,到抽象的统一。像梯子一样,思想在这里上升到更纯粹的抽象,在相反的方向下降到更深的生活。楼梯代表了一种具体的生活,象征化是一种创造自我意识的过程。因此,别雷曾断言:我从未成为其他人物,但一直是一个象征主义者。按照别雷的设想,自我是三个世界的结合体,并构成三角形:第一个世界是内在的,是人格世界(个性);第二个世界是外在的,是面具世界(社会关系);第三个,是自我意识世界。它被描绘成三角形的顶点,是个性的自我。根据别雷的说法,处于在三角形顶部的是自我意识,而人格处于理性世界,当走向外部世界,便进入面具世界。无疑,别雷借鉴了施泰纳的理论,但没有用它来证实自己的哲学,而是描述自己直接的经验,之后到意识,再到完整的自我意识的发展轨迹。

别雷对文化的理解建立在诗意地想象世界的基础上。第一个实现自我意识精神的文化是文艺复兴,首先是建筑上与人体的相同。不仅圆形的圆屋顶像人的前额,并且单词人 человек 就是表示世纪之前额 чело-век。文化中心是人与自己的关系。文化是个体及自我认知和自我意识的形成过程。

别雷将欧洲史看作一部心灵史。从感受心灵,从种族开始,慢慢出现理智心灵,于是,一个人的人格开始成长,一个人许多人格又重新构成种族,在他者意识中认知自我,不限于地方,包括任何文化历史空间。自我意识沉浸在自我中,可以理解全人类的经历。别雷关注思想和技巧,他提出用模式掌控整个创作过程。

施泰纳认为,历史反映的不是普遍性,而是个性,而个性需要个人内心的体验。显然,别雷受到施泰纳历史观的影响。他在自我意识一书中表达了同样的观点。

19世纪文化运动使自我意识通过理性心灵从高一层级下沉到低一层级感觉心灵,思想家通过一些结构,描绘这个被看作是象征化的过程。别雷描写自我意识进入感觉心灵不是为了让感觉心灵得到提升,或者被替代,而是感觉心灵模式的转变。使用人类的感觉和宇宙的物质性,产生新的物质,一种新的力量,出现新的心灵——精神有机体。自我意识通过能量的转变,能够跨越意识界限,进入超意识世界,与宇宙发生联系。进入超验的个人意识也踏入古代神话世界,在这个领域,我们人类还是处于半人半兽状态,但也恰是在这个领域,包含了增大我的种子,在神话中显现多重的人格,特别是尼采提出的狄奥尼索斯酒神精神。后来,别雷又借用施泰纳的术语,认为人被放置在两种对立之间,施泰纳成为路西法和阿里曼之间。偏重人性就是路西法,而偏重兽性就是阿里曼。解决的办法就是通过上帝的脉动。这里的上帝不再是一个静止的意象,而是动态的。但在律动中形成新的人格品种,但也伴随着痛苦。别雷将上帝的脉动看作是统一体,不是统一体浸透个人意识,而是在理性行动时,发现自我的秘密和与统一体纠结的关系。类似别尔嘉耶夫的思想,上帝并非无差别地创造人,而是具有思想上的个性,上帝创造完成时,呈现出原型,但在接受时,每个人接受的风格不一样,但都将新的品质注入自我中。因为上帝的创造,而个人倾向神圣性。别雷认为自我意识利用最低级的本能为崇高的目标服务。出发点是主体与客体的对立。为了解决博弈问题,欧洲哲学家门纷纷提出解决的方法。其中包括费希特、谢林提出的各种科学方法。别雷认为,费希特感觉意识中"我"的哲学意义,是一种主体化的哲学。而谢林将主体和客体同一化,产生了神话,他认为,这样一来,谢林的哲学就离开哲学领域,进入神话范畴,谢林此处是拒绝解决主客体对立的问题。

第五节 自我意识中的人格与个性

19 世纪末 20 世纪初,出现了一种新的人格概念。当时的学者试图解释人的非理性、超验和潜意识的特点。象征主义代表梅列日科夫斯基、巴尔蒙特、勃洛克等人都发表了各自的观点。其中,别雷在《文化问题》(1910)、《陀思妥耶夫斯基与托尔斯泰》(1911)、《文化之路》(1920)、《文化哲学》(1920)、《自我意识的形成史》(1926)、《我为什么成为象征主义者》(1928)等文章中对人格进行了全面的分析。别雷对人格概念的界定,主要涉及两个问题,一是人格结构中个体与集体的关系;二是人的意识的边界问题。在早期作品中,别雷并没有区分人格和个性,认为个性在本质上是完善的,人的意识处于日常生活和存在之间。他在这个阶段对人的意识的边界问题感兴趣,由此,存在具有了超验的意思。到了 20 世纪,别雷对人格结构产生兴趣,即人格中个体与集体的关系问题。为了使个性的自我变得更加完美,必须转为集体的我,通过集体的我,才能完成自我的提升。之后他受到施泰纳人智学的影响,主要集中在对集体一词的理解上。别雷形成了集体的个体概念,别雷将人格和个体区分开来,个体被别雷解释成一个由大量人格组成的实体,一个人一生必须佩戴的面具,一个人主要指挥这些人格,协调这些人格。在调节中,人格得到了升华,也会转化成集体的个性。在施泰纳的影响下,自我一词也变得十分的复杂。别雷将自我视为人格和个体的同义词,同时,也出现自我意识的定义,从而与意识产生关联。换句话说,自我意识包含了个体、个性、个性—集体,以及与它们所关联的所有知识,自我意识是一个运动的过程,一个将个人不断转化成个体的运动,为此,别雷撰写了《自我意识的心灵》一书。

由于个性所具有的多样性和集体性,需要解决另外一个问题,对个性的管理,指导这些个性。为了使这些人格变成个体,只知道面具和伪装还远远不够,还需要知道如何管理它们。因此,别雷开始思索人格与意识的问题。人的意识处于边缘状态,处于危机状态,对危机的解释和对人类存在的理解,具有了后来存在主义的思想特点。

意识包括无意识、意识和超意识,人类的主要目标在于自我意识,也就是一个人变成世纪的主人,如同别雷一如既往对词语进行拆分解释,他对 человек 进行拆解,变成 чело-век,即世纪的头颅,体现了人暗含的意义,世纪的主人。当一个人的意识处于边缘区域时,意识就从个性转向集体的个性。

别雷将文化视为自我意识和自我形成的历史,随着文化的发展,也同时呈现出自我完善的过程。根据别雷的思想,当下这个阶段,灵魂(дух)的位置被精神(душа)所替代,那么只有通过灵魂的创造力才能突破心理界限,回归初始的灵魂时代。创造力主要体现在艺术作品、生活和语言中。因此,象征主义者十分关注艺术和生活的关系。而悲剧的产生也由于艺术家处于生活的艺术的边缘地带,正在等待分裂的时刻。象征主义将悲剧作为改造的同义词,创造力的悲剧是借助艺术对生命进行改造,一个辉煌的个性是这种悲剧的结合。别雷指出陀思妥耶夫斯基和托尔斯泰给予生活与艺术的三种变体。"三位最伟大的俄罗斯作家:一位是疯子,一位是癫痫症患者,第三位不是圣人,就是疯子。"①作者对此做出判断的标准是个性,此处个性成为生活与艺术之间的模式指标。果戈理是一位疯子,因为他的生活被艺术所裹挟,陀思妥耶夫斯基的艺术与此相反,被生活所覆盖,只有托尔斯泰将艺术和生活结合起来。

到了 20 世纪 20 年代,别雷也同样从个性所处的边缘处境分析了这三位作

① 〔俄〕Белый Андрей. Трагедия творчества. Достоевский и Толстой. Критика. Эстетика. Теория символизма: В 2-х томах. Т. 1 / Вступ. ст., сост. А. Л. Казин, коммент. А. Л. Казин, Н. В. Кудряшева, Москва, изд. Искусство, 1994, с. 396.

家。当一个人进入自我的状态时，星体开始启动并运转，灵性开始在人的意识中呈现出来。每位作家以不同的方式捕捉到这种边界（危机）的状态。果戈理受到星体的干扰，经历恐惧，别雷认为，果戈理没有接纳星体而发生悲剧，最终走向死亡。陀思妥耶夫斯基和托尔斯泰与他的处理方法不同，他们接纳了星体，但接纳方式也不同。陀思妥耶夫斯基出现了痛苦的抽搐，而托尔斯泰全面接受，并且发现自我通过星体的秘密，即在潜意识的文化记忆中才能克服危机，只有在经历人类发展的所有阶段后，个性才能发展到下一个阶段。个性往往不完善、不完整，需要经常进行协调。人格概念在人智学影响下发生变化，个性成为一个集体，需要克服边缘的状态。艺术的目的不是审美，而是发展自我意识。

本　章　小　结

　　别雷的自我意识反映的是多种人格形成的整体性，别雷认为自我意识的机制是一个移动的视角，反映整体的不同侧面。在自我意识的心灵形成的过程中，人格随着时间的推移，辩证地体现出多个人格的对立和变化。别雷称为主题的变奏。

　　在与不同他者的交往中，别雷的某个人格占据主导地位，其他人格被屏蔽。在描述别雷在彼得堡的生活时，别雷不同人格之间的对比也许是最明显的。别雷还善于用自我代替对他者的描写，并且赋予他者的都是自身负面的特点。别雷往往采用转移的方式，将许多对自己的负面影响嫁祸到他者身上，通过别雷—勃留索夫、别雷—梅列日科夫斯基、别雷—伊万诺夫、别雷—波洛克的关心构成别雷的位格。在别雷自我成长的戏剧中，导演是别雷，其他人象征性地扮演别雷不同的位格。是敌是友取决于别雷自己，因为别雷就是将自己视为敌人或者朋友。

第五章　生活创造观

■ **内容提要：**

　　本章探讨别雷的生活与生命创造观。其中，生活创造是主要论述的内容，生命创造将在本章小结中体现。本章共有八个小节，包括生活创造的文学脉络、生活创造的内涵、生活创造中的神话模式、生活创造中的神性艺术、生活创造与哲学、生活创造与自我意识、生活创造的践行、生活创造的指向。这八个小结试图阐述别雷创造生活的内涵和使用状况，并且进一步说明，别雷的生活创造已经超出文学和艺术领域，指向人的精神层面。

　　生活与创作的关系问题，或者说，生活与艺术的关系问题，一直备受俄罗斯作家们的关注。其实，对生活与艺术关系问题的探讨，可追溯到浪漫主义时期。当时，诗人们将生活艺术化，到了象征主义早期阶段，他们遵循的是唯美主义观点，即为了艺术而艺术的理念，远离日常生活。而后期以别雷为首的年轻一代象征主义者，则继承了浪漫主义生活艺术观念，且受到叔本华、尼采等人的生命哲学的影响，生活的观念也随之进入象征主义的视野。他们不再沉溺于艺术的狭小范围，逐步扩大研究领域，特别关注文化以及东西方文化的本源。因而，在他们的作品中经常出现古希腊、古埃及等文化元素，当然，也包括俄罗斯传统文化。象征主义者试图窥视象征背后的意义，即可见之物所隐藏的不可见神秘之物。而时下的科学追求的是明晰的实在之物，悬置不可知的事物。因此，针对科学所构建的客观的、真实的世界，以别雷为首的年轻一代的象征主义者提出了象征主义是一种世界观的理念，并且积极参加到生活创造中。

第一节　生活创造的文学脉络

　　由于作家身份构成的复杂性，因而，他始终处于生活和艺术的转化、交织和模糊的状态下。这种情况始于浪漫主义时期,生活创造在浪漫主义诗学中被概念化。浪漫主义的生活是按照诗学规律建立起来的,文学文本常常成为作者传记现实的体现。浪漫主义还提出了人最大化的概念,这主要体现在个人行为的扩大化,包括性格的英雄化、是被选中的幸运儿、是上帝的礼物等。对于浪漫主义的诗人和作家来说,他们自己的行为和主人公的行为被呈现为一种能够连接日常生活和存在彼岸的"桥梁"。生活创造是浪漫主义的主要神话之一,力求实现生活行为与审美的统一,有助于创建统一的生活文本,作者的行为通常被认为是基于最高艺术的典范。

到了 19 世纪初,茹科夫斯基提出的"生活和诗歌是一体的"思想成为诗人们行动的统一规范,这在十二月党诗人的作品中得到体现。洛特曼指出,对行为统一规范的渴望对十二月党人来说是成功的,有时他们甚至将自己的个性压低到"必须"的层面,并从生活行动中删除"我想要"的欲望。最初,艺术与现实之间界限的消除是通过废除行为和言语行为的文体多样性来实现的,刻意对现实审美化。

从本质上讲,浪漫主义的行为模式,与日常行为的审美化相关,接近象征主义者的生活创造探索,他们的神话创造是在新文化背景下重复行为范式而形成的。然而,行为与艺术一样,对于浪漫主义者来说,仍然是表达生活文本或艺术文本的一种手段。显然,象征主义持有浪漫主义对生活的态度。

勃留索夫在早期文学理论中就已经提出言辞与行为、艺术与生活相互渗透的观点。1904 年,勃洛克提及勃留索夫正在研究生活创造和社会学的概念。勃洛克和勃留索夫一样,将生活与艺术结合起来。而别雷提出的生活创造,将行为的范畴提升到了宗教神秘的层面,将其与神学和神学相关的概念联系起来。创造生活的探索目标仍旧与浪漫主义者相同,试图改变人类,创造新人,但是艺术创造的作用不同,艺术创造不再是实现目标的手段之一,而是超越自身界限,可以改变世界的新宗教。带有神秘乌托邦色彩的象征主义者,在生活与艺术创造中对每一个单词、手势、感觉、行为都高度重视,例如别雷就经常参加舞蹈讲座。别雷在构建生活行为时,主要通过艺术模型构建世界和生活范式。由此,呈现出具有神话形式的生活创造。当世界被视为一种艺术现象和生活的文本时,其显现出艺术文本的特点。别雷的生活创造旨在实现古老的阿尔戈神话。拉夫罗夫指出,阿尔戈英雄的行为模式体现在各种游戏和丑角中,起着神秘剧中的幽默插曲作用,发挥掩盖事件神圣意义的功能。这种行为成为一种在日常生活中折射神话的方式,同时也是对日常生活的亵渎。按照阿尔戈神话模式进行的生活,无疑,神话成为评估人们日常生活行为的最高标准,日常理想主义被认为是真实性的标志。生活作为一种艺术现象,创造了一种新的理想现实,通过文字展现出来,并独立于艺术家的意志而存在,这就迫使艺术家采取与之相对应的行动,否则文字将无法发挥其创造世界的功能,也不会被理解。因此,别雷认为,象征主义美学中的现实本身按照颠倒的原则行事。

别雷通过传统的艺术形式,包括神话、象征和游戏等手法,构建生活创造模式。生活游戏包含对日常生活方方面面的模仿、面具的呈现,以及双关语的使用等。生活充斥着戏剧化、化装舞会和各种狂化的场景。但是这种生活游戏方式也常常引发矛盾。例如,别雷与勃洛克的决裂。洛特曼曾经说过,面对重重困难,需要积极地参与自己的生活创造,他还将创造者比作雕刻家,将生活比作需要加工的石头。他指出,雕刻家不应该抱怨遇到坚硬的花岗岩,而需要将创造力注入其中。

第二节 生活创造的内涵

别雷的生活创造成为理解世界的一种新途径。应该明确的一点是,俄罗斯象征主义者对文化的发展做出了重大贡献。他们中最有才华的人以自己的方式反映了一个人在宏大的冲突动摇的世界中找不到自己的位置的悲剧,他们试图在艺术中寻找和理解世界的新途径。大多数俄罗斯象征主义者不仅支持生活创造这个新概念,而且对其进行提炼,将历史事件重新思考为自己的历史事件,将历史和生活的进程视为人类精神世界发展的成果。因此,如果一个人在短时间内克服了物质上的欲望,那么他在生活中和行动中坚持永恒的原则,而不是桎梏于思想的抽象形式。因此,勃洛克在诗歌《陌生女郎》呐喊:"我的灵魂中有宝藏,而钥匙托付给我!没错,醉鬼!我知道:真相在酒中。"[①]以一种新的方式,在传统的背景下,在象征主义之中诗人和读者之间建立一种新的关系。

别雷的生活创造所塑造的模式正是这种关系的体现。象征主义诗人并不

---

① 〔俄〕Блок А. Полное собрание стихотворений в 3-х томах. Москва, изд.《Прогресс-Плеяда》, 2009, c. 388.

力求被普遍理解,即便这种理解被认可,也是基于普通逻辑基础上的。他没有向所有人讲话,而是启发特定的读者群;不是读者—消费者,而是读者—创造者,读者—共同作者。象征主义的歌词唤醒了一个人的第六感,使他的知觉变得敏锐和精炼,形成了一种相似的艺术直觉。

第三节　生活创造中的神话模式

不同于现实主义的写作手法,别雷喜欢将词语谱系化,这就将产生词语的不同背景勾连起来。换句话说,别雷使用一个单词时,善于在想象中将单词的不同意义彼此关联起来,从而呈现词语的文化语境,也就是词语在不同文化背景下、不同历史时期所具有的意义,因此,词语的多样性表露出来,也成为象征主义者常用的隐喻,具有神秘的意义。另外,词语产生的心理动机、意象与心理感知有很大的关联性,所以神话呈现为普遍心理和哲学的源泉,而象征主义者善于使用古希腊神话,以便了解人精神深层的特征,同时体现当下人的心理问题。创造神话也被认为是一种将生活和艺术结合起来的方法,试图按照艺术方式改变生活,也是象征主义诗学中一个稳定的特征和世界观。同样,神话故事本身也受到了关注。当然,尼采和瓦格纳对复活神话也起到了一个推动的作用。别雷在创作新神话文本《彼得堡》时,囊括了东西方神话、圣经神话等一些传统神话,也包括以神话为主题的文学作品,其中尤以普希金、果戈理、陀思妥耶夫斯基的文本最为凸显。别雷在此基础上创作了自己的新神话,新神话文本与世界生活结构具有类似性。

所以别雷认为,从美学上讲,神话中的世界结构是最普遍的象征。

在象征主义者的诗歌中,生命的母题被神话化了,也就是说,它抑或作为一个独立的新神话元素,结合其他母题,例如路径、愿景、期望、重生、希望、爱等,抑或作为其他一系列母题中相对应的另外一个母题。生命母题在20世纪初的神话象征主义中,变成了大写的字母生命的象征,归于命运、壮举、鲜活生命、创造生活的范畴。同时,结合逻各斯形而上学的认知内容,形成文本创作和神话创造。因而,生命、逻各斯、神话创造这三个范畴构成"创造力"的三个维度,在微观层面上,实现为人类创造的产物,在宏观层面上,表现在创造者的不断形成中。而在创造者和创造物之间,存在着能量和想象的力量,即将现实和梦想、此岸和彼岸、本体和象征等领域联合起来的象征性力量,作为生命活力的纯粹动力。生命的过程是反复的,即它没有逻辑或经验基础。它是非客观的,作为一种有内在价值的强度。在这个意义上,别雷所倡导的生命创造是象征的同义,其中一方面具有静态特征,即创造物的呈现,例如创造、行为、生活的文本或书籍、产品等,也包括不断创生、自我更新的诸种自然力量,这属于存在的本体论领域;另一方面具有动态特征,即创造性行为的过程性,具有非客观性,体现出生成和形成的过程。

另外,别雷所提到的生活,是指艺术家的生活,彰显艺术家的创造力的功能。而其他人都是被动的对象,是超人、造物主或神人创造性行为的产物。这个世界,无疑被造物主的自恋和自我中心主义所主宰,他们的创造是幽灵般的、虚构的、人为的。这个造物主不是从内部,从他自己的核心或生活中心创造,也不会诞生,而只是设计拟像,像吸血鬼一样参与真实、本体论宇宙的创造。因此,创造物停留在沉思、被动性的框架内。这个世界上的一切都是由不可侵犯的命运所支配的,就像诺斯替教中的"世界是监狱"所述说的一样,一切都依赖于"星辰"的冰冷游戏,一切都已成定局。在这个世界上,要么生活着受虐狂的听众奴隶,要么生活着虐待狂的作者独裁者,玩弄他们"传记"和"命运"。

别雷曾说过,艺术是生活的艺术,艺术家将自己变成了一件艺术品,其中生活被定义为艺术品形成的体验链条,即个人创造力。生活创造者作为一个复杂的自我,逐步被概念化、过程化和拟人化,其中真实的自我经历与投射的、想象的、象征性面具下的自我不断交融。诗人的创作梦想和自动描述变成了自主过程,现代主义的主要创作原则得以实现,这包括生活是根据艺术原则建造的,即通过神话和词语创作。按照普希金的说法,诗人的行为是他的言辞,即他的创作,那么对于别雷来说,诗人的生活就是对构成世界文本的创造可能性的谋划。

别雷指出,艺术的任务是将现实转化为语言,将世界转化为文字,将生命创造转化为神话,并在化身神话的基础上创造文本。艺术家作为生活的创造者,在梦中下意识地把不存在变成存在,将沉默变成声音,将无语变成言语,将混乱变成秩序,他用自己的话语激活僵死的事物,因为他自己就是话语、是动词性的,借助话语将不可言说的变成可以发声的。诗人作为一个有创造力大写的人,他既是创造者又是创造物,是自主的、主要的存在物,也是被创造的、次要的存在物。他的创造力更新了已经存在的宇宙。就像火神普罗米修斯或俄耳甫斯一样,他激发而不是产生给定的创新。因此,这种崇高、宇宙意义的生命获得了一种气动的、生产性的和母性的、生育的功能。神话诗人不仅创造了新的神话,而且成了自身神话化的化身,成为他所处时代文化神话框架内的英雄。因此,他成为同一个文化神话的作者和英雄,并加入了其他英雄的创造,无论他们是历史人物,还是虚构的英雄。从生命创造的角度来看,虚构与真实、神话与历史、风俗与文化、古典与现代融为一体,因此作者的身份被英雄化。显然,艺术家—诗人的投射自我比真实的传记人格更重要。

通常,被神话化的作者在集体神话或群体语义的框架内行动,其中不仅拥有共同的生活创造目标,而且还包含个人隐藏的、秘密的,甚至神秘的目标。在阿尔戈团体中,诗人个人神话和生活文本都与主要神话阿尔戈同构同质。因此,所有传记文本都成了共同神话的一部分,个人作者身份也变成了集体作者,诗歌文本相对于生活文本成为次要的。因此,在阿尔戈组织中,"写作和生活被认为是几乎等同的"。甚至生活创造比文字创造更为重要,因而,别雷写道,自己想要一个壮举、责任、幸福,而不仅仅是文字创作。

第四节　生活创造中的神性艺术

别雷作为象征主义者,试图创造一种新的文化哲学,在经历了重新评估价值的痛苦时期之后,寻求发展一种新的一般的世界观。在克服了个人主义和主观主义的极端之后,在 20 世纪之初,别雷以一种新的方式提出了艺术家在社会中所起重大作用的问题,转向艺术创造形式,通过诗人的体验,试图再次团结人们。宗教艺术的观念表面上看是乌托邦式的,但象征主义者并不指望能够快速实施,更重要的是重新获得信心,重新树立对艺术崇高的目标。

别雷和同时代的象征主义者,时刻关注俄罗斯社会政治生活中的革命运动,但政治斗争导致激进知识分子遭受巨大的打击,但令人感到欣慰的是,在宗教和哲学领域同样展开了革命运动。宗教意识的传播在知识分子中属于普遍现象,几乎所有的哲人和诗人都受到宗教的影响。当然,毫无例外,别雷作为一名作家,也在这个氛围下生活和工作。因此,他的思想具有宗教和神秘乌托邦的倾向,其中启示录中的世界末日、最后审判成为别雷小说和文学理论的一个关注点。青年象征主义者的末世探索绝不仅限于小说和文学理论领域,别雷声称自己具有神学的意识形态,而且具有生活创造的能力。虽然宗教乌托邦式的理念并没有超越一般象征主义看待世界的观点,但是青年一代象征主义者打破老一代象征主义者颓废、消极的思想框架,他们认为老一代象征主义者没有更进一步说明人类和世界被上帝抛弃,导致出现生活无意义、世界虚幻性和生活目标丧失等观点。从本质上讲,这样的生活态度是无法忍受的,因此,需要竭尽全力去克服。青年象征主义者虽然承受着痛苦,但是积极寻找出路。社会革命的思想在当时得到广泛的传播,象征主义者却拒绝接受,因为他们认为革命思想过于肤浅,没有触及深刻的问题,因此,按照革命思想行动是徒劳的。青年象征主义者开始认识到人类在逃避、自愿背离上帝,个人充满了罪恶感。象征主义者认为,当前欧洲的个人主义是最需要急迫解决的问题,他们的这个观点得到了广大知识分子的积极响应。他们另辟蹊径,积极在其他领域进行探索。他们将所有的激情都集中到寻找上帝上,极力克服颓废的思想,去进行生活创造,这样才能更好地解决个人主义危机的问题,恢复整体的世界观。显然,青年象征主义者延续了具有基督教思想的俄罗斯宗教哲学的道路,因此,特别关注具有宗教哲学思想的陀思妥耶夫斯基。然而,他们与陀思妥耶夫斯基不同,根本没有继承东正教的传统,而是在其边界之外的各种非基督教精神领域中寻找,所以古老的异教奥秘说、古代各民族的神话、中世纪的泛神论神秘主义、当下的人智学都被列入研究对象。青年象征主义者有意识地反对正统的东正教思想,这就使象征主义者更接近新宗教意识。

他们对古希腊神话的关注源于瓦格纳和尼采对希腊酒神狄奥尼索斯的研究。他们将狄奥尼索斯理解为基督的精神先驱者,而狄奥尼索斯精神是通过一种宗教的形式而获得的永恒秘密,是为未来的基督到来做准备。别雷在作品中多次提及狄俄尼索斯,他对酒神的论述具有独到的见解,他用酒神精神克服个人危机,这与传统的东正教已经完全不同。① 应该说,新宗教意识始于象征主义,但他们关注的并不是宗教本身,而是转向了艺术。正是艺术审美对混沌胜利的力量,使别雷意识到改造世界的方法和手段。他试图通过神性的艺术创造,克服所有危机,重新创造所有生命,建立乌托邦式的城堡。这就使文化带有了宗教的特点。然而,艺术和文化始终无法取代宗教,最初的异教乐观主义也变成了残酷的失望,末世希望的失败也决定了别雷个人命运的悲剧,后来,别雷不再执迷于宗教思想和运动,离开多纳赫,转向语言学研究和自转书写。

---

① 根据洛谢夫的观点,象征主义者将基督教溶解在异教酒神精神中,洛谢夫认为这是错误的,因为这已经与基督教不相容。

第五节 生活创造与哲学

象征主义创造力的哲学不仅是象征主义流派和白银时代,甚至俄罗斯文化中一种重要的文学和哲学现象。哲学与文学之间的关系成为象征主义的核心问题之一。因而,需要将象征主义的创造力作为一种文学与哲学的思潮,进行全面的研究。这样可以更深入地了解作家的作品,诉诸文学作品的哲学渊源,并在作品呈现中揭示其哲学含义,指向未来的象征和精神意义。

无疑,索洛维约夫、尼采、谢林等思想激发了别雷生活创造概念的形成。由于别雷的文学作品反映了社会文化和政治现实,因此,对于理解白银时代全貌起着非常重要的作用。例如,别雷试图通过文学创作革新现实,呈现新文化的变化过程。他提出的阿波罗和狄奥尼索斯之间的博弈问题,引发读者关注理性和非理性的问题。对现代社会文化的关注,对哲学与文学进行的理论分析,使读者能过深入了解二十世纪初俄罗斯哲学传统及其价值,为以后学者的研究提供详尽的材料,也为人类生活意义的追求提供思路和可能性。

别雷对文学创作和哲学关系的关注,对艺术综合性的追求,就其本质而言,已经跨越文学的领域界限,转向对文化、政治和宗教的关注,这无疑将文学的范畴扩大化。别雷熟知欧洲哲学,特别是德国哲学,对它们充满热情,试图建立自己的世界观和意识形态。例如,他所持的象征主义是一种世界观的看法。但很显然,别雷仍旧是一名作家。别雷与其他象征主义者一样,虽然专注于欧洲和俄罗斯的哲学观点,甚至自己所创作的哲学理论,但是别雷的文学创作和理论观点是他表达自己思想的主要手段。应该注意的一点是,不止别雷持有创造力的观点,应该说,艺术创造力与哲学关系是俄罗斯象征主义者所关注的主要问题之一。例如,梅列日科夫斯基使用各种体裁,包括诗歌、小说、新闻、散文等,来呈现他的创造力概念,当然含有深刻的哲学和宗教思想,并且在他生命的不同时期都具有一定的社会哲学色彩。勃洛克的观点也是通过诗歌、戏剧、新闻文章等体裁呈现出来的。维切·伊万诺夫将他艺术创造力的各个方面都从属于他的哲学体系的构建。因此,他们每个人都根据他们创造的创造力哲学来解释基本概念之一——艺术。创造力作为一种哲学反思的源泉,引发他们对现实进行反思,促使在神学理念框架内创造自己的世界。应当指出,这一新哲学旨在成为象征主义艺术遗产中的生活创造和神话创造概念的基础。

创造新的词语，创造具有特定意义的词语，能够在作品创作中反映对现实的感知，因此，象征具有将内部和外部转变的特征，成为改变任何世界的强大手段。无疑，别雷将文学词语理解为影响物质世界的工具。他力图将生活和哲学的认知连接起来，在人类精神世界与周围现实之间形成创造力哲学。针对文化危机，象征主义者采用独特的方式，操纵语言手段，运用象征手法，创造属于自己的个人世界。同样，别雷在创造中也注意图式、语言手段、文学形式和象征，在具象作品中体现哲学内容和神话结构。因此，别雷创造了许多新神话作品，之后又从作者创作领域转向哲学领域。

别雷的创造哲学专注于人类在文化世界中的存在方式，应该说，当时的象征主义者十分关注艺术，因为在他们看来，艺术是其内心世界最真实的表达方式，艺术还是哲学、文学、宗教、政治和人类文化存在的其他表现形式的有机结合。一件艺术作品体现了个人对文化世界的深刻理解。艺术家的作品，可以表现其创造力，这种创造力内含于人的内心世界，这是对世界领域的一种方式。其创作涉及象征想象力和游戏手段。而在象征主义者的艺术作品中，游戏是通过创造一个人自己的内心世界的象征来实现的。在象征主义创造性哲学的框架内，出现了一个特殊的世界，艺术作品的作者充当了创造者的身份。

象征主义生活创造的核心在于艺术可以改变生活的深刻理念。由于尼采的思想成为当时的主流观念，无疑，尼采核心的生命创造力成为别雷关注的重点。此处，创造力充当哲学反思的源泉，而且与对现实的反思，在神学思想框架内创造自己的世界相关联。总的来说，不仅是别雷的作品，当时其他象征主义者的作品，都成为后来艺术发展新潮流的思想来源。这表明，象征主义者追溯的不仅是文学潮流初始的思想来源，而且为后来的文学流派提供一种新的生活和创作思想。象征主义者参与了一种新的生活概念的构建，形成了自己的哲学创造思想，但无疑，他们首先是一名作家，然后才是哲学家，因此，他们的哲学取向反映在他们的艺术作品中。每个象征主义者都通过他最擅长的形式体现了哲学，主要涉及小说、诗歌、散文、新闻等文学领域。这就是关于大规模神话和生命创造的象征主义思想的发源地。象征主义者利用象征和神话作为世界改造活动的主要工具。新的道路是对现有日常生活的改造。对人类的改造需要通过艺术，此处艺术与宗教同义。在别雷看来，任何外部的改变其实都没有任何作用，关键需要改变自我。另外，艺术家需要成为未来的艺术家。

此外,别雷对创造力的理解,同象征主义者一样,为新人和新艺术的形成提供理论基础。但是,每个象征主义者对创造力哲学本质的理解不同,观点也不同。显然,别雷的创造理论指向未来,他的理论带有乌托邦的特性,这个创造包括艺术、思想、行为、个人和社会的革新。别雷力图通过日常生活践行道德审美的乌托邦思想,将世界视为类艺术,事实与自传交织到一起。别雷不仅汲取欧洲康德、叔本华、尼采、瓦格纳等的哲学思想,还吸收俄罗斯索洛维耶夫、托尔斯泰、陀思妥耶夫斯基、果戈理、普希金等的文学和哲学的创作理念。对别雷来说,俄罗斯文学比任何其他文学都更重要,因为俄罗斯文学指向生活意义的问题。正是基于俄罗斯文学思想和道德传统,别雷的哲学和美学的另一个重要方面被折射出来,即现象普遍联系,人类精神统一的思想。在别雷的思想中最重要的是自我认知,而其中自我与现实、历史、文化的联系占据首要地位,从而,别雷的作品就获得了特定的社会色彩。

别雷通过作品,肯定了现象普遍联系,人类精神统一的思想,例如出版的诗集《灰烬》。但诗歌中展示的是 1905 年—1907 年革命失败后,俄罗斯人们经历社会事件后所受到的分裂、不团结、丧失统一性的痛苦,面临着重重危机,恐怖的主题出现在人们破碎的生活中。但是别雷将个人自我的混乱状态表达出来,就是说,虽然《灰烬》反映了当时俄罗斯现实的矛盾,但是将它们折射在一个混乱的抒情“自我”的运动中,缺少普遍性,因而,不可能包含对生活道路的指引。此外,在《灰烬》中,创造生活、改造生活的乌托邦思想,是象征主义中一个重要的、积极的部分,并没有被体现。别雷也曾提到,第一次构建生活的实验以失败告终。但是失败只是增加了他践行生活创造的难度,并且进一步说明生活创造理念的重要性。后来别雷也指出,《灰烬》艺术性地体现了革命失败后对危机的深刻体验。因此,这成为他的意识形态和思想改变的重要节点。

第六节 生活创造与自我意识

20 世纪前 10 年,别雷仍旧秉承重铸新人的理念,力图革新个性,并积极吸收人智学施泰纳的思想,逐步形成自己的生活和创作理念。其中,个性需要不断地改进的观点备受别雷的关注,而且托尔斯泰的某些思想也与之相近,别雷积极发掘自身高一层次,即精神上的潜能,这是具有神圣宗教色彩的共性,也就是说,这些精神上提升的共同性将使全世界的人们成为兄弟,确定彼此之间的精神层面的亲缘关系。因此,别雷积极成立和参加各种小组,例如他举办的玫瑰十字会小组。在与图格涅娃交往中更是体现了这种情感。带着生活创造的理念,别雷进入创造的高潮阶段,创作了其代表作小说《彼得堡》,参加了人智学的各种讲座,沉浸于新思想带来的喜悦中。然而,别雷也忍受着危机带来的强烈的恐惧感。他经历了第一次世界大战,远赴非洲旅行,与亲人离别,远走他国,四年后他才回到祖国。回国的原因是基于他对当时局势的预判,预判的根源还是他一直坚持的生活创造的理念。因此,别雷带着这种希冀热情地欢迎1917年革命,他将二月革命和1917年视为生活创造中的典型事件,别雷相信,历史事件朝着精神革新和生活创造的方向发展。历史事件体现了一场重大的精神革命,在道德和宗教层面上反映了一个人的命运,包括他自己命运走向的问题。后来此思想反映在长诗《基督复活》中,这也是对革命的回应。别雷强调个人意识成长的危机感和神秘性。别雷特别关注危机的特征,因为危机也孕育着新的生机。别雷研究学者多尔戈波洛夫指出,1914年—1916年对别雷命运转折来说,是一个重要的时间段。这一时期,别雷继续创作小说三部曲,试图从历史的角度,聚焦人精神内在变化的规律,展示个人的心灵之城以及个人自我完善的内心世界。这也是理解别雷创作特点的关键所在。与他人建立兄弟友情的理念出现在尚未完成的小说《我的生活》(即《未来之城》)中,别雷试图寻找一种新的、具有普遍性的生活范式,其核心思想是一个有自我认知的、有创造行为的人,在与其他人的交往中精神上达到统一。别雷后来在小说《柯吉克·列达耶夫》、自转《作家日记》和文论《自我意识的心灵》中一直阐述这个思想。(可参阅第四章"自我意识观")。并且,别雷积极地将思想赋予行动,在社会和日常生活中秉承这个思想。别雷有意识地模糊生活与文学之间的界限,试图跨越艺术的束缚,根据艺术模式改造和创立生活。别雷作品充满了从无到有的创造能量,但是他本人却作为创作者遭到破坏,他在《怪人笔记》中承认自己正在经历伤害和分裂,为了克服这种状态,形式上,他使用节奏、图式、句法结构等,内容上,他使文本具有跳跃性和混乱性,这些风格成为别雷反映意识和潜意识的重要的诗学手段。其实,别雷一直希望回归俄罗斯传统的叙事方式。这些不仅体现在形式上,在内容上也涉及别雷自我和他者的关系。例如,在《怪人笔记》中的自我。自我概念是开放性的,不局限于别雷本人的我或者主人公的我,而是具有集体特征的我们,这样,自我就会呈现出永恒性。因此,别雷认为,找到自我唯一的途径,是通过他者,寻找精神上亲近的人,志同道合的兄弟们。

别雷20世纪20年代—30年代的创作重心转移到回忆录上,他的自我意识成为写作的关键词和基本思想。但是自我意识的自我内心体验、危机中精神的提升、历史事件、日常生活都密切相关。

别雷撰写了三本自传,自转中结合艺术、自我和哲学,自转成为生活创造的文本,不仅反映当时的社会现状,而且聚焦世纪之交知识分子的心理变化,特别关注自我意识的变动。别雷敏锐地捕捉到自我与生活世界的互动,这在作家个性形成的过程中起到关键点的作用,也由于当时社会处于政权交替的混乱境地,与此境遇勾连构成个人的世界。因此,别雷以一位艺术家的身份,担负起创世的使命,对世界进行自由处理,对世界进行主观地解释,这种创造生活的态度符合别雷重铸人类的理念。他以"虚构纪录片"的方式,通过日记、回忆录和自转小说传达自我,特别关注个人精神,重新塑造自我,将自我转变为一个普遍的我们,历时地呈现出精神世界面貌。例如,别雷将勃洛克视作具有共同命运的同志,他们经历了生活和工作中的重大转变时期,甚至认为勃洛克是另一个自我。(详见第四章"自我意识观")

需要指出的一点是,白银时代一向被认为是艺术和思想杂多的时代,分出诸多流派和艺术阵营,但实际上,很多学者力图整合所有流派,创立一元下的多元。因此,别雷面对世纪之交的所处的危机,同时又充满新的道路之时,他试图创立一元的世界观,树立生活创造的理念。也就是说,别雷特别关注创造力的基本问题、生活和艺术的相互关系、艺术家在社会所起的作用、生活和艺术的意义等问题。无疑,别雷在当时生活的基础上,将生活创造的理念诉求于俄罗斯文学和文化传统。

文本的生活创造模式就是将文本定义为象征意义上的俄罗斯生活,并将文学作品的建构预设为对生活的反映。自传和诗歌中的自我也可以被看作根据生活规律对文本进行改造的变体。将文本转变为生活,将个人生活视为文学形象的一部分,主要形式是通过书信。象征主义者继承了俄罗斯文学家书信的交往传统,其书信也成为俄罗斯象征主义一种生活创造模式,成为见证生活创造的珍贵材料。因此,别雷遗存的材料中书信占了很大一部分比重,特别是和拉祖穆尼克、勃洛克的通信,成为研究别雷学说不可或缺的资料。

别雷通过撰写理论文章和小说,扮演着批评家、哲学家、象征主义理论家、实验美学家的角色,不断探索新的道路。别雷经历了追求末世基督到来,但结果是失败的。之后，别雷学习涅可拉索夫，到人民中去，但也没有真正到人民之中。然后经历思想救赎，开始用思想拯救人类，同时撰写了许多理论文章。试图在其中找到决定性的理论，找到一种生活方式。在这些作品中，产生许多不同的观点，特别是来自艺术理论领域，他认为，生活可以被撕裂，但是也可以重新缝合，其方式是让和谐的哲学思想力量注入生活中。在他看来，如果知识论是一把分裂的利剑，那么此后的形而上学就是"活水"，可以再次统一和复活生活。但他很快意识到没有人可以重新组合被分解的东西，因为康德的认识论扼杀了形而上学，逻辑主义正在扼杀生活。别雷竭力想摆脱困境，因此在小说《彼得堡》中描写了主人公尼古拉·阿波罗莫泊夫坚持的康德思想的失败，而在小说最后开始转向东方神秘主义和斯科沃罗达思想，试图寻觅到救赎的新道路。并且，他远离康德的思想，试图用生活创造来征服逻辑主义，这是创造力的开始。从本质上讲，这远不是与康德主义的最终决裂，而只是与马尔堡的决裂，转向新康德主义弗莱堡学派，特别是里卡尔特。别雷将创造力作为认知原则，深刻体会到创造力优先于逻辑主义，这是别雷许多文章主要论述内容。别雷将象征主义定义为一种完整的世界观，在此基础上建立了充满"神秘主义"的创造力，这是别雷始终不可动摇的观念。他认为，世界本质的不可知性与直觉知识的象征形成对比，而这样的象征总是神秘的，一直具有宗教特性，因为它反映了世界象征的神秘主义，而人类神秘的开端是世界灵魂，道与世界灵魂的关系就是世界象征，是尘世象征的源泉。因此，象征主义是对颓废主义、个人主义的主观观点的克服，它开启了现象之间一系列新的联系。

但在他的理论应用和发展过程中，他纠缠于泛象征化的理念中。例如在他关于契诃夫的文章（1904）中，将契诃夫称为现实主义象征主义者，其出发点是，就创造力原则而言，每个艺术家都是象征主义者。很长一段时间以来，他都无法摆脱关于任何创造力的象征意义、象征主义和艺术这两个词的同一性的逻辑困境，甚至认为象征主义就是艺术。浪漫主义、古典主义、现实主义和象征主义流派本身只是象征主义的一种形式。很快，不仅所有的创造力，而且所有的知识都变成了象征主义，坚持不懈地重复现实主义的象征主义和象征主义的现实主义。当然，从他的角度来看，象征主义是神秘体验的现实，现实主义是与创造性行为相关的象征主义，将这两种异质现象平等地看作象征主义，无疑，这是一个基本的逻辑谬误。

第七节 生活创造的践行

别雷并非停留在生活创造的口号上,还积极参加一些活动,表明自己的看法和主张,其中最主要的活动就是组建阿尔戈小组。1903 年,别雷领导成立了阿尔戈小组,当时还没有成为文学团体,聚集者主要是别雷的大学朋友,但是却人才济济,来自不同的专业领域。后来在莫斯科逐步形成了象征主义的阿尔戈文学团体,这个文学团体的存在,比象征主义学说更具有实际性,在生活践行中发挥着重要的作用,因为阿尔戈团体宣称创造生活是他们的主要任务,引发对日常生活、人际关系、艺术活动神话化的集体愿景。并且,它以最一致的方式体现了象征主义世界观的主要、最具特色的特征,即将世界视为一种类似艺术现象,将艺术文本的属性归因于现实。

诚然,在文学中阿尔戈神话创造者只有三位作家,分别为别雷、埃利斯和索洛维约夫,团体其他人并非文学领域的人物,也就是说,他们远离通常意义上的创造性活动,但是这并没有阻止他们成为成熟的阿尔戈英雄,因为写作的天赋和生活的天赋被认为几乎是等效的。世纪之交的感受和面临一切新事物的展开,是团体形成的动机。阿尔戈团体是由在彼此中发现志同道合的人、同情者和共同寻路人的人们自发结成的。别雷曾给勃洛克写道,他们有共同的感情和希望。

阿尔戈团体的成员将个人的、独立的和具体的神话融入阿尔戈的神话中,构成同质的神话,更新了古希腊神话中关于希腊英雄在阿尔戈号船上为金羊毛而战的情。同时,尼采被阿尔戈团体所接受的并不是他所持有的哲学和美学观点,而是他们认为,尼采对传统世界观和普遍公认的价值体系持反对意见,这是他们所认可的和采纳的。他们试图超越允许和可能的限制,尼采对于阿尔戈团体来说就是一个标志,表明否认生活的实证主义处于危机之中,世界站在更新和转型的边缘上。尼采的神话、先知、疯子和深渊等体现了阿尔戈航行的理想,同时伴随着另一个索洛维约夫的神话,也成为阿尔戈航行的基石。索洛维约夫宣布了世界历史的终结、即将到来的灾难、需要摧毁邪恶、分裂和自私的当下世界,这使阿尔戈团体相信他们具有"神秘召唤"的力量。"他成了我的导师",别雷在谈到索洛维约夫时写道。索洛维约夫的训诫和启示、对末世日期即将到来的预言,以及与敌基督者的斗争,最后尘世和天堂和谐统一的奥秘,形成了阿尔戈航行的主题,并且引发他们积极的思考。对阿尔戈团体来说,索洛维约夫还是一位重要的俄罗斯哲学家,他们将其视为先驱者,他们认为索洛维约夫关于俄罗斯救世主命运的预言后期会发生。

艺术具有创造力的本质,他们将其提升为一种具体的行动力,揭示其改变世界的本质,上升为生活创造,一个真正有价值的原则。别雷所珍视的象征主义不是作为艺术创造力,而是作为一种世界观。艺术本身并不具有特殊的价值,它只是朝着更伟大和更重要的方向前进。艺术文本必须朝向生活文本,才能获得意义。艺术文本是由产生它的情绪和经验的现实赋予的,而艺术价值在这里只起到一个次要的作用。别雷十分重视自转书写,因为自转文本更合理,更直接地遵循生活创造。书写生活的文本,还体现在书信中,别雷常常以艺术的手法写作,例如写给玛洛佐娃的信件,签名是"您的勇士"(Ваш рыцарь)。生活文本引发了一个特殊的神话空间,即阿尔戈仪式的场所。仪式场所被别雷赋予具有世界之谜的地方意义。其中莫斯科,特别是阿尔巴特街,在写给梅德涅尔的信中被提到,已经成为仪式中心,成为见证神奇发生的地方和创造生活,进行行动的场域。另外,莫斯科的街道、小巷、林荫大道和教堂都成为阿尔戈团体所常用的比喻结构。

布留索夫在日记中也曾经谈到过别雷:"布加耶夫来找我好几次了。我们谈了很久。当然,关于基督、关于基督的感觉……然后关于半人马、强人、关于他们的存在。他讲述了他是如何去莫斯科河对岸的修道院寻找半人马,以及独角兽是怎么走路,怎么走进他的房间……我的女士们,听一个认真地说,另一个也认真地听,以为我们疯了。"[1]然而,别雷的独角兽及其去拜访修道院,寻找半人半马,这不仅是熟人的恶作剧,而且还装饰成一个事件,这暗示了隐藏在日常生活之外,向他们内心开放的共同的日常生活现象。勃留索夫敏锐地评论说,对于别雷来说,这不是一个玩笑,而是一种创造气氛的愿望,在做这件事,就好像这些独角兽真的存在一样。

在阿尔戈航行的神话创作中,人与人之间的交往被赋予神秘的色彩,人与人的关系在许多方面变得与文学文本相似,它们有自己的情节、自己的用语、自己的文体等。交往的事实也成为隐藏在普通眼睛之外的现象和事件的象征,同时,象征被视为表达自我和本质的中介。人与人之间的日常关系在阿尔戈团体

---

① 〔俄〕Брюсов В. Дневники, Москва, изд.《Издание М. и С. Сабашниковых》, 1927, с. 134.

中具有最重要的地位,他们期望实现本质上的对话,而不是戴着各自面具的对话。

　　别雷除了日常联系之外,还与很多友人进行了深入的接触。在给莫罗佐娃的第一封信中,别雷希望得到正确理解,他强调,自己的话语与人类行为的通常动机毫无共同之处:"……怕你误会我的爱,我声明我一点也不爱你","我不需要了解你这个人,因为我更了解你是一个象征,并宣布你是一个伟大的原型①……"在同一时期给她的另一封信中,他不知疲倦地重复道:"我不需要亲自认识你,也不需要知道你对我的感觉。我的幸福是我认为你是精神上的姐妹。"②

　　别雷并没有试图去学习和理解一个对他意义重大的人,他只是欣喜若狂地凝视着他自己赋予对象的那个神话光环,他凭借自己的经验和偶然的选择,试图在任何一件小事上看到伟大的一瞥,就像在中世纪的宫廷仪式中一样,他对莫罗佐娃的崇拜不是传统的,因为崇拜的根源在于在特定现象中看到理想形象而产生的一种愿望,这种愿望都是从外部引入的,并不隐含在崇拜对象本身中。

　　另外,别雷与勃洛克的关系也出现同样的现象。在别雷和勃洛克的个人会面之前,他们初步了解了彼此的作品,并就最重要的世界观、艺术和神学、寻找索菲亚、所面临的危机等问题进行了一年的密集通信,他们惊喜地发现,他们在精神理想和创造性原则中有惊人的相似之处。然而,1904 年 1 月,他们的第一次会面没有产生预期的结果,两位诗人都感到十分的尴尬。产生如此场景的原因在于别雷他处理人际关系的两条线路,一是在日常环境中,人际关系受到该日常生活环境的限制,二是以艺术文本的方式看待人际关系,将其视为神话和一种艺术风格。对他人的关系持一种戏剧化的态度,但是创造神话对别雷来讲却十分重要,神话是评价日常生活中的个人行为的最高标准。

第八节　生活创造的指向

　　别雷早在 19 世纪 90 年代就提出艺术家应该革新自我、精神重铸的思想。此思想也成为别雷文学批评理论构建的核心主题。别雷力图寻找解决个人命运与人民命运勾连的方法,因为彼此之间的联系才是革新的重点所在。别雷将

　　①　〔俄〕Белый Андрей. Ваш рыцарь. Письма к М. К. Морозовой. 1901—1928. Москва, изд.《Прогресс-Плеяда》, 2006, 104.

　　②　Так же, с. 105.

联系的目标放置到经典文学上来论说现代文学已经十分关注人民问题。他认为,俄罗斯伟大作家具有崇高的道德使命,这是《创造力悲剧:陀思妥耶夫斯基与托尔斯泰》的主要内容。别雷在文中指出,艺术与生活充满了矛盾和张力。作家的内心世界被撕裂,因为作家被要求体现生活永恒和谐的理想模式和完整性,这势必导致彼此之间的矛盾。别雷意识到自己作为一个生活中的常人,同时又作为作家,因为艺术和生活的不可调和的矛盾而感到痛苦。别雷认为,只有托尔斯泰几乎化解了这一悲惨的结局,将关于生活的词语与生活结合起来,从而达到天才的巅峰,使他的生活充满富有生机的创造,这才是接近生活的创造力。别雷将托尔斯泰离开故土,而最后死亡的事件视为具有宗教色彩的一种姿态:"在这里,词变成了行动,生命、讲道、创造力在这一瞬间结合到一起了。"①另外,别雷力图将自然、艺术和生活的元素结合为一个整体,以期跨越艺术界限个体的重视,打破审美形式的约束,将其从属于更高的目标,变成变革人类精神的行为活动。

别雷就艺术和生活的问题,提出艺术地生活,就是需要可以克服人生命时间的短暂性,使人能够进入永恒的状态,服从既定的世界观目标。另外,艺术的生活化,就是服从更高的精神目标。词语创造和艺术家的行为是神学行为,同时也是别雷文章的主要内容。文化哲学强调对生活创造现象的理解,厘清与神圣领域的密切联系。这与文化的开端,它的起源有关。生活创造这个概念所包含的内容是相当宽泛和准确的,完全反映了文化现象的多面性和复杂性,以及隐藏在这个概念背后的哲学内涵。生活创造就是一种创造力,创造一个新的现实,一个新的存在和生活方式,其终极目的是塑造一个新人。生活创造的概念是艺术家在其哲学和美学思想和观点的基础上将生活与作品融合在一起。需要说明的是,通过艺术家,我们理解文化的主体,践行生活的创造。生活和创造力代表了语义和价值的统一,而反过来又是各种转变的源泉。

艺术地生活还在于想要改变自己,在新的变化中寻找位置,创造新的自我。人在修身养性中有一个重要的方面,就是人所造的世界与造物主所造的世界的对立。作为文学家,别雷似乎在挑战全能者,创造自己的现实,改变存在与自己,并创造自己的新形象。因此,他肯定了人类所具有的力量和潜能,并宣布了创造活动的自由。通过这样的实践活动,别雷将自己和他的生活变成了一件艺

---

① 〔俄〕Белый А: Критика эстетика теория символизма в двух томах. Том 1. Москва, изд. *Искусство*, 1994, с. 420.

术品，由此，成为文化不可分割的一部分，并反映在他的作品和行为模式，以期应对时代的挑战。由此可见，生活创造的实践是文化创造活动的一个范例。需要注意的是，在不同的历史时期，生活创造都具有自己的特点。这是由不同的文化和历史空间造成的。值得注意的是，生活创造实践常常发生在历史的过渡时期，因为当下与以往的观点进入博弈的阶段，新的哲学思想和美学观点正处于初始阶段，还没被大众普遍接受。

社会中出现的矛盾促使别雷转向对哲学和美学的追求，并引导他在变化的世界中寻找自己的位置。这一切启动了生活创造的程序。在象征主义世界观中构建一个名称哲学体系，形成了一种神话制造范式，在这种范式中，名称被理解为一种能够无限自我发展的超级象征。所以，洛谢夫试图模仿上帝命名，发展一种关于世界作为一种完整名称的学说。别雷主要关注作为创造力最高阶段的神学，借助索菲亚学说和象征生活创造概念，创造生活。在艺术活动中象征化与索菲亚情节成为别雷早期创作和探索的重点，这也表明别雷诉诸存的原始意义，呈现出永恒性，试图追溯到原始统一的领域。

象征统一的观点不是一个抽象的概念，不属于哲学范畴，但归属于逻各斯-索菲娅神话的有机组成部分。因此，象征统一承载逻各斯-索菲娅神话思想的具象意义，或者用别雷的话语，是这个神话的面孔。虽然俄罗斯象征主义者从不同的历史角度进行创作，但在神学方面都感知到索菲亚，即世界灵魂，因而，拥有了相同的语义指向，创造了一个具有相同图式的普遍结构，作品彼此之间具有了复调特点，从而形成了神话簇。在俄罗斯象征主义的神学范式中，别雷开启对理想的心灵探索，呈现一种灵魂的转变状态，并在与索菲亚相遇的喜悦中，展示索菲亚永恒女性气质。与东正教不同，这里带有无神论的色调，但是又具有神性的冲动，从而引发改变当下末世状况，彻底重建世界秩序的进程。在别雷统一象征观点的影响下，历史时间成为永恒形象的某一个阶段，文学词语被认为是面对现实衍生的，是呈现现实的理想范例。传统神话也进入日常生活，积极地参与到所有生活建构中。借助于冲动、现实和当下的事件等，将文学词语词转化为绝对的神话创造。别雷根据圣言创造，后来上帝又交给人类给事物命名的权力，认为一个人如果在他的精神转变中提升到上帝的地位，并且获得神圣的能量，则可以再次对事物进行命名。这样的世界观通过与神圣存在的声音交流，通过象征主义者的努力，而变得栩栩如生。

别雷对艺术的认知凭借具体的图形和象征，将艺术变成一种力量，进行生活创造。别雷认为,艺术中最高的认知价值在于创造思想、图像和象征。因此,任何艺术都基于对世界象征化的感觉,别雷有意识地解读新艺术的象征含义,因为象征具有形象的多面性和意义的多重性。其中最重要的是艺术的转化力量,即生活创造。既然将世界视为非逻辑的,那么有必要通过非逻辑手段看待世界,即以巫术和魔法的词组构成方式来重新组合字词。很明显,象征主义的创造生活是指按照艺术规则和行动生命力构建生活,更准确地说,将美的秘密带入日常生活。因此,象征主义并非通常所认为的脱离现实,而是积极地加入日常生活中,并且努力改变现实生活。象征主义诗学的一个重要特征,也是由于生活和艺术创造的理念,呈现出神话主义的特征,即将世界视为一个神话,一个创造的传奇。与此同时,神话也被审美化了,被认定为一件完美的艺术品。根据维亚赫·伊万诺娃的观点,世界的总体图景表现为普遍文本,世界呈现出宇宙起源神话。

象征主义者在创作过程中建构关于世界的观念,对传统艺术认识世界的观念进行了反驳。他们认为,创造力高于认知。这使别雷为代表的象征主义者对艺术创作理论方面进行了详细的论述。正是艺术能够捕捉到灵感的瞬间,捕捉到更高现实的冲动。因此,象征主义者理解中的创造力是对具有神秘意义,隐藏在潜意识中的直觉的思考,美与真不是靠意识而是靠直觉来理解的。如何来获得这种直觉思考,需要艺术家具有超出理性外的敏感度,并同时理解和把握经典作品和古代文化。因为作家表达事物的方式是借助词语,而词语的价值在于"影射"和"隐喻"。通过象征手法传达深奥的秘密意义。因此,需要注意的是,在理解艺术象征本质的时候,从根本上不可能编写任何象征意义的辞典。事实上,一个词或一个形象不是作为固定的象征,而是在适当和特定的艺术语境中成为象征。在此语境下激活了词所具有的象征潜力,也是作者有意识地模糊所陈述的事物和现象的结果。别雷强调形象之间的关联,但是否定一般所认为的逻辑联系,总之,按照象征主义者的说法,就是"词的音乐效力"。

象征主义的活动目标就是生活创造,他们绝非限于完成纯粹的文学任务,也不是仅仅局限于一种普遍的世界观,最终的目的是创造一种生活行为形式,甚至创造性地重组宇宙和重塑人的精神。这种趋势和现象在 20 世纪初,特别在年轻一代的象征主义者中尤为突出。现实生活、社会历史,甚至人际关系的细节都被象征主义者审美化,即这些被解释为在他们眼前表演的宏伟艺术作品中的一些关键元素。别雷还认为,积极参与宇宙创造,过程十分重要。因此,别雷并没有远离国家的社会政治生活,他经常通过作品发表自己的政治观点,反映社会不和谐因素、存在的危机和当时各个政党的活动。别雷始终探索用新的内容和新的形式,并且使其作品带有个人的风格。因此,别雷的文学创作成为重要的文化遗产和艺术宝库。

如上所述,别雷所论说的象征并非普遍认可的,具有固定意义的符号。它与现实形象的不同之处在于,它传达的不是现象的客观本质,而是诗人看待世界所形成的观点,常常带有个人特点,并且常常发生变化。别雷汲取法国象征主义的方法,主要通过事物本身的象征和超越感官感知的思想来表达艺术。为了突破可见世界的限制,深入隐藏的事实,超越尘世时间的牵绊,希冀未来艺术的不朽之美,别雷表达了对精神自由的渴望,对世界社会历史转变持悲观的立场。虽然面对俄罗斯文学,象征主义者表现出各自的观点和思维方式,但是他们的观点却是在交叉和互补中产生并逐步形成,也就是说,表面上他们的观点有可能是对立的,但实际上,对现实的审美和哲思上,他们的观点是紧密相连和相互解释的。

世纪之交给人们带来前所未有的危机感,起初,象征主义者所创造的诗歌,还封闭在个人经验和印象世界中。但是19世纪初形成的真理和标准已经不能适应新的时代,需要一个与新时代相对应的新观点。如同别雷指出的,象征主义从来都不是一门艺术流派,而是构建一个新的世界观。新艺术不仅表现在形式上的变化,而且对世界感知发生明显的变化。他进一步强调,象征主义这种新艺术形式,不是基于现象的真实而进行相应的描写,而是基于联想,通过联想构建文本。虽然象征主义者的观点杂多,但是每个作者都拥有自己的是艺术观和世界观的权力,但是无论作者持何种观点,艺术作品本身不应失去价值。艺术家不能踟蹰不前,满于现状,需要不断地发挥自己的潜能。

别雷写道,象征主义试图使用现实意象作为传达意识经验的手段,意象体现意识经验的内容,呈现为一种图式和象征,而使用意象象征体验的方法,称为象征主义。因此,诗歌意象成为创作的一种方法,意象获得了潜在的多义性,同时揭示象征主义真正的本质。将艺术意象转化为意识经验内容的图式,即转化为象征符号,引导读者从对作品表面内容转向对暗示内容的关注。象征主义作品,特别是诗歌,从对生活的直接印象转向更加神秘的领域,其目的是理解隐藏在事物背后的意义。这就形成象征主义诗人基本的创作方法,构成他们的诗学特征。因此,别雷相信,象征主义是可以改变人类个性的新艺术。

本 章 小 结

在本章结束时,需要补充以下几点:

一是生活和艺术的问题。别雷生活创造的核心在于艺术可以改变生活的深刻理念。在象征主义作者身份的形成过程中,生活创作发挥着重要作用。因此,无论是在作者身份的形成上,还是在生活创作中,别雷试图将艺术与社会层面相结合,宣扬生活与诗意统一的口号。在生活创作中,诗人的个人生活成为创作的内容,或者说,作者按照艺术作品的模式来构建自己的生活,试图将艺术视作生活,生活视作艺术,生活文本和艺术文本交织到一起。因此,创造力强化了作者的形象,即他的抒情自我。

二是生命创造。俄文单词 жизнь 可以理解为生活或者生命。之后生活这个词的另一个含义"生命"被多方解读,例如,索洛维约夫将生命中的女性元素解释为世界灵魂,象征主义纷纷追求神秘的女性,例如勃洛克的《陌生女郎》。伊万诺夫将生命解释为女性的生殖和繁殖功能。生命的多元性出现,生命创造中存在着一种无形的创造力和生命力。生命创造力是推动作者创造的动因。将两者有机地结合到一起,在个人的生命中有创造力地推动人的前进,在整个人类历史宏大的潮流中,个体参与创造的工作。到了世纪之交,俄罗斯象征主义学派特别关注这个问题。瓦格纳的综合音乐,索洛维约夫的整体观点,生命具有动态性,不断地返回原点。生命的理解,创造的理解,活动的理解,第三维度,作者的参与度。作者个人生活之路的认知结构、实现作者自己选择的生活模式,形成个人的神话。处于时代的召唤与构成个人神话的反应、举止和行为。引导象征主义的还有一个启示录的思想。从启示录开始,人们才将时间列为面向未来,而未来具有了一种希望、正态的性质,带有乌托邦的性质。从时间上面向未来,一遍遍回溯到过去汲取力量,动态地发展、前进。

三是创造力的问题。因为象征理论的核心内容是创造力。象征主义者对创造力这一类别有广泛的理解,其中一个观点就是创造力首先是生命。别雷将创造力理解为一个在节奏和风格规律的帮助下被揭示的过程。对创作过程的"数学"描述以及使用数学模型对艺术文化的研究,是象征主义理论家,尤其是别雷引入美学、文学批评和语言学的全新概念。

下篇

实践分析

《彼得堡》是俄罗斯象征主义者安德列·别雷的巅峰之作,带有明显的现代神话特征。《彼得堡》作为彼得堡城市形象的一个链条,继承和革新了俄罗斯许多经典作家作品所描绘的城市形象,并且呈现出与以往文学作品不同的特点。

　　在《彼得堡》中,安德列·别雷借助古希腊、非洲和亚洲等东西方传统神话,融合多种艺术手段,创作出彼得堡的现代神话。神话又根植于《圣经·启示录》的世界末日图景,塑造了一个必然走向灭亡的彼得堡城市形象,同时也彰显了作家创作思想中所蕴含的启示录精神。

　　本书的研究表明,安德列·别雷塑造彼得堡城市形象的目的,是力图借助现代神话阐释俄罗斯所面临的危机状况,以期为俄罗斯的未来寻找出路。

　　文本依据现代神话理论,借鉴神话-原型批评,密切结合文本和作家的创作思想,构建了《彼得堡》的现代神话世界,探究了作家的启示录精神。

第六章 绪 论

■ **内容提要：**

本章的内容分为四个部分：第一，安德列·别雷的创作生涯与价值取向，包括对作家心理和创作活动的分析；第二，对小说《彼得堡》的简单介绍；第三，安德列·别雷创作的现代神话倾向，这与作家的个性追求、非理性观念和象征主义观念密不可分的。第四，本书的学理依据，共分为神话的概念、神话发展的脉络、原型、现代神话、神话的象征结构五个部分。第五，本书的研究方法。本书主要使用神话-原型批评理论。第六，本书的研究内容。共分为四个部分，结合神话文学批评理论，探讨现代神话小说《彼得堡》。

随着学者们对俄罗斯"白银时代"的研究不断深入，安德列·别雷（Андрей Белый）及其作品《彼得堡》也愈加受到学者们的关注，对其研究呈上升趋势：20世纪80年代，学者 Л. К. 多尔戈波洛夫（Долгополов Л. К.）注重对安德列·别雷的人文主义思想及其作品本身的研究，也曾经论述过《彼得堡》的神话特征；90年代，学者 В. Н. 托波罗夫（Топоров В. Н.）从文化学角度对《彼得堡》展开研究，其论述中已经涉及了该作品的神话诗学特征，虽然作者没有明确指出这一点；进入21世纪，德国学者汉森·勒维（А. Ханзен-Лёве）对安德列·别雷诗歌的语言进行了分析，指出其语言体现出的神话因素，拓展了象征主义神话诗学的研究领域。显然，他只关注安德列·别雷诗歌的神话诗学特征，并未提及小说《彼得堡》的这个特点。然而神话特征却是小说《彼得堡》的一个最突出的方面，小说中所包含着的神话成分、原型意象、神话母题和神话结构等体现了这个特征。本书主要从三个方面论述小说的这一神话特征：（1）彼得堡缔造者——彼得一世的神话；（2）彼得堡神话母题在19世纪经典文学作品中的体现以及《彼得堡》对此的延续和创新；（3）彼得堡现代神话在《彼得堡》中的构建。

总之，本书研究的立足点是现代神话，而《彼得堡》的神话诗学特征又与安德列·别雷的创造思想、价值观等紧密相关。

一、安德列·别雷的创作生涯与价值取向

安德烈·别雷（1880—1934），本名鲍里斯·尼古拉耶维奇·布加耶夫（Борис Николаевич Бугаев），俄罗斯象征主义诗人、散文家、理论家和评论家。他一生著作颇丰，其作品内容广泛，形式独特，具有很大的研究空间。

1. 安德列·别雷的内心分裂状态——剪刀

安德列·别雷在自传《世纪之交》中以"剪刀"一词形象地描绘了自己内心的分裂状态。研究表明，"剪刀"形象地概括了作家的心理，表达了作家始终处于正反两方争论的状态，这在学界对他肯定和否定的两种截然相反的评价中有所反映，也体现在他对自己的评价。

安德列·别雷的父亲是莫斯科大学数学系的知名教授，父亲希望他将来从事数学研究；母亲是一位颇有造诣的音乐爱好者，希望他今后从事音乐创作。父母意见的分歧为他后来性格的发展埋下了种子，也给幼小的他造成了很大的心理压力。基于无法调和父母的分歧，他决定以沉默表达自己的不满，整天沉溺于自己的小世界中，却遭到了周围人的讥讽与嘲笑，他甚至被称为"傻瓜"。而"傻瓜"的绰号，使他又承受着智力受到怀疑的压力，这是他所不能忍受的，于是他决定迎合大人们的审美情趣，并按照他们的要求，运用"技巧"，成为人们眼中一名勤奋好学的学生。这一系列表演终为他自己赢得了"天才"的称号，他得意地说："我终于让人们理解了我。"[①]安德列·别雷遵循父亲的意愿，考入了莫斯科大学数学—物理系，而从母亲那里继承的音乐天分也始终伴随其左右，并且他对宗教也表现出极大的热情。当时初入大学的安德列·别雷常常是"一手拿着奥斯特瓦尔德和门捷列夫的《化学基础》，而另一手拿着《圣经·启示录》"[②]。他对音乐、宗教等人文知识的热衷促使他毕业后又进入了历史—语文系。上学期间，他在 В. С. 索洛维约夫的鼓励下，创作了散文四部曲《交响曲》（1900—1907），由此开始了他的文学创作生涯。

安德列·别雷的文学生涯同样充满了艰辛与困苦，他用"剪刀"一词描绘了自己文学创作初期的感受。的确，当时学界对安德列·别雷存在着两种截然不同的看法。《交响曲》发表之后，Э. К. 梅特纳（Метнер Э. К.）对安德列·别雷

---

① 〔俄〕Белый Андрей：Символизм как миропонимание. Сост.，вступ. ст. прим. Сугай Л. А.. Моска，изд.《Республика》，1994，с. 426.

② Так же，с. 424.

给予了极高的评价,他认为,俄罗斯文学界所有年轻有为的后起之秀加到一起也抵不过安德列·别雷一人,他是新人中最有才华的一个,也是独树一帜的一个。瓦列里·勃留索夫(Валерий Брюсов)指出《交响曲》预示了一种新的文学体裁的诞生。当今学者西拉尔德对这部作品评价道:"《交响曲》中开发出来的叙事原则,在别雷继《交响曲》之后的'散文'作品中依然保留着,只是稍有变化,这些原则为那种后来被统称为装饰性散文的叙述类型奠定了基础。"①然而,由于《交响曲》采用了数学和物理上的分析方法和公式,使很多人无法理解。于是,很多评论者写道,不知作者所云何物。甚至有人指出,这部作品完全是胡言乱语,认为安德列·别雷以最野蛮的方式践踏了诗歌创作的规则,这会危害年轻人,因而号召读者抵制他的作品。

继《交响曲》之后,他又创作了诗集《碧空中的金子》(1904)、《灰烬》(1909)和《瓮》(1909),长篇小说《银鸽》(1910),发表了《象征主义》(1910)、《绿草地》(1910)和《短文集》(1911)等文著述,这些论著虽然给他带来了一定的声望,但是他的构思新颖、意蕴丰赡的小说《彼得堡》(1911—1913)却没有得到学界的全面认可。因此,后来安德列·别雷在谈到《彼得堡》时,难掩不平的情绪:"如果当时人们认可我是个艺术家,给予一个艺术家应有的援助,《彼得堡》会是一部更加严谨的作品。"②

虽然《彼得堡》的问世使安德列·别雷在文学界的名望逐步提升,在广大的读者中也得到了认可。但是试图将安德列·别雷列为大众普及型作家却引起了灾难性的后果,我们将以下面的例子加以佐证。

1916 年莫斯科《俄罗斯公报》③刊登了安德列·别雷的新作《柯吉克·列达耶夫》的片段。这是他继《彼得堡》之后推出的又一部力作。安德列·别雷为真实地再现小说主人公的心理世界,艺术地偏离了人们对事物惯常的理解,这种文学创作手法引发了几乎整个文学界的争论,并且争论达到了白热化的程度。当时的戏剧批评家 H. E. 埃夫罗斯(Эфрос H. E.)证实:"在莫斯科文学界,这一事件(指小说发表引起的争论)是最为人们关注的。所有人都难以平静,情绪高涨。争论十分激烈、尖锐,观点针锋相对。对同一部作品的争论差异如此之大,

---

① 〔俄〕俄罗斯科学院高尔基世界文学研究所《俄罗斯白银时代文学史》,王艳秋译,Москва, изд. 《Имлиран (Наследие)》,2001 年版,第 163 页。

② 〔俄〕Белый Андрей: Символизм как миропонимание. Сост., вступ. ст. прим. Сугай Л. А.. Моска, изд. 《Республика》, 1994, с. 463.

③ 该报纸坚持传统的审美准则,在自由知识分子中间流传较广。

像是在争论两部不同的作品,这在文学界是少有的情况。我个人听到了一些迥异的观点:天才—无赖,英雄—丑角,天籁之作—粗俗之作,对词语的赞颂—对词语的亵渎。"①

　　新政权的确立给安德列·别雷带来了新的希望,他曾力图迎合当局的思想意识形态,但是由于他所处的阶级立场,也由于他的非理性思想及宗教神秘观很难与新政权所确立的审美标准相符合,这使得他不被理解的处境丝毫没有得到改善。安德列·别雷极力想扭转自己的这种状况,又因时局动荡,于是他就去了欧洲。但是在欧洲,他也未得到俄侨的理解,落落寡合的他又回到俄罗斯,可是情形依旧。因此,他描述当时的状况时,写道:"1923 年 10 月返回了托洛茨基为我挖掘好的'坟墓',"我成为了'活死尸'。"②

　　虽然他的思想和作品不被很多人接受,但是其作品的独特形式和深刻的内涵越来越被学者所认可。即便当时(1930),A. K. 沃隆斯基(Воронский А. К.)就在《文学百科辞典》中撰写了关于安德列·别雷的词条。随着对安德列·别雷作品及其思想的日趋深入,人们打破了层层的思想禁锢,最终还是给予了作家应有的地位。③

2. 安德列·别雷的创造活动——神话仪式

　　安德列·别雷写作中使用频率比较高的词汇之一是创造(творчество④)。虽然 творчество 是名词,实则在作家的使用中更多带有动词的性质。安德列·别雷所理解的创造包含着神话和神话仪式的成分。他将创造视为艺术家的使

---

　　① 〔俄〕Эфрос Н. Е.:В Москве. Литературная злоба дня //Одесские новости,1916,№10261,29 нояб.,с. 1.

　　② 〔俄〕Белый Андрей:Символизм как миропонимание. Сост.,вступ. ст. прим. Сугай Л. А.. Моска,изд.《Республика》,1994,с. 483.

　　③ 1980 年 12 月 1 日,在"法捷耶夫文学之家"举办的纪念安德列·别雷的会上的开幕词中,谢尔盖·纳罗夫恰托夫(Сергей Наровчатов)指出:"如果没有别雷的名字,当时的俄罗斯文学是不可想象的。"(Сергей Наровчатов,1988:6)在俄罗斯,安德列·别雷日益受到重视。2000 年,在阿尔巴特街普希金纪念馆三楼设立了"安德列·别雷展示馆",安德列·别雷在这里度过了自己的童年和少年时代。目前,俄罗斯文学界每年要举办"安德列·别雷奖"评选活动,该奖项 1978 年由列宁格勒非官方出版物《时钟》杂志设立,奖金为一卢布。这是俄罗斯文化领域中的第一个非官方性质的奖项,颁发给那些对文学创作的主题和形式进行革新的作家。虽然奖金只有一卢布,但是却备受作家们的关注。(请参阅 Положение о Литературной Премии Андрея Белого 一文)而在美国和欧洲,人们对安德列·别雷的评价则更高。《俄罗斯文学》(Russian literature)杂志主编威廉·维斯特斯坦(Виллем Вестстейн)认为:"别雷确立了 20 世纪文学发展的一个方向,甚至可以说,确定了现代人思维与认知世界的方式。"(Виллем Вестстейн,2005:От составителей)2005 年,为纪念安德列·别雷诞辰 125 周年,该杂志出版发行了安德列·别雷纪念专辑。在 1995—2008 年的 13 年间该杂志共出版了 101 期,为 8 位俄罗斯作家出版了研究专辑,但是只为安·普拉托诺夫(Платонов А.)和安德列·别雷出版了诞辰纪念专辑。

　　④ Творчество 根据上下文可以翻译成创造或者创作。

命,并认为艺术家应该担负起与阿特拉斯神一样的擎天的重担:"艺术家应该成为肩擎天穹的阿特拉斯神。"①

遵循这一创造宗旨,安德列·别雷广泛参加一些秘密团体,如"阿尔戈兄弟会"②(Братство аргонавтов)、"玫瑰十字兄弟会"③(Розенкрейцерское братство)等,并将自己的这些行为视为履行一种神话仪式。学者列娜·西拉尔德对此有着准确的评价:"创立莫斯科'阿尔戈兄弟会'差不多是别雷在促使艺术创作的途径和方法变革为生活的创造('创造生活')这方面的第一个尝试,那是他和当时与他来往密切的埃利斯、索洛维约夫、彼得罗夫斯基等人一起进行的。这种变革以成年仪式上的神秘宗教之旅的再现为基础,正如莫斯科'阿尔戈英雄'们所希望的那样,精神科学的神宗传统中保存着对这些旅程的记载。"④

为了切实感受和体验神话仪式,安德列·别雷还试图偕同"玫瑰十字会"的其他成员——安娜·明茨洛娃和 Вяч. 伊万诺夫,前往意大利的阿西西城接受洗礼,由于意外原因才放弃。

在安德列·别雷看来,接受任何思想理念,都需要将思想变为行为活动,并将行为活动称为"创造"。因此,他在接受一种思想时,往往亲力亲为地追逐思想家的足迹。他踏入巴塞尔城,以期如尼采般获得超人的思想;他前往亚美尼亚是为了像普希金一样,探究高加索人的风俗习惯;他造访非洲埃及,是模仿 B. C. 索洛维约夫的做法,寻觅古老文化的东方根源。因为他相信:"只有在创造中保留着现实、价值和生活的意义。"⑤

安德列·别雷还增加参与创造活动的频率,定期地发表文章、随笔、公开信,做讲座和授课。⑥ 他所涉及的题目既有当时关注的热点问题,也有大众化的

──────────

① 〔俄〕Белый Андрей:Символизм как миропонимание. Сост.,вступ. ст. прим. Сугай Л. А.. Моска,изд.《Республика》,1994. c. 338.

② 安德列·别雷是"阿尔戈兄弟会"创立人之一。

③ 即安德列·别雷与与安娜·明茨洛娃(Анна Минцлова)、Вяч. 伊万诺夫(Вяч. Иванов)组成的"神秘三人小组"。

④ 〔俄〕俄罗斯科学院高尔基世界文学研究所《俄罗斯白银时代文学史》,王艳秋译,Москва,изд.《Имлиран (Наследие)》,2001 年版,第 164 页。

⑤ 〔俄〕Белый Андрей:Символизм как миропонимание. Сост.,вступ. ст. прим. Сугай Л. А.. Моска,изд.《Республика》,1994,c. 37.

⑥ 从 1907 年开始他在彼得堡和莫斯科开办讲座,讲座的内容常常就在之后发表的一些文章中进行介绍和阐释。这些讲座获得了成功。安德列·别雷不仅以其问题的现实性吸引观众,而且还以其个性特点和举止行动赢得了大家的好评。A. B. 拉夫罗夫在相关的评论中提到,安德列·别雷的创作攫取了当时俄罗斯文学领域的灵魂。

艺术问题。

通过列举安德列·别雷的活动我们得知,他并不仅局限于象征主义的观念,他还积极地投身于创造活动,视创造活动为一种神话仪式,以期如天神般完成艺术家的使命。这从安德列·别雷积极创办和参与象征主义杂志的工作中可以一窥究竟。安德列·别雷 1903 年参与创办杂志《天秤》(Весы),自 1909 年起,他和 Э. К. 梅特纳(Метнер Э. К.)一起筹办"缪萨革忒斯"(Мусагет)出版社。两个杂志的名称都取自神话故事。Весы 指天秤,取自埃及神话,原指奥西里斯神用来称死人灵魂的工具,现在用天平象征公平与公正。而 Мусагет 指希腊的太阳神阿波罗,代表秩序。这也折射出安德列·别雷对神话热衷的情结。

3. 安德列·别雷的个性价值取向——走出凤凰涅槃的循环圈

1905 年安德列·别雷撰写了《火凤凰》(феникс)一文。在文章中提到了火凤凰这一形象,根据埃及人对生死的理解,"他们创作了死而后生的形象——火凤凰"[①]。作者将死后重生的火凤凰形象借用过来,用以比拟个性的重生。

安德列·别雷认为,在人的意识中存在着两个"我":一个是与客体对应的主体的"我",而另一个"我"则相当于索洛维约夫所理解的"圣灵"。安德列·别雷所追求的正是后者,即体现个人(личность)的"我"。安德列·别雷将个人理解为真正具有自我意识和想法的人。如果缺少自我独到的见解,人势必成为随波逐流、没有个性的群体,安德列·别雷形象地称其为"毫无意义的数字堆积"。为了解决这个问题,他从个人的灵性入手,引入 B. C. 索洛维约夫的神人理念,即人与上帝自古以来就存在着关联的观点,在现今的社会中这种关联已不复存在,想要恢复这个联系,就需要从内心去感受神的存在,"因为个性的'我'通过感受将自己与集体联系起来,因为'我'不仅仅是'我','我'还是有组织的集体,是一和多"[②]。这里的"集体"指的是聚合性(соборность[③])所要求的统一体。安德列·别雷试图通过聚合性,通过人自身体现的圣灵(作为上帝的一个位格),恢复人与神的关联,以期在宗教中实现个性的重生。安德里·别雷所说的感受

---

① 〔俄〕Белый Ардрей: Критика эстетика теория символизма в двух томах. Москва, изд. *Искусство*, 1994. т. 2, с. 139.

② 〔俄〕Белый Андрей: Символизм как миропонимание. Сост., вступ. ст. прим. Сугай Л. А.. Моска, изд.《Республика》, 1994, с. 324.

③ 学界也有人将 соборность 翻译成"团契性",我们此处根据上下文翻译成"聚合性"。聚合性"表示一种把多个人统一起来的原则,使许多人形成某种特定的一致性的原则"。参阅徐凤林《俄罗斯宗教哲学》,北京大学出版社 2006 年版,第 19 页。

是个性神秘的感受,是实现个性重生的一个途径。

　　显然,安德列·别雷时刻关注自我意识,他认为认识自我的宗旨是为人类的生活提供一种范式,为个性的重生指明道路。这彰显了凤凰涅槃神话的含义。然而,安德列·别雷并没有止步于该神话主题。在他看来,凤凰涅槃虽然表达了人浴火重生的意愿,但是却是一个生死交替不断循环的神话,人应该跳出这个循环圈,走出埃及,走向心灵的圣地——耶路撒冷。

二、《彼得堡》的主要内容

　　小说《彼得堡》①是三部曲《东方或者西方》的第二部。在小说《彼得堡》中,安德列·别雷把东、西方的问题置于世界的历史框架中进行反思。通过反思他既否定了以参政员为代表的西方,也否定了以杜德金为代表的革命力量。最后,安德列·别雷把希望寄托在个性的革新上。

　　小说的故事发生在 1905 年 10 月的九天中,这短短的九天却反映了彼得堡两百多年的历史。在此,安德列·别雷巧妙地运用古代神话中父与子的二元对立的传统情节和母题。小说描绘了大学生尼古拉·阿勃列乌霍夫试图用炸弹炸死大权在握、年迈的参政员父亲阿波罗·阿勃列乌霍夫的事件。这个事件是

---

　　① 《彼得堡》是安德列·别雷的三部曲《东方或者西方》中的第二部,其余的两部分别是:第一部《银鸽》,第三部《看不见的城市》。但是第三部没有完成,后来发表的《柯吉克·列达耶夫》可算作第三部的一个组成部分。第二部的命名还经历了一番周折。安德列·别雷先后把这部小说命名为《阴影》《邪恶的阴影》《光彩四溢的马车》等,最后由 Вяч. 伊万诺夫确定为《彼得堡》,原因很简单,因为彼得堡是小说中最主要的形象。有意思的是,小说的发表也经历了类似的遭遇。令人感到欣慰的是,小说在作家生前再版了两次,并被改编为剧本。1911 年 9 月中旬,安德列·别雷答应了《俄罗斯思想》杂志的约稿请求(要求在 1912 年前完成),10 月从北非经耶路撒冷回到俄罗斯后,就开始了小说《彼得堡》的写作。11 月中下旬,安德列·别雷在《缪萨革武斯》出版社的编辑部朗读了《彼得堡》的片段。但是 1912 年 1 月,《俄罗斯思想》杂志的编辑 П. П. 司徒卢威(П. П. Струве)违背预先达成的协议,拒绝出版《彼得堡》。不得已,安德列·别雷于 1913 年 1 月在柏林整理了《彼得堡》的前几章,并同国内的《美人鸟》(Сирин)丛刊的编辑商讨有关出版《彼得堡》的事宜。2 月 24—25 日《美人鸟》出版社同意出版发行《彼得堡》。同年 5 月份,安德列·别雷同妻子阿霞·图格涅娃从柏林回到俄国,会见了《美人鸟》的责任主编伊万诺夫·拉祖穆尼克,虽然该杂志的领导反对,但是由于 А. А. 勃洛克(Блок А. А.)和伊万诺夫·拉祖穆尼克(Иванов Разумник)的坚持,在《美人鸟》的第一集中出版了《彼得堡》的第 1～3 章。1914 年 7 月至 8 月,安德列·别雷撰写了德文版的《彼得堡》缩写本。1916 年 4 月 10 日,《彼得堡》单行本终于出版发行了。小说出版后,先后被拍成电影和排练为话剧,安德列·别雷对小说进行了改编。1924 年 1 月初,安德列·别雷开始编写《彼得堡》的话剧剧本,3 月至 4 月一直从事该剧本的创作,并改名为《参议院之死》。安德列·别雷尝试从象征主义向先锋派的转变。该剧于 1925 年 11 月 14 日在莫斯科模范艺术剧院上演。1927 年 12 月 12 日,安德列·别雷为《彼得堡》再版写了序言。1928 年 4 月上旬,尼基京的安息日派出版社(Никитинские субботники)重新出版了长篇小说《彼得堡》。

以对阿波罗·阿勃列乌霍夫、尼古拉·阿勃列乌霍夫和杜德金这三个主要人物的描写展开的。参政员阿波罗·阿勃列乌霍夫试图维系现有的国家秩序,在彼得堡实现"几何化"管理,但是纯理性的日常生活理念没有得以实现。

另外一个人物杜德金在接受他的直接领导人"大人物"利潘琴科的命令之后,他来到尼古拉·阿勃列乌霍夫(尼古拉·阿勃列乌霍夫曾经允诺服从党的使命)的家中,藏匿一个装有定时炸弹的沙丁鱼罐头,这使尼古拉·阿勃列乌霍夫担心不已,当得知不过是要把它保存一下时,心情才有所放松。正在进行交谈之时,父亲参政员回到家里,尼古拉·阿勃列乌霍夫感到了杜德金对父亲潜存的敌意。送走杜德金后,尼古拉·阿勃列乌霍夫打定主意,决计报复此前与他有暧昧关系的索菲亚(索菲亚为有夫之妇),他订制了红色多米诺,并身披红色多米诺出现在涅瓦河畔和假面舞会上,引发人们对红色多米诺的种种猜疑,于是,彼得堡城关于红色的流言四起。假面舞会举办时,几乎聚集了所有重要的人物,甚至和情夫逃到意大利的参政员的妻子安娜此时也回到了彼得堡,拜访昔日的旧居。在假面舞会上身披红色多米诺的尼古拉·阿勃列乌霍夫惊吓到参政员,他出现心脏发病的症候。与此同时,在接到索菲亚递交来的纸条上所写的炸死父亲的秘密指令时,尼古拉·阿勃列乌霍夫顿时呆住,甚至忘记戴上面具,于是红色多米诺的秘密被揭穿,但是红色却侵染了整个彼得堡大街小巷。回到家中父子尴尬的见面以父亲怒斥儿子而告终。尼古拉·阿勃列乌霍夫幡然醒悟,决计放弃弑父的企图,但是革命党人却不依不饶,利潘琴科和双重间谍莫尔科温威胁尼古拉·阿勃列乌霍夫,尼古拉·阿勃列乌霍夫在走投无路时找到了杜德金,杜德金应允解决这个事情。尼古拉·阿勃列乌霍夫在返回家中的路上遇见了索菲亚的丈夫利胡金,尼古拉·阿勃列乌霍夫误以为利胡金因为他和索菲亚的暧昧关系想报复自己,所以竭力推脱利胡金邀请他前往自家的要求,在被对方强制拉到家中后,才得知利胡金不过是试图阻止尼古拉·阿勃列乌霍夫弑父的行动。放下重担的尼古拉·阿勃列乌霍夫回到家中,寻找炸弹未果,在惴惴不安中见到了由父亲接回家中的母亲,放声痛哭,一泄心中的忧郁心情。恍然一切都回到了从前,但是一切都随着装有炸弹的沙丁鱼罐头的爆炸而结束。事后,参政员退休,远离沉浮一生的彼得堡,黯然归隐乡下。尼古拉·阿勃列乌霍夫则前往埃及,潜心研究当地文化。返回家时已是暮年老人,在乡间从事生产劳作,闲暇时悉心阅读斯科沃罗达的书籍。

革命恐怖分子杜德金摒弃一切物质利益,投身于革命事业。但是随着他在党内名声的渐起,在心灵深处却为意识的分裂之感所困扰。他独居在顶楼的狭小空间,只和包括看门人在内的几个有限的居民接触,终日里以烟酒消愁,过着昼伏夜出的生活。夜晚他时常遇见行驶在涅瓦大街上的宫廷式四轮马车(彼得一世),终于一日青铜骑士拜访了梦境中的杜德金。这使他意识到自己与叶甫盖尼相同的命运,同时青铜骑士的铜液神奇地注入他的血管里。杜德金为使尼古拉·阿勃列乌霍夫摆脱弑父的逆行,去寻找利潘琴科。但是利潘琴科的丑恶人格和下流举止终于使杜德金看清他的真实面目,于是他决计杀死利潘琴科,最终杜德金模拟青铜骑士骑在被他杀死的利潘琴科身上,他如同叶甫盖尼一样彻底地疯了。

三、安德列·别雷创作的现代神话倾向

安德列·别雷的创作神话倾向是在作家的人生困境、创作活动和价值取向的影响下逐步形成的。这种倾向尤其突出地体现在小说《彼得堡》以及他的象征主义理论中。

1. 安德列·别雷的个性追求与创作的现代神话倾向

安德列·别雷不被理解的处境,使得他处于思想危机的困境中,而动荡不安的社会时局又加剧了这种危机,他就如同《彼得堡》中尼古拉·阿勃列乌霍夫一样,处于恐惧与迷茫之中。但是他坚信人可以重生,于是,他在困惑中寻找新的出路,关注自我意识和自我感受,追求个性的"我",排斥虚假的现实世界。

安德列·别雷认为"可见的世界是认知的结果,在现实世界中不存在真正的'我'"①,真正的"我"在人的意识中。由于现今人们处于艰难的困境之中,治理世界的规章制度作为逻辑已经无能为力,因此,只有在人的意识中才能找到出路。于是,对人的意识的认识成为作家关注的焦点。安德列·别雷不仅探讨人的意识问题,还特别关注人的无意识。为此,他追溯到原初的人类和人类社会。作家认为:"初始的因子与其说是遵循逻辑原则,不如说是处于神和人的混沌②状态。"③

① 〔俄〕Белый Андрей:Символизм как миропонимание. Сост., вступ. ст. прим. Сугай Л. А.. Моска,изд.《Республика》,1994,с. 334.
② 原文为 хаос,翻译成"混沌"或者"混乱",本书将根据上下文选择使用"混沌"或者"混乱"。
③ 〔俄〕Белый Андрей:Символизм как миропонимание. Сост., вступ. ст. прим. Сугай Л. А.. Моска,изд.《Республика》,1994,с. 40.

混沌与秩序是一对神话范畴的概念。安德列·别雷正是按照混沌与秩序的对立构建了《彼得堡》的文本。整齐而有序的彼得堡建筑和参政员阿波罗·阿勃列乌霍夫无疑代表了城市有序的一面。但是作家清醒地看到,彼得堡居民心中充满了混乱,典型的表现就是小说人物常常处于无意识状态。当然,参政员做出种种努力,试图调整俄罗斯社会秩序,调整混乱的状态,城市中人的意识已经被无意识、梦呓和神话侵蚀。虽然外部的有序世界赋予人们新的习惯、感觉和思想,但是宇宙原初的混乱因子始终潜伏在人的无意识中,现实的俄罗斯时刻受到重返混乱的威胁。在小说中,这些潜在的混乱因子以战争、群众游行等形式体现出来。安德列·别雷认为,单凭一些人的意志拯救不了俄罗斯,只有通过个性的重铸俄罗斯才能获得新生。

2. 安德列·别雷的非理性观念与创作的现代神话倾向

另外,安德列·别雷以否定的态度对待文明,否定实证主义,持"非逻辑的"、非理性的观点。这在作家所撰写的一系列文章中得到证实。譬如前面提及的《文化的危机》一文,即按照尼采的《查拉图斯特拉如是说》的风格,采用段落式的写作策略,遵从思想跳跃的火花,着力避免理性逻辑思维的论述,当然这也造成一定的理解难度。同样的问题也存在于小说《彼得堡》中。文本的陈述方式具有很大的跳跃性,往往缺少上下文意义的关联。

这样对待现实的方式无疑与神话属于同一领域。因为神话同样属于"非逻辑"范畴。"它(神话——引者)的反义词是'逻各斯'。它是非理性的、直觉的,与系统的、哲学的相对照……"[①]由此可见,安德列·别雷倾向于神话是作家理论内在生发力所导致的直接结果,不能简单地将其在文本中运用神话的写法只归结为一种文学手段。因此,无论是面对作为思想家的安德列·别雷,还是作为文学家的安德列·别雷,我们在研究中都将虑及他的基本思想观念,避免将神话与象征仅仅视为一种文学手段,力求通过对小说《彼得堡》的重新阅读探寻他创作中神话倾向的重要价值。

3. 安德列·别雷的象征主义观念与创作的现代神话倾向

具体来说,从作家安德列·别雷世界观内在的生发力分析《彼得堡》现代神话性是基于以下两个方面的考虑。

---

① 〔美〕勒内·韦勒克,奥斯丁·沃伦《文学理论》,刘象愚等译,江苏教育出版社 2005 年版,第 218 页。

一是作为象征主义理论家,安德列·别雷有关象征主义的理论核心自然为"象征",而他对象征的理解往往强调象征的社会与交际的功能,这与西蒙斯从发生学的角度对象征的解释相吻合:

> 象征原先被古希腊人用来指"一块书板的两半块,他们互相各取半块,作为好客的信物"。后来它被用来指那些参与神秘活动的人借以互相认识的一种标志、秘语或仪式。①

上段文字表明,象征具有社会和交际的功能。在西蒙斯看来,象征的这个功能无疑来自神话。应该说,安德列·别雷持同样的观点,并且在实践中试图证实这一点。安德列·别雷参加了秘密组织"阿尔戈兄弟会"和"玫瑰十字兄弟会"就可以作为例证。事实上,他还认为在这些兄弟会中保留着神话创作的原生力:"神话创作抑或先于审美创作,抑或紧随其后,但在失去对科学、艺术和哲学信心的神秘的兄弟会和联盟中,仍旧无意识地在保留着创作活动的原生力。"②另外,兄弟会的宗旨实际上是为了实现索洛维约夫所倡导的"统一性"理念。人与人之间为了"统一性"的观念,不断进行精神上的交往,最终建立如兄弟般的友情关系。但是大众与象征主义者之间存在着明显的文化程度的差异,为了缩短这个差异,象征主义者试图创作含有民间故事的象征诗。在此,广为大众熟知的神话充当了大众与诗歌、大众与诗人之间的媒介物,充分彰显了我们上面提及的神话的社会与交际功能。

二是安德列·别雷对永恒存在与崇高性的追求。笔者认为,作家对永恒存在的追求是作者创作现代神话文本《彼得堡》的思想源泉。对永恒存在的追求还直接导致了对崇高性的追求,而对崇高性的追求是通过悲剧完成的。

首先,我们对安德列·别雷对永恒主题的关注进行分析。研究证实,作家正是出于对永恒主题的追求,才创作了现代神话文本《彼得堡》。我们引用学者瓦·叶·哈则利夫的话语来证实这一点:

> 它(永恒的主题——引者)或者展现为作品中显而易见的中心,或者以潜在的方式出现在作品之中,而构成那种具有神话诗性的潜文本。③

---

① 黄晋凯等主编《象征主义·意象派》,中国人民大学出版社1989年版,第97页。

② 〔俄〕Белый Андрей:Символизм как миропонимание. Сост., вступ. ст. прим. Сугай Л. А.. Москва, изд.《Республика》, 1994, с. 141.

③ 〔俄〕瓦·叶·哈则利夫《文学学导论》,周启超等译,北京大学出版社2006年版,第56页。

　　象征主义者试图从生活的层面发现并且挖掘出深刻的永恒主题。苏联百科出版社出版的《简明文学百科辞典》(1971)关于俄国象征主义词条的介绍中引用 Ф. 索洛古勃的话语指出象征主义与永恒之间的关系：

　　　　象征主义的用途，就其实质而言，就是隐藏在偶然的、分散的现象背后的东西，它们反映了同永恒、同整个宇宙和世界进程的联系。①

　　据此，安德列·别雷作为"年轻的象征主义者"，在写作中同样诉诸永恒主题。而由于对永恒主题的追求，作家才创作出具有神话特点的文本《彼得堡》。

　　此外，在他看来，人与永恒的关系还体现了人追求崇高的意愿，而对崇高性的意愿是通过悲剧来实现的。行文至此，就产生了崇高性与悲剧关系的问题。此处引用我国知名学者朱光潜对此的论述来说明两者的关系。朱光潜在《悲剧心理学》一书中指出："悲剧是崇高的一种，与其他各种崇高一样具有令人生畏而又使人振奋鼓舞的力量"，"崇高感是悲剧感中最重要的成分。"②从这些话语中我们可以得出这样的结论：悲剧是传递崇高感的一种艺术，而且是最重要的一种艺术。此外，安德列·别雷研究专家 Л. К. 多尔戈波洛夫也证实了这种观点："所有真实而深入的生活都具有悲剧性，而同时又是极其崇高的，因为这使人超越时间、日常生活、历史和尘世。"③

　　由此可见，安德列·别雷追求崇高感是通过悲剧完成的。悲剧问题也恰恰是作家关注的焦点。他曾经多次撰文论述悲剧的问题，他对悲剧的产生有着自己的理解：

　　　　客观世界呈现为能量的综合体，遵循其机械的发展规律，在我意识之外存在。但是当客观世界与创作的我（我是自由的，能够改变客观世界的必然性）接触时，就产生了悲剧。悲剧也就是主人公（创作者）与命运（不依赖创作意识的客观世界）的抗衡。④

　　这与我们前面提到的安德列·别雷所坚持的非逻辑观点相一致。他认为外在的客观世界遵循逻辑的原则，沿着必然与机械的路线发展；而人内心的真

----

　　① 黄晋凯等主编《象征主义·意象派》，中国人民大学出版社 1989 年版，第 746 页。
　　② 朱光潜《悲剧心理学》（第 2 版），安徽教育出版社 2000 年版，第 124 页。
　　③ 〔俄〕Долгополов Л. К.：Андрей Белый и его роман 《Петербург》. Ленинград, изд. 《Советский писатель》, 1988, с. 11.
　　④ 〔俄〕Белый Андрей：Символизм как миропонимание. Сост., вступ. ст. прим. Сугай Л. А.. Москва, изд. 《Республика》, 1994，с. 214.

实存在不同于此,是不受任何约束的,自由自在的,并且具有创造的能力,具有改变这个客观世界的能力,而在现实生活中,两者之间的碰撞便产生了悲剧。换句话说,悲剧就是对精神的完整和自由的向往与历史的客观规律之间的矛盾。

在明确安德列·别雷的悲剧观点后,我们才会理解为何作者在《彼得堡》中要表现悲剧的主题。另外,依据象征主义理论的类比原则①,也可看出小说呈现出一个类似古希腊悲剧的新神话故事。

据名字明显的含义以及作品中字里行间的暗示,阿波罗·阿勃列乌霍夫为希腊神话中太阳神,尼古拉·阿勃列乌霍夫为狄奥尼索斯神,相应地其母亲为狄奥尼索斯之母,与此相关的为狄奥尼索斯神的献祭仪式及其稍后的假面舞会,利潘琴科成为被献祭的祭品。其中,古希腊仪典的神话成分有详尽的展示,呈现了神话中常见的背叛主题、复仇主题、悲剧主题。此处也显示出尼采对别雷的影响,在此我们赞同卡洛尔·安许茨分析安德列·别雷的一文中引用的德国学者霍斯特-于尔根·格里克的论点:"别雷创作《彼得堡》时手里拿着尼采的《悲剧的诞生》一书。"②但是安德列·别雷又不仅仅局限于对《悲剧的诞生》的人物构建方法的借用,他也借鉴了尼采关于永恒轮回的学说,将主人公尼古拉·阿勃列乌霍夫的生存时间上溯至史前人类,甚至初始的宇宙时刻,而尼古拉·阿勃列乌霍夫在形体上呈现为一个"球"。在此,"球"显然带有原型的特性,不断闪现在主人公的梦境与潜意识中。同时也暗示尼古拉·阿波罗诺维奇个人历史轮回的开始。另外,球形的炸弹也带有一种神秘力量,如同拉斯科利尼科夫弑杀老太婆的斧子,具有不受人的意识控制的魔力,或者是一种命定之物(命运),而人与之的对抗,根据安德列·别雷对悲剧的定性,无疑就是悲剧。炸弹出人意料地爆炸了,参政员却没有在意料中被炸死,父子两个人都选择了离开彼得堡。在安德列·别雷的笔下,一座伟大的城市彼得堡陨落了。显然,这座城市已经不再在作家的考虑范围之内,他将注意力放在了悲剧的净化功能上,亦即主人公经历悲剧故事情节后所达到的崇高感。据此,安德列·别雷转向了尼采笔下的另一个人物查拉图斯特拉,关注个性的心灵,并且把个性的革新看作带有启示录精神的新时代的开始:"《启示录》使我把个性悲剧问题看得更加

---

① 韦勒克和沃伦的《文学理论》关于象征一词谈道:"但(象征——引者)希腊语的动词的意思是'拼凑、比较',因而就产生了在符号及其所代表的事物之间进行类比的原意。"参阅〔美〕勒内·韦勒克,奥斯丁·沃伦《文学理论》,刘象愚等译,江苏教育出版社 2005 年版,第 214 页。

② 林精华主编《西方视野中的白银时代》,东方出版社 2001 年版,第 338 页。

的开阔,悲剧是共同危机的征兆,危机之后将是新时代的开启。"①

另外,自由个性意志创造的生活与必然性的规则发生冲突,必然引发悲剧。但是这种悲剧并不是崇高的层面上的分裂,而是体现在消极、讽刺、尘世悲剧的低级层面上。别雷对真正诗歌的追求不是人的价值,而是人的分裂,通过夸张、讽刺、嘲笑的象征表达出来。社会关系不是建立在价值的基础上,而是对价值的践踏。对人类最大的威胁是以参议院为代表的官僚规划好的生活,别雷将时间追溯到彼得时期。通过话语的割裂,作者有意切断人与人的交流,他们之间互相不理解、不去倾听,隐藏在谎话之下。玷污道德价值,破坏道德规则,就是人的自我毁灭。作者想要打破面具。

总之,我们力争从作家本人的思想出发,忠实于文本所传达出的内容与思想,来分析《彼得堡》所具有的现代神话倾向。此外,"彼得堡还流传着大量的传说与神话,这使城市带有神秘主义色彩,果戈理和陀思妥耶夫斯基所创作的虚幻的彼得堡就是一个例证"②。由此可见,彼得堡存在的神话已经成为果戈理、陀思妥耶夫斯基创作的一块基石,成为他们许多作品的素材。显然,安德列·别雷继承了这个传统,并且吸收了许多其他民族神话,创作了独具特色的神话小说《彼得堡》。

四、学理依据

本书的理论依据是现代神话理论。下面,我们将论述神话、现代神话的概念和神话的象征性。厘清这些问题有助于我们后面章节对文本的分析和研究。

(一)神话的概念

关于神话的概念有多种,面对众多的神话概念,很难给它下一个定义,因为已有的神话概念抑或过度宽泛,抑或过于狭窄,加之研究神话的学者们往往把神话归于一种具有普遍适用性的理论学说,譬如,弗洛伊德的情欲学说、荣格提出的集体无意识学说、卡西尔的象征哲学形式学说、列维-斯特劳斯的自然与文明二元对立的结构主义学说等,这些都加大了对材料进行取舍的难度,因此,为神话确定一个标准势在必行。劳里·杭柯在《神话界定问题》一文中为我们的

---

① 〔俄〕Белый Андрей：Символизм как миропонимание. Сост.，вступ. ст. прим. Сугай Л. А.. Москва，изд.《Республика》，1994，с. 431.

② 〔俄〕Долгополов Л. К.：Андрей Белый и его роман《Петербург》. Ленинград，изд.《Советский писатель》，1988，с. 46.

探讨提供了参考的视角,他从形式、内容、功能、语境四个方面确定神话的概念。我们在此将借鉴他的观点,参阅神话学和相关的百科全书(包括英文的大不列颠百科全书、俄文的 30 卷本的百科辞典、俄文的文化辞典、俄文的神话辞典、中文的神话辞典、中文的苏联百科辞典等)对神话进行界定,尝试确定笔者所理解的神话的概念。我们先看看劳里·杭柯给神话下的定义:

> 神话是关于神祇们的故事,是一种宗教性的叙述,它涉及宇宙起源、创世、重大的事件,以及神祇们典型的行为,行为的结果则是那些至今仍在的宇宙、自然、文化及一切由此而来的东西,它们被创造出来并被赋予了秩序。神话传达并认定社会的宗教价值规范,它提供应遵循的行为模式,确认宗教仪式及其实际结果的功效,树立对神圣物的崇拜。神话的真正环境是在宗教仪式和礼仪之中。但是效仿神话所进行的仪式行为包含对世界秩序的保护;靠着效法神圣榜样防止世界陷入混乱之中……那些在原始时代创造出来并反映在神话中的世界的秩序,作为一种范例和模式,对今天的人们仍有其价值。[①](劳里·杭柯,2006:61)

显然,劳里·杭柯对神话所下的定义具有描述性的特点,并且侧重强调神话的宗教性。但是他从形式、内容、功能、语境四个方面对神话所作的解释却具有极其重要的参考价值。具体来说,形式是指叙述;内容是指宇宙起源、创世、重大的事件,以及神祇典型的行为;功能是指应遵循的行为模式,树立神圣物的崇拜;语境是指宗教仪式和礼仪。据此,我们还参阅其他书籍的神话概念,为神话确定以下的定义:

> 神话这个词来源于希腊语,指的是述说,传诵。神话具有艺术的、分析的,陈述的和仪式的特征,是古人无意识地、艺术地阐述他们所接触到的重要事物,包括神秘不解的大自然中的力量和现象、人的生理现象和社会现象,诸如世界起源、人诞生的奥秘、人类的起源、神祇、帝王和英雄的功勋业绩与成败荣辱等。古人把古代的神话看作理想和行为的典范,嗣后为人们提供应遵循的行为模式。神话构成了社会团体的神圣精神传承。在神话中周围世界与人的关系是为了规范现存的秩序。

---

① 本书的引用部分略有修改。

以上定义基本上采用了劳里·杭柯对神话所确定的概念,从形式、内容、功能、语境四个方面进行论说。从形式上来讲神话就是述说,内容包括神秘不解的大自然中的力量和现象、人的生理现象和社会现象;功能上体现为人们提供应遵循的行为模式;语境是指在社会团体中。与劳里·杭柯确定的神话概念相比较,本定义考虑到神话思维的因素(无意识)以及在神话的后期发展中语境的扩大化(已经延伸到社会团体,形成现在的大众神话),并且这个概念符合上述辞书中对神话所下的定义,同时这个概念的确定为理解现代神话提供一定的参照价值。

(二)神话学发展的脉络

神话表示关于神灵的陈述和叙事,其具有神圣的力量,起到规范现实生活的作用。神话具有神话思维,维科称之为诗性智慧,卡希尔认为是神话思维和固定模式结构的特点。其独有的思维模式,使之与科学所要求的真实性处于不同的层面上。恰如列维-斯特劳斯所认为的,原始思维,即神话思维也同样具有同类质的逻辑和理智思维性,差异只在于表现的形式不一样。例如婚姻、和解等,这与后来黑格尔的正题、反题和合体辩证思维是同等结构。因此,论证神话的真实与否已经显得没有必要。因为它与逻辑要求不同,它的真实是一种隐喻的真实神话。

神话自古希腊罗马关于诸神的故事传说,到浪漫主义时期达到高潮。涌现出许多研究神话的大师,例如赫尔德、格林兄弟、施莱尔瓦赫、施莱格尔等人。其中施莱格尔具有浓厚的宗教意识。他认为当时的诗歌之所以逊色于古代诗歌,恰是由于缺少了神话元素,因此,需要重新塑造新神话。因为宗教囊括一切,神话就有了神圣性。将神话和神学联系到一起,为中世纪的神学服务。

而尼采强调用古希腊的神话代替基督教,号召返回到古希腊的酒神时代。他们专心于民间文学,收集民间故事,包括神话,力图唤醒民族意识。

维科首次将神话哲学作为其历史哲学研究的关键,提出神话的真实性在于它隐喻意义上的真实性,规范现实生活的神圣力量。这与后来马林诺夫斯基提到的神话功能性研究十分相似。它具有向现实转化,参与建构人与世界关系的功能。提出了神话独有的诗性智慧,这是一种更加原始、更加基本的认知方式。维科建立的是历史哲学,而谢林则建立了神话哲学。哲学的出发点是绝对同一。即主客观、存在与意识、理想和现实、自由与必然、有限与无限的同一。为了达到这种同一,不能依靠逻辑,只有通过理智直观才能达到,而理智直观就是艺术,引导人们去认识最崇高的事物,从而艺术高于哲学。认为绝对同一与可感知事物的结合就是神话,神话成为绝对同一性的最高典范。艺术家要去创造自己的神话,要成为伟大的艺术家,就要成为伟大的神话缔造者。

泰勒针对神话提出了著名的"遗形"说。弗雷泽在《金枝》中提出神话中反复出现的神话模式,例如死而复生、替罪羊等。列维-斯特劳斯提出的结构主义神话学,从语言学的角度进行研究。因为他利用索绪尔的语言学知识,语言和言语的区别,从而提出神话素的概念。将神话故事发展过程进行对比。还受到精神学的引导,关注无意识层面,揭示出二元对立的法则。他根据大量的神话研究,得出神话故事具有一定的模式结构,以"性"和"食物"展开。坎贝尔从精神分析的角度得出神话的意义,在于与人类的精神世界息息相关。神话是人类心灵奥秘的隐喻,神话的意义在于它的象征层面。

(三)原型

原型一词来源于希腊语,表示最初的或原始的铸造用的模子或形式。柏拉图解释其为理式的东西。知识就是回忆。这是康德后来提出的图式。人类学发现了人类心灵的"集体"观念,原始社会的思维具有共性,共性以文化形式存留至今。无论是维科、泰勒、弗雷泽、列维-布留尔,还是列维-斯特劳斯等都提出了共性的特点。在心理学方面,荣格提出原型的概念。荣格提出了集体无意识,将原型和集体无意识作为人类精神的本体,由于现在人们忽略无意识领域,造成人们精神的缺陷,需要通过神话、宗教、艺术等来填补。在人类的精神深处存在一个更加普遍的、先天的、集体的意识,就是集体无意识,原型是集体无意识的一个种类和载体,原型在一定的条件下通过个体的意识体验,在感官上呈现出原型意象,原型意象有各种各样的变体,主要的模板有人格面具、阿尼玛、阿尼姆斯、阴影(人格最内层的遗留下来的兽性)、自性、英雄、大母神、智慧老人等。他将原型用于文学中,提出艺术创作就是在无意识领域激活原型意象,重返人类最深的源泉,原型又为文学提供了母题和模式。

而在弗莱的思想中,神话成为文学的一个交流单位,在此神话与原型同义,只不过涉及文学观念意义层面用原型,情节叙事层面用神话。这是根据亚里士多德对文本的分类,即情节和主题。对文本内部的分类,不是从外部进行分类。从历史角度来看,根据人与自然力的比重,主人公的行动力量,分为神话、传奇、高模仿、低模仿和反讽。移植作为作家的一种技巧,使作品符合现实社会,使其更加逼真。这也是对作家创造性写作的一种限制,要以事实为依据。与之相反,还有一种浓缩型,强调主体的感知视阈的真实与否。意义理论的三种原型意象:神谕意象、魔怪意象、类比意象。原型叙事分为喜剧(春)、传奇(夏)、悲剧(秋)、讽刺(冬),将人类力量和四季轮回结合到了一起。个体和群体的关系分出了戏剧和悲剧。将主人公排斥出秩序之外的使运用自由去失去自由。最典型的就是创世纪中亚当被赶出伊甸园,他为了获得理智,而失去了伊甸园原初的同一状态。弥尔顿的亚当使自由地失去了乐园的自由,人类祖先亚当的这种处境就是悲剧的神话原型。无论使喜剧,还是悲剧,都存在者大量的替罪羊角色。叙述建立在语义之上,不是语言之上,利用与音乐的类比,结合大地的枯荣和四季的循环理论,建立的文本分类。一是有关世界起源的宇宙论神话,二是世界是被制造出来的。在中世纪世界被认为是由上帝制造的,但是在浪漫主义时期,神秘的自然力复苏了,对抗着父权制的创制神话。中世纪的四层宇宙空间到浪漫主义时期失去了物理性,建立了个人的内审体验世界:天堂、天真世界、经验世界、地狱。弗莱对文化有机论进行讨论。神话获得了一种权威的内涵,这是社会中占据主导地位的关切、信仰、价值体系等构建的谱系系统。一个人的阅读变成了一个炼金术的过程,实现个性化和个性,达到一种同一性和认同感,自我创造和自我认同的一部分。这是个性之旅的内在图式。似隐喻同一似乎是指需要建立一个普遍性的原则,这个能使陈述一个事件由条理性形成一个逻各斯,这个罗格斯或者中心,还有理智和行动创造的意义。寻找的原型或者神话结构也就是这样,意义层面上是为了能够指向宗教层面。弗莱将文化看作一个有机体,从生到死。古典神话相信神的存在,而在现代神话中,自然成了人类文化的对立面,现代神话伴随着启蒙运动和世俗化。古典神话关注上层自然,而现代神话关注的是下层自然,是被压抑的象征。

(四)现代神话

现代神话也称为新神话,是作家有意识地创作的、属于自己的神话。瓦·叶·哈利泽夫把这类神话作品称为仿神话。类似的观点在《辞海》的"神话"词条中也可以见到:"(神话——引者)一种文学体裁。历代文学创作体,通过模拟神话来反映现实的作品,通常也被称为'神话'。"(《辞海》,2001:1920)显然,此处用单引号括起来的神话就是指瓦·叶·哈利泽夫提到的仿神话。

现代神话由两部分组成,即"神话"和"现代的"(或者"新的")。"神话"指明现代神话属于神话范畴,而"现代的"(或者"新的")是在神话发展历史中针对"古代神话"的"现代",新是与旧(古代)神话相比较之"新",或者如俄罗斯学者瓦·叶·哈利泽夫所说,是"派生的"。

这里,我们将重点介绍现代神话与古代神话的不同点,指出现代神话所独具的特征。

弗·施莱格尔首先提出了现代神话与古代神话的不同点:

> 新神话将循着与古代神话完全相反的路来到我们这里。古代神话里到处是青春想象初放的花朵,古代神话与感性世界中最直接、最生动的事物联系在一起,依照它们来塑造形象。而现代神话则相反,它必须产生于精神最内在的深处;现代神话必须是所有艺术作品中最人为的,因为它要包容其他一切艺术作品,它将成为载负诗的古老而永恒的源泉的容器,它本身就是那首揭示所有其他诗的起因的无限的诗。(弗·施莱格尔,1994:93)

从这段文字中,我们可以得出现代神话的以下两个特点:第一,现代神话关注的是人的内心世界,而不是最直接的事物。后者的神话化在新神话中具体化为人的内心感觉。第二,与人类早期无意识地创作的神话相比,现代神话是人有意识地创作出来的。

俄罗斯学者哈利泽夫在《19—20世纪的神话与文学》一文中对现代神话进行了详细的分析,指出现代神话与古代神话的不同体现在以下五个方面。

第一,对世界的关注点不同。古代神话关注其调整和完善世界的功能,而现代神话则关注世界处于没有出路的混乱和不和谐状态。

第二,关注的对象不同。古代神话关注自然的力量和遥远的过去,而现代神话则面向现在。

第三,现代神话缺少稳固性。"现代神话缺少历史上早期神话的那种牢固性、稳固性和超时代的可靠性。"(瓦·叶·哈利泽夫,2006:141)

第四,现代神话是人有意识地创造的。古代神话是在人类生活中原生地、无意识地形成的,而现代神话是由一定的社会团体、社会精英,在大众传媒等手段的促使下产生的,而且形成的往往是政治神话。

第五,现代神话缺少权威性。现代神话不具有全民性,丧失了对社会意识的绝对权力。

纵观神话的发展历史,神话具有以下几个变化趋势。

第一,古代神话所具有的神圣性和融合性消失,或如《简明大不列颠百科全书》所指出的,出现了"神话的世俗化"(《简明大不列颠百科全书》1986:144)的趋势。相应地,在文学中形成了作家依据古代神话创作神话的现象,但只是保留了古代神话的结构和神话思维的模式。

第二,神话的目的也悄然发生了变化,作家使用古典神话"要服从作家自身的自我表现的任务和目的"。(瓦·叶·哈利泽夫,2006:142-143)

第三,神话的功能也发生了改变。神话已经由对宇宙的起源的解释转向了对宇宙存在的意义的追问上。随着对神话本质的理解的不断深入,学者们将神话的研究范围拓展到人文领域,探究神话的意义,认为神话的主要功能在于表达象征意义。

(五)神话的象征性

关于神话的象征性,许多辞典中都有介绍,学者的论述颇多。《俄罗斯神话百科全书》指出:"神话的重要特征是其象征性"。(*Русская мифология*,2006:10)《简明大不列颠百科全书》"神话"词条中写道:"神话是一个集合名词,用以表示一种象征性的传述。"(《简明大不列颠百科全书》,1986:143)

恩斯特·卡西尔认为,神话作为文化象征[①]形式之一,构成一个象征体系。借助于神话象征,人们可以调整世界的混乱、无序的状态。列维-斯特劳斯在《人类结构学》中表达了神话正是借助不可改变的、稳定的结构实现了自己的象征功能的意思。米尔恰·伊利亚德在《神圣的存在:比较宗教的范围》一书中特别提到,神话的象征功能为统一体,即神话中的物体一旦变成了象征,就取消了物质间的限制,物体不再是孤零零的个体,而成为一个完整体系的组成部分。А.Ф.洛谢夫在《神话的辩证法》中明确说道:"神话不是图式,不是寓言,而是象征"(Лосов А.Ф.,1990:430)。叶·莫·梅列金斯基在《神话诗学》中谈到17—20世纪文学的神话时指出,神话是前逻辑的象征体系,神话自古以来就是象征的。

神话的象征性,究其原因是依据对神话思维的理解。神话思维的特点是具体的、外在的和可感觉的。在神话思维中,事物和特征、事物和话语、实体和名称、事物的一和多、空间和时间等不作明确的区分,对一个事物的认识是通过对另一个事物的认识实现的。这种认知方式体现了神话象征的最基本的手段——类比。

如前所述,现代神话的主要功能是表达象征意义。"神话的运用,不在于它

---

① 象征一词西文为 Symbol,还有"符号"的意思,因此,卡西尔的作品中的 Symbol 往往被译成"符号"。其实,象征和符号还是有一定差别的,它们被使用的领域不同,象征往往被用在艺术和宗教领域,而符号被用在符号学、心理学等领域。

的解释功能,而在于它的象征功能。称其为具有象征功能,也就是它具有揭示和显露人与人所视为神圣的东西之间的联系的能力。"(保罗·里克尔,2003:5)保罗·里克尔对神话象征功能的这种解释与安德列·别雷的象征主义观点中对象征的理解是相同的。因为安德列·别雷认为,象征同样具有联结人与神的能力。

五、研究方法

本书在掌握神话-原型批评理论的基础上,借助其文学批评的方法,以便确定《彼得堡》文本的基本构架模式,加深对文本的分析。

神话-原型批评①理论产生于 20 世纪,主要包含神话、原型和仪式三个要素。由于对这三个要素的侧重点不同,相应地形成了仪式派、原型理论派和神话-原型理论派三个不同的神话理论流派。现今,各派的发展呈现出融合的趋势,这在诺斯罗普·弗莱的神话-原型批评理论中有所体现。

具体来说,仪式派是受人类学家 J. G. 弗雷泽的影响而形成的。J. G. 弗雷泽认为,仪式在原始社会中起着重要的作用,给予原始文化以巨大的影响。仪式本身就是艺术实践活动,而神话就相当于文本中的词语。J. G. 弗雷泽还提出,世界各地的神话中都有一位年年都要死去但又会复生的神,诸如埃及的奥西里斯、希腊的阿多尼斯和罗马的阿提斯。人们每年都会定期为他们举行仪式。而祭祀这些死而复生神祇的仪式,成为神话研究的重点。J. G. 弗雷泽的文风接近文学叙述,其理论具有的高度科学性,吸引了大批学者,其中包括许多文学家。他们追随着 J. G. 弗雷泽,试图把他的理论移植到文学领域,使其成为文学研究的工具。于是,形成了英国神话批评派,准确地说,是仪式批评派。因为该流派的学者与剑桥大学有关,所以,又被称为神话批评剑桥学派。

仪式批评派的研究方向后来发生了变化,他们不再把神话仪式视为诗歌的本源,而是力图为诗歌寻找一种稳定的结构。无疑,荣格的原型理论符合这个要求。荣格所说的原型就是指原始的形象模式,该原型不具有实体性,体现的是一种原始意愿,属于集体无意识领域。而最能体现集体无意识的就是神话,

---

① 神话-原型批评在国外文论界没有一个统一的名称,最初称为神话批评,弗莱在《批评的解剖》中开始使用原型批评这个术语,俄罗斯学者梅列金斯基将其称为仪式-神话流派或者新神话派。在我国往往称为神话-原型批判或者原型批判,譬如叶舒宪称其为神话-原型(或者原型),朱立元在《当代西方文艺理论》也以"原型批判"为这一批评流派名称。鉴于本书主要借鉴弗莱的理论批评研究,而弗莱将神话、原型和仪式视为绝对的统一体。因此保留叶舒宪对此的称呼,称其为神话-原型批评理论。

神话的形象在此成为原型,也成为艺术创作的基础。仪式批评派的学者们在借鉴了这个理论之后,他们不仅在作品中凸显神话主题、象征和比喻,而且复现某种神话仪式结构,把经历死亡与复活的神祇通过类比手段转换为人的成年仪式,这种类比手段建立在它们共同具有的深层心理原型的基础上。于是,形成了以探究"文艺现象背后隐藏的人类深层的共同心理"(程金城,2008:103)为目的原型批判。

后来,文学理论家诺斯罗普·弗莱将文本的研究视角转向了文化,文本研究发生了从"心理视角向文化视角"①的转变。诺斯罗普·弗莱试图将一个文本置于整个文学语境之中,以期从整体上把握文本,为文学本身构建一个统一的体系。他将研究的重点放在文本的深层结构上,并将研究的中心确定为原型。诺斯器普·弗莱认为,原型是指在文学作品中反复出现的意象,并成为文学的一个可交际单位,是具有约定性的"联想物"和象征。在此,诺斯罗普·弗莱将神话、仪式、原型统一为一个整体,并且将原型等同于神话:"神话是主要的激励力量,又赋予神谕以叙事的原型。因为神话就是原型,不过为了方便起见,当涉及叙事时我们叫它神话,而在谈及含义时便改称为原型。"(诺斯罗普·弗莱,1997:89)他又从文学叙事的角度,看到在文学交流中存在着一种反复的行为,他将其称为仪式,并指出"仪式是叙事情节的原型方面"(诺斯罗普·弗莱,2006:153),而"神话使仪式具有意义"。(诺斯罗普·弗莱,2006:153)

神话-原型批评从文学内部深层结构出发,并且根植于"现代神话"学说中,它把神话视为理解人类整个艺术产品的决定性因素,一切文学作品或者称为神话,或者是充满诸多神话结构或神话因素的文本。后来的批评实践也证实,神话-原型批评已不仅局限于从古代神话中提取模式,它也可以同社会的或历史的因素结合起来。例如,在现当代文学作品中可以发现具有文化特点的神话和原型。

我们将根据诺斯罗普·弗莱提出的"神话-原型批评"的理论和方法建构本论文的基本框架。具体来说,将反复出现的经典文学中的形象和情节看作是《彼得堡》城市神话的原型意象,即将作品中体现的有关彼得大帝的文学神话、普希金的《青铜骑士》神话、果戈理的《彼得堡故事》中的神话和陀思妥耶夫斯基《罪与罚》的宗教神话作为叙事原型。在建构彼得堡神话体系时,将这些文学原型意象的象征意义以及充斥小说各处的希腊神话、基督教神话等视为《彼得堡》

---

① 详见程金城的《原型批判与重释》一书第103页。此处需要特别指出的一点是,诺斯罗普·弗莱也关注文本的心理原型的因素,不过相比较而言,他更侧重于文本的文化模式。

现代神话的本质并建立起《彼得堡》文本与彼得堡神话文本的联系，从而加深对文学内在结构的理解，最终形成以《彼得堡》文本为中心的有关彼得堡这座城市神话的完整体系，这样做的最终目的是解读彼得堡这座城市形象的深层历史、文化和宗教的内涵。

别雷将霞光视为存在于宇宙和自然中的不断循环的象征，永恒回归的象征，宇宙和自然过程的象征，宇宙和人周期发展的象征。别雷对神话的热爱，源于象征主义生活创造的思想。在他的理念中，所创造的神话中蕴含着世界建造的规则，他将神话视为意识完整性和整体性的源泉，视为最贴近自己的思想状态。作家通过词语象征创造新的世界和新的人类。

别雷创造的象征意义和概念不同，象征具有形象性，没有脱离和物体的直接联系。白银时代一个典型的特点以综合性的观点来看待世界，这就引发了对神话和象征的关注。神话具有综合性的特点。神话的基本内容就是宇宙观和末世论。索菲亚的观念是与宇宙观和末世论分不开的。索洛维约夫、索菲亚是神话和宇宙化的现实。索菲亚的主题折射世界和个人的灾难。索洛维约夫将末世论和古希腊的英雄结合起来，诗人成为索菲亚宇宙、爱和自由新世界的创造者。

另外，别雷对苏菲亚的理解不是通过女性形象和爱情主题，而是通过光和色彩表达出来的启示录精神。作家撰写的一系列危机文章，呈现现代人破碎的意识，旨在寻找消解危机的方法。

六、研究内容

鉴于《彼得堡》的原文有两个版本，本书的研究将以莫斯科科学出版社 1981 年再版的全译本和靳戈、杨光翻译的 1998 年中文译本《彼得堡》为本书的依据。

《彼得堡》中蕴含着众多经典文学形象和重叠复现的情节，它们构成稳固的原型意象，本书以这些稳固的原型意象为基础，运用了神话-原型批评方法，为小说架构出城市的现代神话模式。首先，依据《彼得堡》文本与普希金的《青铜骑士》的互文性，将小说文本所包含的内容向前延伸至城市缔造伊始的彼得一世神话，然后，通过对果戈理、陀思妥耶夫斯基笔下的彼得堡形象进行解读，最终集中在对《彼得堡》文本和作家安德列·别雷思想的深入具体的研究上，深入挖掘彼得堡城市形象所包孕的内涵。这部分由四章构成。

第六章探讨与《彼得堡》文本和彼得堡城市都息息相关的普希金的《青铜骑

士》。彼得一世缔造的彼得堡承载了城市最初的神话模式——混乱与秩序的争斗,秩序的最终确立稳固了彼得堡城市在俄罗斯的领先地位,显示了城市初建时所包含的神话特征。嗣后论及果戈理的《彼得堡故事》,其中描述了充满神秘色彩的非现实城市,特别是极度物化的世界,从而展示了这座城市中存在的不洁力量,彰显了城市的虚幻特征。最后论述陀思妥耶夫斯基的《罪与罚》的彼得堡宗教神话。作家将神话从城市外部特征转移到居民的道德层面上,探究城市在圣经意义上的宗教神话意蕴。本章将特别关注文本的神话结构和神话因素。

第七章共分为两个部分。第一部分追本溯源于城市缔造者彼得一世神话,为下文《彼得堡》神话的展开奠定必要的背景知识。关于彼得一世的神话中形成了对他的正反两种态度,一是赞颂他为天神,二是称他为敌基督。如此针锋相对的评价在俄罗斯文学领域相应地形成了关于这个神奇人物的正负两极神话。显然,《彼得堡》更多体现了有关彼得一世负面的神话。之后分节探讨《彼得堡》对经典文学作品所构成的原型的继承与创新。第二部分将探讨《彼得堡》的城市现代神话氛围。本部分将重点放在《彼得堡》文本上。通过波斯神话中光明之神奥尔穆兹德和黑暗之神阿里曼之间的斗争,凸显《彼得堡》城市的神话氛围,同时指出这个争斗还映射在城市居民的内心深处。另外,追溯城市创建伊始形成的神话和历史,从而揭示出彼得堡正处在被虚无吞并的危险之中。这个危险在文本中通过零的膨胀、炸弹的爆炸等运动表征出来,极度地渲染了彼得堡的恐怖氛围。

第八章将研究《彼得堡》城市现代神话的创新。彼得堡被作家置于东西方文化语境之下。其中,东方不单单包括中国、日本等亚洲国家,还包括非洲的埃及、突尼斯等国家。本书将从下面五个方面探讨安德列·别雷所构建的彼得堡现代神话世界:(1)舞动的撒旦;(2)飘动的影子;(3)狂欢的祭祀场面;(4)闪动的多米诺;(5)社会异化的神话化。

第九章尝试结合安德列·别雷的思想价值取向,分析《彼得堡》中所反映的作家艺术和审美上的启示录精神问题,从而揭示在现代神话视野下彼得堡这座城市的象征含义所在。我们将选取作家的意识危机和文化危机作为体现启示录精神的表征,通过散落在小说各处对世界末日描写的因素构建《彼得堡》城市的末日图景,从而说明安德列·别雷塑造彼得堡的城市形象的目的是为国家的未来寻求出路。

第七章 彼得堡:19 世纪俄罗斯文学中彼得堡的神话原型

——普希金、果戈理、陀思妥耶夫斯基笔下的彼得堡神话

■ **内容提要:**

　　本章探讨与《彼得堡》文本和彼得堡城市都息息相关的普希金的长诗《青铜骑士》。通过文本解析彼得一世所缔造的彼得堡的特征,即它承载了城市最初的神话模式——混乱与秩序的争斗。它通过争斗秩序最终确立下来,这稳固了彼得堡城市在俄罗斯的领先地位,也显示了城市初建时所包含的神话特征。嗣后论及果戈理的《彼得堡故事》,其中描述了充满神秘色彩的非现实城市,特别是极度物化的世界,从而展示了这座城市中所存在的不洁力量,彰显了城市的虚幻特征。最后论述陀思妥耶夫斯基的《罪与罚》的彼得堡宗教神话。与前两部作品不同之处在于,作家将神话从城市外部特征转移到居民的道德层面上,基于这点,本书探究城市在圣经意义上的宗教神话意蕴。本章还将特别关注文本的神话结构和神话因素。

　　安德列·别雷作为象征主义者,把俄罗斯古典文学视为一个统一的聚合体来重新思考。普希金、果戈理和陀思妥耶夫斯基等人的思想及作品统统被纳入小说《彼得堡》的框架下。他悉心研究这些作家及其作品,就一些作品的技巧、内涵发表文章,出版书籍,像《果戈理写作技巧》一书、发表在《天秤》杂志上的《易卜生和陀思妥耶夫斯基》一文等。在《彼得堡》中,毫无疑问,安德列·别雷继承了这些作家的思想理论和写作技巧,作家又不单单局限于此,前面我们已经提及,安德列·别雷将俄罗斯古典文学视为一个统一体,视作品中的场景、人物、情节等为稳固的因素,他在《彼得堡》中将这些因素重新组合,成为作家再创作的原型意象,借助于这些原型意象重新构思小说的情节和框架。因此,研究这些经典作家有关彼得堡的文本,探寻体现在这些古典作家身上的文化哲学和审美的崇高内涵,进一步思考人的深层危机,将有助于我们理解小说中潜在的

象征含义,更能够历时地把握古典作家笔下的彼得堡城市神话形象,从而构建一个有关彼得堡城市的神话形象体系。

普希金创作了有关彼得堡神话的长诗《青铜骑士》。在普希金笔下,彼得堡的城市形象是通过青铜骑士来传达的。因为彼得堡的中心是高高在上、不可动摇的"青铜骑士"。后者为了达到自己的目的,扼杀了许多生命。他是权力的掌握者,城市的缔造者和维护者。但是在辉煌的背后,难以掩饰人民大众的苦涩心酸。

果戈理开始重新思考普希金提出的彼得堡中心的主题,彼得堡的伟大不再是作家描绘的重点所在。因此,在他的作品中,难以寻觅到青铜骑士强大的影子。城市的建筑也退出作家关注的视域,城市的景观曾让普希金从中感受到的城市灵魂的魅力,它们也逐渐消失了。整个城市的一切都充满了神秘色彩,特别是彼得堡的黑夜,它以无尽的空间吞噬和扼杀了城中的小人物。总之,果戈理笔下的彼得堡是一座隐藏着无法捕捉的秘密,又突然出现奇遇的、神秘的、具有德国浪漫主义文学特色的城市。

陀思妥耶夫斯基将彼得堡的城市形象放置在城市的居民身上。他站在宗教的立场上确定在彼得堡生活的人物的命运。他用作品告诉人们,彼得的丰功伟业是以牺牲了众多小人物的利益来实现的;为了未来的和谐统一,必须坚持个人本身的绝对价值,不能再让个人经受如此沉重的痛苦和死亡。只有这样,才能给人以幸福,还世界以宁静。

第一节 普希金的《青铜骑士》中的彼得堡神话

关于普希金《青铜骑士》中所包含的神话成分,学者金亚娜早在《青铜骑士的象征和象征主义意蕴》中就谈到这一点。具体来说,作者在论说诗中象征特征时,指出作品中含有的神话因素:"象征在其中绝不是作品的局部修辞手段,而是一个形象体系,有它的结构—语义范畴,既有艺术形象的综合描述,又有比喻,既有象征意义,又往往含有神话和宗教的因素。"[①]我们在此完全同意这个观点。并且认为,普希金的长诗《青铜骑士》是一部关于彼得一世创造彼得堡城市的古老神话,诗中的彼得一世是具有上帝创世般能力的人物。

---

① 金亚娜《〈青铜骑士〉的象征和象征主义意蕴》,求是学刊,1999 第 1 期,第 85 页。

一、彼得堡创世神话中的彼得大帝

彼得大帝在诗中是一个集众多形象于一身的神话人物集合体。这和长诗整个叙述是一脉相承的：诗的前半部讲述了彼得建立了上帝创世纪般的伟业；中间赋予彼得的历史使命是拯救洪水中的众人；最后彼得成为城市的保护者——青铜骑士。

在长诗的《前言》中，诗人只用一个代词"他"来指代被讲述的人物，一直没有直呼其名。根据神话中对名字禁忌的传统，诗人意在说明，彼得大帝的名字带有神祇性。

> 他在碧波无际的河岸上，
> 心中满怀着伟大的思想，
> 向着远方眺望。[1]

名字具有与人或者神同样的力量。普希金用"他"指代彼得一世，不单单出于对彼得的尊敬，这里还有更深刻的意义，那就是他已经把彼得奉为开天辟地创世伟业的缔造者。诗人赋予彼得城市缔造者神圣的地位，并以自己优美的语言，将其塑造成闪闪发光的、令人想到上帝的光辉形象。

为了更好地体现这个古老城市创世神话的主题，诗中运用了最典型的神话表现方式——着力展现混乱和秩序之间的张力。战胜混乱、确立秩序这是城市缔造者彼得一世所面临的挑战，借此才能完成古老宗教述说的一夜建城的神话。那么彼得一世面对的是哪些混乱呢？我们通过普希金的诗句寻找答案。

> 而深藏在云雾中的阳光
> 从来没有照耀过的森林
> 在四外喧嚷。
> 他在这样想：
> 我们从这里威赫瑞典人。
> 这里要建立起一座城市
> 来震慑那些傲慢的四邻。
> 这里大自然让我们决定
> 把通向西欧的窗户打通；

---

① 〔俄〕普希金《普希金长篇全集》，余震、智量译，浙江文艺出版社 1994 年版，第 848 页。

要我们在这海岸①上站稳。

……

百年过去了，年轻的城市，

它是北国的精华和奇迹，

从黑暗的森林、从沼泽地、

华丽地傲然地高高耸起；②

……

在诗人笔下，彼得一世必须战胜的是大自然中的原生力。他清楚地意识到，只有战胜原生力，才能打开通向欧洲的窗口，才能建立起城市的秩序。我们从神话诗学的视角来分析自然以及自然中的大海、森林、沼泽、浓雾的含义，并分别讲述这些原生力的神话意蕴和在诗中的体现。

1. 大海的神话含义

"要我们在这海岸上站稳"一句中的"海岸（大海 море）"一词，从诗句的具体语境和神话诗学可以判定，此处的"大海"具有"世界海"的意思。判定的原因有二：其一，根据诗句可以看出，当时的彼得堡城市还没有建立起来，周边是一望无际的大海和沼泽地，这片荒无人烟、最大程度保留原生态的土地需要一位伟人建立创世般的丰功伟绩，城市也经历了从无到有的一个创世的转变。我们知道，世界海恰恰在创世神话中占有重要的位置。在许多神话中，世界都是从海洋中建立起来的。海洋就是原始的混乱无序状态。在神话诗歌传统中，从海中产生了陆地和整个宇宙。世界的海是原生力。根据古代的原始概念，世界海是混乱的基本表现之一，或者就是混乱本身。世界海以混乱的运动到处存在，它不受任何限制，让人感到危险与可怕。在许多宇宙创世的神话中，世界海和混乱是相互不分的。其二，《神话辞典》中有明确的表述："雨果、拜伦、谢林、歌德、茹科夫斯基、普希金、莱蒙托夫、丘特切夫等人完全把关于海的主题等同于世界海。"③

显然，此处普希金笔下的大海也具有了世界海的神话底蕴。对世界海的理解无疑扩大了这首诗的内涵，在诗中虽然没有具体描写彼得创建城市之前海的具体情景，但是此处的海（世界海）无疑已经等同于混乱。

---

① 原文为 море。

② 〔俄〕普希金《普希金长篇全集》，余震、智量译，浙江文艺出版社 1994 年版，第 848～849 页。

③ 〔俄〕Лотман Ю. М.，Минц З. Г.，Мелетинский Е. М.：Литература и Мифы. // Мифы народов мира：Энциклопедия. Москва，1980，http：//www.edic.ru/myth/art_ myth/art_26052. Html.

2. 森林的神话含义

檀明山指出:"在许多传说和神话故事中,森林都象征着不可捉摸、容易使人迷陷的神秘。"①特别强调"森林本身是荒野中的自然,缺乏人类秩序,被认为是不安宁和危险的。"②总之一句话,森林缺乏人类秩序。当然,缺乏人类秩序已经指向它的混沌性。诗中的森林充斥着黑暗,同时在众多神话辞典对森林的解释中可以看出,森林在神话中所具有的危险和神秘性,总体来说,是缺乏人类的秩序。森林在整个长诗中自然是指原初的混乱。

3. 沼泽和浓雾的神话含义

前面引用诗句中紧随"森林"之后的"沼泽"以及引用诗句首行的"浓雾"这两个意象同样具有混乱的含义。"在民间有一种传说,山脉、峡谷、沼泽以及其他不利于人类生存的不毛之地都出自撒旦之手。"③民间的传说在诗中无疑达到了极限,成为彼得征服的混乱中的一个对象。

浓雾无疑和魔鬼的世界相关联。的确在北欧的神话中,它指严寒的极地地区的如死亡一般的黑暗。在中欧的神话故事中,也常常把雾解释成鬼怪们正在进行的一系列活动。而彼得堡城由于位于北纬60°左右的极地地区,临近海洋,多雾是彼得堡天气的一个主要特点。初始的自然现象加上"雾"的隐含意义,无疑使彼得堡原初的鬼怪特性表现出来。

诗人在短短的几句诗句中就列出"深藏在云雾中的阳光""从来没有照耀过的森林""黑暗的森林、沼泽地"等混乱众象,大海、沼泽、浓雾这些抽象的名词在神话中全部具化为混乱的原生力。面临这些带有某种神秘性的混沌,诗人转向了另一个场景,即业已建立起来的城市:

> 涅瓦河披上花岗石外衣;
>
> 长桥在河水波涛上高悬;
>
> 河上的大小岛屿掩盖着
>
> 一座座的浓绿色的花园。④
>
> ……

---

① 檀明山《象征学全书》,台海出版社2001年版,第414页。

② 檀明山《象征学全书》,台海出版社2001年版,第415页。

③ 〔俄〕Юдин А. В.: Мифы русских народов. Русская народная духовная культура. Москва, изд. *Высшая школа*, 1999, с. 64.

④ 〔俄〕普希金《普希金长篇全集》,余震、智量译,浙江文艺出版社1994年版,第850页。

> 我爱你那严冬的冬天的
> 凝静的大气,白色的冰霜,
> 涅瓦河上的雪橇的飞奔,
> 赛如玫瑰的少女的面庞,
> 舞会上的辉煌、喧嚷、笑谈,
> 在单身汉豪饮的宴席前
> 浮起泡沫的酒杯的嘶鸣
> 和彭式的淡青色的火焰。①

在此浓雾转化为诗人喜爱的"凝静的大气、白色的冰霜",沼泽地已不见踪迹,取而代之的是花岗石铺就的河堤、长桥,森林已经成为人们休闲的场所——公园,汹涌的河水已经成为人们的游乐场所,欢乐的男男女女犹如伊甸园中不知忧愁的人们。甚至河里的水也已经不是混乱的世界海,而是人们乐园中一条盛满彭式酒②的河流,这里甜香的美酒随时供人们品尝。

一扫前面诗句浓重的危险和神秘性,这里充满了和谐有序的气氛,很明显,混乱已经被神圣的"创世主"制服,欢快明亮的色调充满了城市的角落。终于,彼得一世作为城市的缔造者,完成了神奇的创造,一座新城"华丽地傲然地高高耸起"。

二、彼得堡的保护者——青铜骑士

在普希金笔下,彼得一世去世后,青铜骑士成了彼得堡这座城市的中心形象。在这座城市中,彼得大帝的青铜骑士雕像继续着神话中的英雄业绩,于是神话化的彼得大帝的雕像成了城市的保护者。作为已建城市的保护者,他像雷神一样受到人们的崇拜。在彼得一世创建这座城市的时期,彼得堡世界中秩序和混乱之间的张力在诗中已经转变为青铜骑士为维护已有的秩序而与洪水和人民大众斗争的故事。

1. 雷神的风范

我们认为,诗人笔下的青铜骑士已经成为多神教崇拜的神祇,文中出现了

---

① 〔俄〕普希金《普希金长篇全集》,余震、智量译,浙江文艺出版社 1994 年版,第 851 页。

② 根据伊斯兰教对乐园的描绘,在人们重新找到的原始乐园中有四条河流,其中一条河里流淌的是人喝了不会醉的葡萄酒。详见檀明山《象征学全书》,台海出版社 2001 年版,第 634 页。虽然此处普希金用的是彭式酒(пунш),但是传达的意思是相同的。此处也说明,"彭式酒"具有作者对神话进行再创作的特点。

偶像(кумир)这个词。因为叶卡捷琳娜二世时,女皇像多神教盛行时代人们庆祝城市诞生日一样,也把城市的奠基者崇奉为神,为受崇拜的彼得大帝塑像立碑,驱使人们向它顶礼膜拜,在他的墓地进行献祭活动。的确,诗文中出现的彼得,诚如Н. П. 安采费罗夫(Анциферов Н. П.)所指出的,已经是带有雷神特点的青铜骑士,他像雷神一样威严有力。在此把彼得比作雷神,有偶像崇拜的含义。

雷神是信奉多神教的俄罗斯的最高的神,他的一切行为都体现出雷神的风范,带有民间对雷神崇拜而进行的一些仪式的特点。"在印欧传统中,雷神和军事的功能联系起来,被认为是军队和大公崇拜的偶像,特别是在罗斯。"[1]显然,在描写彼得的丰功伟业时,诗人的笔墨放在了一系列军事行动中:

> 我爱那个玛斯校场上的
> 青年军人的英武的气概
> 和那步兵与骑兵部队的
> 美好的整齐划一的穿戴,
> 他们整然行进的队伍中
> 迎风飘扬的凯旋的军旗,
> 和在战斗中被打穿了的
> 那些头盔的耀眼的光辉。[2]

法国雕刻家所理解的彼得大帝也带有浓郁的神话色彩,他创作的雕塑构成元素和形象动作也蕴含着神话:青铜骑士骑在马上、脚踏着蛇。这个形象完全符合关于雷神的故事情节:"雷神的形象是骑着马或者坐着车,以自己的武器对抗蛇类的敌人,蛇隐藏在树、石头、人、牲畜和水里面。"[3]

再者,将青铜骑士理解为雷神,还因为诗人描写的重点在于强调马蹄声。这和"在(雷神——引者)祭奠的仪式中有大量的声音的模仿"[4]相符合。试看叶甫盖尼在他的身后听到的声音:

---

① 〔俄〕Лотман Ю. М.，Минц З. Г.，Мелетинский Е. М.：Литература и Мифы. // Мифы народов мира：Энциклопедия. Москва，1980，http：//www.edic.ru/myth/art_ myth/art_26052. Html.

② 〔俄〕普希金《普希金长篇全集》,余震、智量译,浙江文艺出版社1994年版,第851页。

③ 〔俄〕Лотман Ю. М.，Минц З. Г.，Мелетинский Е. М.：Литература и Мифы. // Мифы народов мира：Энциклопедия. Москва，1980，http：//www.edic.ru/myth/art_ myth/art_26052. Html.

④ Так же.

> 而他在这空旷的广场上
> 便拼命奔跑，只听得后边——
> 霹雳一声——从高处跳下的
> 沉重而响亮的声音响遍
> 震撼得发抖的铺石路面。
> 而在惨淡的月色照耀下，
> 向高空举起了一只臂膀，
> 铜骑士骑着奔驰的快马
> 紧跟在后边飞快地追赶；
> 而可怜的疯人整整一夜
> 不管向着什么地方跑去，
> 铜骑士响着沉重的蹄声
> 老是紧紧地跟在他后边。①

　　甚至青铜骑士追赶叶甫盖尼，也是和对雷神的崇拜仪式相符合的。连青铜骑士所处的高地（悬崖之上）也带有神话的色彩。关于这个悬崖的构成材料，还有一个类似雷神的传说。这个悬崖是一整块巨石做成的，这块巨石原来在彼得堡的郊区，拉赫特海边。根据传说，闪电击中了这块巨石，当地人把这块石头称为"雷石"。彼得堡政府决定用这块"雷石"建造彼得铜像的底座。当时把这块石头运到彼得堡是很困难的。一个聪明的商人想出了一个运送的好办法：人们击鼓敲打，就能把石头运到那里。于是人们依此照办，把这块"雷石"送到了彼得堡。② 除了这块石头的神话来历，人们把彼得铜像立在高地岩石上，无疑让人想到雷神。因为雷神是罗斯时代人们"在高地上矗立雷神的偶像，建立圣殿"。人们在此已经把青铜骑士奉为像雷神一样最高的神。这和在"基辅罗斯时期认为雷帝是最高的神祇"③的观点相符合。

2. 大洪水的混乱

　　青铜骑士所面对的混乱体现为威胁彼得堡城市安全的大洪水。特别是彼得堡 1824 年 11 月 7 日发生的洪水，当时普希金在米哈伊洛夫斯科耶村，他马

---

① 〔俄〕普希金《普希金长篇全集》，余震、智量译，浙江文艺出版社 1994 年版，第 869 页。
② 参阅〔俄〕Анциферов Н. П.：Петербург Пушкина. http：//lib.rus.ec/b/1445/read.
③ 〔俄〕Лотман Ю. М.，Минц З. Г.，Мелетинский Е. М.：Литература и Мифы. // Мифы народов мира：Энциклопедия. Москва，1980，http：//www.edic.ru/myth/art_ myth/art_26052. Html.

上寄信给兄弟，在信中就提到："我们那里怎么了？洪水！给被诅咒的彼得堡的。"①普希金一直把水灾称为《圣经》中的大洪水，12月4日他又在给兄弟姐妹的信中写道："我怎么也不能抛弃大洪水的想法。"②1824年的彼得堡水灾无疑为诗人提供了《青铜骑士》的素材。显然，普希金已经给水灾（наводнение）赋予了《圣经》大洪水（топот）神话末世论的含义。因为洪水把人们带入了死亡的下界。诗人赋予此时的彼得堡人鱼特里同的形象：

> 四周的一切突然被淹没——
>
> 洪水突然流入了地下室，
>
> 水沟的水流出了栅栏外，
>
> 而彼得堡像一个特里同，
>
> 半身浸在水中，飘荡起来。
>
> 围攻啊！冲击！汹涌的浪涛
>
> 强盗似的攀上窗台③。④

特里同（тритон）是古希腊神话中的海上精灵，是"海王波塞冬和海后安菲特里忒的儿子。他一般被表现为一个人鱼的形象，上半身是人型但带着一条鱼尾巴"⑤。同时，特里同也是和灾难紧密相关的一个形象。他是海上狂暴的自然力的化身。与他有关的是一则阿尔戈英雄的神话故事。根据古老的传说，特里同手拿贝壳，按照波塞冬的命令，吹响贝壳，贝壳发出的声音会引起波浪的变化。一天，特里同对试图同他竞赛的埃涅阿斯的号手吹响了贝壳，号手听到这个声音后便当场死去。

彼得堡这座城市也像传说中的特里同一样，向试图同他作战的彼得发出威胁，"围攻啊！冲击！"将彼得堡的居民置于死亡境地。另外，诗中穿插了一个词"窗户"。窗户是一个重要的神话诗学的意象。这里使用的"窗户"明显和《前言》中使用的"窗户"的词汇意义不同。这里的"窗户"明显具有"危险"的意思。罗特曼（Лотман Ю. М）等学者对窗户的神话含义进行了分析："关于窗户的危险的主题，早在闪米特西支的神话中就存在。根据神话，巴鲁（或者巴尔）的敌

---

① 参阅〔俄〕Анциферов Н. П.：Петербург Пушкина. http://lib.rus.ec/b/1445/read.

② Так же.

③ 原文为 окна。

④ 〔俄〕普希金《普希金长篇全集》，余震、智量译，浙江文艺出版社1994年版，第857页。

⑤ 参阅《维基百科辞典》http://zh.wikipedia.org/w/index.php?

人——死亡之神和掌管死者的穆图正是通过窗户来到了他的身边。《圣经》中也有'死亡进入了我们的窗户'的情节。根据神话诗学的传统,如果不是经过正常的途径进入(像门)房子,就是指不洁的力量和死亡。"①而前面出现的打开通向欧洲的"窗户",罗特曼对此的解释为:"是光、明朗、超验的形象,能够确定人、他的灵魂和太阳、天体、上帝的关系。"②

由此可见,几个关键的神话元素"洪水""特里同""窗户"等延拓了文本的含义,也烘托了混乱的气氛。

3. 民众的混乱

青铜骑士不单是作为雷神,他还被赋予了历史的使命——保护自己的创造物。彼得注定是彼得堡的缔造者和神圣保护者。但是在《青铜骑士》中彼得不能剔除古老莫斯科父辈们的遗训,彼得和人民大众之间有着很深的矛盾。于是出现了叶甫盖尼,人民中的一员,一个具有古老罗斯传统宗教色彩的人物。这在诗中是通过叶甫盖尼的愿望来表现的。他最大的愿望就是和巴拉莎结婚生子。此处巴拉莎的名字值得探究。因为巴拉莎的名字蕴含着深刻的宗教意蕴。根据《维基百科辞典》,巴拉莎(Параша)是俄罗斯名字巴拉斯克娃(Параскева)的爱称。神圣的巴拉莎·皮亚特尼查(Пятница)是 3 世纪时的一名基督教徒,她的形象在东斯拉夫是和对应的多神教神——皮亚特尼查(Пятница)联系起一起的。神圣的巴拉莎(巴拉斯克娃 Параскева)是天地和牲畜的保护者,她还帮助人民脱离精神和肉体的不幸。俄罗斯民间常常称呼她的小名为巴拉莎或者巴纳。③ 叶甫盖尼追求幸福的愿望在一定程度上带有宗教的特点,他希望与巴拉莎结婚,也是希望得到精神和肉体上的快乐。但是他的希冀却因为一场洪水而化为乌有。最终他找到了导致他不幸的根源,就是青铜骑士。

另外与叶甫盖尼的这个愿望相关联的就是常常出现的两个词:房屋和岛屿。

叶甫盖尼的一切幸福都在那个岛屿上,这是他幸福的港湾。当洪水发生时,他甚至忘记了潜在的威胁,直奔小岛,奔向了那所房子,周围曾有柳树和篱笆的小屋子,那是他生活的家园。这一点从诗人用词的不同可以看出来。诗人

---

① 〔俄〕Лотман Ю. М., Минц З. Г., Мелетинский Е. М.：Литература и Мифы. // Мифы народов мира：Энциклопедия. Москва, 1980,http：//www.edic.ru/myth/art_ myth/art_26052. Html.

② Так же.

③ 参阅 Википедия-свободная-энциклопедия. http：//ru.wikipedia.org/wiki/%D0%中 Пятница 的词条。

在此使用的是小房子（домик）这个词，相比较诗的《前言》中使用的茅草屋（изба）这个词而言，诗人的笔触已经从描写彼得堡的荒凉转到描写巴拉莎居住的岛的周围长着柳树的房子构成的幸福家园。檀明山在其所编写的《象征学全书》中指出："房屋象征人类在宇宙中找到了独特而持久的位置。房屋又象征着人的内心。"①房屋也就是叶甫盖尼内心希冀的幸福场所。

在失去巴拉莎和家园之后，叶甫盖尼疯了。为什么叶甫盖尼疯了呢？Г. Я. 米涅科夫（Миненков Г. Я.）述说了其中的奥秘："幸福瞬间成为天使，瞬间又成为魔鬼，这就是普希金真实的想法。混乱的最极端形式就是疯狂。"②在此，从青铜骑士的角度来看，叶甫盖尼就是民众混乱的代表。叶甫盖尼最后也是死在了有许多象征意象的门槛（порог）旁，没有进入自己心灵的家园。这里，叶甫盖尼成了祭奠神祇的牺牲品。

如果说青铜骑士在混乱和秩序的斗争中获得了最后的胜利，那么胜利却间接地造成了叶甫盖尼的死亡。可以说，普希金在赞颂彼得开天辟地的伟业时，也对他为缔造彼得堡所付出的代价提出了质疑，并通过叶甫盖尼之口发出了这样的感慨：

> 你要奔向哪里，高傲的马，
>
> 你要把四蹄停憩在何方？
>
> 啊！命运的有力的主宰者！③

这个主题后来被安德列·别雷所运用，并成为揭示城市形象的一个重要组成部分。在之后的章节中我们将逐步展开论述。

第二节　果戈理的《彼得堡故事》中的彼得堡神话

普希金在《青铜骑士》的前言创作了城市神话般的壮美诗篇。但在果戈理的笔下，这座以伟大青铜骑士为中心构成的神话城市的魅力正在悄然消失。涅瓦大街取代了青铜骑士，成为彼得堡的另一种象征。在这条大街上，每天都上

---

① 檀明山《象征学全书》，台海出版社2001年版，第548页。

② 〔俄〕Миненков Г. Я.：Проблема религиозно-культурной идентичности в русской мысли XIX—XX веков：современное прочтение. Москва，изд.《ЕГУ》，2003，c. 435.

③ 〔俄〕普希金《普希金长篇全集》，余震、智量译，浙江文艺出版社1994年版，第868页。

演着神奇的故事,甚至在它上面行走的已经不是人,而是一些假面具,这让人惊怵不已,而且更加令人感到恐惧的是,这些假面具不是幻想的,而是现实存在的。一到夜晚,在灯光的照射下,涅瓦大街变得神秘而虚幻,来自另外一个世界的、不可捕捉的阴影在涅瓦大街上匆匆忙忙地走着。与现实的联系似乎被作家有意识地回避了,于是,整个城市完全处于魔鬼的控制下:彼得堡的黑夜扼杀了小人物;画家命丧于物质化的城市中;鼻子成为人,神奇地行走在涅瓦大街上;甚至具有崇高宗教信仰的人也成了反使徒者。充满德国浪漫主义神话色彩的彼得堡最终将我们带入一个亦梦亦真的境地。

一、物质化的魔鬼城市

果戈理在《彼得堡故事》中通过物质化描写手法,消解了物体和人的界限。界限的消失使彼得堡成为一座高度物化的、充满鬼怪神灵的地狱般的城市。

在《彼得堡故事》中,物体获得了独立的生命,有自己的生存空间和生存形式,甚至人也成了物化的物体。所以,人的形象僵化,人脸看起来像假面具。相反,物体却具有惊人的明晰性,完全成了情节的主体,它们可以行走、说话、思考。譬如,《鼻子》中的鼻子。

人成为物体后,人的精神和肉体也就没有了区别。在这种情况下,人非常容易陷入庸俗的生活和崇高的思想分裂的危险中。物质化过程的过度充溢造成了人道德的缺失,人越变得物质化,道德上越容易失去拯救的机会。

果戈理描写的城市类似某种物质,具有心理或者空间的个性。究其原因,在于作家对彼得堡城市关注视角的转移,城市的自然景观已经全然被作家舍弃,日常生活物体的画面则备受关注。并且彼得堡对小说人物命运的影响是神秘的:主人公与城市接触后,抑或进入半戏剧化状态中,抑或成为死者,彼得堡城市的物质化成为人物失去判断的推动力。

高度物质化的彼得堡为鬼神的侵入提供了便利条件。首先,《彼得堡故事》中存在着日常生活空间和幻想空间两个层面,物体能随意地从一个空间进入另一个空间。比如,故事中的主人公不满自己在彼得堡阶所处的社会地位,于是在他们疯狂的幻想中,出现了两个空间的整合:《涅瓦大街》中的皮斯卡列夫在彼得堡这个日常生活空间中追求自己美好的世界;《狂人日记》中的波普里辛,某个机关的文书,梦想成名,拥有财富,娶上司的女儿,成为西班牙国王;《肖像》中的画家恰而特科夫一夜成名,在魔鬼力量的驱使下,获得了梦想的一切……

虽然每个人都在建构自己和城市的关系，但都有一个共同的心态：软弱和害怕。究其原因，作家始终置城市于人之上，证明了主人公在失去道德基础的同时，也丧失了灵魂。

其次，不仅空间具有这个特点，灯光也同样具有魔力。日常生活空间变成幻想的空间，慢慢地，灯光在陈述者的视野中消失了，但这种消失只是一种幻觉。之后它转化为另一种光源，晚霞的红光、月光和忽明忽暗的灯光。灯光神奇的转换功能同样基于魔鬼施以的魔力。

最后，在彼得堡，金钱象征着魔鬼的力量。它悄然侵入人的内心，窃取人们的灵魂内核，置人们于物质化和无人性之间的虚无状态。于是，人与金钱（魔鬼）接触后变得疯狂或者死亡。人用自己的唯利是图和物质性吞噬了自身的灵魂。彼得堡相应地呈现为城市道德蜕变的可怕画面。

二、城市中的反使徒人物

在这个魔鬼、地狱般的世界中，果戈理还运用了《圣经》的情节，以期强调在基督教道德层面上人的堕落。此处，我们仅以《外套》的主人公阿卡基·阿卡基耶维奇·巴什马奇金为例，说明果戈理所描绘的反使徒形象。

果戈理在小说中引用了与《圣经》有关的名字和情节。阿卡基（原文Акакий，来自希腊语）翻译过来是"无罪的，不是恶的"意思。他所承袭的父亲名字而形成的父称阿卡基维奇（Акакиевич），暗含着为了纪念圣徒阿卡基，而主人公本人也被命名为阿卡基。主人公名字和父称的叠用复现无疑说明了作家所持的基督教观点：无论主人公怎样的渺小，他仍旧是带有上帝形象的人。同时，主人公作为像使徒般纯洁的小人物，拥有了一件"伟大的"衣服。但是，名字"没有恶的和无罪的"含义没有帮助他逃离命运的捉弄，情形恰恰相反，他走向了与名字的意蕴相反的极端之路。圣者被扭曲变形，变成了魔鬼般的复仇者和追逐者。圣者牺牲的神圣性[①]已经在他身上消失殆尽，他不再牺牲自己，而是给别人带来了灾难。衣服的丢失形同灵魂的丧失，这种类比的运用，即把肉体比作衣服，常常见于基督教文学中。按照使徒行传的描写，不幸应该使阿卡基变得特别的坚强，但是他不是圣徒，他反倒成为圣徒斗争的对象——魔鬼。

果戈理虽然在小说的开始秉承了使徒行传的传统写法，但是最终变成了自

---

① 神圣性，在俄罗斯的理解中含有牺牲的意思。参阅〔俄〕Юдин А. В.：Мифы русских народов. Русская народная духовная культура. Москва, изд. *Высшая школа*, 1999, с. 222.

已创作意图的对立面,《外套》成为反使徒传,其中的主题延续了俄罗斯文学中所反映的可怕的和神秘的道德堕落的传统。

三、地狱城市中荒唐的鼻子

身体的组成部分在小说中获得了神话的意义。其实,在早期的神话仪式中就存在用身体、身体的组成部分及其功能来表达象征意义的方法。诸如,弗雷泽 J. G 在《金枝》的《事物的禁忌》一章中以翔实的材料论述了人的头部、头发和指甲所具有的神性。这在一些神话和象征辞典中得到了证实:"神话思维遵循'部分等同整体'的原则。根据这个原则,名字、一缕头发或者人的阴影能够替代主体本身,它们可以不依赖于他生存、游荡、犯罪、进行交易等。世界文学保留了以前明显是真理,现在被看作幻想的主题,只要说出果戈理的《鼻子》就足以说明这个问题。"①关于果戈理所强调的人体组成部分,也可见于别尔嘉耶夫的论述:"果戈理把人的形象看作是分散的,这里没有人,只有可怕的嘴脸。"②综观上述看法,果戈理此处的创作具有神话思维的特点。这个特点也与作家关注当时的生活密切相关。熟知彼得堡神话历史和俗语的专家辛达洛夫斯基(Синдаловский Н. А.)证实道:"幻想的《鼻子》首先不容易理解。这从彼得堡的一则俗语形成的历史中得到了恰当的解释。原来,在当时以手抄本的形式广泛流行于《纨绔子弟》中一幅沿着大街行走的男性生殖器的图画,当然带有淫秽的色彩。它戴着单眼镜,拿着时髦的手杖,步行或者坐车……果戈理用三个字母组成的古老的简短、形象的词汇表达了讽刺的意思。可以确信,果戈理熟知这个故事,只是增添了讽刺和笑话的色彩。"③

另外,果戈理在此恰恰反映了部分和整体的关系失衡后,产生的一种新的可怕的非结构力量,这种力量反过来支配着整体,整体则会变得四分五裂,其结果造成了混乱和死亡,这才是城市所具有的地狱本性的真正所在。在这场荒唐的人和鼻子的置换中,关键意义的转变,构成了小说的戏剧情节,造成了部分和整体之间的矛盾。鼻子像谜一样,成为推动小说情节发展的线索。从读者的诠

---

① 〔俄〕Кравченко А. И.: Культура и культурология: словарь. Москва, Акадимичесий Проспект; Екатеринбур, изд. *Деловая книга*, 2003, с. 580.

② 〔俄〕Бердяев Н.: Философия Творчества Культуры и Искусства в двух томах. Москва, Издательство *искусство*, 1994, с. 19.

③ 〔俄〕Синдаловский Н. А.: Призраки Северной столицы. Легенды и мифы питерского зазеркалья. *Москва*, изд. *ЗАО Центрполиграф*, 2006, с. 194.

释角度来讲,阅读小说就是走上了对鼻子的理解道路。

总之,发生这些奇怪的现象是因为城市的虚幻性和神秘性。同时,作家运用这样的艺术技巧增强了城市的魔鬼性质。后来,安德列•别雷在《彼得堡》中借鉴了这个技巧,人体器官的组成部分成为《彼得堡》的城市居民。

第三节　陀思妥耶夫斯基的《罪与罚》中的彼得堡宗教神话

许多人在研究、分析陀思妥耶夫斯基本人及其作品时,均指出其所持有的宗教世界观。诚然,陀思妥耶夫斯基关注的重点是人,并且是人内心的两种力量的斗争,即上帝和恶魔的斗争。人具有神人类特性,人有趋向于善的一面,自然,人最终会走上像拉撒路般的救赎的道路。[①] 关于这点,诸如 M. M. 杜纳耶夫(Дунаев M. M.)、B. B. 津科夫斯基(Зеньковский B. B.)、H. 别尔嘉耶夫等专家学者从不同角度、在不同程度上进行了论述。

一、理论基础:学者们对《罪与罚》的解读

M. M. 杜纳耶夫从他所信奉的东正教的角度对作家陀思妥耶夫斯基进行了解读。他在分析陀思妥耶夫斯基的《罪与罚》时指出,主人公拉斯科利尼科夫的心中存在恶,他试图以人本主义的良知来解决问题,但结果却陷入了更大的痛苦中。没有了上帝的支柱,他陷入了魔鬼的掌控之中。M. M. 杜纳耶夫认为,流血牺牲的革命行为没有任何意义,因为用可怕的革命行为改变世界的理论也没有任何意义。"在人们的认识中,采用可怕的革命武力改变世界的理论使人们在反抗撒旦的邪恶时无能为力。理解人的上帝性是陀思妥耶夫斯基的所有理论的核心。"[②]只有通过上帝的救赎,才能走向美之路,而达到真正的美也

---

① 　索尼娅应拉斯科利尼科夫的要求,阅读了《圣经》有关拉撒路被拯救的章节。陀思妥耶夫斯基在此指出,主人公即将获得拯救。显然,他把拉斯科利尼科夫描写为新的拉撒路。这里,拯救是宗教拯救,不是回到原来的生活,而是经过死的拯救开始新的生活。参阅〔俄〕Пшхомиров Б. Н.: "Лазарь! гряди вон". Роман Ф. М. Достоевского *Преступление и наказание*, в современном прочтении: Книга-комментарий. Санкт-Петербург, изд. *Серебряный век*, 2005. 一书。

② 　〔俄〕Дунаев М. М.: Прославие и русская литература в 5-ти частях. Ч. III. Москва, изд. *Христианская литератера*, 1997, с. 373.

就是"完善的美,按照 H. O. 洛斯基的思想,就在于心灵的纯洁和对上帝的全身心奉献"①。杜纳耶夫可以说是从真善美的角度,对《罪与罚》进行了东正教教义的分析、论证。

B. B. 津科夫斯基从宗教哲学角度分析了陀思妥耶夫斯基作品中人物的一些特点,首先是人的自由性。"陀思妥耶夫斯基把自由看作人的隐藏的本质。"②随后,他提到了这里的自由指的是"人在自由选择善或者恶,可能,在自由中含有死亡的种子和自我消亡的因子"③。B. B. 津科夫斯基在肯定了人的自由性后,话锋一转,"但自由也不能把人推向高处。陀思妥耶夫斯基认为,人心中蕴藏着伟大的力量,拯救世界的力量,痛苦只在于人不能运用这种力量"④。这种力量就是包含爱的圣灵。从中看出,B. B. 津科夫斯基认为陀思妥耶夫斯基创作的目的主要是为了反映人所具有的上帝的三位一体中的圣灵性。

H. 别尔嘉耶夫论证了陀思妥耶夫斯基描写的人物具有神人类的特点。"在人神中人死了,在神人类中保留了人。只有基督教拯救了人的思想,永远保留着人的形象。尼采理论中没有人,没有上帝,只有超人,而陀思妥耶夫斯基思想中只有上帝和人。陀思妥耶夫斯基笔下魔鬼的迷幻从未导致人,特别是人的个性的消失。"⑤他也指出人心中具有自由,但是自由对人来说就是邪恶。"自由就是人和世界的悲剧命运,它处于存在的中心,作为初始的秘密。恶是自由的孩子。"⑥他还指出了自由所导致的一系列后果。"自由之路使人走向了恶,恶之路又导致人的分裂。他们失去了个性的统一,他们过着双重的生活。在这种分裂中能够凸显另一个我,即他内心中作为魔鬼的恶。"⑦自由常常使人走上自由意志的道路,而自由意志最后导致了革命。他指出,只有集善与自由于一身的上帝才能拯救人的心灵:"出路只有一条,那就是上帝。"⑧

众多俄罗斯学者对陀思妥耶夫斯基宗教世界观的探讨为本书提供了坚实

---

① Так же, с. 383.

② 〔俄〕Зеньковский В. В.:История русской философии. Ленинград,изд. ЭГО,1991. том II,часть 1,с. 232.

③ Так же, с. 234.

④ Так же, с. 234.

⑤ 〔俄〕Бердяев Н.:Философия Творчества Культуры и Искусства в двух томах. Москва,Издательство *искусство*,1994,с. 42.

⑥ Так же,с. 58.

⑦ Так же,с. 72.

⑧ Так же,с. 93.

的理论基础。本书的重点主要放在对文本本身的研读上，并且把城市作为观照的中心，试图从阐发文本构成的神话氛围——彼得堡的魔鬼性入手，从神话诗学的角度分析文本的突出特点。

二、彼得堡的虚幻性和魔鬼性

小说中的彼得堡是一座被魔鬼控制的城市。魔鬼性的体现之一就是彼得堡所呈现出的虚幻的、魔鬼般的景象，也就是城市的非现实性，亦即具有某种神秘色彩的虚幻性。而相比之下，只有存在于天堂与尘世之间的人的痛苦才是真实的。

《罪与罚》的故事发生地点在彼得堡，这不是偶然的现象。究其原因，一是彼得堡这座城市无论气候方面，还是政治地理方面，都有着与生俱来的、无法避免的缺陷。城市建在沼泽地之上，地基处于不稳固的状态，这些都为各种鬼神传说的产生提供了条件。加之城市建造中流淌着众多劳动者的血与汗。于是，自然和社会大灾难随时可能爆发，时时威胁着城市的居民。而且，一些彼得堡人认为，无数屈死的奴隶的幽灵准备复仇，从而增加了城市神秘虚幻的色彩。彼得堡的虚幻性成为陀思妥耶夫斯基关注的对象和文学创作的新主题。很多学者纷纷指出来作家笔下描绘的彼得堡的这个特点。譬如，M. M. 杜纳耶夫引用了研究陀思妥耶夫斯基作品的知名学者康斯坦丁·莫丘尔斯基的话，论证了陀思妥耶夫斯基笔下彼得堡的非现实性，进而得出结论："彼得堡本身呈现为幻觉的、可怕的，而不是现实的城市。"[1] H. П. 安采费罗夫根据陀思妥耶夫斯基小说中许多有关的描写，也指出了城市的虚幻性。[2]二是只有幻觉的城市才会产生虚幻的人物。H. 别尔嘉耶夫指出："陀思妥耶夫斯基感受和描写的彼得堡是人在背叛和漂泊中产生的幻影。人在这个雾所笼罩的充满了幻觉的城市中又相应地产生了疯狂的思想，最终彼得堡催熟了人跨越他的本质实施犯罪的思

---

① 〔俄〕Дунаев М. М.: Прославие и русская литература в 5-ти частях. Ч. III. Москва, изд. *Христианская литература*, 1997, с. 287.

② 〔俄〕H. П. 安采费罗夫列举了陀思妥耶夫斯基的小说中的一些片段，像《少年》中主人公多尔戈鲁基的感受："奇怪，我感觉周围的一切，甚至我呼吸的空气，都像来自另一个星球，我突然像是来到了月球。这里的一切——城市、行人、我所行走的人行道，都不是我所熟知的，这是宫廷大街，那是伊萨基辅大教堂，我仿佛看见了，但是却感觉与它们无关，这一切都陌生了，一切都突然间不是我熟知的……"《少年》第九章，详见〔俄〕Анциферов Н. П. Петербурга Достоевского. http://lib.rus.ec/b/1444/read

想。"①在陀思妥耶夫斯基描写的世界中,周围的环境是和主人公合成一体的。正是这个昏暗的城市使贫穷的大学生产生了罪恶的思想。彼得堡不仅是事件发生的地点,而且是拉斯科利尼科夫②犯罪的同谋者。彼得堡作为一种象征,神秘地映照着主人公的精神世界,而拉斯科利尼科夫是彼得堡精神的产物。只有在这样的城市中,贫穷大学生才能产生荒唐的想法。他幻想成为像拿破仑那样的超人,结果打死了放高利贷的老太婆。彼得堡在他的眼里变成了充满幻觉的、另类和变化无常的城市。彼得堡的灵魂就是拉斯科利尼科夫的灵魂,像彼得堡产生的人的意识一样,彼得堡是矛盾的综合体。一方面,城市中有伟岸的涅瓦河和伊萨基辅大教堂;另一方面,又有贫穷、丑陋的酒馆和阁楼。拉斯科利尼科夫本人就是这个样子:他很出色,有一双漂亮的黑眼睛,中等偏高的个头,消瘦,身体匀称;另外,他又有肮脏的一面,即杀人的想法。这座城市常常使拉斯科利尼科夫怀疑生活的现实性,城市把他变成白日的幻想家,孤独的过路人。他自言自语,他把自己的思想当作行动,反过来,又把自己的行动当作思想,最终根据这种思想杀死了放高利贷者。

　　魔鬼性的第二个体现是整个城市具有某种邪恶的魔力。整座城市笼罩在一种神秘的、奇妙的,由魔幻的手风琴、路灯和潮湿的大雪构成的自然氛围中。彼得堡自然的混乱夹杂着生活在其中的人物的精神迷乱。难怪安采费罗夫指出:"彼得堡神奇的楼宇矗立在芬兰湾的沼泽地上,令人产生了幻觉,人的灵魂变成了痛苦的幽灵……"③拉斯科利尼科夫已经不能控制自己,某种神秘的力量支配着他。梦中所见声嘶力竭的马匹不但没有唤醒他受蒙蔽的良心,反而使主宰他灵魂的魔鬼的魔力越来越强,竟然决定着事件发展的势态。甚至拉斯科利尼科夫的杀人工具(斧子)也具有了不可思议的魔力,逃脱拉斯科利尼科夫的控制,不由自主地直接砍向莉扎薇塔。拉斯科利尼科夫倒成了斧子的工具,受到它残忍地报复。

　　魔鬼的目的就是让主人公远离上帝,使他感到人格分裂的痛苦,这是真实的人类的痛苦。城市和主人公全部陷入痛苦之中。在悲痛之余,索尼娅的出现

---

　　① 〔俄〕Бердяев Н.: Философия Творчества Культуры и Искусства в двух томах. Москва, Издательство искусство, 1994, с. 27.

　　② 本书所使用的人名(中文)全部来自〔俄〕陀思妥耶夫斯基《罪与罚》,非琴译,译林出版社 1994 年版的译名。

　　③ 〔俄〕ААнциферов Н. П.: Петербург Достоевского. http://lib.rus.ec/b/1444/read.

改变了拉斯科利尼科夫的性情。虽然他们之间曾经由于性格迥异而出现矛盾①，但是索尼娅的爱和《圣经》改造了拉斯科利尼科夫。在拉斯科利尼科夫的心中，希望还没有熄灭，还燃烧着一盏蜡烛，但是他需要通过悔过来摆脱在彼得堡的氛围中产生的邪恶之罪。

三、彼得堡神话的诗学特征

除了文本中所形成的神话氛围之外，在小说中还存在某种对于神话思维十分典型的语义结构。另外，从神话诗学的角度来讲，还有一些词语，包括表达中心和边缘对立的词汇的使用，普通名词和专有名词的互换，以及《圣经》中一些数字的使用等，都起到了表达神话思维的作用。

彼得堡的空间是由相互对立的边缘和中心构成的，而主人公的移动激活了这个对立。空间的对立体现为城市的中心和边缘的对比，而这种对立反映在道德层面上则体现为人物极度的压抑和极度的自由形成的张力。

作者以各种写作手法和观点来圣化空间，并将主人公所住的地方宇宙化。拉斯科利尼科夫居住的地方无疑处于彼得堡的中心。他所居住的房子是一座阁楼，沙发占据了屋子很大的面积，无疑，阁楼具有浓缩的狭窄结构的特点，自然屋子让人感到沉闷和压抑，而屋外的情形也给人同样的感觉。为了突出这种感觉，陀思妥耶夫斯基使用了大量表示闷热、潮湿、炎热、吵闹、密集的形容词。在描写人群（有时使用"观众、一群、一堆、人民"等）时，作者关注的不是他们的人数和组织形式，而是对他们之间交往的道德评价。陀思妥耶夫斯基在使用"人群"这个词时，常常是指和阁楼的狭窄类似的一种状态。在用词方面，陀思妥耶夫斯基常常使用黑暗（темнота）和狭窄（узкость）。这里，作家使用了神话诗学上词源的相似，昏暗②（темнота）和忧郁（тоска）、狭窄（узкость）和恐惧（ужас）这些词由于词源上的类似而进入了词源的游戏之中。这方面的研究者 B. H. 托波罗夫就指出，所有这些词都来源于欧洲词汇，表示在宇宙结构中和在人的内心中，由于缺少幸福而形成的混乱和狭窄的部分。

学者 B. H. 托波罗夫还提出，《罪与罚》的主人公像古印度的英雄，以自己的行动和牺牲实现了从混乱走向秩序的愿望。的确，拉斯科利尼科夫追随印欧

---

① 由于拥有高度发达的智力，拉斯科利尼科夫形成了傲慢的性格，这与从小信奉东正教的索尼娅温顺的性情之间存在着一定张力。

② 与"忧郁"相对应为"昏暗"。

神话传统,离开了闷热、吵闹的人群,奔向广阔的城市空间,也就是彼得堡的边缘地带。在对边缘地带的描写上,作家不再使用上述描写中心的方法,而使用宽阔和空旷这样的词汇。边缘地带体现的是广阔的城市空间:花园、广场和城外的地方(岛屿)。空旷的地带自然使主人公产生了自由的感觉。除了从中心向边缘运动,或者从边缘向中心运动,还存在着垂直的运动,向上或者向下的运动,这里主要的意象就是不断出现的楼梯。B. H. 托波罗夫对此有着精辟的阐释:"在这个意义上,他的文本具有神话诗学的特征。不断重复的意象构成了文本的纵向轴,语义上相关联的主题构成了文本的横向轴,这和神话或者仪式的情景相吻合。"①据此,我们可以得出这样的结论,不断重复的意象是指台阶,语义上相关的主题是作品中的主人公拉斯科利尼科夫像古印度的英雄。

神话文本的一个显著特点就是消除了专有名词和普通名词的界限,在某种程度上两者可以互相替换使用。"类似文本的结构能够使通常在历时的序列中产生的排列出现在共时的层面中。原因在于强调功能和文本空间的非同源性。"②一方面是专有名词的普通化,这种情况一般存在于当事人对第三者的陈述中。像马尔梅拉朵夫在向拉斯科利尼科夫的讲述中提到自己的女儿索尼娅的名字和拉斯科利尼科夫母亲在寄给他的信中提到他的妹妹杜尼娅的名字,在这里这两个女人的名字具有了名字词源和历史所具有的含义:杜尼娅(Дуня)是叶夫多基雅(Евдокия)的小名。叶夫多基雅(Евдокия)来自希腊语,意思是好意、厚意。这个名字随同基督教同时传入俄罗斯。后来出现了著名的圣徒莫斯科公爵夫人叶夫多基雅(Евдокия),她在洗礼之后,毅然抛弃财富,一心侍主,大显神迹。索尼娅就是索菲娅(Софья),在俄罗斯称为索尼娅(Соня),从希腊语而来,指的就是智慧。另一方面,文本中反复出现的一些关键词实际上成了专有名词,像沙发、房门、门槛、楼梯、院子、大门、大街、岛屿等。在这种情况下专有名词获得了各种各样的主题内涵,包括作者对文本中出现的名字固有的内在解释,还有读者从文化史、象征、语义和语音等层面离心的阅读。③ 诚如 B. H. 托

---

① 〔俄〕Топоров В. Н.: Миф. Ритуал. Символ. Образ: Исследования в области мифопоэтического: Избранное. Москва, Издательская группа 《Прогресс》-《Культура》, 1995, с. 205.

② Так же, с. 208.

③ 此处"离心的阅读"是借用诺斯洛普·弗莱的说法,他在谈及阅读的方法时,提出向心的和离心的:"我们注意力的一个方向是向心的,即极力去理解我们所阅读的文字;另一方向则是离心的,即在所读作品之外,通过回忆去概括语言世界中使用这些词语的传统的意义。"参阅〔加拿大〕诺斯洛普·弗莱《神力的语言》,吴持哲译,社会科学文献出版社 2004 年版。

波罗夫所指出的,作者在小说中使用名字的这些特征是为了彰显神话诗学和狂欢化的个人艺术创作的特点。

另外,陀思妥耶夫斯基大量地使用数字也突出了神话诗学的特征。陀思妥耶夫斯基使用数字明显可见数字神话概念的印迹。

此处仅以四和七为例,说明在小说中数字所具有的象征意义。首先,在本书中出现了大量的四。譬如,杀死老太婆的房间位于四楼,拉斯科利尼科夫把东西藏在了有四层楼的院子里,马尔梅拉朵夫的房间位于四楼,警察署位于四楼,拉斯科利尼科夫奔向第四个房间。在拉斯科利尼科夫犯罪之后他四天处于梦幻的状态下[①]。拉斯科利尼科夫有四个基本的梦。所有有关四的数字都与拉斯科利尼科夫的犯罪有关。而作家有意利用构成世界基本度量参数,表现了四这个数字所包含的善良的意志和拯救的崇高本质的内涵,彰显了四所蕴含的意义,引导人们从犯罪走向拯救之路。

而数字七在《圣经》中常常指完全的数字(请参阅白云晓编著的《圣经词汇词典》中的词条"七十个七")。神学家把数字七称为真正的神圣数字,数字七代表上帝的完满,因为七是数字三加上代表世界秩序的数字四。当然,数字七还是上帝和人的结合,上帝和创造物之间交流的象征,《圣经》中可以找到相关的佐证[②]。陀思妥耶夫斯基早就预定了主人公拉斯科利尼科夫的失败,因为主人公试图以自己的理智割裂上帝和人的关系。为了重建这种联系,需要重新走过这个真正神圣的数字。因此在后序中又产生了数字七,此处已代表拯救的意思。

本 章 小 结

回顾19世纪经典文学作品中所塑造的现代神话形象——彼得堡,可以看出,彼得堡的城市形象从普希金开始就已经具有了现代神话的特征,并且经由果戈理和陀思妥耶夫斯基之笔,最后停留在安德列·别雷的作品上,构成了一个相对完整的关于彼得堡这座城市发展的神话体系。本书选择的经典文学作品包括与彼得堡息息相关的普希金的《青铜骑士》、果戈理的《彼得堡故事》和陀思妥耶夫斯基《罪与罚》。另外,本书对这些古典作品的选择还基于安德列·别

---

① 根据《圣经》中拯救拉撒路的故事,拉撒路死了四天后被耶稣救活。
② 上帝经过六天的创造,到了创世的第七天睡着了。

雷在小说《彼得堡》中对这些文学作品中的彼得堡现代神话形象都有所继承和发展,这将在第八章进行探讨,本章是为下面的阐述奠定一定的基础。

普希金在《青铜骑士》中塑造的彼得堡的现代神话形象是建立在神话的基本模式——混沌和秩序对立的基础上。本章详细地分析了普希金的诗《青铜骑士》中具有神话特点的意象,譬如海、森林、沼泽、浓雾等。这些神话意象构成了彼得堡混乱的原生力,而作为雷神的彼得和他的雕像青铜骑士则与这些原生力展开了搏斗,除此之外,彼得还与大洪水和民众的混乱进行斗争,试图建立一种新的秩序。

果戈理在《彼得堡故事》中刻画的彼得堡这个城市神话形象具有魔鬼性和虚幻的特点。具体体现在:现实和梦想在两个空间随意的变化、物化的人变成了魔鬼、身体组成部分获得了独立的意义等。

本书对陀思妥耶夫斯基《罪与罚》宗教神话的分析是建立在许多学者的理论基础上,他们从宗教观点入手,对小说进行阐述,发表自己的观点。我们以此作为理论基础,认为作家不仅描写了被魔鬼掌控的彼得堡的虚幻性,而且在用词方面也体现了许多神话的色彩。本书将从神话氛围和神话诗学两个角度分别进行阐述。

总之,以上的分析表明,对《彼得堡》进行现代神话的阐释并非空穴来风,而是继承了一些经典文学的传统,这些经典文学作品中蕴含的神话因素为本书的研究提供了重要的思想基础和理论参照。

第八章 《彼得堡》:彼得堡神话的延续

■ **内容提要:**

　　本章共分为两个部分。第一部分追本溯源城市缔造者彼得一世的神话,为下文《彼得堡》神话的展开补充必要的背景知识。关于彼得一世的神话中形成了对他的正反两种态度,一是赞颂他为天神,二是称他为敌基督。如此针锋相对的评价在俄罗斯文学领域相应地形成了关于这个神奇人物的正负两极神话。显然,《彼得堡》更多体现了有关彼得一世负面的神话。之后分节探讨《彼得堡》对经典文学作品所构成的原型的继承与创新。第二部分将探讨《彼得堡》的城市现代神话氛围。本部分将重点放在《彼得堡》文本上。通过波斯神话中光明之神奥尔穆兹德和黑暗之神阿里曼之间的斗争,凸显《彼得堡》城市的神话氛围,同时指出,这个争斗还映射在城市居民的内心深处。另外,追溯城市创建伊始所形成的神话和历史,从而揭示出彼得堡正处在被虚无吞并的危险之中。这个危险在文本中通过零的膨胀、炸弹的爆炸等运动表征出来,极度地渲染了彼得堡的恐怖氛围。

　　安德列·别雷在创作小说《彼得堡》时转向了 19 世纪俄罗斯古典文学中的神话人物和情节。一些经典文学作品,诸如普希金、果戈理、陀思妥耶夫斯基等人的作品,成为构建《彼得堡》现代神话和城市形象的基础。安德列·别雷对这些作品中的神话进行了重新解读,并根据彼得堡末日神话(不可避免出现的敌基督,多神教中巴比伦灭亡的神话)理念进行了艺术地加工与整理,展示出这座城市所具有的反人类的特点,及其含有的注定变为混乱的力量。在此,安德列·别雷在继承古典文学传统的同时,又预言了城市的未来走向。

第一节 《彼得堡》——现代神话原型的引入

　　安德列·别雷在构思《彼得堡》时,首先把目光投向了彼得一世的神话,将其作为建构《彼得堡》城市神话文本的背景知识。

其次,安德列·别雷把普希金的《青铜骑士》、果戈理的《彼得堡故事》和陀思妥耶夫斯基的《罪与罚》作为构拟《彼得堡》现代神话文本的艺术空间,在小说中运用了其中的形象、情节、场景和细节等,并借鉴了文本中所反映出来的主题。

最后,安德列·别雷不仅沿袭了普希金等人的思想传统,而且提出了与这些作家不同的观点。他将这些观点揉进小说《彼得堡》中,于是,在小说中形成了两个方面的思想倾向:一方面,普希金等人对待西方文明的态度成为《彼得堡》的主题;另一方面,他们所提出的彼得堡处于东西方文明之间的问题并未被安德里·别雷全部接纳。他对此作出了自己的补充,在他看来,这既是俄罗斯的问题,也是世界历史发展的主要趋势。

一、彼得一世创造的神话之城

彼得一世建造彼得堡出于以下两方面的考虑:一是为了抵御瑞典人的海上侵略,二是为了建立国家的海上门户。于是,他下令在芬兰湾兔子岛(Заячий остров)上建造一座城堡,并以圣徒彼得命名。事实上,根据基督教神话,彼得是天堂的守门神,这也暗含了彼得一世建城的目的之一——建立俄罗斯的守门之城。后来圣彼得堡的名称由称呼一个城堡而扩大到称呼整个城市。①

可以说,彼得堡从建城开始,就与彼得一世的神话传说紧密相连。譬如,彼得堡诞辰日的由来。根据传说,1703 年 5 月 27 日,彼得一世视察兔子岛。在视察行程中,他削了两个木棍,做成一个十字架,并把十字架插在地上,说道:"这里将出现城市!"话音刚落,突然飞来一只老鹰,它久久地盘旋在彼得的头上。于是,这个神奇的故事似乎昭示彼得堡建城的必然所在,彼得一世的视察日 5 月 27 日则被确定为彼得堡的诞辰日。② 随着时间的流逝,彼得一世的神话已经成为彼得堡神话的一个有机组成部分。本书将依据历史的脉络,分三个阶段讲述彼得一世的神话:彼得生前的神话、彼得逝世后的神话(主要讲述为纪念彼得而建立的铜像——青铜骑士的神话)和彼得在文学史中所形成的文本神话。

1. 彼得创造的彼得堡神话——彼得生前神话

正如 Ю. М. 洛特曼所指出的,"所有思考俄罗斯历史命运的人都在对彼得

① 参阅〔俄〕Марков Д.:История Петербуга. http://o-spb.ru/archives/18 一文。
② 参阅〔俄〕Марков Д.:История Петербуга. http://o-spb.ru/archives/18 一文。

时期的评价中插上了一把重剑"①。自然，彼得和彼得堡神话成为俄罗斯文化不可或缺的组成部分，形成了以彼得或者彼得缔造的城市彼得堡为主题的历史神话。其中，囊括了哲学、诗学和修辞学方面的内容，还有彼得传记等。事实上，在彼得生前就已经存在有关他的神话。

在俄罗斯上层社会形成了关于理想化的神——彼得大帝的神话。彼得像神一样被人赞颂。М. В. 罗蒙诺索夫写道："他是神，是你，俄罗斯的神！""如果一定要寻找人间的神，那么毫无疑问，按照我们的理解，除了彼得大帝，不会有其他人。"②普希金说："彼得在众人的簇拥下走了出来，他两眼炯炯有神，面部表情却十分骇人，他虽匆匆而过，却是步履优雅，他就是雷神。"③甚至有人称彼得为上帝基督。其中 Б. 乌斯宾斯基（Успенский Б.）向我们解读了彼得基督的含义："在此使用基督这个词，是指登基时受过涂油仪式的君主，但显然，现在使用的单词'基督'被认为是专有名词，而不是普通名词。彼得的行为举止证明了这个观点，尤其是他被仪式所包围的事实。例如，在莫斯科庆祝胜利之日，人们用迎接基督的教堂圣歌来欢迎彼得，也就是彼得代表了进入耶路撒冷的基督。这些仪式还被用于迎接彼得凯旋的庆祝会上。彼得像基督从救世主教堂走出，也是伴有颂扬上帝和祈福的奥莎娜之歌，也就是又像对待上帝一样对待彼得，并且彼得戴着花环而出，自然令人联想到荆冠（殉教的象征）……"④

从上段的文字描写中，我们可以看出，官方赋予彼得很多宗教的意义。但是广大的民众对彼得的言行举止的反应各异，他们对他持不同的评价，这使他们得出了互相对立的观点：有人赞颂彼得为英雄——"俄罗斯的赫剌克勒斯""第二个摩西"；但也有人诅咒他为魔鬼"敌基督"。相应地形成了两个方面的传说：一方面，在民间流传着关于英雄彼得的浪漫神话：他们的帝王为拯救俄罗斯的众儿女们，在与盲目的自然力的斗争中牺牲了自己；另一方面，许多传说中彼得的过世与 1724 年秋发生在彼得堡的大洪水有关，上帝正是为惩罚敌基督而用大水来淹彼得堡。俄罗斯东正教历史上的彼得一世的敌基督形象出现在 17

---

① 〔俄〕Лотман Ю. М.：Беседы о русской культуре. Санкт-Петербург，изд. *Искусство*，1992，с. 232.

② 〔俄〕Поляков Л. В.：Россия и Пётр Великий：pro et contra. Предисл. Бурлаки Д. К.，Полякова Л. В.，послесл. Қара-Мурзы А. А.，библиогр. Указ. Нетужилова К. Е.，Санкт-Петербург，изд. *РХГИ*，2001，с. 575.

③ Так же，с. 575.

④ Так же，с. 576.

世纪,具体来说,关于彼得是敌基督的说法是从教会分裂——尼康实施改革的1652年开始的。此后在罗斯出现了旧仪式派,也称分裂派。他们的基本思想是否定尼康的改革,反对彼得把俄罗斯带向欧洲之路。当彼得成为国家和教会的实际首领时,旧仪式派称他为"两个头的野兽"。尼科利斯基也证实:"他(彼得一世——引者)改变了纪年,并自称皇帝,以便欺骗人民和隐瞒自己就是敌基督。他从上帝那里偷走了8年时间,而且把一年的开始改为1月(创造世界绝对不可能是在1月——要知道那时候没有苹果!)。………他宣布自己是俄罗斯的上帝,位居参政院和主教公会之上,并要求向他顶礼膜拜。"①甚至有的学者提出:"关于彼得为敌基督的概念一直保持到今天。两百多年的观点没有改变。"②

2. 彼得雕像创造的彼得堡神话——青铜骑士的神话

彼得的另一个世界的幻影不是由彼得本人形成的,而来自纪念他的雕像——青铜骑士。青铜骑士是由法国雕塑家法尔科内(Этьен Фалькон)创作的,1782年8月7日正式落成,矗立在参政院广场中心。这是在彼得堡建立的第一座纪念性雕像。关于这座雕像,民间流传着许多神话,甚至选择的地点——参政院广场中心也带有神话的色彩。历史学家希尔德列尔(Шильдлер H. K.)在《保罗一世》一书中记载了这样一则传说故事:某日晚上,保罗一世与友人在彼得堡大街上散步,散步途中突然遇见一个陌生人,他似乎专门在那里等着他们。当他们走近了,就与他们并肩前行。保罗一世疑惑地询问朋友,和他们同行的人是谁? 但是朋友却什么人也没见到,突然间那个"幽灵"说话了:"保罗一世,可怜的保罗一世,可怜的沙皇!"然后"走"到他们的前面,将他们领到参政院广场上停了下来,指着后来建造青铜骑士的地方说:"保罗一世,再见了! 你会在这里再次见到我。"说完转身就走,在走的时候,他抬了抬帽子,保罗一世惊恐地看见了彼得一世的面孔。

矗立在参政院广场上、充满神话色彩的青铜骑士挑起了一轮轮旧与新、逝去的时光与开始的时光之间的斗争。在传说与争夺中人们逐步融入了基督教末日神话的成分,于是,在悬崖边上、抬起马蹄的青铜骑士最后将滑入深渊,成

---

① 〔俄〕尼·米·尼科利斯基《俄国教会史》,丁士超等译,商务印书馆2000年版,第190页。

② 〔俄〕Поляков Л. В.: Россия и Пётр Великий: pro et contra. Предисл. Бурлаки Д. К., Полякова Л. В., послесл. Кара-Мурзы А. А., библиогр. Указ. Нетужилова К. Е., Санкт-Петербург, изд. *РХГИ*, 2001, с. 544.

为末世论中的骑士。另外,人们赋予雕塑中的蛇同样的神话色彩。城市的未卜先知的人预言,如果蛇动了,那么城市的末日也就来临了。因为蛇是整个雕塑的支柱之一。蛇的动摇,势必造成雕塑的毁灭,雕塑的毁灭是城市灭亡的征兆。人们围绕着青铜骑士进行了激烈的争吵,以它为题创作了许多诗歌、故事、舞剧和民间传说等。

3. 文学家们创造的彼得堡神话——文学史中的彼得神话

彼得,无论是作为正面的神话形象,还是作为反面的神话形象,相应地,在文学中都有所反映。古典主义文学时期,彼得的形象逐渐模式化。在诗人 M. B. 罗蒙诺索夫笔下,彼得被刻画为作出创世壮举的神祇形象。后来,沙皇彼得的脸如同罩上了古希腊剧院里的闪闪发亮的假面具,理想君主俊美的面容表情逐渐地被固定下来。他被塑造为对知识热爱、对工作执着、对敌人严酷、对朋友真诚的人理想化和神话化的慈善君主形象。应该说,当时彼得的反面形象只是出现在俗语和彼得堡民间文学中,在官方文学中并没有找到相关的资料加以佐证。

但是随着时间的流逝,事情状况发生了很大的变化。到了 1820 年前夕,彼得固定化的形象已经不能满足社会现实的精神需求和历史科学发展水平的要求,因此,要求改变彼得僵化形象的呼声日益高涨。改变彼得形象的重任落在了一些自由知识分子的肩上。这些知识分子,高扬个性,以对彼得的浪漫主义理解取代了对他的古典主义的理解,于是,在文学作品中他们改变了彼得作为自然征服者——神祇的形象,开始恢复彼得作为人的形象。也就是,英雄的形象取代了理想的国君形象。应该说,新的形象标准是由普希金的作品确立的。普希金的《彼得大帝的黑奴》(1829)描写了作为普通人的彼得一世建立了伟大的俄罗斯帝国的故事。在故事中彼得被普希金视为历史进步的因素和理想的承载者。可以说,《彼得大帝的黑奴》开创了以彼得为题材的新神话的先河。嗣后,普希金的其他一些散文和诗歌也以彼得为描写对象,刻画了众多的彼得神话形象,同时触及许多哲学和社会的问题。这些集中体现在普希金的长诗《青铜骑士》上。《青铜骑士》的《前言》继承了 18 世纪的古典主义传统,以对彼得如对神般的颂歌开始。在此,没有出现彼得的名字,因为在神话中神的名字被禁忌直呼。《开篇》中,彼得以传统君主的形象出现,带有许多神话色彩。接下来,随着情节的进一步发展,彼得的行为举止在大众意识中也带有神话的韵味。但是,在彼得神祇的光辉形象下,还隐藏着深刻的哲学和社会问题。特别是人的命运和历史进程的对抗问题。另外,诗中还存在着多神教的偶像崇拜和基督教的道德观之间的对立等问题。

在废除奴隶制之后,文学界对彼得的看法发生了根本的变化。彼得作为一个普通人的形象开始出现在列夫·托尔斯泰(Лев Толстой)的《战争与和平》中。在此,作家认为,沙皇与普通士兵没有什么差别,他们都体现了个人的价值,彼得不再是历史的主要人物,而是普通人中的一员。

终于,所有"低等的俗语"被人民重新认知。异教徒、逃跑的士兵、被处刑的人,甚至一部分教会和上层社会的人后来获得了发言权。在他们的眼里,彼得不是人,更不是神,彼得由神变成了魔鬼,或者用一些人的话说,彼得是敌基督。事实上,从审美意义上讲,人们只不过撕掉了神的假面具,又给他换上了一副魔鬼的假面具。

到了20世纪,彼得的形象不再被认为是神和敌基督,它大为复杂化了。譬如 Д. С. 梅列日科夫斯基(Мережковский Д. С.)所创作的《基督与反基督》中的彼得形象。彼得身上兼有水和火两种本质上相矛盾的特征,这些特征使他成为一个十分可怕的又与以往迥异的形象,不知道是善还是恶、上帝还是魔鬼,总之不是尘世的人。任何人,包括他自己的亲生儿子,都不理解他。他的个性极其复杂。可以说,任何人的个性都有其由遗传、教育和环境等因素形成的心理基础,但是从 Д. С. 梅列日科夫斯基的文本中难以理解,沙皇阿列克谢·米哈伊洛维奇和普通的莫斯科贵族小姐娜塔莉雅·纳雷什金娜怎么就生出了个森林之神或者半人半马的神"彼得"。对彼得选择建造彼得堡的原因更是难以理解:沙皇由于喜欢水,而在沼泽地上建造了一座新的城市。也就是说,新城建造地点的选择并非出于地缘政治和军事意义的考虑,仅仅是因为他对水的热爱,或者说,是一种喜好。这里传达出作家的思想观点:彼得的改革没有任何计划性,是他一时兴起的产物。但实际上,彼得的改革是有计划的,就是走欧化的道路,否则彼得堡就会沉沦。

彼得的形象在1917年后已经不被文学界所关注,即便偶有出现,也是作为否定的形象。但是关于彼得形象的讨论仍在继续,因为彼得被视为重要的转折性人物,他的形象已经深入到俄罗斯生活中的方方面面。

二、《彼得堡》——普希金的彼得堡神话原型的再现

安德列·别雷对彼得堡神话《青铜骑士》的关注不是偶然的,这与象征主义

者对这部作品中神话的理解是一脉相承的。譬如，Вяч. 伊万诺夫就注意到《青铜骑士》中的神话特征，指出诗人以沉重的脚步声为神话旋律、以幻觉和抽象的描写为神话叙事手法，创作出具有宇宙神话特点的长诗。象征主义者还常常把青铜骑士看作是《圣经·启示录》中的骑士，并将其视为神话的悲剧因素。这些观点和看法成为彼得堡文本的重要组成部分。

安德列·别雷同样将《青铜骑士》视为神话文本，并借用了《青铜骑士》中的人物、情节和思想等，特别是《青铜骑士》中的自然母题。但是作家在借用的同时，还赋予这些因素以新的含义，以期服务于他构建彼得堡世界末日图景的宗旨。

1. 对人物、情节、思想的继承和创新

在小说《彼得堡》中安德列·别雷借用了叶甫盖尼的形象。另外，他还看到，彼得和叶甫盖尼之间存在着相似的地方：两个人都和超人斗争，都想成为命运的主宰者来维护自己的权利。在这个意义上，彼得和叶甫盖尼实际上是血脉相关的人。于是，在《彼得堡》中出现了这样的描写："亚历山大·伊万诺维奇，叶甫盖尼，这时才头一次明白，他白白跑了一百年……"[①]"铜骑士把金属铸进他的血管里。"[②]在小说中，叶甫盖尼被换做亚历山大·伊万诺维奇（杜德金），而杜德金的体内被注入青铜骑士的血液，成为类似具有血缘关系的儿子。（在小说中青铜骑士称杜德金为孩子）并且，从叶甫盖尼死亡结局中，安德列·别雷看到了青铜骑士悲剧的命运。

另外，安德列·别雷把《青铜骑士》中彼得和叶甫盖尼对立的情节演绎为《彼得堡》中杜德金和青铜骑士血脉相关的故事还另有缘由。因为安德列·别雷对人生活目标的理解不同于普希金。普希金认为，人的生活目标在于追求国家的强盛和个人的幸福。应该说，这些生活目标更多体现在外在的世界上。而安德列·别雷则坚信，人生活的目标不是在外在的世界中，而是在人的意识中。人通过加强自己的个人修养，不断提高意识的认知水平，最终达到重生的目的。

虽然普希金和安德列·别雷创作的神话从各自不同的角度说明了人生活的目的，但是普希金在俄罗斯文化繁荣阶段就提出了关于人类存在的无法解决的悲剧问题，在《青铜骑士》中具体表现为国家的强盛是以牺牲个人的幸福为代价的。显然，安德列·别雷吸收了普希金看待问题的悲剧观点，从而提出了人类命运不确定的思想和人类走向个性独立所必然带有的悲剧色彩。

---

① 〔俄〕安·别雷《彼得堡》，靳戈、杨光译，作家出版社 1997 年版，第 493 页。
② 〔俄〕安·别雷《彼得堡》，靳戈、杨光译，作家出版社 1997 年版，第 493 页。

2. 对自然神话母题的继承和创新

普希金几个关键的关于自然的神话成为安德列·别雷建构彼得堡城市神话的基本母题。这些母题主要包括水、石头和秋天。

(1)水的神话母题。

无论是普希金还是安德列·别雷,都将水视为原初的自然力。普希金展示的水的自然力更多地局限于涅瓦河水。安德列·别雷借用了普希金有关水的神话,并且将水的自然力扩大化,使其以沼泽、湿润、迷雾的形式弥散在城市的各个角落,这无形中扩大了水形象的含义。即便同样是写涅瓦河水,安德列·别雷笔下的涅瓦河水,已经迥异于普希金描绘的涅瓦河水,普希金描写的涅瓦河好像强盗,有时具有野兽的特点,它随时准备扑向城市,给城市带来致命的灾难。安德列·别雷小说中的涅瓦河水已经恢复了平静,但是它威胁的因子已经悄无声息地散落在城市的各处,虽然人们看不见、摸不着,但是它的自然威胁力却隐藏在某个角落里,甚至每个人的潜意识中,成为一种分裂的原生力。人们对它现实的感受常常表现为冷、空、湿,恰恰冷、空、湿构成了彼得堡气候的主要特点。

安德列·别雷描写的涅瓦河水的颜色是绿色的,绿色意味着这是充满病菌的水,不是活水,流动的水具有的颜色,却和沼泽是同一个颜色。事实上,涅瓦河绿色的河水和沼泽成为人们无法掌控的自然力,同样成为城市走向灭亡的一个征兆。

(2)石头的神话母题。

在《彼得堡》中,石头是彼得堡的城市象征。在普希金的诗歌中,树木和石头成为主要的旋律,树木反映具有活生生力量的自然力,而石头作为一种天然的建筑材料,是自然服从于人的愿望的一种体现。但是在城市的发展建设中,人又开始服从于石头,因为石头的含义逐渐发生了变化:它慢慢转化为一种僵化的东西,它开始冷酷无情地对待人。在诗中,彼得堡中的树和石头处于对立中,最后石头排挤掉了树木。具有石头特质的雕像替换了树木,成了城市的主要景观。

安德列·别雷像普希金一样,赋予石头"僵化"的含义。以此表明,国家政权已经成为石头,成为一种僵化的制度——官僚制度。具有这种权力的那些人像雕塑、青铜骑士,压制着城市。主人公阿波罗·阿波罗诺维奇具有石头的特征,石头的形象使阿波罗·阿波罗诺维奇的形象和彼得堡石头的形象相关联。

安德列·别雷描写的彼得堡不同于普希金笔下的彼得堡，在普希金的笔下，石头和树木还处于争斗的状态下，虽然石头略占上风，但在现今，石头已经获得了"绝对的胜利"，树木却渐渐地从城市消失殆尽。即便作者提到彼得堡的夏园，也是人造的景观，丧失了其自然性。如果说，在诗中雕塑象征着彼得堡的光明一面，那么在小说中石头则代表彼得堡失去了自然力量（自然力量在此作为生命的象征），它必将面临走向死亡的命运。于是，随着树木的消失，城市变成了一座雕塑林立的石头之城，城中的居民则成了阴影。

在小说中，树木在垂死的石头城市中几乎完全消失了，树木的形象只是保留在个别人物的身上。譬如在利胡金身上体现出某种树木的特点〔"他（利胡金——引者）的手、脸、胡子、白白的胸脯，恰似由某种特别芳香的木头雕刻而成"①〕，带有身披白色多米诺象征基督的特征，身披白色多米诺的基督在此被看作光明和旋律的象征。

（3）秋天的母题。

普希金在《青铜骑士》中描摹了彼得堡多样的四季景色，每一个季节各具特色。而安德列·别雷将时间放置在末世论的模式中，建在存在和虚无的空间中，因此，反映的只是秋天的景色。在小说中除了秋天，没有其他的时间，而且秋天还常常伴随着寒冷、潮湿和迷雾的天气，展示的只是城市的病态与肮脏。相应地在色彩上，《彼得堡》中已经丧失了《青铜骑士》中四季分明的色调，只剩下绿色、黄色和红色。来自《青铜骑士》的绿色成了涅瓦河水的颜色，因为这里滋生了大量的细菌。绿色又是沼泽所具有的颜色，与城市重新归于虚无的预言有关。黄色是疾病、疯子和肮脏的象征；红色是死亡的象征。可以说，普希金在《青铜骑士》中描写的多样色彩在此只剩下三种：黄色、绿色和红色。这一切彰显了城市末日的色调。

总之，安德列·别雷挑选了普希金作品中已经取得原型意义的、最稳固的、最能反映彼得堡特点的《青铜骑士》的情节作为《彼得堡》的背景，把青铜骑士直接作为自己小说中的组成要素，与此同时，他又是透过果戈理的彼得堡文本来看待彼得堡神话，即他借鉴了果戈理的写作技巧和主题。下面我们将具体论述这方面的内容。

---

① 〔俄〕安·别雷《彼得堡》，靳戈、杨光译，作家出版社 1997 年版，第 203 页。

三、《彼得堡》——果戈理的彼得堡神话原型的再现

安德列·别雷受果戈理的影响之大,不亚于尼采给予的影响。安德列·别雷在论述象征主义世界观的《象征主义》《绿草地》和《短文集》中,不止一次地提到果戈理的思想对他观点形成所给予的重要影响。在这三篇著述中,作家还指出了果戈理创作的悲剧性特点。形成这个特点的原因,安德列·别雷认为主要有两点:一是果戈理喜欢在精神颓废的世界中思考创作问题,这就决定了果戈理看待周围世界的特殊性。在他的笔下,没有普通的人,没有现实生活的土壤,而更多的是超人、深渊和高山。作家感受到的是喜悦和恐惧交织的悲剧。二是虽然俄罗斯主题是果戈理一生关注的重点,但是他笔下的人物就像果戈理本人一样,怀着欢喜和惊恐的心情,试图远离自己的故土,远离俄罗斯,在安德列·别雷看来,这也是一种悲剧。作家同时看到,果戈理的悲剧还在于他不能再前行一步,即从作为文学手段的象征走向作为世界观的象征主义。

虽然安德列·别雷指出了果戈理思想观点的局限性,但是他仍旧把果戈理的作品视为象征主义的柱石,把果戈理在自己的创造中体现出来的许多因素理解为特别的艺术倾向和艺术派别的特别方法,并且,安德列·别雷在研究果戈理作品时把他所发现的果戈理的写作技巧运用到自己的作品中。这些方法包括相(фаза)的分裂[①]、动词和修饰语的建构方法、词语和声音的反复重叠、手势和色彩的不断变换等。

本章主要关注两个方面:其一,《彼得堡》对《彼得堡故事》写作技巧的继承与创新;其二,《彼得堡》对《彼得堡故事》神话主题的继承与创新。

1.《彼得堡》对《彼得堡故事》写作技巧的继承与创新

如果说安德列·别雷借用了果戈理的方法,不如说作家在自己20世纪初的创作中激活了它。可以认为,安德列·别雷是果戈理的合作者和读者,特别是《彼得堡》借鉴了大量的果戈理创作的技巧。他在《果戈理的技巧》一书中具体谈到了这一点:"《彼得堡》受果戈理小说的影响明显比受陀思妥耶夫斯基的作品影响程度深,有来自果戈理的《鼻子》《外套》《涅瓦大街》和《狂人日记》的因素。具体地说,是采用了《外套》的方法,《鼻子》中的俗语和双关语,《狂人日记》中的胡说和梦魇,《肖像》中的恐惧和《涅瓦大街》的城市面貌。"[②]《彼得堡》中广

---

① 这是安德列·别雷的术语,指突然中断。

② 〔俄〕Белый Андрей :Мастерство Гоголя. Москва, изд.《МАЛП》, 1996, с. 321.

泛地运用了《彼得堡故事》中采用的手法和技巧。例如，讽刺、夸张地描写带有幻想色彩的日常生活、活生生的事物和物化的人物，采用了词语游戏的手法等。在《彼得堡》中安德列·别雷还融入了果戈理描写现实和幻想两个空间的技巧，以及果戈理笔下所描写的事物的最不可能的变形和不可思议的思想等。所以，安德列·别雷目光所触及的一切都失去了物体实体的特点，在他的笔下现实的物与物之间失去了确定的界限，一个物体可以转化为另一个物体。

但是，《彼得堡》对《彼得堡故事》的写作技巧的借鉴不是形式上的游戏，而是反映了安德列·别雷在内心向果戈理的靠近，甚至试图成为新的果戈理。"新"体现在安德列·别雷围绕长久的象征主义文学的争论，努力把神学、神秘主义和哲学体系等联系起来进行综合的思考，指出了新的创作发展道路。

2.《彼得堡》对《彼得堡故事》神话主题的继承与创新

在《彼得堡》中，安德列·别雷虽然大量借鉴了果戈理的写作风格，甚至果戈理的写作风格在《彼得堡》中成了主要的表现手段，但是他引用果戈理的写作的方法却常常带有主观性，也就是说，如果没有作者旁边的注释，读者很难知晓这是引自果戈理文本的。这种与果戈理原文的联系，不是通过直接采用修辞手法，而是通过许多非修辞的手段来体现的。于是，许多贯穿《彼得堡》文本的果戈理的主题在小说中得以继承和延续。

安德列·别雷继承了果戈理的俄罗斯主题。通过这个主题，作家意识到了自己和果戈理的内在联系。确切地说，安德列·别雷吸收了存在于果戈理作品中的民间力量和不洁力量的因素，并将其作为构建《彼得堡》俄罗斯神话诗学的主题概念，即把和"民间原生力"有关的思想以适当的形式融入作品中。

继果戈理之后，安德列·别雷反映了人民作为超个性联系的整体理念：无论是舞会上的喧哗，还是小酒馆里的吵闹，或是时常萦绕在主人公头脑中的歌谣，都是这种整体性的反映。但与果戈理不同，安德列·别雷在评价来自民间东西时，同时指出其黑暗的深渊。例如，对灯光的描写："像燃烧着火的路灯"。这里就指出路灯具有的不洁力量。彼得堡的原生力就存在于这种不洁的力量之中。这种对路灯的理解，还牵涉现代神话对它的解释。现代的神话化往往也涉及路灯。① 路灯作为技术革新的成果成为大众日常生活中不可或缺的物品。象征主义者作为日常生活神话化的表述者，喜欢使用路灯这个意象，他们认为

———————————

① 20世纪初的文化囊括了科学知识、自然和人内心深处的方方面面，并且一些观点已深入到大多数民众的意识中。

太阳和月亮属于自然光源,而路灯却与此不同,城市的路灯发出的光被认为是虚幻的、想象的和推理的。在安德列·别雷的意识中,这种对城市路灯的描写("燃烧着的火"),除了和民间的不洁力量有联系之外,还带有《圣经·启示录》世界末日描写的大火的特征。

《彼得堡》中所表现的"不洁力量"的主题主要是通过阴谋来体现的。在1913年12月12—25日从柏林寄给伊万诺夫·拉祖穆尼克的信中,安德列·别雷谈到《彼得堡》这部小说时写道:"革命、日常生活、1905年和其他发生的事情偶然地成了小说的情节,准确地说,不是革命,而是阴谋。而这个阴谋只是某种阴谋活动的阴影的反射,就是心灵的阴谋活动,初始时我们无意识地常年带着它,突然将心灵的阴谋活动发展成了某种心理疾病,最后导致了崩溃。"[1]从这段话中可以看出,作家所论及的阴谋活动是一种集体无意识活动,或者是一种自古就存在的原型,在《彼得堡》中演变成革命的形式,作者在此强调了它"不洁力量"的本质。

安德列·别雷再现了果戈理《彼得堡故事》的许多神话主题。从某种程度上讲,作家正是透过《彼得堡故事》中城市形象的棱镜来看待彼得堡这座城市的。在小说《彼得堡》《开场白》中就显露出来"彼得堡并不存在",而"只是感觉上存在"的《涅瓦大街》神话主题基调。随后,安德列·别雷在《彼得堡》中或明或暗地多次重复了《涅瓦大街》上"一切都是欺骗,一切都是幻想"这个果戈理的主题,表达了在小说中城市形象的神话特性。

《彼得堡故事》中的一系列人物在《彼得堡》中重新组合为具有神话色彩的人物。在官僚主义制度压制下,活生生的居民变成了数不清的一群人(作者在此使用 рой 这个词,是和 строй 相对而言的),他们失去了真正的灵魂,成了像果戈理小说中物化的、失去自己面貌而游荡在城市中的幻影。在这个可怕的和垂死的城市中,主人公也像果戈理笔下的人物一样,变得孤独、疯狂,而且带有病态。在《彼得堡》中,安德列·别雷不仅成功地"嫁接"了果戈理的象征形象,而且借鉴了他的神话思维的方法。果戈理描写的被打死的官吏在安德列·别雷这里成为革命恐怖分子杜德金,同时杜德金的梦魇和胡说自然使人联想到《狂人日记》中的鲍泊利辛,而《外套》中的大人物成了压迫杜德金的利潘琴科和参

---

① 〔俄〕Белый Андрей и Иванов-Разумник: Переписка / Публикация, вступительная статья и комментарии А. В. Лаврова и Джона Малмстада. Санкт-Петербург, изд. 《Atheneum-Феникс》, 1998, с. 35.

政员阿波罗·阿勃列乌霍夫。《彼得堡》中的尼古拉·阿勃列乌霍夫无疑在果戈理《外套》的阿卡基·阿卡基诺维奇身上找到了相对应的特征。《彼得堡》中巫师的主题完全来自果戈理的《肖像》。对于尼古拉·阿波罗乌霍夫来说，巫师就是可怕的图兰人；而对杜德金来说，巫师就是恩弗朗西斯。尼古拉·阿勃列乌霍夫和杜德金成了巫师魔力的牺牲品。给尼古拉·阿勃列乌霍夫可怕沙丁鱼罐头的利潘琴科似乎具有魔力，他毫不费力地驱使尼古拉·阿勃列乌霍夫去弑父，但自己却被同党的兄弟杜德金杀死。阿波罗·阿勃列乌霍夫是另一个巫师，他是魔鬼的代表，他通过下发一个个通令控制俄罗斯，他的儿子则常常能够感受到他魔鬼的特征。

在《彼得堡》中，作家有意夸大了果戈理的阿卡基·阿卡基耶维奇的复仇和波普里辛的胡说和疯狂。在此，安德列·别雷的思想意图十分明确，他不像果戈理将揭示人类命运作为目的，在安德列·别雷看来，小说形象是思想危机的客观化反映。危机并不是新的东西，克服这个危机不是通过拒绝腐朽的思想，而是通过学习、合理的认知和自我认知来实现的。这也是安德列·别雷和果戈理的不同所在。

四、《彼得堡》——陀思妥耶夫斯基的彼得堡宗教神话原型的再现

陀思妥耶夫斯基的思想和作品对安德列·别雷思想形成和作品的创作影响也值得研究。早在他开始创作《彼得堡》之前，就发表了研究陀思妥耶夫斯基《创作的悲剧》一文。可以说，《彼得堡》继承了陀思妥耶夫斯基的宗教神话母题，展示了彼得堡的非现实性和虚幻性。这个非现实性和虚幻性表现在两个方面：一是人的非现实性，二是作品中展示的城市的虚幻性。虽然如此，安德列·别雷塑造的彼得堡在很大程度上又不同于陀思妥耶夫斯基笔下的城市形象，不同之处在于安德列·别雷所持有的宇宙观与陀思妥耶夫斯基判然有别。

1. 安德列·别雷对陀思妥耶夫斯基思想的继承

诸多学者研究安德列·别雷的作品时，不约而同地将目光放在了作家对陀思妥耶夫斯基的艺术成就、哲学问题和宗教道德的继承上，究其原因，大多是因为在安德列·别雷的写作中不断闪现出陀思妥耶夫斯基的一些写作方法，甚至还多次复现他笔下的一些人物和场景。安德列·别雷本人也证实了对这种继承性的论说。他在自传中写道，"在我的生活中出现了启示：我开始阅读易卜生和陀思妥耶夫斯基的作品，易卜生和陀思妥耶夫斯基从那时起成为我生活的典

范,《罪与罚》简直让我惊呆了"[1]。安德列·别雷接触陀思妥耶夫斯基的作品时,还是一个 17 岁的中学生,当时是 1897 年秋天。的确,在作家以后的思想和创作中,陀思妥耶夫斯基无疑占据了一个重要的位置。安德列·别雷于 1905 年 12 月写作了《易卜生和陀思妥耶夫斯基》[2],1910 年 11 月为莫斯科宗教哲学团体做了题为"陀思妥耶夫斯基的创作悲剧"的讲座。闻听列夫·托尔斯泰病逝的消息后,他写了《创作的悲剧——托尔斯泰和陀思妥耶夫斯基》一文。这些文章均是在作家写作《彼得堡》之前撰写的。

应该指出,安德列·别雷对陀思妥耶夫斯基的继承,在思想上经历了一些变化。诚如前面引文所言,开始他把陀思妥耶夫斯基奉为生活的典范,后来他在追随梅列日科夫斯基的新宗教思想的时候,奉陀思妥耶夫斯基为自己的精神偶像,那时他认为陀思妥耶夫斯基是从话语走向行动的真正的预言家。但是残酷的 1905 年革命打破了作家对未来的美好憧憬,他开始重新审视陀思妥耶夫斯基的思想。思虑之后他不再把陀思妥耶夫斯基看作偶像,甚至将其转变为自己斗争的对象,这种思想的转变具体反映在《易卜生和陀思妥耶夫斯基》一文中。他写道:"克服陀思妥耶夫斯基只能有两条路。一是向前走走向尼采,一是向后走走向果戈理。为了从陀思妥耶夫斯基用虚无的双手奠定的腐烂和死亡中拯救词汇,我们应该返回俄罗斯文学的奠基人普希金和果戈理那里。"[3]

此时对于安德列·别雷来说,陀思妥耶夫斯基只是一个宗教意义上的心理学家。作家最终克服了陀思妥耶夫斯基的影响,展示了新的心灵领域。但随后他在思考俄罗斯未来之时,虽然他对革命的热情冷却了,他却清楚地意识到俄罗斯所患的重病,看到了东西方尖锐对立,俄罗斯所走道路的特殊性。就这些问题,安德列·别雷又重新把目光转向了陀思妥耶夫斯基,重新感受到了他的思想价值所在,可见陀思妥耶夫斯基对作家的影响力。1908 年,作家在针对高尔基的《自白》而创作的《真理的话语》一文中就明确指出,他追随了陀思妥耶夫斯基的传统,就是坚守了俄罗斯的大地。[4] 安德列·别雷在《创作的悲剧》中给

---

[1] 〔俄〕Белый Андрей: На рубеже двух столетий. http://az.lib.ru/b/belyj_a/text_0010.shtml 223.

[2] 该文于 1906 年的 1 月发表在《天秤》杂志上,就是这篇文章体现了他和梅列日科夫斯基思想的差异。

[3] 〔俄〕Белый Ардрей: Критика эстетика теория символизма в двух томах. Москва, изд. *Искусство*, 1994. т. 2, с. 91.

[4] 当然,他也指出了陀思妥耶夫斯基的笔下的人物在寻找活生生的上帝时反映出来的猥琐的、胆怯的小市民习性。安德列·别雷认为,要想建立起真正的民族意识,必须否定当下的俄罗斯的这种情形。

予陀思妥耶夫斯基伟大俄罗斯艺术家和俄罗斯命运先驱者的地位。虽然《创作的悲剧》中还留有以前和陀思妥耶夫斯基作斗争的痕迹，但是他认为，陀思妥耶夫斯基笔下人物的疯狂是陀思妥耶夫斯基所塑造的艺术世界的价值和规律的必然结果。陀思妥耶夫斯基预见了俄罗斯幸福时刻的结束，悲剧已经悄然开始。安德列·别雷认为，陀思妥耶夫斯基看到了俄罗斯人心中所具有的神性——上帝的因子（相当于圣灵），但是具有这种神性的天才（像拉斯科利尼科夫）却是处于极端状况中的人，是一些表面上胡言乱语的疯子。

2.《彼得堡》——陀思妥耶夫斯基的彼得堡宗教神话母题的再现

《彼得堡》中占重要地位的彼得堡历史神话主题和陀思妥耶夫斯基的《罪与罚》中的宗教神话紧密相关。虽然安德列·别雷曾经极力排斥陀思妥耶夫斯基对俄罗斯革命运动的观点，但是在创作《彼得堡》之时，他已经进入自己创作道路上的另一个时期，小说还是面向了陀思妥耶夫斯基。他的创作思想和人物形象直接与陀思妥耶夫斯基的艺术世界及其提出的哲学历史问题相关联。安德列·别雷把历史的知识和末日的使命有机地联系起来。陀思妥耶夫斯基创作的主要意义和思想，在他看来，就是作家用自己的天才描写了处于极端形式中的矛盾因素和俄罗斯非现实的历史道路。但是这和人们对陀思妥耶夫斯基宗教神话的理解有一个根本的不同。安德列·别雷的《彼得堡》就活生生地处在这个神话之中，他在《创作的悲剧》中也证实了这种观点。"陀思妥耶夫斯基所有的作品均反映了混乱因素造成的悲剧，他的创作试图以形式禁锢混乱，通过形式驱赶混乱，以便从宗教意义上唤起人的重生。他所有的创作都开始于黑暗的、盲目的、灵魂的地下来源，结束在覆盖大地的蔚蓝的天空中。"①从中可以看出安德列·别雷对陀思妥耶夫斯基的创作所作的神话般的解释。下面我们就分别进行论说。

对彼得堡的虚幻性、非现实性的描写，安德列·别雷不仅继承了陀思妥耶夫斯基的写法，而且还包括其他作家对彼得堡这个特性的描写，特别是来自小说事件的联系上。诸如《彼得堡》中利胡金的形象具有《狂人日记》中的鲍泊利辛和《同貌人》戈利亚德金的特征。这里我们的论说主要集中在《彼得堡》对《罪与罚》的继承性上。

《彼得堡》中大大延伸了陀思妥耶夫斯基笔下的幻觉，虚拟的比重已经占据

---

① 〔俄〕Белый Ардрей：Критика эстетика теория символизма в двух томах. Москва，изд. *Искусство*，1994. т. 1，с. 410.

绝对的地位。首先是人物的非现实性。安德列·别雷在《创作的悲剧》中提出的俄罗斯非现实性历史道路的概念，是建立在对陀思妥耶夫斯基作品人物分析的基础上的。"陀思妥耶夫斯基笔下的所有人物都具有某种达到极点的特征，他所描写的界限是远离现实本身的界限，这个界限和不正常发展的特征对于作家来说就是现实的规律。"①显然，安德列·别雷认为，陀思妥耶夫斯基所描写的人物心理超越现实的界限就是现实事实本身。作家把这种看法带到了对《彼得堡》的主人公的描写中。于是，阿波罗·阿波罗诺维奇和他儿子尼古拉·阿波罗诺维奇所处的神秘的第二空间展现在了我们面前。这里安德列·别雷去掉了一切解释性的话语，这个第二个空间如同现实一般，活生生地展现在读者的面前。读者不用去怀疑文本的虚拟性，《彼得堡》的整个空间就是架构在这个基础之上的，小说的人物也回到了原初的状态。显然，作家已经打破了现实和虚幻的界限，人们不仅在精神上像《罪与罚》中的拉斯科利尼科夫一样畅游，而且这种畅游带有了现实的成分，即不再像读《罪与罚》时那样能够清楚地意识到拉斯科利尼科夫的梦境。《彼得堡》中，杜德金杀死利潘琴科后，真的和彼得一世的雕像青铜骑士融为一体，完成了历史的使命。

其次，除了人物间的继承之外，安德列·别雷还把彼得堡视为一座非现实的、充满了幻影和幻想的城市。非现实性在他的小说中得到了实现，并且可以说，已经达到了极致，因为《彼得堡》中存在的只是原初环形原型的变体和还没有结束的链条，相互交叉的时刻和圆点是现实小说中不可能存在的现象。在此，安德列·别雷与陀思妥耶夫斯基的空间概念有很大的不同。《彼得堡》中的界限是象征性的，即这个世界有四维的空间。安德列·别雷的小说《彼得堡》在历史时间的潮流中成了推向命运的一个圆点②。《彼得堡》中彼得想撕裂时间的帷幕，彼得堡则试图打破空间的界限，以便能够接触大地和宇宙的生活。就像拉斯科利尼科夫的房子一样，杜德金房间的门朝向楼梯，房间的门前没有遮挡，这样门就直接面向了外面的空间。在可见的世界之外，人进入了没有时间或者在时间掌控之外的四维空间，这里不仅有过去的时间和人，还有将来的时间。

安德列·别雷更加关注彼得堡在历史命运和哲学层面的世界意义，他在陀

---

① 〔俄〕Белый Ардрей：Критика эстетика теория символизма в двух томах．Москва，изд．*Искусство*，1994．т. 1，с. 403.

② 在地图上存在着——彼得堡：形似一个套一个的两个圆圈中心的一个黑点……参阅〔俄〕安·别雷《彼得堡》，靳戈、杨光译，作家出版社1997年版，第9页。

思妥耶夫斯基的小说中找到了依据，并且走得更远，于是在现实的层面上我们看见了穿着白色多米诺的基督，上帝已经披上了白色的多米诺，出现在人们中间。他就在人们身边，只是没有人注意到他。安德列·别雷描写的上帝更多具有末世论的色彩。

最后，善与恶之间的张力在《彼得堡》中并不明显，因为安德列·别雷把现实放在了日常生活和永恒存在的对立基础上，而不是在道德上。他不相信陀思妥耶夫斯基在世界艺术中所做出的重大发现就是揭示人，因为在他看来，只从善与恶的角度不能完全揭示人类的内心世界。陀思妥耶夫斯基所阐述的观点在安德列·别雷眼中已失去了一定意义和清楚的界限。作家建构了存在和日常生活的关系，并把这种关系运用到社会条件和时代的需求中，创造了特殊的艺术结构，其中最主要的是表现处在存在和日常生活的边缘上的人。安德列·别雷认为，人处于两个范畴中，即经验世界——日常生活，以及精神的宇宙部分，宇宙就是最初阶段的世界（宇宙的原初）——存在。于是，在《彼得堡》中经常出现日常生活经验和宇宙的"穿堂风"，它产生于不可见的宇宙范围，并且揭示了隐藏在潜意识中的人的本质。

第二节 《彼得堡》的神话氛围

造成彼得堡整个神话氛围的，主要是发生在天空中的光明之神奥尔穆兹德和黑暗之神阿里曼之间的斗争，并且这种斗争最终转化为心灵的斗争。另外，古老宇宙中混沌和有序之间的斗争仍继续在彼得堡上空上演，只是这场斗争在此已经获得了许多新的转化，新的转化表现在文本中就是含有文化传统的神话和象征相结合而产生的众多主题，借助这些主题彼得堡这座城市呈现出一幅既有古代神话，又有现代宇宙学知识的象征画面，充分体现了现代神话的特点。

一、光明与黑暗的斗争

在《彼得堡》中，安德列·别雷通过景物描写，更多是塑造了一个阴霾的彼得堡的形象。在描写天空时，使其更加神话化，赋予了景色以波斯神话中奥尔穆兹德和阿里曼的斗争的色彩。天空中光明和黑暗上演的宇宙层面上的争夺大战，吸引了众神的参战，他们之间的斗争在小说中幻化为小宇宙中个体心灵上和道德上善神与恶神的争斗。

这场斗争的战场是天空中的光线、云彩、光线投射的水面，它们表现的是光明和黑暗的决斗，具体体现为光线明暗度和色彩的变化。奥尔穆兹德和阿里曼在光和空气中展开彼此之间的斗争，体现在小说中就是邪恶的、魔鬼的幻想试图吞噬光明。天空中正在上演一场生死决斗，但是空中的霞光让我们感觉到，这里还存在着善的力量。

这个斗争情节的背景也是不断变幻的。背景运动的轨迹根据地点、时间、天气和人物的心情而改变。这种改变不仅是从一个场景向另一个场景的转化，而且处在转化的边缘上①。在每一个领域进行的斗争或者导致了小说各个情节发展的高潮，或者改变了斗争双方彼此的力量。

在这种背景变化下描述的景色成为神话故事、情节的组成部分。并且，构建这个情节的形象十分复杂和多义，无法全部由光明和黑暗的转换（在情节层面上就是两个神的斗争）来确定。在小说中，光明和黑暗的斗争就是天空中发着磷光的斑点和轻盈的火光之间的斗争。

小说中多次提到（大概有二十多次）在乌云中穿行的发着磷光的斑点，燃烧的磷光，甚至地面的物体反射的磷光，它们几乎构成了一个磷光的世界。与发着磷光的斑点相结合或者相互作用的，还有天空中的云彩。它是黑色的，仿佛从上天而来，随风飘移，似乎将给人们带来无尽的危险，使人感到恐惧。此处，磷光的光是人造的，它具有反自然的、魔鬼的和地狱的性质。作家一再强调，这个发着磷光的斑点具有侵蚀性，它能够侵蚀人的心灵。它意味着，在与光明的斗争中，黑暗阿里曼占据着主导地位。在小说中，表示"黑暗"的词汇和表示"穿透"、代表"光明"的词汇（像 проникать 或者带有前缀 про- 的词）形成了鲜明的对比。在磷光的闪烁中体现的已经不是善和光明，而是青铜骑士所独有的磷光代表的黑暗势力和来自下界地狱的色彩。在此，彼得堡作为地狱的象征，可以和但丁的地狱相比，地狱中的火焰已经成为彼得堡血和肮脏的混合物。

与这个完全由阿里曼掌控的与彼得堡景色相对立的，是明亮所反射出的活跃的光以及天空中和水上所反射出的各种明亮的色彩。在描写自然的透明性时，安德列·别雷坚持象征主义的写法，努力利用宝石所蕴含的意义，像红宝

---

① 根据波斯神话，在上方的光明世界和下方的黑暗世界之间存在着一个虚空世界。虚空世界的表现之一就是无限。埃及神话也映证了无限是虚无的存在形式之一。安德列·别雷不止一次提到了涅瓦大街的无限。

石、紫水晶、绿松石、绿宝石的质地和色彩。作家早在《蔚蓝天空的金子》一诗中确定下来神话诗学的基本类型之一，就是颜色构成了象征的等级和价值的某些尺度、立场和程度，甚至价值改变的阶梯（生活的进程），各种颜色的转变代表了生活进程的转化。颜色的承载者（花或者宝石）具有神秘的、神话思维的特性。于是在小说的景物中，我们见到了钻石的巢穴、琥珀的眼睛以及反映涅瓦河宽阔且水量大的明媚的宝石色彩。例如，小说第三章对涅瓦河的描写：

> 无情的落日从地平线处投来一抹又一抹余晖；广袤无边的粉红色涟漪，显得高了；不久前还是白色的（现在是粉红色的）云朵，则显得柔和、更高了，它们像敲碎了的珠母的细小凹陷处，成了一片绿松石；这一片绿松石均匀地落在粉红色碎珠母片当间；珠母碎片很快撒到高空，仿佛正在飘向海洋深处，——使最柔和的发光消失在绿松石中；到处是黑洞洞的青色在翻滚，到处是青中透绿的深沉；房子上，花岗岩上，水上。[①]

在这里，宝石的色彩象征性地折射出的神话价值观体现在人身上就是善。

在《彼得堡》的景物描写中，光暂时的胜利是通过轻盈的火焰来表示的。轻盈的火焰构成了与磷光的对立，它反映出小宇宙中心灵的旋律。虽然轻盈的火焰在整部小说的景物描写中所占据的比重很少，但是它总是在人物命运发生转折、变化的时刻出现，这是大宇宙和小宇宙对照的充分反映。例如，当利胡金夫妇和解时，天空中就出现了轻盈的火焰：脑袋剃光的利胡金幸福地笑了，

> "当天空中欢腾地冒出这么轻飘飘的火焰的时候，谁会不笑呢？"[②]

轻盈的火焰意味着光的胜利，而这种光明具有神秘的意义。

另外，在彼得堡上空飘动的粉红色的朝霞也是光明的代表。在第七章《鹤》一节中，描述的是尼古拉·阿波罗诺维奇的心灵的痛苦和他自我改造的忧虑。与此相关的，就是在城市上空飞翔的鹤给人以无限的遐想。当鹤飞翔的时候，幸福的朝霞（光明在云彩中的表现）从被黑暗控制的痛苦中释放出来，它获得了善的含义，像是带有宇宙的微笑，整个彼得堡被解放了。善的天使在街上游走，在人们心中播下善的种子。与此情景对应的是，小宇宙中的尼古拉·阿波罗诺维奇获得了心灵的解放，终于战胜了心中的恶魔，走上了善之路。

---

① 〔俄〕安·别雷《彼得堡》，靳戈、杨光译，作家出版社 1997 年版，第 179 页。
② 〔俄〕安·别雷《彼得堡》，靳戈、杨光译，作家出版社 1997 年版，第 311 页。

借助景物描写来体现人物心理的变化。光明具有净化和提升人物形象的神话作用。在《彼得堡》中,主要展示的是彼得堡整个城市地狱般的生活和景象。所以,小说中光明和黑暗的斗争往往以光明的失败而告终。例如,在第一章中写道:

> 那里的高大建筑物上,好像有个凶恶、阴郁的人正陷入沉思,他呼出的气息仿佛花岗岩和石头般的冰块死死压住了当年曾经草木茂盛的岛屿;那个阴郁、威严、冷酷的人,正在那里从悲号混乱中用石头般的目光凝神盯着,拍打着翅膀疯狂地腾空而起……①

这一段描写令人想到光明之神奥尔穆兹德和黑暗之神阿里曼之间的斗争。根据波斯神话,在这段中出现的草木,本是奥尔穆兹德在把阿里曼打入地狱封上神印之后创造的生命体。但是经过 3000 年的地狱生活,阿里曼冲破了神印,反之以冰作为武器,压制住原本葱葱郁郁的大自然。②《彼得堡》是这个古老传世神话的再现。阿里曼在彼得堡上空的恶行从大宇宙延伸到人的内心这个小宇宙中,在陌生人(杜德金——引者)的心中引起了同样的争斗。恶念占据了他的心,把他变成了阿里曼的帮手。作者感应到了这种可怕的魔鬼,于是他惊呼道:

> "啊,俄罗斯人,俄罗斯人! 你们别把那群不稳定的影子放进自己屋里! 提防着点岛上的人! 他们有了在帝国自由定居的权利;要知道,为此架设了一座座横跨勒特河的通向岛屿的黑的和灰的桥。"③

在第二章中,似乎天空发亮,地狱中燃烧的发着磷光的斑点变成了普通的月亮;在涅瓦河上,模糊不清的船④变成了普通的捕鱼船。当景物变得越发清楚时,画面却突然发生了急剧的转换:

> 一团团的云朵又疯狂地飞奔起来;飞奔起来的,还有拖着妖魔尾巴的烟雾;其中远处正隐约闪现出一个燃烧的磷光斑点……⑤

---

① 〔俄〕安·别雷《彼得堡》,靳戈、杨光译,作家出版社 1997 年版,第 31 页。

② 参阅 Википедия-свободная-энциклопедия. http://ru. wikipedia. org/wiki/% D0% 中的词条 Иранская мифология.

③ 〔俄〕安·别雷《彼得堡》,靳戈、杨光译,作家出版社 1997 年版,第 31 页。

④ 原文为 двусмысленное судно.

⑤ 〔俄〕安·别雷《彼得堡》,靳戈、杨光译,作家出版社 1997 年版,第 154 页。

在杜德金的心中，如同伊朗雅利安人原始信仰中的太阳神——密特拉神一样，俄罗斯的太阳一定会升起来，不会沉入处于混沌状态的原初的海中。但是，这种上升的感情迅速地在杜德金的心里转化为现实的黑暗，处于阿里曼控制的恶势力之中。于是，他感到了"震惊、激动，经受着苦闷和寂寞"①。

安德列·别雷喜欢把天空看作灵魂斗争的场所，并赋予它以神话的色彩，这相应地在小宇宙——心理中也获得了同样的表现。作家在此也表达了虽然历史发生的地点可能不同，但却拥有共同宇宙天空的思想。从而，把俄罗斯历史放在了整个世界历史的框架下来考虑。

古老神话中光明之神和黑暗之神的斗争仍旧在继续，构成了整个彼得堡的神话氛围，并且这种斗争已深入到彼得堡居民的心中。

二、混沌中的彼得堡

象征主义的"宇宙"概念并不是指《圣经》中上帝根据自己的意愿以话语创造的世界，这里面包含更多的是古代无意识创世以及时刻存在的混沌思想。这与人们追求和谐、秩序，力图重建统一的宇宙愿望形成了对立。混沌可以是虚无的黑夜或者深渊，又可以是物质由于没有明确的界限而导致的无形的状态，还可以指由于文化、逻各斯、理智和话语的缺失，而使人陷入恐惧之中的一种状态。安德列·别雷笔下反映的混沌不仅是神话诗学的艺术形象，而且也是一个科学的概念，因为融入了早期古希腊的宇宙观，以及后来康德等哲学家阐述的有关宇宙起源的观点。

1. 处于虚无神话氛围中的彼得堡

在《彼得堡》中，混沌在"虚无"和"深渊"两方面都有所体现。一方面，混沌体现为虚无。虚无源于混沌，混沌终归于虚无。在小说中，虚无更多是伴随着彼得堡城市必然灭亡的主题而存在的，这与城市创立的神话和历史同时存在。彼得堡建立在不稳固的沼泽地上、穿过城市的涅瓦河定期的泛滥，这些不利的因素（彼得堡的陷落和洪水不定期的来临）时刻威胁着城市的存在。另一方面虚无还体现为深渊②。此处的深渊是与洪水伴随的，指上帝释放出自由的混沌和深渊。

---

①　〔俄〕安·别雷《彼得堡》，靳戈、杨光译，作家出版社1997年版，第154页。

②　深渊的俄文为 бездна，除了深渊意义之外，还指因为数量极大，而无法进行测量的意思，可译为无限。参阅 Википедия-свободная-энциклопедия. http://ru.wikipedia.org/wiki/%D0%中的词条 бездна。

（1）城市历史神话中的彼得堡混沌状态。

彼得堡的城市建在深渊之上，在历史上对此也有相应的记载。19 世纪末，彼得堡众多的预言家和莫斯科的巫师都曾预言：彼得堡必将重入沼泽之地，走向灭亡。一位不知名的意大利预言家也说，彼得堡将发生大地震，地震后拉多加湖的湖面将会升高，湖水将冲到彼得堡，城市将永久从地球上消失。熟知彼得堡历史的 H. A. 辛达罗夫斯基（Синдаловский H. A.）也曾写道："1764 年在彼得堡出现了疯疯癫癫的人，他们确信，基督降生后将会发生大洪水，整个城市终将灭亡。在两个世纪之交日历上所显示的重要日期、对世界末日的等待充斥了居民的心：旧的结束，新的开始。从一个世纪走向另一个世纪，开始千年的交替。这是一个循环的、值得纪念的日子。各种各样的预言家运用人类心理的这个特点。19 世纪末和 20 世纪初的预言家也是如此。"①

无论哪种说法，都认为城市将重新归于初始的虚无。涅瓦河水和出现的青铜骑士无疑使读者想到彼得堡曾经发过的洪水，它使城市陷入了混沌的状态。在小说中不断出现这样的句子：

> 你（青铜骑士——引者）是否想脱离拖住你的石块，无所依托地悬在空中，以便然后倒在水的混沌之中？或许，你是想扑向前去，划破雾霭，穿过空气，以便和自己的儿子们消失在云中？②

以及"高山在地震中倒塌""彼得堡则将一片荒芜"③，如果太阳不再升起，那么

> 欧洲的海岸将被沉重的蒙古黑斑所覆盖，这些岸上将到处漂满泡沫；生活在陆地上的生灵将重新沉入海底——沉入早已被遗忘的发源地的混沌之中……④

这体现了安德列·别雷对彼得堡将重入混沌状态这一问题的认真思考。

看来，无论彼得堡沉入水中、海洋中，还是悬在空中，抑或是遭受地震，它所面临的命运只有一个，即回归到自己的原初——混沌状态。彼得堡这几种可能的命运，无疑是作家融合了前面所提到的有关该城市必将灭亡的几种预言的结

---

① 〔俄〕Синдаловский H. A.：Призраки Северной столицы. Легенды и мифы питерского зазеркалья. Москва，изд. *ЗАО Центрполиграф*，2006，c. 218.

② 〔俄〕安·别雷《彼得堡》，靳戈、杨光译，作家出版社 1997 年版，第 153 页。

③ 〔俄〕安·别雷《彼得堡》，靳戈、杨光译，作家出版社 1997 年版，第 153 页。

④ 〔俄〕安·别雷《彼得堡》，靳戈、杨光译，作家出版社 1997 年版，第 154 页。

果。在小说中,不仅重复了古老的传说,而且还加入了普希金作品有关彼得创世的神话情节。

面对罪恶累累的众生,上帝怒发洪水,惩戒人类,使其遭受灭顶之灾。与此同时,上帝还释放了更多的自由和深渊的东西。当初为惩戒彼得堡城市而释放的深渊一直在涅瓦河水中流淌,涅瓦河因而成了滋生细菌的地方。深渊在时间上的体现是历史倒退到初始的时刻,即彼得堡建城的时期。在这个深渊的背景下间谍活动、流血事件、暗杀等飘荡在彼得堡的上空。为了加强这种气氛,作者频繁使用具有神话色彩的"旋风"这个词。为了体现历史轮回到彼得堡初始的时刻,在小说中甚至出现了鞑靼人[①]。因为在彼得堡城市建立的初期,有许多来自俄罗斯边远城市的喀山人和鞑靼人,他们主要在市场从事小买卖,销售鞑靼人的衣帽。

(2)安德列·别雷宇宙观中彼得堡的混沌状态。

安德列·别雷在写作中引入宇宙的观点,应该说,源于他观察问题的角度。诚如西拉尔德在《安德列·别雷》一文中所指出的那样,"别雷没有写过科幻小说,但是他允许自己把从本世纪最新科学思想中培植出来的'预见'、'洞见'写入自己的作品。"[②]他的科学宇宙观在一定程度上是受父亲的影响。他的父亲鲍里斯·尼古拉耶维奇·布加耶夫是莫斯科大学的知名数学教授,他探讨宇宙起源的问题,其专著《单子论》将原子视为宇宙最基本的构成元素。安德列·别雷持同样的观点,并且结合康德等人有关宇宙起源的学说,运用现代神话小说的写作技巧,强调宇宙的运动形式,即世界的形成始于宇宙的扩大和爆炸。

具体说来,安德列·别雷在小说中往往通过对球或者和球有类似形状的零,还有推动小说情节发展的、装在沙丁鱼罐头里的炸弹以及球的运动方式(爆炸或者分散)的描述,营造出潜在的爆炸将使彼得堡成为虚无这一神话氛围。

①零及其运动。

笔者认为,在作家的意识中零是带有自传性的、历史的和生理度量的数字,作家认为零是所有地上和地下的放射和转变的原始形式,并且以各种变体出现在小说中。以具体的实物来说,就是气球、球或者炸弹。零的能量在不断扩大,

---

① 鞑靼人在小说的出现还具有深刻的象征意义,加深彼得堡必将灭亡的气氛。因为与俄国历史上鞑靼人占领俄罗斯,使罗斯古国遭到灭顶之灾,人们对此记忆犹新。在此,鞑靼人是东方侵略者的代名词,是来自东方的威胁。

② 〔俄〕俄罗斯科学院高尔基世界文学研究所《俄罗斯白银时代文学史》,王艳秋译,Москва, изд.《Имлиран(Наследие)》,2001 年版,第 156 页。

在作者的想象中引爆了《彼得堡》中可以划分出多个层面的世界。在小说中不断使用"零"这个数字。零是永恒的虚无。但是,数字零却不是处于静止状态的,而是常常处于运动之中。零具有的动态特点,就是它的膨胀性。在尼古拉·阿波罗诺维奇的梦境中,甚至在他的整个潜意识中,零能无限地膨胀。零像是突然扩大的球,完成了从零点到整个宇宙的球形扩大的运动。零的膨胀模式,在时间上表现为瞬间和永恒之间的摇摆;在空间上表现为位置的远近(视角)和分散的我(分散的主体)之间的摇摆。

这里还体现了安德列·别雷的一个非常有趣的观点。根据安德列·别雷的宇宙观,即关于世界从种子扩大而来的观点,世界的形成始于宇宙的扩大和爆炸。这无疑使人想到现今的宇宙爆炸的理论。宇宙从某个时候起从"奇点"爆炸,我们能看到的一切,所有恒星、行星,地球上和宇宙中所有的生物,都有赖于那一刻而创生。这就是我们后来所说的"大爆炸",或者正确地称它为"创世纪"。俄罗斯学者阿列克谢·弗里德曼发现,宇宙不是静止不动的,而是要么膨胀要么收缩。后来,哈勃又指出,宇宙中的星系就像一个膨胀气球上的斑点,做彼此分散式的运动。这些有关爆炸的理论都承认,在"奇点"出现之前,宇宙是一片虚无。然而在《彼得堡》中,呈现出的恰恰是与该理论完全相反的情形:现在通过类似的运动,回归原初的奇点,之后,再往前,回到初始的混沌状态。膨胀是宇宙扩大的一种形式,是它的一种运动方式。(请参阅《维基百科》中"大爆炸理论"词条)安德列·别雷在小说伊始就提到,彼得堡像个小黑点,这个点爆发出很大的能量,"飞速传出一道道通令"[①]。

膨胀意味着分散,分散无疑也成为混沌的一种运动方式。这也是小说中的人物常有的一种状态。这种状态具体体现在参政员、尼古拉·阿波罗诺维奇和杜德金的梦境中。在梦境中参政员离开了自己的身体但是能够看到自己的身体;杜德金感到自己的身体像散了架一样,另一个"非我"(在小说中就是魔鬼恩弗朗西斯)通过嗓子进入"我"之中;尼古拉·阿波罗诺维奇则退回到原始的图兰人。无疑,相对于现实的主体,他们已经成为分散的主体。

混沌还有另一种存在形式,体现在尼古拉·阿勃列乌霍夫的大脑游戏中,就是物质和物质之间界限的消失。界限的消失势必导致一种新的混乱。在小说中,尼古拉·阿勃列乌霍夫独处在房间中:"房间的空间同他丧失感性的身体

---

① 〔俄〕安·别雷《彼得堡》,靳戈、杨光译,作家出版社1997年版,第9页。

混合成总的他称之为宇宙的存在混沌。"①

　　另外，安德列·别雷还利用球形物体的旋转（кружение）或者陀螺（спираль）式的旋转、群（рой）、旋风（вихрь）等词语，突出了彼得堡的混沌状态。

　　宇宙的旋转（кружение）被认为是消极的、可怕的，是存在的自我吞噬的运动。同时在魔界中旋转让人联想到魔力圈（陀螺式旋转能让人感到头晕，甚至失去知觉，当然，人必不可免地陷入魔力圈）。旋转还具有某种盘旋上升、转变的特点，从而存在转变为虚无。

　　根据阿纳克萨哥拉的"努斯"学说，安德列·别雷又创建了混乱中的某些"群"（рой）。"群"（рой）（类似"旋转"）具有深刻的文化含义，指宇宙初始形成时物体所处的混沌状态。作家在小说中运用旋风（вихрь）这个词，表示宇宙风向上或者向下的流动，是和秩序相对立的一个词。

　　混沌以革命、无序充斥了这个城市。借用古代神话的象征性表述，它威胁着阿波罗的秩序。混沌是黑暗的，无限的。初始的混沌导致了和谐的消失和人们盲目的恐惧。现代人对无限的混沌也产生了本能的恐惧。宇宙的混沌是被人们破坏的无序，混沌威胁着世界和人们的生活。混沌最后在转变中成为内心世界的、潜意识的恐怖的组成部分。

　　依照基督教神话的说法，混沌是地的最初形式，现在的有序的世界是上帝后来创造的。秩序是上帝后天创造的，它代表着两种对立力量的争斗。因此，在显示混沌的同时，文中又出现了秩序。

　　②炸弹意象及膨胀运动。

　　除了零之外，小说中另一个具有膨胀能力的物体就是炸弹。在安德列·别雷神话诗学的框架中，炸弹呈现的球的形状与远古神话思维中关于球的概念有关。在神话的象征中，炸弹的意思从宇宙的存在和永恒引申出来，并以某种形式进入故事中的想象领域。球在人们的心灵深处（无意识、梦）引起了古代人所具有的恐惧感。同样，象征主义总是把球和混沌、无意识联系起来，引起人们对远古混沌的恐惧。

　　炸弹具有圆和球的形象，这和参政员阿波罗·阿波罗乌霍夫喜欢的三角形、四方形和立方体的几何概念形成对立。在小说中，炸弹被藏在沙丁鱼罐头盒里面。炸弹是圆形的物体，而沙丁鱼罐头盒是盛装鱼的容器，具有封闭性。

---

① 〔俄〕安·别雷《彼得堡》，靳戈、杨光译，作家出版社1997年版，第66页。

显然，这和参政员阿波罗·阿波罗诺维奇一直管理的国家有类似性。在此，作家使用装在沙丁鱼罐头盒里的炸弹表明，参政员阿波罗·阿波罗乌霍夫管理的国家，就像藏在罐头里的炸弹，随时有可能爆炸的危险，而爆炸就意味着世界将从原初的奇点爆炸，回到爆炸前的混沌状态。这是相对于秩序的逆转过程。

在小说中，炸弹的主要原型是杜德金和尼古拉·阿波罗乌霍夫。杜德金就是一个炸弹，或者说，革命就是炸弹。当参政员阿波罗·阿波罗诺维奇看见杜德金的时候，感到杜德金的眼睛鼓胀，还感到有一种像偏离轨道的流星式炸弹向自己袭来，威胁着自己的生命。尼古拉·阿波罗乌霍夫后来在星际旅行中清晰地了解到，他自己就是一个古老的图兰炸弹，被父亲土星投掷到了这个世界上。这就是为什么尼古拉·阿波罗乌霍夫在小说中总是像一个鼓胀的球、他父亲阿波罗·阿波罗乌霍夫也总感到心脏有一种胀裂感的原因。当逐渐胀起来的球相互碰撞时，产生的就是破碎的感觉。关于这种感觉，关于炸弹，安德列·别雷曾经写道："我的创作就是我扔出去的炸弹，在我之外的生活是扔向我的炸弹，炸弹和炸弹碰撞，成了碎片。"①（这里明显含有打破平衡的意思）。

炸弹还起到一个作用：推进小说情节的进展。炸弹从彼得堡周围的岛屿被带到了城市的中心。这种从边缘向中心运动的神话模式，意味着世界从有序回归到原来混沌的起点，也指世界从自然领域转到了文化领域：围绕着炸弹展开的是一个古老的神话主题，也就是弑父的行为。

2. 处于秩序中的彼得堡神话氛围

和虚无、混沌状态对应的，自然是宇宙的有序状态。秩序在小说中有两种体现形式。一是指自彼得以来确立的官僚制度以及带有西方色彩的理智，像文本中提到的彼得堡大街、尼古拉那张希腊式的脸②，还有参政员阿波罗喜欢的几何图形等，都是理智的体现。我们在此以作者着墨颇多的阿波罗·阿波罗乌霍夫为例。

阿波罗·阿波罗乌霍夫位居政府要职，是国家秩序忠实的捍卫者。在生活中，他极其注重确立规则。他最喜欢规则的几何图案，像正方形、立方体、平行六面体等。他最喜欢用电话传达命令，因为通话的双方呈现在一条直线上。他曾经为家中物品进行编码：

---

① 〔俄〕Белый Андрей: На рубеже двух столетий. http://az.lib.ru/b/belyj_a/text_0010.shtml 223.
② 希腊人的面貌特征是，脸部线条明晰、笔直。

他又一次清点自己的物品,物品都被分门别类登记成册,并给大大小小的搁物架编了号……①

他把种类繁多的花都简单地称为鲜花、花朵,并且"不知道为什么把所有的花统统都叫作风铃草"②。

这是暂时扼制混沌的一种方法。但是这种方法的效果显得十分的有限,有序化的宇宙时时刻刻面临重返创世以前混沌状态的危险。显然,代表秩序的参政员阿波罗·阿波罗乌霍夫已经进入衰老的状态,他发出的指令已经不再起重要的作用,因为街上满是游行的队伍和流血牺牲及暗杀活动。

二是指潜存于人内心深处的秩序。安德列·别雷对这种由西方文明而产生的僵化秩序明显持否定的态度,他追求的是彼得堡这座城市灵魂深处的秩序,这也是彼得堡主人公心灵回归的主题,是秩序的另外一种表现形式。

主人公的心灵渴望回到意识统一的状态。这也是文中所列的参政员阿波罗·阿波罗乌霍夫统治下的第一种"秩序"产生的结果,即人们处在意识分裂的状态下。参政员的理智和小说人物的无意识处于对立的状态。而这种无意识显然表明作者接近了神话的领域。阿波罗·阿波罗乌霍夫统治的宇宙显然是一种衰败的景象,造成人心灵的痛苦。人物的心灵最终找到了归宿:尼古拉·阿波罗乌霍夫的母亲归来了,阿波罗·阿波罗乌霍夫去了农村(回归了大地母亲),尼古拉·阿波罗乌霍夫也从埃及回到了俄罗斯农村,而索菲亚回到了丈夫的身边。在此,安德列·别雷深化了神话中"秩序"的概念,它更多是指人心灵中的秩序。

本章小结

本章重点关注安德列·别雷对 19 世纪经典文学作品中塑造的彼得堡形象的继承和发展,探讨《彼得堡》与这些经典文学作品的关系。首先本书引入彼得一世的神话形象。引入这个形象出于两个方面的考虑:一是彼得一世成为彼得堡这座城市不可或缺的一个组成部分,为我们的研究提供了必要的文化背景知识;二是彼得一世作为城市的缔造者和俄罗斯的改革者,具有神话"初始的"和"神圣的"特征。他所建立的国家秩序为今后俄罗斯的发展奠定了基础,也成为

---

① 〔俄〕安·别雷《彼得堡》,靳戈、杨光译,作家出版社 1997 年版,第 16 页。
② 〔俄〕安·别雷《彼得堡》,靳戈、杨光译,作家出版社 1997 年版,第 51 页。

人们争论的焦点。

本章还谈到《彼得堡》对经典文学作品的继承和发展。本研究认为,安德列·别雷继承了这些经典文学作品中所表现的彼得堡城市的形象。另外,作家根据19世纪末—20世纪初俄罗斯所处的社会状况和象征主义思想观念,以自己的方式阐释这座城市的形象,赋予它新的神话和象征的含义。即彼得堡虽是俄罗斯的中心城市,但是已经带有世界末日的特点,成为这个时代趋于衰落的象征和神话形象。

《彼得堡》的城市形象还建立在神话的基本对立模式——混沌和秩序基础上,构成了彼得堡这座城市的神话氛围,并且神话的主题和形象在现代神话语境下被重新运用和思考。作家在此将思考的重点放在了对当时社会状态的描摹,对当时混乱的描写,他意在表明当时俄罗斯所处的混乱情景,并且指出这种混乱情景已经侵入到人的内心深处,在作家看来,这才是最为可怕的。他认为,只有从人的心灵深处寻找和谐,才是俄罗斯摆脱混乱状况的唯一出路。

第九章 《彼得堡》中彼得堡神话的创新

■ **内容提要：**

本章将研究《彼得堡》城市现代神话的创新。彼得堡被作家置于东西方文化语境之下。其中，东方不单单包括中国、日本等亚洲国家，还包括非洲的埃及、突尼斯等国家。本书将从以下五个方面探讨安德列·别雷所构建的彼得堡现代神话世界：(1)舞动的撒旦；(2)飘动的影子；(3)狂欢的祭祀场面；(4)闪动的多米诺；(5)社会异化的神话化。

本研究认为，小说城市神话的创新主要体现在两个方面上：一是安德列·别雷将彼得堡放置在东西方神话语境之下，以期构拟起在多文化语境下的《彼得堡》神话文本，塑造城市的多神话形象；二是安德列·别雷将古代神话、宗教、现代科学知识、哲学等多种因素综合起来，讽刺性地运用神话元素，使小说《彼得堡》成为带有复杂游戏、互文性和处于世界神话氛围中的现代神话文本，彰显了彼得堡这座城市所具有的现代神话的特点。

第一节 东西方神话语境中的《彼得堡》

《彼得堡》文本带有 20 世纪初神话诗学的特点，即安德列·别雷混合地使用多种神话故事，其中包括古希腊神话、《圣经》神话、多神教神话等。如此使用神话使文本涉猎的文化范围扩大化：文本不仅局限于俄罗斯文化，还延拓至古希腊、非洲、亚洲其他国家和地区的文化领域。换句话说，作家将《彼得堡》置于东西方神话语境下。并且作家在使用的同时，有意地改变这些神话中的主体，将众所周知的人物，转化为作家重新思考、重新塑造的形象。对经典神话中的某些象征、神话形象和经典故事进行再创作，以期构拟新的神话文本。

在《彼得堡》中，阿波罗·阿勃列乌霍夫、尼古拉·阿勃列乌霍夫、杜德金、安娜等人物彰显了新神话文本的特点,抑或成为西方希腊神话的神祇,抑或变身为东方神话中的人物。

一、阿波罗·阿勃列乌霍夫——太阳神

参政员阿波罗·阿波罗诺维奇·阿勃列乌霍夫的名字中有两个"阿波罗",即他姓名中的名字和父称,很明显,作家有意表明参政员与太阳神阿波罗的象征性关系。需要指出的是,安德列·别雷使用"阿波罗"这个名字时,不单单指古希腊神话中的太阳神,它还包含着这个词传入俄罗斯以后所形成的"阿波罗主义"。

在翻译拜占庭编年史时,俄罗斯人首次使用了"阿波罗"这个名字。在经历了近三百年后,阿波罗在俄罗斯文化中逐渐演化为"阿波罗主义"。关于这个概念,俄国学者 B. H. 托波罗夫(Топоров B. H.)在《俄罗斯文学彼得堡文本》一书中对其进行了阐释。他指出:

> 狭义上讲,(阿波罗主义)是某种原初的、综合阿波罗思想、主题、情节、形象和特征的神话。广义上讲,阿波罗主义指间接地和阿波罗有关的一切,(它)已经成为一种抽象的因素。一方面,这个因素指有组织的原则;另一方面,它作为世界秩序的组成成分,体现在审美上和艺术上,或者体现在艺术语言、造型艺术、戏剧和音乐中。[①]

很显然,在小说《彼得堡》中作家使用了广义上的阿波罗主义。亦即阿波罗不仅体现了与希腊世界和希腊文化有关的情节,而且还含有与阿波罗的原则、阿波罗的现实性及其与阿波罗的名字有关的一切。除此之外,《彼得堡》还反映了尼采《悲剧的诞生》中的阿波罗和狄奥尼索斯斗争的情节。本书将从太阳神的风采、太阳神的伴随意象和太阳神的没落这三个方面分析新神话人物阿波罗·阿勃列乌霍夫的形象。

1. 太阳神的风采

安德列·别雷在塑造阿波罗·阿勃列乌霍夫的形象时,着墨最多的是对他类似太阳神行为举止的描写。

首先,参政员阿波罗·阿勃列乌霍夫像太阳神一样,出行时驾驭着四轮马

---

① 〔俄〕Топоров B. H.：Петербургский текст русской литературы. Санкт-Петербург, изд.《Искусство-СПб》, 2003, с. 119.

车。清晨,他乘坐马车去办公室。途中,当马车在涅瓦大街上飞驰时,他想象自己的马车像剑一样,能"飞跃几十亿里"[1]"在漫雾上空飞翔";他觉得行人像"天空中的点点繁星";马车驶过的大街"在九月的阳光下兴奋地闪闪发亮"。这里,描写马车行驶的动词基本上都是表示飞行的词,像 летать、полетать 和 пролететь 等。显然,作者频繁使用这些词汇意指参政员就是驾驶着四轮马车,飞驰在天空中的太阳神阿波罗。

其次,在国家机构参政院中,他也像太阳一样,是一个发光的中心。

> 在前厅,在圆柱形栏杆旁边,不知怎么突然星光闪闪的一串,从它的中心传出一种吵闹不安但是克制的说话声;从那里,从它的中心传出像一只巨大的雄蜂发出的悦耳男低音,甚至当杜布利维伯公爵也眯起眼睛来到这个中心,才发现这个传出声音的中心原来是阿波罗·阿勃列乌霍夫。[2]

从引文"不知怎么突然星光闪闪的一串,从它的中心传出一种吵闹不安但是克制的说话声"中断定,作家将故事发生的空间地点移植到天空,天空的中心自然就是太阳。另外,杜布利维伯公爵虽是是近视眼,总眯着眼。但在这里,他面对参政员阿波罗时的反应——眯眼,暗指这个动作是由太阳的照射引起的。

同样,早晨,当儿子尼古拉·阿勃列乌霍夫第一次看见他时,也不由得眯起了眼睛,就像面对发光的太阳时眯起眼睛一样:

> 突然清醒过来的尼古拉·阿勃列乌霍夫,一下子跳起来转过身子,不由得皱了皱眉头,金光闪闪的小老头子使他眼睛发花。[3]

其中"金光闪闪"指明参政员阿波罗·阿勃列乌霍夫发出太阳的光芒,光芒不仅局限在参政员的衣着上,还集中出现在阿波罗居住的房子里。他的房间,可以说处处发光:"小桌子闪闪泛起晶晶亮光""闪闪发亮的地板,一片片铜制的镶嵌物正散发出明亮的光辉""嵌在墙上的小柜、搁架上———一片片螺钿和铜制的镶嵌物在一闪一闪发亮"[4]"墙上挂着亮光闪闪的油画"[5]。

---

① 此句可以查阅 Белый Андрей: Петербург. Роман в восьми главах с прологом и эпилогож. Москва, Издательсто《Наука》, 1981, с. 26.

② 〔俄〕安·别雷《彼得堡》,靳戈、杨光译,作家出版社 1997 年版,第 170 页。

③ 〔俄〕安·别雷《彼得堡》,靳戈、杨光译,作家出版社 1997 年版,第 167 页。

④ 〔俄〕安·别雷《彼得堡》,靳戈、杨光译,作家出版社 1997 年版,第 17 页。

⑤ 〔俄〕安·别雷《彼得堡》,靳戈、杨光译,作家出版社 1997 年版,第 19 页。

光芒还出现在他即将出席的重大节庆仪典的环境中。在第三章《节日》的开篇,读者就感受到了太阳强烈的光芒:

> 这是一个异常的日子。这天当然很晴朗。大清早,太阳便在空中闪耀;于是,凡能闪烁发亮的一切,彼得堡的屋顶,彼得堡建筑物上的杆子,彼得堡房子上的圆尖顶都在闪烁发亮。①

> 明净如镜的窗户在闪闪发亮;当然——明净如镜的窗户外边也在闪闪发亮;圆柱子——在闪闪发亮;镶木地板……在闪闪发亮;大门口也在闪闪发亮;一句话,到处是一片亮晶晶的闪光!②

> "这个由总司仪官指挥排成的闪闪发光的行列,是我们国家机器运转的轴心。"③

白天,这个发出强烈、刺眼光芒的阿波罗·阿勃列乌霍夫,在夜间成了真正的神祇。睡觉前,他"为锻炼自己的身体做起瑞典式体操来,伸屈着双臂和双腿,接着下蹲十二次"④。做完这些锻炼之后,参政员上床,进入他的夜间旅行,即太阳神的夜间旅行。

参政员的旅行发生在第二空间(星际空间)中。在这个空间中,"阿波罗·阿勃列乌霍夫穿着蓝色的铠甲;阿波罗·阿勃列乌霍夫成了个身材矮小的骑士,他手里拿着的也不是蜡烛,而是一种发亮的现象,闪烁着刀刃的亮光"⑤。

除了四轮马车、耀眼的光芒、夜间的旅行之外,数字"12"也使人把阿波罗·阿勃列乌霍夫和太阳神联系起来。数字"12"是太阳神的一个标志性的数字,是指太阳每天工作12个小时。每天当钟打12下时,阿波罗·阿勃列乌霍夫都会想起太阳照射天空的12个小时。他睡觉的时候喜欢把双脚裸露在外边,这双脚就像钟表指针,像阿波罗神在穿越天空时形成的角。

最后,阿波罗·阿勃列乌霍夫不仅是太阳神,还是一位战神。因为"阿波罗之光——太阳光,同远射之神杀敌的金箭被看作是同样的东西"⑥。而且,在参

---

① 〔俄〕安·别雷《彼得堡》,靳戈、杨光译,作家出版社1997年版,第164页。
② 〔俄〕安·别雷《彼得堡》,靳戈、杨光译,作家出版社1997年版,第164页。
③ 〔俄〕安·别雷《彼得堡》,靳戈、杨光译,作家出版社1997年版,第165页。
④ 〔俄〕安·别雷《彼得堡》,靳戈、杨光译,作家出版社1997年版,第165页。
⑤ 〔俄〕安·别雷《彼得堡》,靳戈、杨光译,作家出版社1997年版,第216页。
⑥ 〔俄〕鲍特文尼克 M. H. 等编《神话辞典》,黄鸿森、温乃铮译,商务印书馆1985年版,第3页。

政员阿波罗·阿勃列乌霍夫的家中悬挂着骑兵佩戴的生了锈的剑。在儿子尼古拉·阿勃列乌霍夫上中学的时候，当他得知儿子在学校愿意谈论古罗马军队时，他十分鼓励儿子对军队的热情。他参观了在马耳斯校场举行的阅兵式，阅兵式上的那些骑兵也具有阿波罗神手下众将的特点：

> 一片由骠骑兵组成的红色彩云，仿佛从旁边飞奔过去；又出现了身穿浅蓝色(服装)的骑士，他们把一片片银白色还给了远方和太阳……①

2. 太阳神的伴随意象

与阿波罗·阿勃列乌霍夫相伴的，还有几个和阿波罗神有关的几个意象，诸如狮子、狼和老鼠等。

首先看看狮子的意象。有关狮子作为太阳神伴随者的意象，可以参阅 A. И. 克拉夫琴科（Кравченко）对此的解释：

> 在希腊语中，名字阿波罗指的是'来自狮子的内脏'的意思，表示太阳和黄道带第五个标志狮子座的象征关系。②

在《彼得堡》中阿波罗·阿勃列乌霍夫家门口的门环上，有一个狮身鹰头小怪兽，这也暗示着他是太阳神的象征。

其次，再看看狼和老鼠的意象。狼和老鼠曾为远古时的图腾，后转变为太阳神阿波罗。M. H. 鲍特文尼克在其编写的《神话辞典》中证实了这个说法：

> 关于阿波罗崇拜发端于远古时代及其起源于图腾崇拜，有他的许多别名可以证明，如阿波罗·吕刻俄斯(狼的)，阿波罗·斯明透斯(鼠的)，等等。最初，他大概被画成这些动物的形状，而后来才被看作是护佑人畜庄稼不受狼、鼠等侵害的神灵。③

关于狼的意象，阿波罗·阿勃列乌霍夫曾多次对昔日的好友、遭受暗杀的大臣时提到：

> 俄罗斯——是狼群在上面跑来跑去数百年的冰天雪地……④

① 〔俄〕安·别雷《彼得堡》，靳戈、杨光译，作家出版社1997年版，第171页。
② 〔俄〕Кравченко А. И.：Культура и культурология：словарь. Москва，Акадимичесий Проспект；Екатеринбур，изд. Деловая книга，2003，с. 92.
③ 〔俄〕鲍特文尼克 M. H. 等编《神话辞典》，黄鸿森、温乃铮译，商务印书馆1985年版，第2页。
④ 〔俄〕安·别雷《彼得堡》，靳戈、杨光译，作家出版社1997年版，第119页。

现在,阿波罗·阿勃列乌霍夫在心里呼唤着长眠的朋友,而

> 长明灯面对卷着雪的旋风没有眨眼;只有几头饿狼在风中哀号,
> 准备回窝。①

而老鼠更是阿波罗·阿勃列乌霍夫家中的常客。在他和儿子谈话时,"突然有只耗子尖叫了一声"②。儿子尼古拉·阿勃列乌霍夫房间中的老鼠使杜德金惊慌失措,"退到了一个角落里"③,而尼古拉·阿勃列乌霍夫却"对耗子怀有特别的温情"④。不仅阿波罗·阿勃列乌霍夫家里常有老鼠,他本人的穿着、行为也像老鼠。他总是穿着一件耗子般灰色的睡衣。他家的客厅里,悬挂着一幅拿破仑像(从语音上讲,拿破仑 Наполеон 和阿波罗 Аполлон 具有相同的音节),而画中的拿破仑也穿着银鼠皮大衣。阿波罗·阿勃列乌霍夫打算辞退职位时,他像一只灰鼠,在家里寻找东西。

因为阿波罗神后来成为保护农业的神,所以小说中的阿波罗·阿勃列乌霍夫也成了收割者和庄稼的保护者,并试图从美国进口谷物。

3. 太阳神的没落

尼采对安德列·别雷的影响是十分显著的。他不仅经常引用尼采的思想和话语,而且在自传中他也提到:

> 我把尼采看作:1. 新人;2. 文化的实践者;3. 旧时代的否定者,我在日常生活中体会到了这个魅力;4. 天才的艺术家,他的创作旋律贯穿了整个艺术世界。《查拉图斯特拉如是说》是我桌边常备用的一本书。⑤

从这段文字中可以看出来,安德列·别雷视尼采为旧时代的否定者,而尼采所否定的旧时代具体指的是什么呢? 这在尼采的《悲剧的诞生》和《查拉图斯特拉如是说》中都有所体现,他否定的就是支配西方整个理论构架的阿波罗主义。据此,安德列·别雷在《彼得堡》中将阿波罗置于和狄奥尼索斯对立的格局中,太阳神的代表阿波罗·阿勃列乌霍夫更多体现出一种衰退的状态。

---

① 〔俄〕安·别雷《彼得堡》,靳戈、杨光译,作家出版社 1997 年版,第 119 页。
② 〔俄〕安·别雷《彼得堡》,靳戈、杨光译,作家出版社 1997 年版,第 189 页。
③ 〔俄〕安·别雷《彼得堡》,靳戈、杨光译,作家出版社 1997 年版,第 122 页。
④ 〔俄〕安·别雷《彼得堡》,靳戈、杨光译,作家出版社 1997 年版,第 123 页。
⑤ 〔俄〕Белый Андрей:Pro et contra. Санкт-Петербург, изд. РХГИ, 2004, с. 103.

　　这在小说中体现为阿波罗·阿勃列乌霍夫管理国家显得无能为力。作为参政员,阿波罗·阿勃列乌霍夫一直用官僚制度来统治国家。他试图模仿太阳光,发出如阿波罗神的光芒,结果光芒可笑地变成了通缉令,生活的精神活力——太阳光变成了死亡、冰冷的叹息。太阳神的风采正在他身上逐渐地消失,显现出一种无可奈何的没落状态。此外,为了增加衰亡的色调,作家还讽刺地将年轻、充满活力的阿波罗神描写为年迈、腐朽的参政员阿波罗·阿勃列乌霍夫。阿波罗和皮同之间的冲突,在小说中转变成了家庭中父与子之间的冲突。他的儿子试图用可怕的装有炸弹的"沙丁鱼罐头"杀死他。更加可怕的是在彼得堡出现了即将发生自然灾害的征兆。

　　阿波罗·阿勃列乌霍夫把俄罗斯带到了危险的境地。安德列·别雷认为,在阿波罗主义(已经成了官僚主义)统治之下,国家必然走向衰落。学者米恰尔·伊利亚德也证实:"每个世界都由太阳掌管,它的陨落或者消失都代表着这个世界的结束。"[①]于是在小说结尾处,参政员阿波罗·阿勃列乌霍夫远离了彼得堡,他回到了北方的故园,在冬雪覆盖的山上住了三个月(在希腊神话中,太阳神阿波罗每年冬天都会飞往冬雪覆盖的山上)。

　　小说《彼得堡》是从尼采的艺术思想中产生的,自然要涉及阿波罗神,只不过神话的主题和形象在小说中已被重新思考和运用。

二、狄奥尼索斯神及其祭祀仪式

　　在《彼得堡》中,狄奥尼索斯神的代表是尼古拉·阿勃列乌霍夫;而楚卡托夫、安娜和利潘琴科等则是与狄奥尼索斯神的故事情节相联系的人物,他们是狄奥尼索斯神祭祀活动的重要参与者。这些人物共同建构起一个有关狄奥尼索斯的新神话。

1. 尼古拉·阿勃列乌霍夫——狄奥尼索斯神

　　在小说中,作家把尼古拉·阿勃列乌霍夫作为狄奥尼索斯神来描写的,小说第六章《狄奥尼索斯》一节的标题和杜德金与尼古拉·阿勃列乌霍夫的谈话(杜德金称对尼古拉·阿勃列乌霍夫的感觉如同对狄奥尼索斯神)就已经表明,尼古拉·阿勃列乌霍夫具有狄奥尼索斯神的特征。本书拟从尼古拉·阿勃列乌霍夫出现的场合、他的形象、他家中使用的物品、衣饰等不同的侧面,全面揭

示出他具有的狄奥尼索斯神的特征。

(1)出现的场合。

尼古拉·阿勃列乌霍夫是狄奥尼索斯神的代表,而在神话中对狄奥尼索斯神的描写往往是通过祭祀仪式来实现的,这和人们对狄奥尼索斯的崇拜有关。因此在很多情况下,尼古拉·阿勃列乌霍夫所具有的酒神特点都是在祭祀场景中体现出来的。例如,在第一章对陌生人(杜德金——引者)去的那个小酒馆的描写中,不断出现"伏特加酒、甜瓜、香蕉、葡萄、西瓜"等。显然,这些都和向狄奥尼索斯献祭有关。这些描写象征性地表明,这里正在进行祭祀酒神的活动和仪式。

(2)尼古拉·阿勃列乌霍夫的形象。

尼古拉·阿勃列乌霍夫的形象也让人联想到狄奥尼索斯。第三章《群众聚会》描写了索菲亚为去参加深夜集会,经过滨河马路时看到尼古拉·阿勃列乌霍夫时的感觉:

> 不!不管怎样,他的形象都相当可笑:裹着件下摆在风中任意飘动的大衣,成了个背有点驼和好像没有双手的人;她感到一种痛苦的屈辱,想大哭一场,仿佛被他用银色的小鞭子狠狠抽了一下,就是带深色斑纹的哈巴狗呼哧呼哧用牙齿咬着过来的那条银色小鞭……①

从这段以及稍后对集会的描写中我们可以看出,尼古拉·阿勃列乌霍夫具有典型的狄奥尼索斯特征。具体来说,体现在以下三个方面。

第一,尼古拉·阿勃列乌霍夫的形象和自然保护神——狄奥尼索斯的形象趋于一致。

> 他(狄奥尼索斯——引者)的形象通常总是一根直立的木柱,没有手臂,身披外套,有一个满脸胡须的面具表示头部。②

尼古拉·阿勃列乌霍夫在化装舞会上所戴的面具正是一个有着一圈黑胡子的假面具。他的一个典型形象,就是他总驼着背。看到驼背的他,总让人想起献给狄奥尼索斯的祭物——牛。

第二,尼古拉·阿勃列乌霍夫在涅瓦河边散步时,领着"带有深色斑纹的哈

---

① 〔俄〕安·别雷《彼得堡》,靳戈、杨光译,作家出版社1997年版,第192页。
② 〔英〕弗雷泽 J. G.《金枝》,徐育新、张泽石、汪培基译,新世界出版社2006年版,第376页。

巴狗"，①这个带有斑纹的哈巴狗让人想起狄奥尼索斯的永久伴侣——花纹豹和头生犬。同时，哈巴狗嘴里咬着的银色小鞭子以及索菲亚"感到一种痛苦的委屈""仿佛被他用银色的小鞭子狠狠地抽了一下"②。这些描写显然是与祭祀仪式和情节有关的。因为在祭祀狄奥尼索斯的神秘的生产仪式上，人们要用鞭子鞭打年轻的女士。

第三，上述情节的背景——人们的集会场景，也和狄奥尼索斯祭祀仪式有关。集会明显具有狄奥尼索斯祭祀仪式的特点，人们处于一种混乱的疯狂状态。一个人喊道："哪是人，是群猪猡，俄罗斯猪猡！"③需要指出的是，猪是献祭仪式的祭品。

而且，先后发言的疯狂的人基本都是女性，特别提到一位六十五岁的地方自治局女活动家的登台演讲：

> 请播种有益、善良、永恒的东西，播种吧，俄罗斯人民将对你们表
> 示衷心的感谢！ 然而，播种者们都笑了。④

作家在此毫无前兆地提到了"播种"和"播种者"，似乎与叙述的故事毫无关联，而在结合古希腊神话故事之后，一切都十分明了。其实，这里体现了狄奥尼索斯祭祀仪式上的常常出现的两个重要因素。一是发言者都是女性。在狄奥尼索斯祭祀现场，参加者全部为女性。二是这段文字也是献给作为农业之神狄奥尼索斯的祭文。在古希腊神话中，狄奥尼索斯曾经扶着犁头，播种种子，从而成为农业神。

（3）尼古拉·阿勃列乌霍夫使用的物品。

在描写尼古拉·阿勃列乌霍夫所使用物品具有狄奥尼索斯神特点上，安德列·别雷显然接受了狄奥尼索斯是东方神的观点。因为根据广为流传的观点，在希腊狄奥尼索斯并不是一位受尊敬的神，但是在印度、非洲或者小亚细亚，他却深受人们的爱戴与崇拜。相应地，尼古拉·阿勃列乌霍夫的穿戴、家中的陈设等，都使人自然地将其与狄奥尼索斯联系起来：他身上穿的是布哈拉的睡衣；墙上挂着非洲黑人用犀牛皮做的盾和生了锈的苏丹剑；地上铺着带有豹纹的脚垫，它很像狄奥尼索斯围在肩上的豹子皮，也令人想起希腊艺术中对狄奥尼索

---

① 〔俄〕安·别雷《彼得堡》，靳戈、杨光译，作家出版社1997年版，第192页。
② 〔俄〕安·别雷《彼得堡》，靳戈、杨光译，作家出版社1997年版，第192页。
③ 〔俄〕安·别雷《彼得堡》，靳戈、杨光译，作家出版社1997年版，第193页。
④ 〔俄〕安·别雷《彼得堡》，靳戈、杨光译，作家出版社1997年版，第194页。

斯的描绘;房间里摆着土耳其的长沙发,"顶着半个月亮的多孔球形的鼎足金香炉"①令人联想到在阿波罗和狄奥尼索斯神庙中进行宗教仪式所使用的带有月亮的香炉。尼古拉·阿勃列乌霍夫驯养的绿虎皮鹦鹉和其他来自非洲的物品使人联想到森林和狄奥尼索斯产生的另一个黑暗的世界。关于尼古拉·阿勃列乌霍夫来自另外一个世界的想法在他出席舞会之前就已经被索菲亚所证实。当她来到涅瓦河畔,见到身披红色多米诺的尼古拉·阿勃列乌霍夫时:

> 索菲亚·彼得罗夫娜想,一定是那个世界——绝不是这个世界——出现了窟窿,是那个窟窿里出来的丑角找上了她……②

在舞会现场,人们对尼古拉·阿勃列乌霍夫也产生了这样的感觉:

> 而当蛇形彩纸条上的问题远远余音从这些曲面镜及其绿盈盈冰凉的表面降落到他身上时,他好像做梦似的大吃一惊,面前出现了一个通向明朗世界出路的不真实的映像,他为此感到奇怪;但同时,当他像面对摇摇晃晃在梦中来回移动的映像似的看着一切的时候,这些映像本身显然把他看成是从那个世界来的人;于是,他就像那个世界来的人,把她们全部驱散了。③

(4)尼古拉·阿勃列乌霍夫的多米诺和假面具。

当父亲阿波罗·阿勃列乌霍夫这个"太阳神"走向黑暗时,尼古拉·阿勃列乌霍夫也开始行动了:他戴着面具,穿着红色多米诺在冬宫运河的桥上追赶索菲亚。

在古希腊神话中,面具和多米诺是参加祭祀狄奥尼索斯神仪式活动的主要道具,对狄奥尼索斯祭祀仪式的众多描述中都有这种面具,而多米诺是法师穿的带有头盔的法衣,它体现宗教的崇拜。当然,小说中对戴着假面具、披着红色多米诺的尼古拉·阿勃列乌霍夫的描述,包含着作家再创造的神话成分。这主要源自作家的自我感受。安德列·别雷在自传中证实了这一点:"从彼得堡回

---

① 在小说第二章的《一张满目烟容的脸》一节中和第八章的《面对大堆东西摇晃起来》一节中,курильница"香炉"分别译为"烟灰缸"和"香炉"。курильница 的这两个义项在《达里俄语详解字典》中都有,但是鉴于小说的中心思想和安德列·别雷的意图,我们认为译为"香炉"比较合适。详见《Толковый словарь живого великорусского языка Владимира Даля》: Курильница ж. сосуд для куренья, для окурки покоев пахучими смолками, духами. http://slovari.yandex.ru/dict/dal/article/。

② 〔俄〕安·别雷《彼得堡》,靳戈、杨光译,作家出版社 1997 年版,第 198 页。

③ 〔俄〕安·别雷《彼得堡》,靳戈、杨光译,作家出版社 1997 年版,第 248 页。

来,和勃洛克决裂以后,连续几天穿着多米诺,(把自己)反锁在屋里。这个情节几年后成了《彼得堡》的相似主题。"①

尼古拉·阿勃列乌霍夫的红色多米诺不仅和狂欢节的滑稽可笑与尽情欢乐的情节有关联,而且还和狄奥尼索斯带来的暴力牺牲和流血有关。譬如,在尼古拉·阿勃列乌霍夫交给索菲亚的名片上,画的是两根肋骨驾着一个骷髅。这意味着,尼古拉·阿勃列乌霍夫给索菲亚指出的是一个死亡的王国,即另一个世界——撒旦的世界。另外,小说中还出现了双轮单座的轻便马车。在小说中可以看出,双轮单座的轻便马车象征性地指代彼得一世,并且此处的彼得一世犹如幽灵般,驾车行驶在彼得堡大街上。尼古拉·阿勃列乌霍夫正是乘坐着这辆马车飞驶过索菲亚身边,这令人想到魔鬼和黑色的魔鬼力量,因为小说中含糊地提到了狄奥尼索斯的另一个世界。

(5)尼古拉·阿勃列乌霍夫的表情

根据尼采的悲剧理论,古希腊悲剧中最主要的神祇是狄奥尼索斯。但是尼采认为,狄奥尼索斯具有阿波罗的外表或者戴着阿波罗的假面具,狄奥尼索斯狂放的本质隐藏在这个假面具的后面。在《彼得堡》中,安德列·别雷借用了这个观点来描写尼古拉·阿勃列乌霍夫的形象。于是,尼古拉·阿勃列乌霍夫就像"观景殿里的阿波罗"或者"像戴着面具的上帝",但是他的脸上却有"笑起来像蛤蟆的表情"。尼古拉·阿勃列乌霍夫希腊式的面相是阿波罗所代表的规范(或标准)、秩序与和谐的体现,但是他那笑起来像蛤蟆一样的面容不仅揭示了狄奥尼索斯的本性,还传达出他对另一个世界的恐惧。假面具遮蔽了他犹如狄奥尼索斯似的惊恐,他的扭曲变形的嘴,实际上是指狄奥尼索斯的痛苦和恐惧。

2. 安娜——狄奥尼索斯的母亲

现代神话小说《彼得堡》中的安娜是尼古拉·阿勃列乌霍夫的母亲。小说伊始就提醒着读者,参政员家中还有一位未曾露面的女主人,但是作者对她着墨不多,之前提及她在西班牙,偶尔家中收到她的来信等。随着故事情节的推动,读者将注意力放在了参政员父子的冲突和矛盾时,女主人回家了。这出乎父子的意料,也使读者感到突然。接着更让读者感到疑惑不解的是,作家没有继续描写安娜回家的情形,而是将视角转向了毫无相关的宫殿景物。其实,只要联想到尼古拉·阿勃列乌霍夫代表狄奥尼索斯,相应地,安娜也让人想起狄

---

① 〔俄〕Белый Андрей:Pro et contra. Санкт-Петербург, изд. *РХГИ*,2004,с. 13.

奥尼索斯的母亲塞墨勒,或者说,安娜体现了狄奥尼索斯神母亲的特点,问题就迎刃而解了。这正是从作家对她归家的一系列描写中体现出来的。

在太阳快要下山的时候,安娜从西班牙回到了彼得堡。她的归来与她的儿子从另一个世界来到这个世界在时间上是吻合的。关于安娜的归来,小说模仿了狄奥尼索斯的母亲从另一个世界(狄奥尼索斯长大后,从冥国接出自己的母亲)走来的情节。而且她的归来非常突然,似乎是由一种神秘的力量掌控着,这种神秘的力量就是古代人所认为的宗教神秘性。

在太阳落山的时候,安娜来到丈夫和儿子住的像宫殿的黄色房子里。时间接近晚上,这和狄奥尼索斯体现的黑暗相关联。小说特别描写了当她归来时太阳落山时的景色:"棕红色的宫殿(指冬宫)像鲜血染过一样。"①作者还进一步指出,在历史上宫殿原来是天蓝色的,在亚历山大·巴甫洛维奇时期涂为浅黄色,亚历山大一世时则涂成了红色。在此,作者有意强调宫殿色彩的变化,来说明宫殿也具有了同样的神话力量,为狄奥尼索斯神神秘的祭祀仪式做好准备。

3. 潘神——狄奥尼索斯的随从

彼得堡的夏园里有许多仙女和半人半兽的萨提里森林神祗雕塑,其中,萨提里是狄奥尼索斯的随从,在罗马诗人的笔下,他已经同潘神混为一谈。因此,提到夏园,就会使人想到许多古希腊神的名字。夏园的这些雕塑为小说提供了丰富的神话素材,而且夏园里的自然景色,像树和喷泉,也会使人想到进行狄奥尼索斯庆典的典型场所。在《彼得堡》中,夏园里的仙女和半人半神的森林神的雕像都已经被钉上了木板,这是为了"阻止逼近的冬天和时间的流逝"。很明显,在小说的现代神话中仙女和半人半神的森林神暂时超越了时间的流逝,仍旧保留着当时古希腊神话的活力和风采。

于是,展现在读者面前的,是昔日彼得大帝建立起来的花园,花园中展示着郁郁葱葱的美景。花园里的景色被描写为古希腊时代众神生活的地中海的景色。夏园响起的角笛声,在许多人心中好像永久的哭泣。虽然这是山羊神潘神②演奏的音乐,但是却传达出和狄奥尼索斯神一样的痛苦情感,表明彼得堡居民内心深处的哀伤。

在小说中还有一个人带有潘神的特点,这就是恐怖分子利潘琴科。从利潘

---

① 〔俄〕安·别雷《彼得堡》,靳戈、杨光译,作家出版社 1997 年版,第 229 页。
② 这里提到了角笛,这是潘神使用的乐器,而且上面提到了萨提里神,这自然会使人由角笛声联想到潘神。

琴科(Липпанченко)的名字里含有"潘"(пан)这个音节可以看出,名字所隐含的潘神的意思。利潘琴科实际上是原古希腊领地格林纳达的西班牙人,他身上穿的西班牙服装就影射了古希腊的背景。利潘琴科所具有的潘神的特征还体现在其他许多方面。例如他爱跳舞,这和古代希腊神话中对潘神的描写相一致。正如潘神必须出席狄奥尼索斯庆典一样,利潘琴科也参加了化装舞会。在古希腊神话中,潘神是一个胖子,在一些神话描述中他还是一个秃子,有时带有女人的一些特点。《彼得堡》中的利潘琴科也有这些特征:他也是一个胖子,也有像女人那样圆鼓鼓的乳房。像潘神一样,利潘琴科住在城市的芦苇丛生的海边(芦苇使人想到潘神的芦笛),他的房子外面是树木和灌木丛(这也和潘神喜欢生活在丛林中一样)。潘神是森林的保护神,保护着森林里的植物与动物。而利潘琴科不仅外表有动物的特征,而且他对家狗托姆也很温柔。并且,利潘琴科也从事生猪生意,把生猪卖到国外。我们在前面已经提及,猪是狄奥尼索斯祭祀仪式上的祭物。他还和潘神一样好色,小说中描写了他和索菲亚调情。这些描写无一不是传达出利潘琴科所具有的潘神的特点。

另外,其他人物也或多或少地体现出狄奥尼索斯的形象特征,因为狄奥尼索斯已经作为心理原型深藏在每个人的内心深处,只不过显示的程度有所不同。譬如杜德金,在小说中,杜德金的位置类似于尼古拉·阿勃列乌霍夫。因为杜德金的名字①和笛子有关,这自然令人联想起古希腊神话中阿波罗弹奏竖琴和玛耳绪阿斯(狄奥尼索斯神的伙伴之一)吹奏长笛比赛的神话。杜德金(作为笛子)反抗利潘琴科(潘神),保护阿波罗(竖琴)有序的世界,最后他杀死了利潘琴科。杜德金杀死利潘琴科,就像切割洁白的脱了毛的小猪皮。猪是狄奥尼索斯祭祀仪式上的祭品,这意味着利潘琴科同样成了狄奥尼索斯祭祀仪式上的牺牲品。

总之,希腊神话中的阿波罗和狄奥尼索斯的形象和神话故事被作家所运用,并被重新思考。但是作家关注的焦点已经不再是再现两个神祇的斗争,而是通过两者的张力反映出无论是哪一个神都无法改变俄罗斯现状的问题。于是,在小说的结尾处阿波罗·阿勃列乌霍夫回到了北方,在冬雪覆盖的山上住了三个月。那是太阳神每个冬天都要飞去的地方。父亲去了北方,而儿子去了南方——非洲,即狄奥尼索斯的世界。尼古拉·阿勃列乌霍夫的南方之旅表示他回到了神祇的世界。杜德金和尼古拉·阿勃列乌霍夫都远离了席卷俄罗斯

---

① 杜德金(Дудкин)来自笛子(дудка)这个词。

凶暴的、狄奥尼索斯式的浪潮。当杜德金意识到自己成了牺牲品时,他集中力量,杀死了利潘琴科。杜德金离开了狄奥尼索斯,最后走向了阿波罗神祇。尼古拉·阿勃列乌霍夫从狄奥尼索斯的道路走向了上帝,最后尼古拉·阿勃列乌霍夫听到了鹤的鸣叫。这是基督第二次来临的征兆。尼古拉·阿勃列乌霍夫意识到狄奥尼索斯和阿波罗一样是不能拯救人的心灵的,于是他离开了这两个神祇,走向了上帝,因为上帝时刻等待着遗忘了他的人们。

三、杜德金——新萨满

安德雷·别雷追求物质世界本源性的理论,但是又不单单采用二元对立的原则,而是持有新神话思维的特点。对于安德列·别雷来说,时间是连绵起伏的,当下的时间含有以往的时代印象,不是清醒时的概念,这种意识反映在梦境和疾病中,此处就含有了萨满教的因素,如同"人人都有萨满教的情结一样"[1],萨满出神的状态,其实往往在人的梦境和疾病中出现。诚如米尔恰·伊利亚德指出,"出神的体验作为一种原初的现象,它也是人类状态的一种基本元素"[2]。人也可以上达天空,下抵地狱。

因此,作者在对杜德金的描写中,我们可以看到大量的萨满教的活动和仪式:杜德金长期生病并离群索居;他感到自己神魂颠倒;他接受死去的灵魂和萨满的拜访;他感到自己内心的痛苦;他经历了灵魂休克;他参与献祭活动,等等。这些仪式活动的描写表明,杜德金试图借助他的精神导师彼得大帝,治愈种族(国家)分裂的病症。最终,他修成正果,获得了新的生命,成为一名萨满。

1. 杜德金成为萨满的神话与仪式

可以说,杜德金经受了成为一名萨满的全部考验。包括候选人的选举、精神休克的仪式、灵魂在上下界的穿行、复活的仪式。特别是复活的仪式,杜德金如同萨满的身体内部结构需要重新排列一样,被注入了先驱者彼得大帝的血液。

(1)新萨满的候选人。

要成为一名新萨满,首要的条件是被选为萨满的继承人。在小说中,杜德

---

① 参阅〔美〕米尔恰·伊利亚德《神圣的存在:比较宗教的范围》,晏可佳、姚蓓琴译,广西师范大学出版社 2008 年版。

② 〔美〕米尔恰·伊利亚德《宗教思想史》,晏可佳、吴晓群、姚蓓琴译,上海社会科学出版社 2004 年版,第 20～21 页。

金"荣幸地"被俄罗斯革命的先驱者彼得大帝①列为候选人。于是,作为一名候选人,杜德金背井离乡,离群索居。他的这些举动意味着他离开了日常的生活秩序,离弃了人意识中最稳定的因素,全身心投入新的精神革命当中。

为此,他经历了一个新萨满进入另一个世界所要经受的极冷或极热的考验外。他前往雅库茨克,在寒冷的气候条件下感受到冰的酷冷。这里,作者引入雅库茨克这个地方,除了让主人公杜德金经受寒冷的考验外,另外还有一个原因,就是在雅库茨克人们普遍信仰萨满教。

后来杜德金来到彼得堡,独居在岛上的一个偏僻的阁楼里。在这里,他不仅经受了作为一名新萨满孤独的苦楚,也了解并掌握了许多萨满的宇宙神话和秘密(在小说中指的是革命的秘密)。

关于杜德金最精彩的描写,集中在小说第六章中。这里,杜德金经受了成为一个萨满最重要的考验,即进入萨满成长的第二个阶段——精神休克的仪式。

(2)精神休克的仪式。

在为进入精神休克做准备的过程中,杜德金完全进入癫狂的状态。在这个昏迷的状态中,开始了灵魂的旅程。他沿着象征着世界树的台阶下行到三界中的下界。在这里,他遇见了自己的另外一个灵魂②——恩弗朗希什。杜德金和自己的灵魂进行了长久的交谈,灵魂知晓他的过去,甚至他生活中的一些细节,例如,杜德金在赫尔辛福斯的情形等。他的灵魂恩弗朗希什指出杜德金所处的世界的特点:

> 我们的空间不是你们的;那里一切都在按相反的方式流动……在那里,普通的伊万诺夫——成了某个日本人,因为这个姓氏倒过来读就成了——日本姓:夫诺万伊。③

在萨满教中,下界所有的事物的排列与现实的世界相反,像镜子中映像。例如,现实世界中的左边,在下界中就成了右边。在此,这种情形说明了杜德金在利用萨满教的习惯,也在调换名字字母的顺序,从后往前逆向排列后,呼唤神灵的名字什希朗弗恩(恩弗朗希什),于是神灵从杜德金自己的身体中出来了。

---

① 在一定程度上,安德列·别雷接受了彼得大帝是俄国第一位革命者的观点。
② 萨满教认为,一个人有几个灵魂。
③ 〔俄〕安·别雷《彼得堡》,靳戈、杨光译,作家出版社1997年版,第480页。

这和萨满教中新萨满从老萨满那里慢慢知道神灵的名字和宇宙的秘密等相符。① 在小说中，杜德金和自己的灵魂恩弗朗希什交谈时，他告诉了新萨满候选人杜德金宇宙空间的一个秘密，即彼得堡的空间不同于现实的三维世界，它还有第四维。之后，他又指导杜德金体会原初世界的状态，像新萨满能够依据萨满教的技能成功地呼唤出自己的灵魂一样，杜德金从嗓子里呼唤出了自己的灵魂。②

（3）复活的仪式。

呼唤完灵魂，和通常的新萨满候选人一样，杜德金暂时来到了高一层的地方——顶层的亭子。在这里，他进入最后一个仪式，完成自己复活的使命。他的革命先驱者彼得大帝也来到了这里，彼得以青铜骑士的形象出现。在新萨满候选人杜德金的心中，彼得无疑就是自己的精神导师。这里，作者引入青铜骑士，彼得大帝是彼得堡城市的缔造者，他作为一个创世神话中的人物，在此处无疑具有萨满始祖的意味。他带领杜德金重新领会原初的世界。于是，青铜骑士称呼杜德金为"我的儿子"，而杜德金则称呼他为"老师"。彼得在此获得了萨满教始祖的称号。在此，需要说明一下的是，在萨满教中萨满往往是子嗣相传，在没有子女的情况下，就会择选自己中意的徒弟做继承人。所以，老萨满实际上既可能是父亲（往往是祖父），也可能是老师。③ 这两种情况都出现在小说中，于是出现了他们之间的上述称呼。

在萨满教仪式中，通常由祖先来完成对新萨满候选人精神上的改造。改造往往是肢解新萨满的身体，然后重新进行组装。④ 在小说中，杜德金感受到了像狄奥尼索斯一样被分裂的感觉（肉体的死亡），之后被注入了新的血液，这是像铁一样的血液（萨满教对铁器十分的重视），从而完成了最后的复活。从此，杜德金从一个萨满的候选人正式成为一个新的萨满。

2. 萨满教的神话因素在小说中的再现

小说中有许多萨满仪式中常用的道具和方法。诸如常常出现的树木（世界

---

① 参阅〔美〕Элиаде Мирча：Шаманизм. Архаические техники экстаза. http://www. koob. ru/mircea_eliade/ecstasy_techniques

② 参阅〔美〕Элиаде Мирча：Шаманизм. Архаические техники экстаза. http://www. koob. ru/mircea_eliade/ecstasy_techniques

③ 参阅〔美〕Элиаде Мирча：Шаманизм. Архаические техники экстаза. http://www. koob. ru/mircea_eliade/ecstasy_techniques

④ 参阅〔美〕Элиаде Мирча：Шаманизм. Архаические техники экстаза. http://www. koob. ru/mircea_eliade/ecstasy_techniques

树)、接连不断的歌谣(它伴随着萨满进入上界或者下界)、烟雾缭绕的阁楼(萨满嗜烟)以及不断闪现的数字等,无不在萨满教的语境中获得了意蕴丰赡的含义。

(1)树。

树在萨满教的宇宙观念中占据重要的位置。按照萨满教的观点,宇宙一般分为上、中、下三界,连接这三界的就是世界树。① 在小说中,世界树是由楼梯②来充当的。这个楼梯是一个暗梯,隐藏在不易被人发现的地方。杜德金沿着楼梯下到下界,见到了自己的灵魂,并且成功地从自己的身体中呼唤出灵魂。之后,他又登上楼梯,上到上界,听到了自己的老师彼得大帝来临的声音。后来,在这里他见到了彼得大帝。

小说引用了树叶的意象。在杜德金和尼古拉·阿勃列乌霍夫交谈时,杜德金一直注视着树叶的掉落。在萨满教中,树还有生命树的意思。所以,树叶落下,就意味着人的生命也就结束了。③ 在杜德金(新萨满候选人)的注视下,飘落的树叶充满了萨满教神话的意味,暗示着彼得堡城市中的人临近死亡的境地。

小说中连续三次提到,在杜德金居住的院子中有一堆山杨木头。这个看起来与故事情节毫无关联的细节恰恰蕴含了萨满教的因素。因为在萨满教仪式上,树木起着重要的作用,因此在仪式中往往大量使用树木。在此,杜德金院子中的这堆山杨木头就具有了仪式道具的作用。

(2)歌谣。

在整个萨满教的跳神仪式中,歌谣起着不可忽视的作用。通过歌谣,萨满向人们传达神话世界的信息;同时,周围的人们也伴随着歌谣进入了狂欢化的仪式中。

在举行萨满仪式(包括为新萨满举行的仪式)时,通过萨满的说唱,围观的人群得知萨满进入上天或者下到地狱所遇见的事情,人们跟随萨满一起进行灵魂的旅行。④ 小说中的歌谣也具有同样的作用。为确立杜德金成为新萨满举行

① 参阅〔美〕Элиаде Мирча: Шаманизм. Архаические техники экстаза. http://www.koob.ru/mircea_eliade/ecstasy_techniques

② 古代神话中常常见到"楼梯"这个意象。例如,埃及的《死亡之书》中就有这方面的记载。

③ 参阅〔美〕Элиаде Мирча: Шаманизм. Архаические техники экстаза. http://www.koob.ru/mircea_eliade/ecstasy_techniques

④ 参阅〔美〕Элиаде Мирча: Шаманизм. Архаические техники экстаза. http://www.koob.ru/mircea_eliade/ecstasy_techniques

的仪式始终伴有歌谣,这就是从楼下看门人那里传来的歌声。这里的歌词是作者(作者就像是老萨满人)创作的新歌谣,它引导仪式上的人们(包括读者)同随主人公一起开始灵魂之旅。

遵循萨满教仪式的步骤,歌谣从日常生活的主题开始,引导人们从熟悉的日常生活逐步过渡到神话世界。在小说中,歌谣引入了爱情的主题,作为萨满仪式开始时的序言:

> 妈妈呀,你
>
> 给热加涅塔
>
> 买块灰布
>
> 做条连衣裙:
>
> 现在我呀
>
> 将喜欢
>
> 阿列克谢耶夫家的
>
> 瓦西里——瓦斯卡!……①

> Купи маминька
>
> На платье
>
> Жиганету
>
> Серава:
>
> Уважать топерь
>
> Я буду
>
> Васютку
>
> Ликсеева!…②

在相隔几段之后,歌谣重新出现,几乎完全重复了上面的歌词,唯一的改动就是,"灰布"变成了"蓝布":

> 妈妈呀,你
>
> 给热加涅塔
>
> 买块蓝布

---

① 〔俄〕安·别雷《彼得堡》,靳戈、杨光译,作家出版社 1997 年版,第 461 页。

② Белый Андрей: Петербург. Роман в восьми главах с прологом и эпилогож. Москва, Издательсто 《Наука》, 1981, с. 353.

做条连衣裙：

现在我呀

将喜欢

瓦西里耶夫家的

好儿子！……①

Купи маминька

На платье

Жиганету

Синева:

‥‥‥‥

Уважать топерь

Я буду

Сыночка

Васильева!…②

　　"灰布"变成"蓝布"，这样的改变，歌唱者不只是为了避免重复，还有另外的用意。况且，原文中的"灰色"（Серава）和"蓝色"（Синева）全部大写，单独占一行。这一切很明显，作者意在引导读者领悟它所蕴含的意思。我们知道，颜色在萨满教中起着一定的作用。在此，由灰色改为蓝色，说明场景的转变，预示着已经由中界（灰色表示大地）上升到另外一个不同的空间（蓝色一般指的是上界，即天堂）。③ 接下来，杜德金来到了暗梯的入口（需要注意的是，这里作家有意强调是暗梯，是不容易被发现的地方），如上所说，楼梯在此表示世界树。杜德金将进入天堂，还是进入地狱？ 歌声的再次响起，给予我们一个明确的答案：

铁路干线！……

包括路基！……信号标志！

列车脱了轨，像掉进

被冲毁的污泥里。

一幅车厢粉碎的图景！……

---

① 〔俄〕安·别雷《彼得堡》，靳戈、杨光译，作家出版社 1997 年版，第 461 页。

② Белый Андрей: Петербург. Роман в восьми главах с прологом и эпилогож. Москва, Издательсто 《Наука》, 1981, с. 353.

③ 参阅〔美〕Элиаде Мирча: Шаманизм. Архаические техники экстаза. http://www. koob. ru/ mircea_eliade/ecstasy_techniques 一书。

一幅人们遭受不幸的图景！……①

凄惨的景象传达出的答案就是：杜德金进入了下界——地狱。接下来，对杜德金的感觉的描述也证实了这一点，就是他开始感到了痛苦的折磨，接连出现了在地狱中常见的鬼怪的身影。信奉东正教的斯捷普卡突然远离了他，就是因为杜德金在和魔鬼交往。

歌声再一次传来，杜德金已经漫游在上界，在顶层的亭子里。上面，我们分析了亭子的作用，一些装饰物也折射出上界的含义。明确响起了重复的歌词：

妈妈，给热加涅瓦买块蓝布

做条连衣裙②

这里已经没有灰色和蓝色的转换，因而不再有场景的变换，而是用已知的蓝色代表上界。另外，蓝色（синева）也没有大写，而是和人名"热加涅瓦"在一起。所以歌声再次出现时，表明主人公已经来到了上界。在这里，作为萨满候选人的杜德金听到了人们向上帝忏悔的声音：

求你宽恕啊，我的主！

求你原谅啊，耶稣！……

我为灵魂发愁——要把官位还给皇上，

要把房子卖了——把钱分给穷人，

我要把妻妾放了——去寻找上帝……

求你宽恕啊，我的主！

求你原谅啊，耶稣！③

这里的歌词表达了即将成为萨满的杜德金心灵上的诉求，祈求上帝④来治愈俄罗斯的重病。杜德金开始了灵魂真正的复活。伴随着这样的歌谣，萨满的祖先——青铜骑士来到他的身边，开始准备为未来的萨满做一次身体骨骼的重新排列，使他重生，成为一名新萨满。

这里的歌谣无疑揭示出杜德金即将面临的精神休克的感觉，当然，还有复

---

① 〔俄〕安·别雷《彼得堡》，靳戈、杨光译，作家出版社1997年版，第463页。
② 〔俄〕安·别雷《彼得堡》，靳戈、杨光译，作家出版社1997年版，第482页。
③ 〔俄〕安·别雷《彼得堡》，靳戈、杨光译，作家出版社1997年版，第485页。
④ 虽然在萨满教中萨满不会向上帝祈祷，但是作家在此已经进行了艺术再创作，采用混合型的方法构建了萨满的现代神话。

活的征兆。另外,还出现了与此相关的各种声音。在小说中,时常提及杜德金
听到的某种声音。在萨满教中,往往是萨满和参加仪式的人共同发出各种动物
的声音,因为原来人们是和动物生活在一起的,懂得它们的语言,后来由于人的
原罪(具有基督教的含义),堕落到尘世,同时也失去了这种本领。[①] 在仪式中模
仿这种声音是为了让杜德金重新回到人原初的时代。周围的其他声音也具有
这种含义。在杜德金听到的声音中,就有彼得发出的声音,这是世界缔造者的
声响,无疑,时间在此完成了一个回转,逆转到了人类原初的时代。

(3)萨满仪式中的其他意象。

在萨满的仪式上,还常常用到火和烟。萨满教常用火驱赶魔鬼。萨满教认
为,火具有超自然的能力,火的神力能使人免受病痛,人体在和火的接触中获得
超自然的性质。[②] 在小说中,杜德金用火柴照亮了自己处于黑暗世界中的灵魂,
他感觉到了自己身体上"不断产生的熊熊燃烧的火球"。在小说中还出现了蜡
烛,这无疑是具有宗教信仰的斯捷普卡带来的蜡烛,因为斯捷普卡并不害怕魔
鬼——恩弗朗西斯。

在成为新萨满的过程中,开始的时候,萨满候选人往往要进行斋戒,这期间
他只能抽烟。因而,杜德金两天内没有吃任何东西(斋戒),他在清醒的时候就
开始抽烟。

> 房里的所有摆设都弥漫着一道道烟气,每天至少有十二小时连续
> 不断地抽烟,才会把无特别颜色的空气变得这么黑黝黝——灰蒙蒙、
> 蓝兮兮的。[③]

沿楼梯(世界树)而上,上到顶层的亭子,在亭子中出现了衬裤、毛巾和床单
等,这些生活用品在此也获得了萨满教仪式的意义。按照萨满教的仪式,人们
常把红、黄、蓝和白色布条绑在树上,这里的布条代表上界的几个层级(往往是7
层到18层之间不等)。

杜德金下楼的时候见到了楼梯上鸡的内脏。萨满教中常常把动物的器官
(包括内脏)挂在树上献祭。这里,在楼梯上的鸡内脏,无疑就是挂在世界树(前
面已经说过,楼梯相当于世界树)上用于献祭的物品。

---

① 参阅〔俄〕Диксон Олад: Шаманские учения клана ворона. Москва, изд.《Рефлбук》,2000.
② 参阅〔美〕Элиаде Мирча: Шаманизм. Архаические техники экстаза. http://www. koob. ru/mircea_eliade/ecstasy_techniques.
③ 〔俄〕安·别雷《彼得堡》,靳戈、杨光译,作家出版社1997年版,第387页。

还有,杜德金在下楼路过一道门口时看到,"一绺绺马鬃都从洞洞里戳出来了"①。如前面多次提到的一样,文中突然出现这么一句令人费解的话语,如果放在萨满教文化背景中,一切都明确起来。根据萨满教的仪式,须将马鬃缠绕在树桩上,打成结扣。因为马鬃代表马匹本身,马匹常常被作为祭天的贡品,在萨满教中马的灵魂可以驮着病人的灵魂升天。②

小说里还出现了潮虫。在萨满教中,这些小生物往往是灵魂出现的象征。杜德金曾经和它们作了很久的斗争。另外,还出现了蒙古人的脸,因为蒙古人中信仰萨满教的人也很多。萨满还可以变成旋风,悄无声息地通过墙钻入房子里。杜德金的梦中,杜德金的出现破洞的鞋能够自己行走,这也是萨满教中万物有灵论的充分体现③。

(4)数字的运用。

18 是天最高的层级。在这里,杜德金看到了大天使米迦勒。杜德金上下的 12 级台阶也有特殊的含义,它指每一个 12 级就相当于是天堂或者地狱中的一个层级。根据萨满教的数字学说,数字按 10 以内来计算,那么 12＝1＋2＝3,对应数字 3。12 级台阶构成世界的初始力量,成为一个初级的单位。④ 而所有的 96 级台阶按 10 以内来计算的话,就应该是 96＝9＋6＝15,15＝1＋5＝6,也就是 96＝6,6 是初始单位的对比(3＋3＝6)。也就是说,杜德金上下的楼梯既有上界的含义,又有下界的含义,两种力量共同存在于一个世界树中。

成为新萨满的杜德金意识到了自己的使命,他开始重新思考救治俄罗斯重病的方案。思考的结果就是,要想救治俄罗斯,必须杀死危害国家的恶魔,而这个恶魔就是利潘琴科。于是,杜德金的灵魂⑤来到魔鬼的住所,用一把剪刀⑥杀死了自创世以来就游荡在彼得堡的魔鬼利潘琴科,完成了自己作为萨满的使命。

---

① 〔俄〕安·别雷《彼得堡》,靳戈、杨光译,作家出版社 1997 年版,第 389 页。

② 参阅〔美〕Элиаде Мирча: Шаманизм. Архаические техники экстаза. http://www. koob. ru/ mircea_eliade/ecstasy_techniques〔

③ 参阅孟慧英《尘封的偶像——萨满教观念研究》,北京出版社 2000 年版。

④ 参阅〔俄〕Диксон Олад: Шаманские учения клана ворона. Москва, изд. 《Рефлбук》, 2000.

⑤ 在杀死利潘琴科前,杜德金又一次被描写为影子,而且作者明确指出这是杜德金的灵魂。

⑥ 我们前面提到,剪刀表示分离的状态。安德列·别雷在自传中曾经谈到,他感觉自己处于剪刀般的分裂状态中。

四、追随阿里安人①的神迹

在尼古拉·阿勃列乌霍夫的星际旅行中,出现了古老的阿里安人,这意味着尼古拉·阿勃列乌霍夫回到了人类最初的一个种族时代——阿里安人的时代,并且追随着它的历史,继续前行。这里,安德列·别雷无疑是在表现西方的分裂状况,这种状况就像当初阿里安人分裂时一样。但是现在,只有俄罗斯还保留着阿里安人初始的统一性,因而俄罗斯不仅担负着成为"第三罗马"帝国的使命,还要承担通过"神权政治整合人类社会"②的使命。③

在小说第五章《彼波·彼波维奇·彼波》一节中,尼古拉·阿勃列乌霍夫昏昏沉沉地进入星际旅行状态,他感到自己"在绝对的零度,在零下二百七十三度的严寒中飞行"④。这句话之后,下一节《最后的审判》就开始了。从这句话在小说中所处的位置来看,它带有一定的过渡性质,为下一节描写尼古拉·阿勃列乌霍夫真正的星际旅行作了铺垫。而从这一节和下一节的内容来看,这句话明显含有另外的意思,就是它预设了后面提到的阿里安人的时代。这句话把即将开始的阿里安人的历史"瞬间"地展示在主人公面前,它把尼古拉·阿勃列乌霍夫和读者同时带入了阿里安人的整个历史长廊中。首先就是阿里安人原初的时代——冰河时代,因为当时阿里安人生活在极北地带。

随着气候的变化,阿里安人从极北地带迁移了出来,来到草原上,过着放牧的生活。⑤ 可以说,图兰人就是当初迁移来的阿里安人的后裔,并受到藏传佛教的影响。这些对小说主人公的影响十分地明显。尼古拉·阿勃列乌霍夫在梦中经历了自己曾经在草原上的生活,在他的梦中出现了类似佛的雕像和图兰人。图兰人当时的一些生活习俗和神话仪式也出现在尼古拉·阿勃列乌霍夫的星际旅行中。

在尼古拉·阿波罗诺奇的星际旅行中出现的先祖穿着蓝宝石色绣着龙的

---

① 阿里安人(арийцы)被有些学者翻译成雅利安人、亚利安人、阿利安人,本书由于使用靳戈和杨光翻译的版本,因此采用中文本《彼得堡》对此的翻译,译成阿里安人。

② 用"神权政治整合人类社会"的主张是 B. C. 索罗维约夫提出的,这里安德列·别雷继承了他的思想。

③ 参阅〔俄〕Колонтаев К. В.：Арийский след//Гатета《Дуэль》№40(87). Http：//www. duel.ru/199840/? 40_5_1.

④ 〔俄〕安·别雷《彼得堡》,靳戈、杨光译,作家出版社 1997 年版,第 373 页。

⑤ 参阅 Википедия-свободная-энциклопедия. http：//ru. wikipedia. org/wiki/% D0% 中的词条арии。

衣服。原来阿里安人喜欢蓝色的文身,阿里安人的神话祖先——萨杜尔努斯的代表颜色也是蓝色。看来,此处"蓝色"暗示了尼古拉·阿勃列乌霍夫的阿里安人血统。①

事实上,前面对尼古拉·阿勃列乌霍夫的相关描写中的一个细节就已经指出了他的形象所体现的阿里安人的神话传统,这就是尼古拉·阿勃列乌霍夫在给索菲亚的信中装有画着头颅的卡片。在阿里安人的神话传统中,他们崇拜头颅,往往把头颅挂在神庙的入口处,有时作为装饰,挂在家里。这样做的原因,一则是为了炫耀他们获得了胜利,二则也是为了保护胜利者不受另外一个世界的影响。他们认为,在死人的头脑里有一种神秘的力量,被征服者死后能为胜利者服务。② 无疑,头颅代表着另外一个世界,也证明了尼古拉·阿勃列乌霍夫来自另外一个世界的神话。

阿里安人崇拜具有神特征的英雄——太阳战士,认为他的武器就是太阳光。③ 这个传统体现在小说的另外一个主人公阿波罗·阿勃列乌霍夫身上。他就像阿里安人心目中崇拜的偶像,他发出的命令(是电波,如同太阳光一样)传达到俄罗斯城市的各个角落。

值得注意的是,安德列·别雷对阿波罗·阿勃列乌霍夫的描写综合了许多多神教的神话因素,其中就包括阿里安人的神话,并且是集萨杜尔努斯、克罗诺斯、赫罗诺斯为一体的神祇形象,兼之在神话中,这三个人也是常常被混淆在一起使用的。赫洛诺斯(Хронос)和克罗诺斯(Кронос)的发音类似,二者经常混淆。罗马人又把克罗诺斯(Кронос)和萨杜尔努斯(Сатурн)混为一体。安德列·别雷在使用这些神话时,往往把这些有关萨杜尔努斯、赫罗诺斯、克罗诺斯的形象和故事糅合在一起。作家用这种混合的方法,构造了一个有关阿里安人的新神话。

这里,有一则和萨杜尔努斯有关的神话。传说,萨杜尔努斯被自己的儿子宙斯打败,被放逐到一个岛上。在流放中,他开创了类似于柏拉图描述的大西洋岛屿(大西洲)的幸福生活,后来岛屿沉没了。小说中,参政员阿波罗·阿勃

---

① 参阅〔俄〕Колонтаев К. В.：Арийский след//Гатета《Дуэль》№40(87). Http：//www. duel.ru/ 199840/? 40_5_1.

② 参阅〔俄〕Колонтаев К. В.：Арийский след//Гатета《Дуэль》№40(87). Http：//www. duel.ru/ 199840/? 40_5_1.

③ 参阅〔俄〕Колонтаев К. В.：Арийский след//Гатета《Дуэль》№40(87). Http：//www. duel.ru/ 199840/? 40_5_1.

列乌霍夫重复了这个古老的神话,他处在大西洲的生活时代,"萨杜尔努斯王朝回来了"①。但是参政员正处于被儿子推翻的危险境地,而"大西洲的毁灭"无疑也意味着萨杜尔努斯创建的美好时代结束了。在希腊神话中,萨杜尔努斯被儿子打败往往被描写为克罗诺斯被宙斯打败。因为克罗诺斯和赫罗诺斯常常混淆,于是在小说的一些地方,阿里安人祖先萨杜尔努斯被替换成了赫罗诺斯。

在阅读小说的时候我们发现,作者常常描写出令人感到莫名其妙的情节,诸如尼古拉·阿勃列乌霍夫祖先的到来是时间的到来;时间在寻找自己的镰刀;尼古拉·阿勃列乌霍夫向父亲投掷炸弹,就是向时间投掷炸弹等。如果把这些描写置于神话的语境中,就比较容易理解了。原来时间(中译本译为时间,原文为 Хронос)这一词含有双重意义,既指时间,又指赫洛诺斯神,而时间在寻找自己的镰刀,显然是指赫洛诺斯在寻找镰刀,况且镰刀是赫洛诺斯的武器。

接下来的描写,安德列·别雷运用了尼采的永恒轮回学说和人智学的学说。如前所述,尼古拉·阿勃列乌霍夫向父亲投掷炸弹,这无疑就是向时间(赫罗诺斯)本身投掷炸弹;炸毁了父亲(萨杜尔努斯),也就炸毁了时间。在没有时间状态下的世界,就是混沌的世界。在这样的世界中,无所谓历法,"历法是零"。大地上只有"雾蒙蒙的环圈",它环绕着史前时代。

安德列·别雷后面的描写又转回阿里安人的神萨杜尔努斯身上。这里具有了作者再创作的特点,亦即他把这些古代之神和现代关于宇宙的知识、哲学理论融为一体,创造出了自己的神话。具体来说,安德列·别雷利用古代神话故事,即朱庇特(这是古罗马神话中对宙斯的称呼,小说原文中用的就是这个名字)准备成为世界主宰的时候,萨杜尔努斯(又指克罗诺斯)试图重新夺权,因此把自己的手下阿特拉斯派到了大地上。在萨杜尔努斯战败后,阿特拉斯受到宙斯的处罚,成为托天的神。后来在宇宙学中,以他的名字命名了土星的一个卫星。安德列·别雷把在这种关系移植到在尼古拉·阿勃列乌霍夫和阿波罗·阿勃列乌霍夫之间,儿子成了这则神话中的阿特拉斯,父亲就是萨杜尔努斯。从而安德列·别雷断定:"一切都在往回转动。"

安德列·别雷根据尼采"永恒轮回的学说",使时间转回到了阿里安人的时代,或者更早的宇宙时代。在此,安德列·别雷把主人公置于阿里安人神话和传说中,目的是说明俄罗斯分为西方和东方前的曾经统一的时代。维基百科辞

① 中译本《彼得堡》没有此句的翻译,可以参阅 Белый Андрей:Петербург. Роман в восьми главах с прологом и эпилогож. Москва, Издательсто《Наука》, 1981, с. 292:Сатурново царство вернулось。

典对此曾做过这样的描述："19—20 世纪这个时期人们把阿里安人作为欧洲或者斯拉夫的代名词。"①阿里安人无疑代表着西方。安德列·别雷虽然也持同样的观点，但是他又提出了自己的见解，并且通过尼古拉·阿勃列乌霍夫星际旅行中的一段论证说明了这一切。尼古拉·阿勃列乌霍夫的本子上写的是：

"第一节：康德（证明康德也是图兰人）。"

"第二节：被理解为无人和虚无的价值。"

"第三节：建立在价值基础上的社会关系。"

"第四节：用价值体系破坏阿里安人世界。"

"结论：自古以来蒙古人的事业。"②

接下来的一段提到：

"任务不明白：不是康德——该是大街。"

"不是价值——是号码：每幢房子、每层楼和每个房间上的永久性号码。"

"不是新制度：是大街上公民们的流通——均匀的，直线的。"

"不是毁灭欧洲——它的永久性……"

"这才是——蒙古人的事业……"③

虽然这两段提出问题的前提不同，但是却得出了同一个结论：蒙古人的事业。当然，这个结论的得出，只有结合阿里安人的历史才能理解。

康德被证明是图兰人，这显然是在述说阿里安人的历史。从历史上来讲，欧洲人也来自阿里安人，也经历了草原放牧的阶段，自然属于图兰人。按照新康德主义者里凯尔特持有的价值观，评价一切都应该以价值作为评判的标准，然而建立在这个评判标准之上的认知体系势必会破坏阿里安人原来的世界，破坏他们和谐统一的社会。根据西方的认识，从根源上讲，这种破坏就是蒙古人的事业。

阿波罗·阿波罗诺奇对此相应给予了类似的回答，他认为，无论是房子、大街（原文用的大写）、匀称的直线，还是这些具有欧洲特点的城市，都是蒙古人的事业，蒙古人的"成就"。

---

① 参阅 Википедия-свободная-энциклопедия. http://ru.wikipedia.org/wiki/%D0%.

② 〔俄〕安·别雷《彼得堡》，靳戈、杨光译，作家出版社 1997 年版，第 377 页。

③ 〔俄〕安·别雷《彼得堡》，靳戈、杨光译，作家出版社 1997 年版，第 378 页。

从上述的行文中可以看出作家所持的一些的观点。应该说,在整个阿里安人的历史中,人们意识的分裂(从认知角度看,是对初始的阿里安人统一世界的分裂)和建立在秩序基础上的欧洲城市(安德列·别雷指出,秩序化的结构是停滞不前的表现,实质上是东方的静止主义,当然也包括蒙古),实际上都是蒙古人的事业。在代表社会个性的尼古拉·阿勃列乌霍夫的身上,也有阿里安人的血统,但是他的使命不是炸毁时间,从而回到原初的阿里安人神话中的前宇宙时代。这里,安德列·别雷不再追随尼采的永恒轮回学说,因为代表轮回的球已经"瘪了",剩下的路需要继续寻找。自然,在后面的章节中,作家给出了有关个性发展问题的答案。

另外,需要厘清别理对康德思想的理解。别雷虽然研读康德的作品,但实际上反对康德的思想,力图摆脱康德思想的桎梏。别雷认为,康德将感性和理性结合起来,思维作为推动纯粹判断超验领域内认知的力量,理论理智只有接收物质世界和作为直觉。康德将实践理论判断放在高于理论判断的位置,因为构成了人的道德基础。康德号召人们注意人的自身,不是从外部寻找力量,像别雷所说上帝在我们之中思索。别雷反对康德打碎了所有神圣的东西,打碎了精神空间。生动的直觉,甚至上帝。康德限定了人类的时间层面,如果人类为了感知存在的其他领域,就需要发展自身的高等器官,人类的认知就能深入到世界构建的无尽的深度。认知具有客观性。在末世论观点中颓废的心灵是龙和阿里曼,它们都是试图隔断人走向生动的精神宇宙,把他变成一个冰冷的判断物体。别雷在新康的主义中看到了对人类意识的阿里曼化。这主要是因为思想家教条的思想所致。虽然别雷批判康德的理论,但是他还是吸收了康德的意志所起的作用。别雷称作为创作活动。因为康德确定人的实践理智比理论更加有价值。人类还是一个道德实体,我们存在的价值还在于我们在意识领域在道德规范中精神中无尽的、不可见的相联系。康德认为在人类的内心深处就有先验的模式和隐藏的艺术,对此别雷并不赞同。别雷认为模式是不能找到自己位置的生动认知的痕迹,模式是认知过程中重要的中心位置。别雷分为三个阶段,第一个阶段,普通的意识不能理解的纯粹的观察,因为有很多概念,这就是混乱的一团没有关联的汹涌的浪涛,第二个阶段是利用合适的概念将混乱感官世界变成了具体的客体,这不是感官和概念简单的混合,而是认识的主体在思想的生动形象中达到了思想的现实。因此,人类在认知中可以囊括存在的思想现实。他要寻找生动的概念,而这个生动的概念就是歌德所说的初等植物和原型,通过判断的直觉力量感知到的。思想的形象也是思维准确想象的产物。认知的主要特点就是流动性和动态性。所以,康德的认知是矛盾的,它是静止的。认知在别雷看来就是修辞任务。认识的活动就是审美的艺术活动,这是人在思想中创造的第二个现实世界,与上帝创造的世界同在。

第二节 《彼得堡》:现代神话的世界

在上面的论述中,我们往往只是谈到人物所具有的某个神话的某一个方面特征。事实上,在小说中,一个人物或者形象往往同时兼有几个神话的特点,这充分体现出现代神话所具有的综合性的特征,也彰显出作家神话思维的特性,借用 H. O. 洛斯基的评价,就是"在总体上,安德列·别雷的哲学是泛神论的变种"[1]。作家在小说中将现代神话特征和神话思维发挥得淋漓尽致,构建了现代的神话世界——彼得堡的城市形象。

可以认为,在《彼得堡》中,反映这座城市总体体征的现代神话世界由以下几部分构成:(1)舞动的撒旦;(2)飘动的影子;(3)狂欢的祭祀场面;(4)闪动的多米诺;(5)社会异化的神话化。

一、舞动的撒旦

安德列·别雷在小说《彼得堡》中融合各种神话因素,包括神话故事中的蛇和蛇有关的形象和情节、海上大尉的魔鬼传说、化身为蝙蝠的魔鬼等典故塑造了彼得堡中的撒旦形象。于是,撒旦舞动在彼得堡的城市上空,使整座城市成为人间地狱。

首先,撒旦形象体现在蛇的身上。可以说,自古以来的传说都证实了蛇具有魔鬼的特性。具体来说,文本中蛇的形象包括《圣经》中诱惑夏娃犯下原罪的古蛇、希腊神话中恶战阿波罗的皮同、《启示录》中展示世界末日的红龙,青铜骑士雕塑组成中伏在彼得大帝脚下的蛇等。杂糅这些神话形象,安德列·别雷又借鉴了果戈理对神秘的不洁之力的描写方法,塑造出撒旦的形象。

首先上演的是希腊神话故事中阿波罗与皮同的战斗情节。充当阿波罗神的自然是参政员阿波罗·阿勃列乌霍夫,皮同(蛇)则是通过弯曲图形借代蛇的

---

① 〔俄〕洛斯基 H. O.《俄罗斯哲学史》,贾泽林等译,浙江人民出版社 1999 年版,第 428 页。

艺术处理方法来实现的。与阿波罗战胜皮同的神话结局不同,小说中的参政员阿波罗·阿勃列乌霍夫已经难以制服皮同,在战斗中呈现出劣势。这体现为阿波罗·阿勃列乌霍夫害怕弯曲的图形,而他的对手的行为举止中却常常有此类动作。

譬如,与参政员阿波罗·阿勃列乌霍夫对立的来自岛屿上的陌生人(杜德金——引者)常常做出这样的动作:

> 当时陌生人一只手抓住梯子栏杆,另一只手(提着包裹的)慌慌张张地在空中划了道曲线……①

弯曲的形状还存在于向参政员阿波罗·阿勃列乌霍夫执政的政府部门请愿的混乱的人群中:

> 阴森森的大楼里边是一片混浊的红黄色;这里的一切都在蜡烛的照亮下;什么也看不见,除了一些人体,人体和人体;弯曲的,半弯曲的,稍有点弯曲的和完全不弯曲的……②

蛇的因素还充斥了小说的高潮部分——整个化装舞会。跳舞的人以蛇的群体形象出现在阿波罗·阿勃列乌霍夫面前。他们发出的类似蛇的沙沙声让阿波罗·阿勃列乌霍夫很烦心,他们那弯曲的腿令他感到害怕。在阿波罗·阿勃列乌霍夫看来,这些年轻人的舞蹈就是"魔鬼的舞蹈"。这些年轻人是一群蛇妖的聚合。最后,伴随着类似蛇的咝咝的声音,古代的蛇妖出现了:一群激动的白眉毛的贵妇人中的一个古代蛇妖,忽然吹了一声口哨:

> 你们瞧瞧! 走了:不是显贵——是只小鸡。③

安德列·别雷笔下的人群还常常被描写为多足虫,伴随着"窃窃私语,发出沙沙沙的响声"④。从这些描写中可以看出来,此处的多足虫也具有了蛇的某些特征,体现了自古以来就存在的某种神秘而又可怕的来自另外一个世界的邪恶的撒旦形象。

> 尼古拉·阿波罗罗诺维奇看到,一条由人组成的多足虫在这里移

① 〔俄〕安·别雷《彼得堡》,靳戈、杨光译,作家出版社1997年版,第29页。
② 〔俄〕安·别雷《彼得堡》,靳戈、杨光译,作家出版社1997年版,第150页。
③ 〔俄〕安·别雷《彼得堡》,靳戈、杨光译,作家出版社1997年版,第280页。
④ 〔俄〕安·别雷《彼得堡》,靳戈、杨光译,作家出版社1997年版,第27页。

动，仿佛什么事也没有发生过；就像几百年来一直在这里移动一样；时间在那儿高处奔驰；它还有个极限；但对这条人组成的多足虫却没有那个极限；它将来会像现在一样移动；而它现在像过去一样在移动……①

在尼古拉·阿勃列乌霍夫的眼中，这个多足虫已经移动②了几百年。从时间上推断，它应该是和彼得堡同时存在，或许还要早于这个时间，这里，作者使用的"多足虫却没有极限"无形中延拓了彼得堡的时间，亦即它存在于过去、现在和未来。

而现在，以蛇的形象出现的撒旦已经占据了彼得堡的整个空间，舞动在彼得堡的上空。这从杜德金在和尼古拉·阿勃列乌霍夫谈话时，偶尔向窗户一瞥看到的情形中得到了证实：

> 留黑小胡子的陌生人从小窗口看了看涅瓦河流过的一边；那里弥漫着一片灰白色的污脏：那里是陆地的边缘，那里是无限的终端；那里，阴毒的十月已经透过灰白色的污脏悄声地在絮絮叨叨，同时以风和眼泪拍打着玻璃；玻璃上眼泪般的雨珠子互相追逐着，以便汇成一道道流水，画出钩子形弯弯曲曲的文字的模样；烟囱了响彻着风儿甜蜜的呼啸，一张由黑黝黝的烟囱织成的网从很远很远的地方往天空中输放自己的浓烟。浓烟过去了，把尾巴留在深色的水面上。③

> 《Незнакомец с черными усиками из окошка посмотрел на пространство Невы; взвесилась там бледно-серая гнилость: там был край земли и там был конец бесконечностям; там, сквозь серость и гнилость уже что-то шептал ядовитый октябрь, ударяя о стекла слезами и ветром; и дождливые слезы на стеклах догоняли друг друга, чтобы виться в ручьи и чертить крючковатые знаки слов; в трубах слышалась сладкая пискотня ветра, а сеть черных труб, издалека-далека, посылала под небо свой дым. И дым падал хвостами над темно-цветными водами》.④

---

① 〔俄〕安·别雷《彼得堡》，靳戈、杨光译，作家出版社 1997 年版，第 525 页。
② 原文中使用的是表示爬行动物移动的动词 ползать（爬），这更加肯定了多足虫具有蛇的特点。
③ 〔俄〕安·别雷《彼得堡》，靳戈、杨光译，作家出版社 1997 年版，第 130 页。
④ Белый Андрей: Петербург. Роман в восьми главах с прологом и эпилогож. Москва, Издательсто 《Наука》, 1981, с. 101.

从这段文字中可以看出，彼得堡的空间展示的是无序的原生力，也就是空间已经被魔鬼皮同(蛇)占领。像蛇一样有毒的十月在沙沙作响(шептал)，甚至雨水也具有了蛇的特征：它弯曲成河，样子像钩子；最后是浓烟的"尾巴"，留在深色的水面上。此处的尾巴同样具有蛇的形状，所以也带有撒旦的含义。在文本中，尾巴还获得了实体的意义，呈现为果戈理笔下鼻子的神话特征。

> 他(杜德金——引者)的感觉被一根脱落的、有力的但眼睛看不见的尾巴拖拉着；亚历山大·伊万诺维奇从相反的方面去体会这些感觉，他通过意识沉浸在尾巴上(也就是躲在背后)：这几分钟里，他老是觉得自己的背部裸露着，而有个巨大的躯体正像冲出大门似的从这个背部出来，准备奔向深渊：这个巨大的躯体便是他这一昼夜的感觉：尾巴使感觉冒烟了。
>
> 亚历山大·伊万诺维奇想：只要一回到家，这一昼夜的活动就会关上大门；他还是竭力想用他亭子间的门把尾巴和背部隔开；可是尾巴还是夺门进来了。①

这里，尾巴获得了独立实体的意义：它能拖拉住杜德金，它躲在杜德金身后，甚至杜德金想用门隔断它时，它还是夺门而入。

早于此故事情节的《逃跑》一节中，就表现了尾巴的这个特性。杜德金感到，他的背后有个像尾巴的东西进入了他的体内，这个像尾巴的东西就是青铜骑士所骑的马的尾巴。这个具有魔鬼性质的尾巴侵入了杜德金的身体中，这预示着青铜骑士和杜德金已经合成为一个人。关于马的尾巴的描写，还让人联想到作者在这节的开始和结尾处提到的"一辆宫廷四轮轿式马车"，不难看出，这是代表青铜骑士出现的一个形象。在其他的章节中还提到，杜德金几乎每天晚上都可以看见这辆马车。显然，这里马的尾巴从归属青铜骑士所骑的马的身上，借代为青铜骑士本人。在小说中，青铜骑士是一个魔鬼，相应地，尾巴也就具有魔鬼的性质。杜德金试图切掉在他背后的尾巴，但是没有成功。之后，他看到了在广场上的青铜骑士，作者在发出一系列有关彼得堡命运的议论后，提到了上面描写的像尾巴的烟。这里，尾巴暗示着青铜骑士作为魔鬼所具有各种变形能力。紧接着，杜德金听到背后传来："上帝啊，耶稣基督！救救我们，宽恕

---

① 〔俄〕安·别雷《彼得堡》，靳戈、杨光译，作家出版社1997年版，第151～152页。

我们吧!"①显然,这是人遇见魔鬼时对上帝的一种祈求,这更加证实了青铜骑士带有魔鬼的性质。在这节的结尾处,又出现了我们上面已经提到的四轮轿式马车上,青铜骑士(魔鬼,带有世界末日敌基督的神话特点)又开始了自己夜晚的活动。

其次,在小说中,撒旦的另外一个形象,就是漂泊在海上的荷兰人。和这个漂泊的荷兰人相关的,是一则关于海上大尉的神话式传说。根据这则神话传说,海上大尉永远在海上漂泊,从不靠岸,和他相遇,就意味着遇到了厄运:船翻,甚至死亡。在这个意义上说,荷兰人作为魔鬼,掌握着由阴暗和黑暗产生的罪人的地狱世界。当然,他还是彼得大帝的一个伴随意象,因为彼得曾去荷兰学习过造船的技术。所以在小说中,这个荷兰人常常和彼得以及青铜骑士混在一起,共同构成了魔鬼撒旦的形象。

最后,阿波罗·阿勃列乌霍夫是尘世邪恶力量的代表。得出这样的结论首先是基于 B. C. 索洛维约夫《三次谈话》中阿波罗伊所代表的敌基督的形象。显然,《彼得堡》中的单词"阿波罗"和《三次谈话》中的"阿波罗伊"拥有几乎相同的发音和拼写,另外,文本《彼得堡》还继承了 B. C. 索洛维约夫在《三次谈话》中传达出来的末日征兆来临的思想。而末日征兆体现人物之一就是拥有敌基督性质的参政员阿波罗·阿勃列乌霍夫。

另外,为了增强参政员阿波罗·阿勃列乌霍夫的魔鬼特性,小说中不断指出他像一个大蝙蝠(летучая мышь)。因为根据《象征辞典》对大蝙蝠的解释:

> 大蝙蝠是和冥界有关的动物,死者的灵魂有的就像是蝙蝠的翅膀。基督教中把蝙蝠视为恶的力量和魔鬼本身。②

从中可以看出,蝙蝠指的也是魔鬼。

蝙蝠成了参政员阿波罗·阿勃列乌霍夫的一个显著特征,甚至成为他的替身,也是他在机关里的外号。譬如,作者在描写参政员走进机关办公室的时候,是这样写的:"您一进房间,一只灵巧的小蝙蝠从门缝中飞了进来"③;岛上的居民"也给他取了个要命的比喻:(比作蝙蝠)"④;"那蝙蝠翅膀似的乌云每天都遮

---

① 〔俄〕安·别雷《彼得堡》,靳戈、杨光译,作家出版社 1997 年版,第 155 页。
② Шейнина Е. Я.: Энциклопедия символов. Москва, изд. 《АСТ》; Харьков, изд. 《Торсинг》,2006, с. 199.
③ 〔俄〕安·别雷《彼得堡》,靳戈、杨光译,作家出版社 1997 年版,第 73 页。
④ 〔俄〕安·别雷《彼得堡》,靳戈、杨光译,作家出版社 1997 年版,第 75 页。

住我们祖国的十分之一"①等。

安德列·别雷除了赋予人物魔鬼的特征之外,他还把彼得堡比作一座火焰山,即地狱的入口,因为整个彼得堡已经被撒旦变成了人间地狱。

在小说中,安德列·别雷运用以上神话意象,表达了这样一个思想:舞动的撒旦无处不在,它可以化作不同的形象,存在于所有的空间,侵入人的身体。另外,作家说明了1905年革命前后彼得堡的社会情形:彼得堡在魔鬼的掌控之下,这座城市犹如人间地狱。

虽然在彼得堡上空、在彼得堡城市里,过去、现在和未来都存在着撒旦的鬼影,但是作家却试图以自己的创作,打破充满撒旦魔影的彼得堡的平衡,努力创造一个新的宇宙模式;他试图以自己的创作把人们从对魔鬼的幻觉和恐惧中解脱出来。所以,安德列·别雷说:"我的创作就是我扔出去的炸弹。"②

二、飘动的影子

在果戈理和陀思妥耶夫斯基的笔下,彼得堡的城市形象已经具有非现实的、虚幻的特征。到了安德列·别雷笔下,这种虚幻性又得到了进一步深化。深化的原因在于作家的北非之旅。应该说,非洲的文化给予作家许多创作灵感,特别是造访生死同在的开罗这座城市后,他开始重新定位彼得堡的城市主题,重新思考这座城市的虚幻性。这在他从北非回来之后所写的一系列日记中得到了证实。他把对埃及城市虚幻性的思考移植到彼得堡城。于是,在安德列·别雷的笔下,整个彼得堡就是一座虚幻的、地狱般的城市,城市中游动的是飘动在城市上空的影子。为了描写影子,安德列·别雷综合了多个神话典故、文学形象、历史典故和哲学理论等,构建了一个有关影子的新神话形象。

1. 埃涅阿斯地府之行的影子

根据古罗马诗人维吉尔创作的神话,埃涅阿斯(Эней)在特洛伊战争战败后被迫离开故土,带领部落寻找新的栖身之地。在寻找过程中,他在梦中获得指示:应该下到地府,寻找自己的父亲,接受父亲的援助,以便得到关于他和他的后代未来命运的启示。于是,在西彼尔(古希腊罗马著名的预言家)的带领下,

---

① 〔俄〕安·别雷《彼得堡》,靳戈、杨光译,作家出版社1997年版,第538页。

② 〔俄〕Белый Андрей: На рубеже двух столетий. http://az.lib.ru/b/belyj_a/text_ 0010.shtml 223.

埃涅阿斯踏上了通往地府之路。① 他在途中的所见所闻构成了《彼得堡》现代神话中有关影子的情节基础。首先,埃涅阿斯看到在勒特河边有许多人影,他们在等待着船夫卡戎把他们渡到河对岸的冥府中。小说中再现了这些等待渡河的影子形象。在小说第一章《生活在岛上的人们使你们吃惊》一节中,出现了这样的话语:

> 我们不过自己说说:啊,俄罗斯人,俄罗斯人! 你们别把岛上那群不稳定的影子放进自己屋里! 提防着点岛上的人! 他们有了在帝国自由定居的权利:要知道,为此架设了一座座横跨勒特河的通向岛屿的黑的和灰的桥。得把它们拆掉……②

勒特河是古罗马神话中的一条冥河,此处作者赋予了涅瓦河冥河的性质,从而把这个古罗马的神话故事移植到了彼得堡城。徘徊在河岸上的是等待着渡河的灵魂(影子),他们翘首期盼着卡戎渡船的出现。船在这里已经被现代样式各异的桥所代替。一条冥河横亘在两个世界之间,但是桥的出现消解了这两个世界之间的界限。原本地狱只在岛屿上,而今这些黑色和灰色的桥把地府的这种转化力量带到了城市中心。黑色和灰色代表超自然的、潜在的力量,它们构成了小说的末世论背景。黑色最大的程度是黑影。阴影是明显的黑色或者是加深的灰色,它代表着不断运动的转化力量,是彼得堡的非现实特征之一。阴影的转变表明不可控制的力量随意穿行在都市人之间。根据非现实和幻想的概念,无论在古代还是现代的解释中,把人变成阴影,也就意味着把他变成了魔鬼。

由于桥把岛屿和城市连接起来,来自岛屿即地狱的影子得以慢慢地控制了彼得堡。国家政权的代表者参政员阿波罗·阿勃列乌霍夫已显得无能为力,他瘦小的身体常常被作者描写为木乃伊。他本人就在彼得堡这个地狱中经受各种磨难,他就像埃涅阿斯所见到的不断推动石头的希徐福斯一样,不过不是推动石头,而是"转动着一台机器的特大轮子"③。阿波罗·阿勃列乌霍夫本人也在地府中游荡:

---

① 参阅〔美〕布尔芬奇《布尔芬奇讲述神祇和英雄的故事》,姚志永、陆蓉蓉译,东方出版社 2004 年版。

② 〔俄〕安·别雷《彼得堡》,靳戈、杨光译,作家出版社 1997 年版,第 31 页。

③ 〔俄〕安·别雷《彼得堡》,靳戈、杨光译,作家出版社 1997 年版,第 542 页。

经过沸腾的科库托斯河之国魂归普鲁同王国的,不是美丽的普洛塞尔庇娜;每天都在地狱里转的,是被卡戎偷偷抓走的、骑在毛皮蓬松、浑身是汗的黑鬃马上的参政员。[①]

不过,参政员阿波罗·阿勃列乌霍夫不像埃涅阿斯那样,把特洛伊人带到了新的家园,阿波罗·阿勃列乌霍夫对整个国家已经束手无策,而且自己也已经成为邪恶的力量。[②]

2. 柏拉图洞穴学说的影子

安德列·别雷在小说中运用到影子的意象,应该说还受到柏拉图洞穴学说的影响。根据柏拉图的寓言,没有开化的、无知的人们,没有走上通向精神真理之路的人们,他们看到的只是自己背对着火光时投射到墙上的影子。安德列·别雷运用这个典故,意在表明,现在的彼得堡,甚至整个俄罗斯,犹如柏拉图笔下的洞穴,弥漫着无知的氛围。俄罗斯人作为囚犯,被无知所掌控,不能转动他们的头颅,不能看到他们身后燃烧的火焰,不能看到真正的人或者物体,于是,他们所见到的表面世界被认为是真实的世界。在安德列·别雷看来,这才是最可怕的。需要有人把他们领出这个洞穴,看清楚这个世界的本来面貌,这就是作家创作的目的之一。无疑,作家充当了这个领路人的角色。

3. 间谍——尾随在人背后的影子

安德列·别雷在小说中把阴影和失去了实体的人联系起来。导致人失去实体的是城市随时有可能陷入深渊的原生力。这个原生力在文本中就是来自人的潜意识、集体无意识领域的间谍活动。间谍现今化为影子,活跃在彼得堡的大街小巷,似乎古老的神话又重新上演,整个社会逆转地回溯到彼得时代,回到初始的混乱状态,因为城市中的"阴影在窃窃私语"。

可以说,间谍的活动充斥了整部小说。间谍活动的主谋是像魔鬼一样的人物,或者就是屡次出现的影子。在彼得堡的大街上,站在墙角里的警察犹如间谍,而隐藏在他背后的合谋者就是魔鬼,他们共同监视着城市中的每一个人,甚至作者本人也被警察监视着。在家里也存在同样的间谍活动。阿波罗·阿勃列乌霍夫和儿子尼古拉·阿勃列乌霍夫都在窥视对方的秘密行动。难怪老仆人谢苗内奇会说:

---

① 〔俄〕安·别雷《彼得堡》,靳戈、杨光译,作家出版社 1997 年版,第 537 页。
② 参阅第九章第二节第一大问题"舞动的撒旦"。

不成体统！简直是下贱的东西（指尼古拉·阿勃列乌霍夫——引者）……啊,上帝……从门洞里偷看![1]

城市的大街也具有一种特殊的超自然的魔力:

彼得堡的马路具有确凿无疑的特点:把过往的行人变成影子,影子又把彼得堡的马路变成人。[2]

彼得堡的大街把行人变成了影子,说明城市是一个人和影子合谋的空间。在这个空间中,甚至陈述者也成为影子,窥视着周围的一切,引领读者充当小说中阿波罗机构的秘密间谍,共谋监视城中的主要人物。

第一章《我们的角色》就明确指出,陈述者和读者都是密探,充当着间谍的角色。后面的陈述者带着共谋的读者,跟随着小说中的间谍来到小酒馆,共同完成了监视行动。陈述者有的时候非常狡猾,故意躲避着读者,充当着双重间谍的角色。一方面,他为读者服务,告知读者一些情形。像本节中读者已经进入小酒馆,并且躲在暗处,没有被间谍发现。另一方面,监视成功之后,陈述者有意向读者隐瞒了许多事情。所以,接下来读者听到的只是只言片语,没有完整的句子。

陈述者甚至明确地说,读者也参与了这个阴谋。而且从背后窥视,已经成为完成共谋的一个主要方法。

是的,读者,年迈的参政员还将乘自己的四轮黑色轿式马车追逐你;而且从现在起,你永远也不会忘记他![3]

如同果戈理在《彼得堡的故事》中所揭示的神话的特点,人体的局部即人体的构成部分获得了独立存在的能力,它能思考,能行动,具有超自然的能力,在本部小说中,安德列·别雷把人体构成部分的这个功能发挥到了极致。譬如阿波罗·阿勃列乌霍夫的大耳朵无疑获得了某种特殊的功能。这个大耳朵不仅是他的一个典型特征,而且它能听、能看、能独立施展自己的魔力。他的背部更是获得了超自然的能力。为了加强这种超自然的功能,作者利用神话思维的形式,使副词"突然"获得了间谍实体的意义。陈述者像对待一个人一样,让副词"突然"自己待在小酒馆里,而他却开始了另外的行动。之后,陈述者骤然又转

---

[1] 〔俄〕安·别雷《彼得堡》,靳戈、杨光译,作家出版社 1997 年版,第 548 页。
[2] 〔俄〕安·别雷《彼得堡》,靳戈、杨光译,作家出版社 1997 年版,第 52 页。
[3] 〔俄〕安·别雷《彼得堡》,靳戈、杨光译,作家出版社 1997 年版,第 84 页。

回到这个"突然"形象，并且揭示了这个词所具有的超自然的间谍能力。

> 你的"突然"偷偷躲在你背后，有时它比你先到房间；你最先会产生惊恐万状：背上产生一种不愉快的感觉，仿佛有大批无形的东西像扑向敞开的大门似的扑到你背上……①

"突然"像间谍，偷藏在人的背后，监视着人；同时又具有影子的特点，像"大批无形的东西"。可以说，副词"突然"具有魔鬼的魔力。

小说中的利潘琴科是掌控双重间谍莫尔科温和革命者杜德金的"党内大人物"，事实上，他所从事的革命活动就是间谍活动。利潘琴科的间谍的性质不仅反映在他所从事的"革命事业"上，还反映在他背后的一张脸上。即他身体背后有第二张脸，掌握他身后发生的事情。这是在杜德金来到利潘琴科家后，在等待利潘琴科时，杜德金注视着他的背部时发现的：

> 突然间，背部和后脑壳中间的脖子上露出一道油滋滋的皱纹，恰是模糊不清的微笑：仿佛那里的靠背椅上坐着一个怪物；而且，那脖子看上去像一张面孔；仿佛靠背椅上坐着个脸上没有鼻子和眼睛的怪物；……②

利潘琴科像全知的上帝，比掌控国家命脉的参政员阿波罗·阿勃列乌霍夫更早知道所发生的事情。这要得力于他的间谍活动，无疑，他和他背后的第二张脸（怪物，实际上是影子）共同完成了间谍活动。

安德列·别雷运用神话传说、哲学理论和历史典故中的影子形象，说明了彼得堡这座城市的虚幻性。这座充斥着魔鬼的城市已经把居民变成了影子。作家在此进一步提醒读者，需要清醒地考虑俄罗斯人所处的境地，认真思考1905年革命的性质和恐怖行为的性质等重大问题，并且试图提出解决这些问题的方案。

三、狂欢的祭祀场面

《彼得堡》整部小说的高潮部分显然就是假面舞会。这里汇集了小说中几乎所有的人物，并且在舞会之后，小说的情节出现了转折。显然，这个假面舞会在小说中起到了一个关键的转折作用。作者把这个假面舞会置于希腊神话的

---

① 〔俄〕安·别雷《彼得堡》，靳戈、杨光译，作家出版社1997年版，第56页。
② 〔俄〕安·别雷《彼得堡》，靳戈、杨光译，作家出版社1997年版，第443页。

语境中,使其获得了狄奥尼索斯狂欢祭祀场面的特点。为了再现这个场景,作者在描写的细节中不断提醒观众(在这个场景中,不是读者,而是观众显得更加贴切)这个仪式在进行并引导观众参加这个仪式。

舞会的当晚,一切都笼罩在血一样的红色之中。这样的景色不禁令人联想到血淋淋的祭祀现场。人群慢慢地聚拢而来,来参加神圣的祭祀活动。

舞会是在楚卡托夫(Цукатов)家举行的。我们首先留意一下楚卡托夫的名字。他的名字(цукат)是"果脯"的意思。不言而喻,它指狄奥尼索斯祭祀仪式上常用的水果,特别是在大地丰产的庆典上使用的水果。他的小名柯克(Koko翻译成英语是Coco)指"椰子树",也与仪式上的水果有关。接下来更有意思的是,作家把他举办的舞会描写成"儿童晚会"。这是因为根据古希腊神话故事,狄奥尼索斯孩提时,就被提祖神杀死了①,自然没有长大成人。为此举办的舞会就带有了儿童晚会的特点。在狄奥尼索斯仪式上狂欢跳舞的楚卡托夫的妻子和两个女儿,使人想到狄奥尼索斯身边的三个神秘的永恒女伴。楚卡托夫一生都在跳舞,如同是在围绕着死去的狄奥尼索斯神跳舞。他的双下巴弯成月亮的形状,就像尼古拉·阿勃列乌霍夫屋里金香炉上的弯月亮(前面我们已经指出这是祭祀仪式上常用的物品)。在他身后,跟着一个天使模样的少年,这是因为根据古希腊神话,少年是保护众神的天使。

年轻的姑娘们像天使,带给化装舞会紫罗兰、草铃兰、百合花和晚香玉的芳香。她们在舞会上飞舞,并且伴有微风②,因为根据神话传说,微风是天使出现的象征。其中一个人穿着紫罗兰裙子,这种颜色与狄奥尼索斯仪式中女巫师所穿衣服的颜色相同。

众人不断汇拢来,伴随着弹琴者弹奏的乐曲,"像下令出发远征的一声鼓号响了"③。这使人想起在纪念狄奥尼索斯的节日活动中人们模仿引诱狄奥尼索斯神受害的铃声。另外,被弹琴者碰得叮当作响的小铃铛也传达出这种祭祀的声音。

在舞会上,狄奥尼索斯神——尼古拉·阿勃列乌霍夫身穿红色多米诺出场了。在狄奥尼索斯祭祀仪式中,红色多米诺象征着被撕裂的、流血的牺牲品。在古代,狄奥尼索斯仪式用人,后来才改用动物,包括羊、牛和猪祭祀。整个狄

---

① 〔英〕弗雷泽 J. G.《金枝》,徐育新、张泽石、汪培基译,新世界出版社2006年版,第378页。
② 作者在此使用 вихрь 一词。
③ 〔俄〕安·别雷《彼得堡》,靳戈、杨光译,作家出版社1997年版,第236页。

奥尼索斯祭祀仪式对于阿波罗神是莫大的威胁。因而,无论是具有狄奥尼索斯神性质的楚卡托夫的行为,还是身披红色多米诺的尼古拉·阿勃列乌霍夫,都与参政员阿波罗·阿勃列乌霍夫格格不入,他们的举止行为带给参政员极度的恐惧感。

楚卡托夫用他的像月亮的双下巴,对钢琴家的演奏表示赞同和鼓励;而对于阿波罗·阿勃列乌霍夫来说,这音乐听起来"像十个手指划玻璃发出的毫无意义的吱吱的声音,狄奥尼索斯的不和谐音"。[①] 阿波罗·阿勃列乌霍夫看到红色多米诺时,他首先想到的是,红色是毁灭俄罗斯的混乱的标志。他觉得,身穿红色服装的小丑的舞蹈是血淋淋的舞蹈,多米诺的红色反射在地上也像血。因此,当尼古拉·阿勃列乌霍夫身披红色多米诺刚刚出现在大厅中,他看到:

> 它(红色多米诺——引者)像一堆不稳定的血从一小块镶木板淌到另一小块镶木板,把大厅染成一片通红。[②]

老参政员似乎成了狄奥尼索斯被分裂的牺牲品,他惊恐地看着在化装舞会上爱开玩笑的人,这样的惊恐传达了他感觉到死亡正在临近。

在这个舞会中还穿插着报纸编辑有关塔克西尔的帕拉斯[③]主义的讨论,此处意在表明,俄罗斯变为魔鬼阴谋下的牺牲品。这些有关牺牲和神秘的仪式传说赋予舞会以古希腊神狄奥尼索斯祭祀仪式的色彩。

随后身穿黑色斗篷的女人们来到舞会上,她们像巫师一样:

> 胸前是两根交叉的骨头顶着一个头颅,一个个头颅也按拍子有节奏地蹦跳着。[④]

显然,她们胸前的图案和尼古拉·阿勃列乌霍夫交给索菲亚的卡片上的图案相同。当然,这个图案也指代另外一个世界——撒旦的王国。她们把自己打扮成西班牙女子的模样。我们知道,西班牙原属于古希腊罗马。然后,陈述转向带着翅膀从舞会上来的姑娘们,她们奔向屋子来拿清凉的果汁(果汁和祭祀用的水果有关),并贪婪地喝起来。

---

① 〔俄〕安·别雷《彼得堡》,靳戈、杨光译,作家出版社 1997 年版,第 280 页。
② 〔俄〕安·别雷《彼得堡》,靳戈、杨光译,作家出版社 1997 年版,第 244~245 页。
③ 帕拉斯是希腊神话中专司智慧和战争的女神,据介绍,塔克西尔在《十九世纪的魔鬼》一书中给帕拉斯主义下的定义为"最高的共济会和(……)纯粹的魔鬼崇拜"。参阅〔俄〕安·别雷《彼得堡》,靳戈、杨光译,作家出版社 1997 年版,第 257 页。
④ 〔俄〕安·别雷《彼得堡》,靳戈、杨光译,作家出版社 1997 年版,第 250 页。

尼古拉·阿勃列乌霍夫身穿红色多米诺来到假面舞会上，在人们的躲闪中，一名见习军官把碎纸屑撒在了尼古拉·阿勃列乌霍夫身披的红色多米诺上，撒落的纸屑形成了蛇形。根据古希腊神话，蛇是常伴狄奥尼索斯左右的动物。尼古拉·阿勃列乌霍夫的到来进一步表明，狄奥尼索斯从另一个世界①来到献祭的仪式上。在舞会上，索菲亚交给尼古拉·阿勃列乌霍夫的信②就意味着会导致流血牺牲。所以，当尼古拉·阿勃列乌霍夫读到这封信时：

> 他心里好像有什么东西可怜地哞哞叫着：叫得这么可怜，就像一头温驯的犍牛在屠刀下的哞哞声。③

他已经感到自己成了祭祀的公牛，感受到被分裂的痛苦。这是因为根据神话学家的证实，在所杀的动物和被敬奉的神之间存在同等的关系。于是，在狄奥尼索斯祭祀仪式上，牺牲的牛、猪就是狄奥尼索斯本人。尼古拉·阿勃列乌霍夫像他的父亲一样，也成了恐惧阴谋的牺牲品。此外，尼古拉·阿勃列乌霍夫看到纸条后的惊恐的感受也说明了这一点：

> 他的"我"原来只不过是一个黑暗的贮藏室，如果它不是被放在绝对黑暗中的一个狭小的储藏器内的话；而且在这里，在心脏的部位，突然冒出小火星……④

这和纪念狄奥尼索斯死去的仪式有关，因为在仪式上，敬奉的人群中"有一个人捧着一个精致的盒子走在人群的前面，据说盒子里盛的是狄奥尼索斯的神圣的心脏"⑤。尼古拉·阿勃列乌霍夫感到自己就是那盛在盒子里的心脏。

安德列·别雷借用古希腊多神教的仪式，意在表明俄罗斯所面临的危机和混乱的状况，并面对危机和混乱的时局，积极寻找出路。这个出路，在安德列·别雷看来，就在人物和观众（主要是俄罗斯人）所经历的仪式上。因为根据诺斯罗普·弗莱的神话—原型理论，众神祇都经历了死亡、再生、拯救和成年的仪式。于是，在这个狂欢节的祭祀仪式之后，小说中的人物发生了巨大的变化：参

---

① 前面我们多次提到尼古拉·阿波罗诺维奇来自另外一个世界。
② 那封致命的写有暗杀内容的信被放在了梳妆台镜子的下边。根据依纳斯写的狄奥尼索斯的悲剧故事，狄奥尼索斯在照镜子时，叛逆的提坦诸神谋杀了他。镜子在此成了造成悲剧的媒介，因而放在镜子下的信也成了悲剧的媒介。
③ 〔俄〕安·别雷《彼得堡》，靳戈、杨光译，作家出版社1997年版，第287页。
④ 〔俄〕安·别雷《彼得堡》，靳戈、杨光译，作家出版社1997年版，第290页。
⑤ 〔英〕弗雷泽 J. G.《金枝》，徐育新、张泽石、汪培基译，新世界出版社2006年版，第379页。

政员阿波罗·阿勃列乌霍夫离开权倾一时的彼得堡,返回到自己的故土——俄罗斯乡村。尼古拉·阿勃列乌霍夫放弃了弑父的企图,前往非洲,之后拜访圣地耶路撒冷。杜德金幡然醒悟,看清楚利潘琴科领导的革命团体的恐怖本性后,杀死了恶魔利潘琴科。这些人物也在一定程度上带有仪式上神的蜕变的性质。当然,获得最终新生的人物自然是我们多次重复提及的尼古拉·阿勃列乌霍夫。

四、闪动的多米诺

索菲亚从狂欢节假面舞会出来时,一个身披白色多米诺斗篷的神秘的"陌生人"向她走来:

> 有个忧伤而瘦长的人,她好像已经见到过许多次,以前,还是不久和今天都见到过——一个忧伤而瘦长的人,全身裹在白色的丝绸里,在变得空荡荡的大厅里正向她走来;他的一双明亮的眼睛正通过假面具的开口处瞧着她;她仿佛觉得,他的前额,他的瘦骨嶙峋的手指,发放处一道浓密的亮光……①

这个身穿白色多米诺斗篷、头戴假面具的陌生人让索菲亚觉得,在他那假面具下面蕴藏着无限的坚强和伟大。当他出现在索菲亚面前时,她见到了"一个光芒四射的人物,白色花边下露出一把像熟透的麦穗编成的大胡子"②。她感到"这里弥漫着一种无法表达的气氛"③。

无论是白色多米诺,还是"光芒四射的人物""像熟透的麦穗编成的大胡子""无法表达的气氛"等这些描写,作家都是在描摹基督耶稣的形象。在小说中,白色的多米诺的主人及其忧伤的、瘦长的④特征反映出基督在人们眼中显得光彩耀人。基督被描写为忧伤的、瘦长的、迷人的、温柔的人,像一位不知姓名的朋友。他没有外在的物质形象,但是却能够光耀众人;他沉默不语,但却能让人感觉他好像一直在述说,一直在期待人们的召唤。

> 你们大家抛弃了我:我为你们大家在奔走。你们抛弃我,然后又

---

① 〔俄〕安·别雷《彼得堡》,靳戈、杨光译,作家出版社1997年版,第469页。
② 〔俄〕安·别雷《彼得堡》,靳戈、杨光译,作家出版社1997年版,第270页。
③ 〔俄〕安·别雷《彼得堡》,靳戈、杨光译,作家出版社1997年版,第271页。
④ 形容词"忧伤的"和"瘦长的"描述出基督的主要特征,它们获得了和"基督"同等作用的名词性质。

呼唤我……①

在安德列·别雷的所有作品中,《彼得堡》中的基督形象是独一无二的。身披白色多米诺的人,从舞会出来时却穿着破旧的大衣。看来,安德列·别雷创作的基督形象主要来源于俄罗斯民间文学中基督的形象。在俄罗斯民间传说中,基督就是穿着破旧的衣服,和圣徒或者使徒行走在俄罗斯的大地上。② 19世纪,许多俄罗斯作家都把基督描写为神秘、忧伤、陌生的普通人,他穿着破旧衣裳,戴一顶红褐色的便帽。诗人丘特切夫(Тютчев)和 А. Н. 佩平(Пыпин А. Н.)在解释民间传说时指出,基督是个普通人,他像一个农家的孩子,带着十字架,行走在乡村间,帮助农民割草,为了农民的一点善行而施恩于他。可以说,基督做的是最普通的事情。他甚至被描写为一个行走在路上的浪人,只有在特殊的情况下才显现出他罩着光环的面容。显然,安德列·别雷非常熟悉这些有关基督的民间诗歌与传说。安德列·别雷创作这个形象还受到陀思妥耶夫斯基《卡拉马佐夫兄弟》的影响,伊万·卡拉马佐夫谈到的基督就是面容忧伤的、身材瘦长的形象。

另外,安德列·别雷还接受了人智学家施泰纳的有关基督的学说。根据施泰纳在《各各他山的神秘》中的讲述,基督不是哲学或者神学意义上的人物,他是一个普通人。

这个在现实生活中获得了普通人身份的基督,在小说中也和现实的人物联系起来。利胡金娜见到他时,一开始认为他是自己的丈夫利胡金。虽然利胡金出身于古老的贵族之家,但是他已经和家庭脱离了关系,在他的个性和行为中没有留下什么家族的印迹。他是一个普通的、掌管粮食的军官。他为人善良,有一颗纯洁的心。他谦虚,有耐心,爱所有的人。虽然他没有太多的知识和文化,没有闪光的智慧,一直认真履行军人的职责,但是在危险、关键的时刻,他却能坚持原则,表现出果敢的性格特征,甚至表现出少有的愤怒。至于谈到利胡金和基督的相似性,这首先表现利胡金在内心和外表上都与面容忧伤、身材修长的人相像:

  谢尔盖·谢尔盖依奇高高的身材,留着浅色的胡子,有身子、嘴

---

① 〔俄〕安·别雷《彼得堡》,靳戈、杨光译,作家出版社1997年版,第272页。

② 参阅〔俄〕Максимов Д. Е.: О романе-поэме Андрея Белого《Петербург》: К вопросу о катарсисе. Русские поэты начала века: Очерки. Ленинград., 1986. http://www.2cb.ru/ddb/raspis/goS-EXams/rus-lit-istochniki.doc.

巴、头发、耳朵和一双炯炯有神的好眼睛：但可惜的是，他总是戴着一副深色的墨镜，因此，谁也既不知道他眼睛的颜色，也不知道这双眼睛的奇妙表情。[①]

常有这样一种情况，把眼镜推到前额上，变得严厉，令人不悦，像块洁白的柏树木头，用柏树木头的拳头支着桌子……[②]

因而，他的妻子利胡金娜最初把那个忧伤的人认作是他。在利胡金娜和丈夫和好的时候，在她面前出现的就是忧伤的、瘦长的丈夫，他向她投来温顺的目光。另外，尼古拉·阿勃列乌霍夫在街上见到忧伤而迷人的、戴着便帽的利胡金时，也误把他当成了基督。除了外表的相似之外，关键是在利胡金的内心深处也蕴藏着一种高尚的力量：他努力阻止尼古拉·阿勃列乌霍夫弑父的企图；他和索菲亚和解的时候，散发出基督般的光芒。

这个忧伤的、瘦长的人和痛苦的主人公的相遇，是小说中另外一个重要的主题，也是安德列·别雷人智学思想的体现。根据人智学思想，当人内心修炼达到一定阶段时，人内心的"我"就会产生基督形象。在小说中，基督不仅是主人公灵魂发展的结果，而且也是在他们内心深处产生的有力的帮助者。也就是说，如果人的内心存在光明和善，他就会见到上帝。于是，尼古拉·阿勃列乌霍夫在放弃弑父的念头后，他的内心产生了回到童年的感觉，甚至利胡金看到的尼古拉·阿勃列乌霍夫就像是基督本人：

少尉觉得那身形好像由流动着的一直在发亮的东西组成，——他有一张痛苦地冷笑着的脸、一双浅蓝色的眼睛；浅亚麻色、亮光下像是竖着的头发，在亮晶晶高高的前额上形成一个透明的光环般的圆圈；他向上伸开双手，像一个心有不满、受屈辱、美好、满怀激情的人，站在鲜血般的糊墙纸背景上；糊墙纸是一片红色。[③]

尼古拉·阿勃列乌霍夫光辉的自我显现，说明他就是光明的代表。同时，安德列·别雷视尼古拉·阿勃列乌霍夫为钉在十字架上的基督。这样的描写明显受到尼采"狄奥尼索斯就是基督"观点的影响。因为另外一个具有狄奥尼索斯神特点的人——杜德金，他的内衣里边挂着一枚银十字架；他的床头挂着

---

① 〔俄〕安·别雷《彼得堡》，靳戈、杨光译，作家出版社1997年版，第105页。
② 〔俄〕安·别雷《彼得堡》，靳戈、杨光译，作家出版社1997年版，第102页。
③ 〔俄〕安·别雷《彼得堡》，靳戈、杨光译，作家出版社1997年版，第599～600页。

千夜祈祷图;他拜读《启示录》,恳求斯捷普卡给他带来俄罗斯东正教的祈祷书《特列勃尼克》。

作家为了突出世界末日临近的氛围,如同《启示录》中描写的一样,在小说中同时展现了基督和大天使长米迦勒的形象。诸如在尼古拉·阿勃列乌霍夫的父亲阿波罗·阿勃列乌霍夫的眼前,出现了长着翅膀的大天使给像基督受难的尼古拉·阿勃列乌霍夫浇洒清凉露的情景;杜德金回到顶层阁楼的时候,也看见了大天使米迦勒,等等。

安德列·别雷计划写作的三部曲《东方或者西方》的第三部,描写的就是正面的、体现一定目的的、真正的现实生活。并且他将现实建立在俄罗斯民族的土壤上,而不是把希望寄托在脱离现实的历史上。他认为,能够帮助俄罗斯走出危机的,首先是个性精神的变化。在小说中出现的忧伤的、瘦长的基督形象,反映了人心灵的光明,是最高道德的体现。忧伤的、瘦长的基督成为小说中光明的中心,作为心灵光明的象征,出现在主人公最痛苦的时刻。这里,安德列·别雷和托尔斯泰一样,赋予基督在精神领域内最高价值的意义。

五、社会异化的神话化

在安德列·别雷看来,1905 年革命、俄日战争、《启示录》中的世界末日等,都映射在小说人物的内心上,每个人都真实体会到时代的危机。危机产生的原因,安德列·别雷认为,是逻辑化思维。逻辑化思维曾经代表社会的文明与进步,现今却偏离人们内心世界的真实感受,造成人们与现实社会日益疏离的势态,从而形成社会异化的局面。安德列·别雷把彼得堡神话空间和人物个性置于社会异化的框架中,以期展示《彼得堡》城市空间的异化表象,为俄罗斯人今后的发展方向定位。这里,我们主要从空间和个性两个方面来探讨《彼得堡》中社会异化的神话化。

1.《彼得堡》的城市空间

安德列·别雷在小说中建构的具有社会异化特征的彼得堡空间具有双重的意义:一是安德列·别雷受人智学的影响建构了四维空间;二是它不同于现实的三维空间,而恢复了古老的神话空间模式,其中存在众多的对立双方。我们将从神话诗学的角度来分析这个特征。

(1)《彼得堡》的第四维空间。

在小说第六章《彼得堡》一节中,杜德金在和恩弗朗西斯的谈话中提到了彼得堡空间的四维性：

> 彼得堡拥有的，不止三个维度——有四个：第四维度——服从于
> 未知数，它在地图上完全没有标出来，难道一个小点能算吗，因为一个
> 小点是这个现实层面向一个巨大的球形星体表面接触的位置……①

如何理解三维以外的第四维？这在作者本人的观点与作者描写的阿波罗·阿勃列乌霍夫和尼古拉·阿勃列乌霍夫的《星际空间》中可以找到答案。

我们知道，安德列·别雷深受人智学学说的影响②，人智学是从水平空间来理解物质空间，这个水平空间，就是指日常生活的空间除了三维之外，同时并存的第四维空间，它也属于物质空间。也就是说，当我们感受到普通的三维空间的同时，第四维空间也真实地存在于我们的周围。只是第四维空间储存的东西和三维空间有所不同。第四维空间存储着人的思想、愿望、恐惧以及人对于三维物质空间的思考等心灵的东西。但是，第四维空间和心灵空间又不完全等同，因为第四维空间具有物质形式，这个物质形式称为星际物质，并且各个物质之间可以相互转换。同时，人们对三维空间的思考具有持久性，不会随着人的死亡而消失。这种思考会密集为一种星际物质，仍旧在第四维空间中存在。像尼古拉·阿勃列乌霍夫想用剪刀杀死自己的父亲的想法映射在星际空间，结果在三维现实的物质空间由杜德金用这个想法中的工具（剪刀）刺进了利潘琴科的肚子里。还有杜德金看到青铜骑士的形象的想法，映射在星际空间，于是在现实的三维空间中，他在杀死利潘琴科的时候做出的也是这种姿势等。

在《参政员的第二空间》一节中，安德列·别雷建构的这个具有神话异化特点的第四维空间，体现了他的人智学的思想。根据人智学学说，普通人在正常的情况下很难感到第四维空间的存在，人只能通过一定的锻炼③，或者有大脑方面的疾病，或者人在进入梦境中才能感知到它的存在。

> 阿波罗·阿勃列乌霍夫总是看到两个空间：一个——物质的（房
> 间的墙和马车的四壁），另一个呢——倒不是什么精神的（也是物质

---

① 〔俄〕安·别雷《彼得堡》，靳戈、杨光译，作家出版社 1997 年版，第 479 页。

② 安德列·别雷于 1913 年参加了施泰纳的人智学小组，对该学说的信仰一直保持到生命的最后时刻。

③ 根据人智学理论，人不仅需要对大脑进行锻炼，还需要对身体、言行等进行锻炼。参阅〔俄〕Спивак М. Л.：Рассказ Андрея Белого "ИОГ"：автобиографический подтекст и эзотерический опыт // Серия литературы и языка，2004，№2.

的)……这么说吧：参政员阿勃列乌霍夫的眼睛看到参政员阿勃列乌霍夫的头顶有个古怪的流体：从一个旋转中心发出的明亮、闪烁、模糊、欣喜地蹦跳着的斑点，把物质空间的界限拉到昏暗之中；这样，在一个空间里出现一个空间……①

参政员阿波罗·阿勃列乌霍夫在梦境中看到的空间具有物质性，并且它和日常生活的三维物质空间是并存的，因为"一个空间里出现了一个空间"。我们继续往下看：

有时候(不总是)面对白天意识的最后一分钟，正要入睡的阿波罗·阿勃列乌霍夫发现，所有的线条、星星咕噜咕噜响着旋转到一起时会产生一条无限长的走廊(这是最为惊讶的)，他感到这条走廊——从他的脑袋开始，也就是说，这走廊——是他脑袋的无限伸长，脑袋的颅顶突然打开——伸向了无限；就这样，老参政员在入睡前得到非常古怪的印象，仿佛他不是用眼睛，而是用脑袋的中心在看东西，也就是说他阿波罗·阿勃列乌霍夫不是阿波罗·阿勃列乌霍夫，而是待在脑子里的某个东西，是它从那里，从脑子里在看；当颅顶打开时，这某个东西能自由地、简单地跑过走廊，直到走廊深处敞露着的那个坠入深渊的地方。②

参政员看到的第四维空间不仅和物质的三维空间共存，而且他在第四维空间可以延伸到三维空间。通过这个第四维空间，参政员可以向上"登上星空"③或者向下"坠入深渊"④，无限地延伸到上界或者下界⑤。

这个第四维空间里星际物质被认为是流动的，它由物体阴影及其不断变化的形态构成。譬如，尼古拉·阿勃列乌霍夫常常处于大脑游戏中，围绕他的东西失去了物质界限，彼此融合为一体。并且，被思索的东西通过镜像的形式重新投射在现实的三维物质世界中。难怪杜德金说道：

我们的空间不是你们的，那里的一切都按相反的方式流动……在那里，普通的伊万诺夫——成了某个日本人，因为这个姓氏倒过来读

---

① 〔俄〕安·别雷《彼得堡》，靳戈、杨光译，作家出版社 1997 年版，第 214 页。
② 〔俄〕安·别雷《彼得堡》，靳戈、杨光译，作家出版社 1997 年版，第 215 页。
③ 在小说中有大量关于这方面的描写。
④ 原文是 свержение в бездну，свержение 表示从上往下地坠下。
⑤ 小说中使用无限(неизмеримость)或者深渊(бездна)等词汇来表达。

就成了日本姓：夫诺万伊。①

安德列·别雷把俄罗斯历史问题也置于四维空间的框架中来考虑。人们对曾经发生的历史的思考存在于第四维空间中，并且这些思考的结果有能力返回到三维空间，影响现实物质世界。

当俄罗斯在第四维空间回到彼得一世时期时，1703 年彼得大帝建立彼得堡时产生的一系列官僚制度、恐怖活动、间谍活动等，重新投射在彼得堡的现实三维物质空间中。当俄罗斯在第四维空间又回到中亚游牧民族入侵俄罗斯的时候，这时蒙古大军踏上了俄罗斯神圣的领土，在俄罗斯建立了东方式的专政政权。专政的结果产生了彼得堡（这是彼得一个人思想的结果）。彼得堡虽然表面上具有西方的特征，像它的建筑和街道的规划等，但是在它的内部却产生了庞大的官僚机构。它压制人民，致使一部分人成了恐怖分子。因此，安德列·别雷认为 1905 年革命也是彼得思想统治的结果。当然，1905 年革命又是俄军在日俄战争中战败所导致的结果，日本就相当于新的蒙古入侵，这也就是索洛维约夫所提出的泛蒙古主义（我们在第十章将对这个概念进行界定）。俄罗斯将回到蒙古统治的时候，回到引起俄罗斯国家分裂的原初时代，彼得堡将回到彼得统治的时代，回到分裂的边缘上。

现在俄罗斯仍旧处在东西方分裂的边缘上，安德列·别雷在人智学中积极地为分裂的俄罗斯寻找出路。他认为，目前人们只是把基督引进民族精神中，期待耶稣的第二次降临，而这种期待是消极的行为。安德列·别雷认为必须改变这种消极性，人们需要根据人智学学说进行修炼，在内心积极地走向基督，只有这样，才能克服东西方分裂的情景。所以，代表基督耶稣出现的白色多米诺的形象并非偶然地出现在小说中，因为根据人智学的观点，星际物质通过镜像的形式反映在现实的三维空间中，都会发生变化，只有白色的映射还是白色，而白色是《启示录》中神秘的爱的颜色，是基督白色羔羊的颜色，是基督来临的象征。别雷用白色消解了俄罗斯人几个世纪形成的消极等待基督的思想，为俄罗斯开启了新的道路。

同时，在作家笔下的四维空间里，人与远古保持着联系，人来源于神人的世界，这在尼古拉·阿勃列乌霍夫身上集中体现出来，他的父亲是神，而母亲是人，恰恰他的出生就带有如狄奥尼索斯同样的神人性，因此，他代表着未来的

---

① 〔俄〕安·别雷《彼得堡》，靳戈、杨光译，作家出版社 1997 年版，第 480 页。

人,神人类(索菲亚的思想),这也是作者希冀之所在。

(2)《彼得堡》的神话诗学空间。

在神话诗学的结构模式中存在着众多的对立双方,像有文化品位和没有文化品位的对立,阳性和阴性的对立,好与坏的对立等。为了更好地理解《彼得堡》中的现代神话,还应把对立的双方置放在神话空间中来进行分析。

首先,参议员和杜德金生活空间形成对立。

阿波罗·阿勃列乌霍夫那处处闪着亮光的豪华住宅和杜德金到处爬着潮虫的简陋的阁楼形成了鲜明的对比。阿波罗·阿勃列乌霍夫每天乘坐马车,驶过开阔笔直的大街,前往办公室;而杜德金白天待在自己狭小的屋子里,不敢出来。参议院每天出现在彼得堡城中心,而杜德金隐蔽在角落里。对于参政员阿波罗·阿勃列乌霍夫来说,和谐的空间无疑就是由几何图形,像立方体、正方体、长方形等构成的,鉴于这些图形又是由直线组成的,所以体现直线的工作方式是参政员最为喜欢的,例如打电话。阿波罗·阿勃列乌霍夫还把空间几何化,就是按照简单明了的平面几何学的对称原则,把空间划分为几个对等的几何图案,他位于能够掌控的平静的几何空间中心。例如,在第一章《正方体,平行六面体,立方体》一节中写道:

> 于是瞧,一个从事国务活动的人正充满幻想地望着那边的漫雾,同时感到自己从轿式马车的黑色立方体里突然四面八方扩展开来,在漫雾上空飞翔;他而且希望马车直朝前奔驰。希望迎面而来的都是大街——一条接一条的大街,希望地球的整个表面都被灰色的房子立方体死死压盖着,就像被许多条蛇盘缠着;他希望被无数大街挤得紧紧的整个大地在遥遥无边的线性奔驰中因为垂直定理的作用而中断,成为一张由互相交织的直线构成的无边大网;希望这一条条纵横交叉的大街构成的大网扩展成世界模式,那上面是无数个正方体和立方体:每个正方形一个人,以便……以便……
>
> 在所有这些平衡对称的线条之后,正方形——这样的图形使他慢慢平静了下来。①

在这段描写中,参政员对他所处的中心进行了几何化的处理,并且把这个几何化的概念扩展开来,把外部的空间强行压制在他所能掌控的中心里,试图

---

① 〔俄〕安·别雷《彼得堡》,靳戈、杨光译,作家出版社1997年版,第26页。

构建整个彼得堡的几何化空间。

与此相对立,杜德金的一个典型动作就是抛物线型的动作。在第一章《生活在岛上的人使你们吃惊》一节中,描写了参政员试图用几何图案形式压制岛上的居民。而在他们的内部却蕴藏着强大的反抗力量,这种力量集中在杜德金身上就是"参政员不能容忍的曲线"动作:

> 不过,划曲线的其实是他的胳臂肘:我这位陌生人显然是想保护包裹不至于出什么令人伤心的意外——不至于一下子摔倒在石砌台阶上,因为他那胳膊肘的动作显示出技巧运动员般真正高超的灵活性:那动作的微妙灵巧让人觉察出他的某种本能。[①]

其次,彼得堡城市中心的直线和周围的圆形构成对立。

彼得堡城市的大街是由直线构成的。直线通过动词交叉(пересекать)、渗透(проникать)、扩张(шириться)[发展(вырастать)、变宽(раздвигаться)]等构成了彼得堡的网络空间。这些动词表达了空间移动的动词意义,带有中心和边缘相对立的神话模式。例如,动词 пересекать 表示空间交叉的运动,动词 шириться 表示从中心地带向边缘地带的扩张运动。

直线不仅体现在大街的构成上,还体现在居住的房子及屋内陈设上。像房子的楼梯、门、门槛、墙,房子里的柜子、沙发,等等,在《彼得堡》都成为交叉点,使房子的空间断裂,并全面几何化。

彼得堡城市的中心是由笔直的大街交叉构成的,围绕着这个中心的岛屿是圆形的。安德列·别雷主要表现的就是岛屿上的圆形。岛上的居民按照圆形环视自己的周围,按照大自然的神话象征性看待太阳和月亮的更替,从这个意义上来理解,圆形就是自然所赋予的。在小说中,安德列·别雷很少直接描写圆形的物品,而是相对于参政员阿波罗·阿勃列乌霍夫有序的中心空间,周围的圆形被描写为骗人的、幻觉的、迷雾般的、冰的、吵闹的、间接的和混乱的状态。

在小说中圆形的典型的表现,就是围绕着中心的常常是混乱的空间。作者常常使用不体现个性的,或者不明确所指的人的群体或动物性的词汇。例如,人群(толпа)、人流(токи людские)、躯体(гуща тело)、一群(рой)、一群人(рой людской)、一堆(куча гурька)、多足(многоножка)等。他所使用的表现人群移动的方式的动词如:流动(течь)、爬行(ползти)、成群地行走(валить)、聚集

---

① 〔俄〕安·别雷《彼得堡》,靳戈、杨光译,作家出版社 1997 年版,第 29 页。

（собираться）、（昆虫）成群地飞（роиться）、蠕动（кишеть）、散开（рассыпаться）及向各处流（растекаться）等。这些特征显然是和体现有序空间的直线相对立的。另外，安德列别雷还使用动词闪现（мелькать）来表示人群的混乱、不稳定和迅速变化的特性。

2.《彼得堡》中主人公的个性

20 世纪初，俄罗斯接连受到日俄战争和 1905 年革命事件的重挫，社会矛盾变得十分地尖锐，国家陷于政治危机的旋涡中。安德列·别雷认为，导致国家危机的根本原因在于国家进一步的异化而引发的失去生活基石的意识危机。宗教启示录意识加深了作家的危机观念。对危机的继续探寻使作家转向了俄罗斯东西方分裂的问题。安德列·别雷把东西方问题看作个性发展的问题，而个性发展的问题是现代人内心出现的危机原因之一。走什么样的道路，用何种方法来克服内心的危机，是安德列·别雷创作《东方或者西方》三部曲的动机。从三部曲的创作取向可以看出，安德列·别雷认为个性发展应该根植于俄罗斯土壤，如果个性精神发生转变，俄罗斯就会出现新的人类。

在小说《彼得堡》中，安德列·别雷着重展示了个人的危机，也就是阿波罗·阿勃列乌霍夫、尼古拉·阿勃列乌霍夫和杜德金三个人作为个性在社会进一步异化的时候表现出的危机观念。这种内在的危机观念在破坏的力量和不祥的预兆中展露出来，构成了人物的灾难性神话和意象。

（1）阿波罗·阿勃列乌霍夫个性的缺失。

阿波罗·阿勃列乌霍夫掌控着国家的命脉。他用西方的智慧和理智来整治整个国家，用简单明了的几何图案规范彼得堡的空间，试图使周围的混沌状态秩序化。然而，他为之奋斗一生的国家却已经变得满目疮痍，无法阻止的革命运动、示威游行和暗杀充斥了整个俄罗斯。对此，参政员感到了恐惧、内心的孤独无助和自己的无能为力：

> 因为他真的感到自己成了一副光秃秃的骨骼，俄罗斯也就从这副骨骼上垮下来了。[①]

他不仅对于国家是如此，即便是维系一个家庭的血缘关系和亲情他都已经失去了作用。妻子背叛了他，和人私奔去了西班牙。儿子尼古拉·阿勃列乌霍夫早已经同他形同陌路，并且蓄谋暗杀他。结果，只剩下他孤独一人，待在家中

---

① 〔俄〕安·别雷《彼得堡》，靳戈、杨光译，作家出版社 1997 年版，第 542 页。

的书房里。

他曾经的上司，也是唯一的好友惨遭暗杀。他常常追忆这位朋友，这无疑昭示了他未来命运的走向。在这个注定的命运轨迹中，如同神话中出现的神谕，冥冥之中规定了他将来同样的遭遇。他无法逃脱这个神谕，于是产生了无望的孤独感。

唯一使他能够摆脱这种孤独感的，就是他的事业。但是他曾经拥有的美好的一切，随着他自己的规范式思维也在一点点地削弱他自己的意志。他试图用存留在血液中的东方蒙古式的野蛮和残酷来镇压革命，结果都造成了自己无尽的孤独。模式化的思维方式制约了他的发展，扼杀了他所有的一切。另外一个人继承了他的职位，就如同他继承了遭到暗杀的好友的职位一样。这个国家仍旧没有摆脱神谕所昭示的命定的灾难。

（2）杜德金个性的消解。

小说中的另一个重要人物是杜德金。他出身贵族，受过良好的教育，为了追求精神生活，他献身革命事业。在安德列·别雷看来，从社会意义上来说，革命在一定程度上只是一场用暴力争夺政权的斗争。在这种斗争中，杜德金牺牲了个人的幸福，虽然他在党内很有名气，甚至成了英雄。为了心目中的革命事业，他离群索居。但是这一切没有使他成为更有个性的人，反倒成了魔鬼的工具，更加深了他内心的孤独和伤痛。他对尼古·阿勃列乌霍夫拉说：

> 啊，我怎么也找不到称心如意的自我：我好像就这样度过业余的时间——在四堵黄色的墙里面；我的声誉在提高，社会不断重复着我的那个党内外号，可是对我能以人相待的人的圈子，请您相信，等于零……①

所以，他痛恨共同的事业，称它为"一种对死亡的共同的渴望"的潮流。他试图在宗教领域寻找慰藉，但是最终没有拿到斯捷普卡带给他的东正教祈祷书《特列勃尼克》，因为另外一个邪恶的代表——青铜骑士进入了他的身体中。杜德金如同普希金笔下追求个性、追寻个人生活意义的叶普盖尼，徒劳地奔跑了两百年。造成一切不幸的青铜骑士，最后成了杜德金的同貌人，和青铜骑士融为一体的杜德金最终杀死了利潘琴科。显然，杜德金试图在革命中实现个性的做法并不被作者所认可，援引哈利泽夫对个性的阐释，可以述说出安德列·别

① 〔俄〕安·别雷《彼得堡》，靳戈、杨光译，作家出版社1997年版，第129～130页。

雷对个性的理解,"它(个性——引者)具备对于'基本的价值倾向'的忠诚,如果这样的忠诚缺席,变异就会转化为背叛"①。背叛摧毁个性,所以杜德金最后疯了②。安德列·别雷认为,革命以共同事业为使命,消灭了人的个性。因此,没有个性的杜德金不是俄罗斯个性的代表。

(3)尼古拉·阿勃列乌霍夫个性的体现。

表面上,尼古拉·阿勃列乌霍夫是由于爱情的失败而轻率地应允了革命党的暗杀计划,但实际上是他的思想促成了他的应允。他一直在生活中寻找一种内心的和谐与统一,但是现实世界却呈现出文明的衰落和分裂的状态。安德列·别雷显然追随着陀思妥耶夫斯基对人性考验的方法,把人置于社会异化和个性危机中来显示人的本性。在小说中,尼古拉·阿勃列乌霍夫由于应允弑父而违背了伦理道德,处在煎熬之中。他在经受了利潘琴科(魔鬼般人物)的诱惑后,终于走出了邪恶的控制。但是邪恶本身已经具有了一定的生命力,即便脱离了人的控制,也在自行发生作用,于是神祇预示的悲剧发生了:炸弹最终爆炸了。

在炸弹爆炸之后,尼古拉·阿勃列乌霍夫远赴北非。在埃及,"他面对司芬克斯之谜坐着"③"若有所思地倒在僵死的金字塔坡面上"④。他到底在思索什么,小说没有给出答案。也许,我们可以从安德列·别雷有关非洲的文章中(诸如前面提到的《司芬克斯》《火凤凰》等)寻觅到踪迹。安德列·别雷曾谈到,他在司芬克斯脸上看到了天真的微笑。前文我们已经谈到,这是受到了尼采学说的影响,因为尼采认为人的精神需要经历三次变体,即骆驼、狮子和儿童⑤。尼古拉·阿勃列乌霍夫坐在司芬克斯像面前,也许思考的就是这个问题。在这个通向另一个世界的木乃伊坟墓的入口处,在这个可以进入地下原始的穴居生活的空间的入口处,尼古拉·阿勃列乌霍夫个性蜕变、成年仪式即将开始。安德列·别雷虽然没有继续写作三部曲《东方或者西方》原计划中的第三部,但是在《东方或者西方》组成部分之一——《柯吉克·列达耶夫》中却体现了人类从婴儿开始的个性成长之路。可以说,尼古拉·阿勃列乌霍夫从"狮子"终于走向了儿童,完成了作者所希冀的个性蜕变过程。

在这场危机中,安德列·别雷提出了个性如何发展的问题。他既否定了参

---

① 〔俄〕瓦·叶·哈则利夫《文学学导论》,周启超等译,北京大学出版社 2006 年版,第 49 页。
② 早在 1910 年作家就指出,"疯子"不是对人的赞扬,而是对人的惩戒。
③ 〔俄〕安·别雷《彼得堡》,靳戈、杨光译,作家出版社 1997 年版,第 675 页。
④ 〔俄〕安·别雷《彼得堡》,靳戈、杨光译,作家出版社 1997 年版,第 676 页。
⑤ 参阅〔德〕尼采《查拉图斯拉如是说》,尹溟译,文化艺术出版社 1987 年版。

政员阿波罗·阿勃列乌霍夫的"个性等同于国家"的个性观念,也否定了杜德金为了共同的事业而牺牲个性的做法。他把未来俄罗斯的个性放在了尼古拉·阿勃列乌霍夫的身上。

安德列·别雷关于个性的成长道路,遵循了尼采提出的关于人精神蜕变的过程的理论。并且,作家结合人智学学说,形成了对个性神话化变化的理解。人智学认为,人通过一定的意向,不仅能改变人的心智,而且能改变人的机体。人神秘的本质在于精神世界,人能改变自己,重铸圣灵。

本 章 小 结

本章主要探讨《彼得堡》神话创新的问题。作家将彼得堡置于十分广阔的文化领域(包括古希腊、欧洲和亚洲等文化),汲取东西方神话的精髓,创作出独具特色的彼得堡这座城市形象。当然,作家创作的城市形象,具有明显的现代神话特征。亦既有作家重新创造的特点,又有作家综合性运用神话的技巧。并且结合当时的社会异化的状况和作家的思想观念,指出他创作的彼得堡这座城市形象带有末世论的特点,更多展示的是城市陨落的迹象和画面,从而进一步阐释作家的创作意图,表明他最终目的是关注人精神的改造。这也是贯穿整个第十章的思想。如果说,本章是关于《彼得堡》城市神话形象创新的具体展示,那么下一章将重点放在作家的思想观念上。当然,为了不脱离小说《彼得堡》的城市神话形象,在第十章也有世界末日图景的具体展示。

总之,在人们面临各种危机,失去生活方向,世界呈现出末日图景的背景下,作家面对俄罗斯、面对世界,运用东西方语境下的神话以及综合性地使用神话,其目的是寻觅到正确的、普遍的和永恒的东西,并试图通过神话情节和故事,提升象征的意蕴,从而使象征从瞬间上升到永恒的高度。

同时,通过将小说《彼得堡》放置在东西方神话背景下来解析,我们发现,作家所涉猎的知识范畴极其广泛,他能够将各种神话元素、文学原型等巧妙地结合起来,构成新的文本,并表达自己的思想,那么统辖整个文本的作家思想又是什么呢? 这就是我们第十章将要论述的内容。

第十章 《彼得堡》:彼得堡神话象征的意蕴

——启示录精神

■ **内容提要:**

　　本章尝试结合安德列·别雷的思想价值取向,分析《彼得堡》中所反映的作家艺术和审美上的启示录精神问题,从而揭示在现代神话视野下彼得堡这座城市的象征含义所在。我们将选取作家的意识危机和文化危机作为体现启示录精神的表征,通过散落在小说各处对世界末日描写的因素构建《彼得堡》城市的末日图景,从而说明安德列·别雷塑造彼得堡的城市形象的目的是为国家的未来寻求出路。

　　本书对《彼得堡》文本现代神话的研究,离不开对作家思想观念的探讨。可以说,作家的思想观念的形成与他对俄罗斯动荡时局的思考是紧密相关的。他将思考的重点放在了 1905 年革命、东西方等问题上。并结合俄罗斯的历史和当下的日常生活,指出了整个俄罗斯颇像一幅《圣经·启示录》中所展示的世界末日图景。面对这样的一幅图景,作家并没有只满足于描摹和表现,而是从中看到了俄罗斯未来的拯救之路,即个性的自我完善和人们对宗教的情愫。个性的自我完善关键在于人自身所具有的神性,人需要表现它。表现的形式就是个人的积极创造行为。他认为,只有在创造活动中才能够重新塑造个性的"我"[①],在改造旧个性的基础上,才能重新塑造精神上的新人。他进一步指出,这个过程不仅体现在个性的心里,而且潜存在整个民族的内心深处,可以看出来,作家希冀建立神人类国家,试图通过神话表达其象征主义观点,即启示录精神。从而提出,俄罗斯必须走民族自我认识的宗教之路。

　　作家对世界末日和启示录精神问题进行了多方面的探讨,提出了自己的见解和观点。安德列·别雷认为导致俄罗斯危机的根源在于意识的整一性被破

---

　　① 安德列·别雷认为在人的意识中存在两个"我",一个是与客体对应的主体,另一个"我"是"灵魂的因素",相当于圣灵。在此,安德列·别雷无疑指后者的"我"的含义。

坏。意识整一性被破坏后还造成了其他的一系列危机,从而形成了作家的危机观。事实上,作家的危机观是建立在否定逻辑理性认知的基础上的,作家在此转向了非理性领域的研究,认为探寻未来的道路不能诉诸抽象的世界观,而是要通过神秘的体验和艺术的直觉,在当下的生活中找寻未来的印迹。

第一节 作者的危机观

安德列·别雷在论述象征主义理论的文章中,曾经多次提出,应该否定理性的逻辑认知方法,在作者看来,理性的认知方法不仅无法为俄罗斯指明出路,甚至使俄罗斯乃至整个欧洲陷入危机之中。面对危机,作家认为,首先需要理清楚危机的表现,然后再寻找走出困境的方法。并且进一步指出,克服危机的关键是根除意识危机。意识危机产生的原因,在作家看来,在于意识分裂后存在的各种各样的两分性。两分性还导致其他一系列危机。在此,我们将要讨论安德列·别雷一系列危机观中最有代表性的两个,即意识的危机和文化的危机。

一、意识的危机

关于意识危机的问题,安德列·别雷分别从以下六个方面进行了阐述:意识和感觉的分离、直觉和意志的分离、个性和社会的矛盾、真理是属于少数人还是属于多数人的矛盾、科学和宗教的矛盾、道德和审美的矛盾。

安德列·别雷基于人们对世界整体性的感觉,认为人们的感觉所感受到的,不仅有人们看到的现实世界,还有来自宗教、神话、诗歌、故事等神秘的非现实世界。也就是说,意识和感觉本是不可分离的一体。而在当今,对意识的定义局限于和知识有关的概念,或者说局限于科学的认知原则。作家对此深有体会:"处在认知和知识相互关系的复杂体系中的意识打破了人们感受到的神秘,结果宗教的狂热属于心理学领域的对象,诗歌和故事成为人们感官消化过程的反映,上帝是心里混乱和梦魇的意识,意识和感觉的世界形成了对立。"[①]安德列·

---

① 〔俄〕Белый Андрей:Символизм как миропонимание. Сост., вступ. ст. прим. Сугай Л. А.. Москва, изд.《Республика》,1994,с. 211.

别雷反对这种所谓的"准确的感觉"①,他把准确的感觉看作"可能污染认知的潜在因素"②。

在安德列·别雷看来,如果想要体现人的真正感觉就需要借助于人的神秘感。这些都生动地体现在文学创作中。他在此转向了象征主义理论,指出人们在诗歌和故事中神秘地感觉到意识的统一性,而故事是对先验世界象征的反映。由此可见,安德列·别雷在《彼得堡》中引入许多神秘的感觉是有一定的理论基础的。

安德列·别雷认为存在于意识中的另一个危机在于直觉和意志的矛盾。"意志和直觉的矛盾是我们文化危机将至的表征。现在退化与重建的争斗不是在社会领域,而是在每个人的意识中。"③在此,作家所针对的是叔本华的直觉和意志这两个概念。他认为叔本华的唯意志论观点中直觉和意志已经分离,直觉在审美领域已经成为审美目的,安德列·别雷认为叔本华所强调的直觉,就是行动上(或者意志上的)消极的"无所作为"④;并且,审美诉诸直觉,将其视为目的,这无疑脱离了生活,而脱离生活的直觉就是"直觉的无力"⑤。这些观点是作为年轻一代象征主义代表的作家所不能接受的,于是他远离了叔本华的学说,转向了尼采有关意志的观点。

安德列·别雷认为尼采理论中的直觉具有主观能动性,于是"所有的直觉变为主动去做,对生活的意志成为了对直觉的意志;对直觉的意志成为所有创造的源泉"⑥。作家发掘了尼采的思想,在象征主义理论框架下理解直觉和意志。

安德列·别雷的"个性和社会的矛盾"的提出是针对当时盛行的唯物主义观点,并直指造成矛盾的原因所在。他认为,矛盾的根源在于当时官方哲学的唯物主义理论关于个性和社会的观点。他认为,"在现今的社会学中,个性意识依据的是阶级矛盾;在个性意识中,日常生活、意志、自由等是劳动和资本关系的产物"⑦。另外,个性和社会的矛盾还表现在道德领域。唯物主义根据事实的存在论证个性的道德权利,或者是根据阶级划分道德准则。安德列·别雷认

① Так же, с. 211.

② Так же, с. 211.

③ Так же, с. 215.

④ Так же, с. 212.

⑤ 〔俄〕Белый Андрей:Символизм как миропонимание. Сост.,вступ. ст. прим. Сугай Л. А.. Моска,изд.《Республика》,1994,с. 212.

⑥ Так же, с. 213.

⑦ Так же, с. 217.

为,以阶级划分道德准则等同于否定道德,等于排除了个性的道德。"排除个性的道德就是荒谬"。①

他又进一步指出,既然个性的差异是由物质条件决定的,那么有多少人,就有多少道德准则,这样一来,道德准则确立依据就是人数的多少,真理自然属于多数人。这和安德列·别雷所坚持的"真理属于少数人"的观点产生了矛盾。在他看来,现在理论家倾向于在认知和创造中把真理的概念和道德因素联系起来,但是个性的行为准则无论如何不能与原则性的真理相联系。针对现今"大多数"就是"权利""真理"的说法,安德列·别雷指出,这是人们的一种妥协方式,这是掩盖了意识的真正动机,或者是动机的缺失。他反对"在当今俄罗斯社会大多数人所认可的东西就是真理"的观点,认为事实上大多数人是没有精神信仰的,他们坚信的只是精神以外的东西。而外在的东西构成的真理同样是出于阶级道德学说有关经济物质化的"真理"。安德列·别雷对此不能苟同,因为,"大多数人的意见,只不过是在个位数后面增加了没有意义的零"②;少数人的意见虽然是个位数,但是要大于多数人意见的个位数。于是,安德列·别雷得出结论,真理属于少数人。

安德列·别雷在论述科学和宗教的矛盾伊始就指出,科学不能给宗教下定义,因为宗教属于形而上学的领域(在作家笔下,宗教和形而上学、超验、非现实是同一领域的概念。)而科学带有实用的特征,科学不是认知领域关注的焦点,科学不能成为世界观,他认为"在科学领域所确立的形而上学的理论只不过是经验上的假设,不能成为任何领域世界观的基础"③。科学对宗教的陈述破坏了人类宗教的概念,破坏了宗教教规里的理念。因为任何宗教的教规都是陈述真理,而真理存在于科学理智陈述之外。因此,不能用科学理智来理解宗教的真理性。

针对科学和宗教的矛盾,安德列·别雷提出了解决的办法,这就是把问题放在感觉世界中,在创造中寻找出路:"宗教的本质不在认知中,而是在创造中。宗教教规是创造感受的象征。"④

---

① Так же, с. 218.

② 〔俄〕Белый Андрей：Символизм как миропонимание. Сост., вступ. ст. прим. Сугай Л. А.. Москва, изд.《Республика》, 1994, с. 219.

③ Так же, с. 220.

④ 〔俄〕Белый Андрей：Символизм как миропонимание. Сост., вступ. ст. прим. Сугай Л. А.. Москва, изд.《Республика》, 1994, с. 221.

在安德里·别雷看来,科学领域内形成的伦理道德观念,引发了道德内部的矛盾。科学发展的观点力图改变人们对待道德约定俗成所形成的观点,但是事实上,科学上的伦理理论无法改变人们自然形成的伦理观念,放置在科学框架下的伦理就是用社会生态学替代了伦理道德。有关伦理的原则(像康德)是脱离了生活内容的原则,过于抽象,不被广大群众理解和认可。对于广大群众来说,剩下的只有通俗易懂的阶级社会伦理学说。而以阶级划分为基础形成的社会伦理学说无疑消解了道德的个性。

安德列·别雷认为,既然在道德领域出现了矛盾,无法解答生活意义的问题,那么,就应该转向审美的领域。然而在审美领域审视这些问题时,同样,产生了矛盾。审美被人们视为直觉,以直觉为基础的审美,导致了为寻求个人利益的利己主义,道德上的必然性和审美上(直觉)的追求产生了矛盾。这实质上是与我们前面提到的"意志和直觉的矛盾"直接相关的。

所以,为了解决矛盾,安德列·别雷提出了通过创造实现道德和审美相融合的思想。由于个性中存在两个"我",一个是现实的"我",另一个是超验的"我",另一个"我"只能通过神秘的经验感觉到。人在创造活动中,每个人的"我"都可以感受到神秘的"他"的存在,于是,对美的直观感受神秘地进入了宗教领域。在宗教领域,审美和道德的矛盾在个性的创造中已经消解。

二、文化的危机

安德列·别雷在论述文化危机时,遵循着希腊语"危机"的基本意思,即为了理解危机首先要弄清楚事态,应该解决什么问题,然后决定做什么。他基本上按照这个框架来分析文化危机产生的原因(处于什么状态)、文化危机产生的根本根源(追随尼采的思想)以及文化的目的(决定做什么)。

安德列·别雷认为,现代文化危机产生的主要原因在于,现代文化分裂了人类意识的原初整一性。也就是说,在历史的前进中,意识存在的整一性被忽略了,认知的两分原则却大行其道,这样,势必会产生现代文化危机的问题。作家认为"哲学"从古希腊"爱智慧"的意思发展到现在已经变成了"科学世界观"。科学世界观,在安德列·别雷看来,不能囊括整个世界。相反,科学世界观由于观点的狭隘,反而破坏了世界的整一性。另外,哲学成为科学世界观,成为有关知识的学科,将造成思维的模式化和固定化:"哲学产生了自然科学知识,知识在限定自己的客体时,首先把它确定为宇宙,然后,从固定的视角来研究它,观点产生了学科，观点发展为方法。因此每一门学科首先是方法和固定的观点。"①这意味着哲学已经不是意识领域的问题，只是方法论的问题。据此，安德列·别雷提出，一些世界观作为研究某个学科的方法，事实上只是一系列数据简单的相加，整体上没有任何实在的意义，其最终结果只不过是提供了一系列机械的事实，而不是世界观本身。世界观，在安德列·别雷看来，应该回归哲学本身的"爱智慧"，回归充满形象的、象征思维的哲学。

在《文化的危机》(《Кризис культуры》)一文中，安德列·别雷转向了危机的根源，即危机出现的第一个征兆。对文化危机的探索，安德列·别雷追随尼采的思想，并且力图在实际的生活中感受文化危机思想上的来源。于是，他来到了尼采曾经居住过的瑞士之城——巴塞尔，力图切身实地地获得和这位伟大的思想家同样的感受。在安德列·别雷看来，文化的危机开始于尼采的思想，特别是在他的代表之作，被作家称为"天才的、标志性的"作品《悲剧的诞生》中所传达出来的悲剧的思想：秩序和混乱的斗争。

安德列·别雷又追随欧洲文化的发展路线指出，文化理论发展的思想脉络显示，从展示秩序到尝试建立新的民主生活，甚至到未来的共产主义，事实上，是一条发展路线，是一条来自尼采的悲剧思想的道路：人们试图建立和维护秩序，事实上，这是一个个悲剧的重现和上演。

时至19世纪和20世纪之交，尼采的文化理论代替了分裂的亚历山大宗教文化(亚历山大文化是混合的文化，包括基督教和希腊文化的时期)，尼采创造了超人的形象和理论，解决了危机的根源的问题，为走出危机指明了道路。安德里·别雷接受了尼采的超人思想，并进一步阐释道，人类已经站在了新生活和新文化的门槛上。以前的文化结束了，现在开始流动着新的生活源泉。现在，人应该完成重塑人类的使命，在超人中认识自己。认识这个形象的关键是理解新文化的"推动力"②。推动力，实际上就是作家一直坚持的"创造"。

安德列·别雷认为，以前人们把"文化看作知识的创造"和"价值的创造"。而文化应该是知识和创作、哲学和审美、宗教和科学的结合与联系。在这个结合和联系中，安德列·别雷提出了文化的目的这一问题，他在《文化的问题》一文中明确指出："文化把理论问题变成了实践的问题，文化迫使把人类进步的产

---

① 〔俄〕Белый Андрей：Символизм как миропонимание. Сост.，вступ. ст. прим. Сугай Л. А.. Моска，изд.《Республика》，1994，с. 312.

② 这是安德列·别雷常常使用的人智学术语，俄文为 импульс。

物视为价值,文化把生活本身变成材料,创造从这些材料中打造价值。"①可见,文化的最终目的是重新塑造人类。由于文化的概念中蕴含个性和种族的成长,并且个性中又含有种族的因素,这和安德列·别雷提倡的艺术和道德的最后目的殊途同归。

由此可见,作者的种种危机观,集中表现在意识危机中。即便是文化危机,究其原因,也是由意识危机引发的。并且安德列·别雷不仅局限于展示危机的各种表现,而且力图寻找解除危机的方法,而解除危机的方法同样立足于意识领域,即在意识领域进行"创造",最终实现重塑新人的目标。

第二节 《彼得堡》中基督教神话的世界末日元素的体现

俄罗斯象征主义者表达了人们面对动荡时局的宗教感受:世界末日的迫近。世界末日来临的情绪弥漫在人们的内心,人们深刻地感受到世界正处于边缘地带的临界点上。同样,作为"年轻一代象征主义"的领军人物,安德列·别雷也怀有这种情愫,在小说中他将末世论情绪和观点具化为彼得堡、俄罗斯甚至整个世界文明的衰落景象,并使衰败景色带有《圣经·启示录》的世界末日元素。亦即《启示录》中的红龙、火、敌基督和基督的第二次降临等形象和情节都出现在了小说中。

一、红色和火的意义

安德列·别雷非常善于运用各种色彩②来传达特定的内涵。在《神圣的色彩》一文中,他对色彩的含义进行了深入的文化解读,传达出每种颜色所具有的宗教和神秘的象征含义。众多学者也对作家色彩的运用产生了浓厚的兴趣,特别是集中在《彼得堡》文本中的色彩运用。克里斯汀·托梅(Christine d.

---

① 〔俄〕Белый Андрей: Символизм как миропонимание. Сост., вступ. ст. прим. Сугай Л. А.. Москва, изд. 《Республика》, 1994, с. 53.

② 别雷对色彩的理解,归于光的上面。色彩的完满就是光。白色是存在的完满;黑色是混乱、虚无的象征;而灰色是从黑色到白色,从虚无到有的过渡色彩,就有中庸的意味。最可怕的不是魔鬼,而是伪装成上帝的敌基督,他们和我们一样,拥有同样的外表,同样的思维模式,但是缺失庸俗的代表。魔鬼最可怕的地方是他表现的不是本来的自我。粉色阶段,最后是蓝色,太空的颜色,能够得到幸福。

Tomei)指出了色彩在小说中所具有的功能与所起的作用，并且强调，色彩所表达的意思须依据小说的上下文语境来分析，而不能只停留在作家本人对色彩的论述上。德国学者汉森·勒维对《彼得堡》各种色彩所占的比重进行了比较。比较结果显示，在《彼得堡》中，红色占第一位，黑色占第二位，黄色占第三位，白色占第四位。从这些数据中我们可以看出，红色在小说中占据着重要的位置。①在《彼得堡》中，作家巧妙地利用红色所代表的宗教含义，渲染出彼得堡这座城市的血色恐怖画面。例如，在《彼得堡》中，当尼古拉·阿勃列乌霍夫在街上和杜德金偶遇时，碰见了游行的队伍：

> 跑着的人们用胳膊肘推他，从商店、院子、理发店、交叉路口，显露出一个个黑黝黝的身形；一个个黑黝黝的身形又急忙消失在商店、院子、两边的大街上；喧哗、嚷叫、踩脚：一句话——恐慌；从远处人们的头顶上，好像血在往外涌；发黑的烟子中不断飘出迎风起伏的红色鸡冠状波浪，它们像一道道跳动的火光，像一根根鹿角。②

要想理清这段描写的含义，我们需了解一下安德列·别雷在《俄罗斯诗歌中的末世论》中用龙和红色公鸡相结合的形象所传达的思想。在这篇文章中，安德列·别雷讲述了日俄战争和俄国第一次革命的悲剧，他认为这是世界末日的征兆，因为从东方飞来的龙与红色公鸡相合了。由此可以看出，上面这段文字中的"红色鸡冠状波浪"和与其隔了几行之后：

> 旗帜在那里卷起一个红色的漩涡，并洒落成一个个同样竖起的冠状波浪。③

都是世界末日景色的一种写照。红色带有《启示录》中红龙的特点，红龙预示人类将重新陷入深渊的混乱状态，而且极具破坏力。在此，作家把红色所具有的红龙含义和由于人们集体反抗而造成的无政府混乱局面联系了起来。

红色还代表威胁。由尼古拉·阿勃列乌霍夫身披红色多米诺体现出来的威胁最具典型性。红色是参政员最为害怕的颜色，因而当红色的多米诺出现在舞会上时，马上引发了参政员心脏病的发作。

---

① 参阅〔德〕Ханзен-Лёве А.：Русский символизм. Система поэтических мотивов. Мифопоэтический символизм. Космическая символика. Пер. с нем. Некрасова М. Ю., Санкт-Петербург, изд. 《Академический проект》，2003，с. 478.

② 〔俄〕安·别雷《彼得堡》，靳戈、杨光译，作家出版社1997年版，第523页。

③ 〔俄〕安·别雷《彼得堡》，靳戈、杨光译，作家出版社1997年版，第524页。

红色还集中体现了人对火的恐惧和痛苦。安德列·别雷在《俄罗斯诗歌中的末世论》中写道："红色集中了对火的恐惧和痛苦。矗立在各个山的十字架涂满了鲜血。"①在小说中,让人感到恐惧和痛苦的,是熊熊燃烧的烈火。在小说第一章的《潮湿的秋天》一节中写道:

> 白天时绿盈盈的,而现在,光辉灿烂的橱窗正在涅瓦大街上张开烈火熊熊的大嘴:到处都有数十、数百张地狱的烈火般的大嘴:它们痛苦地把自己又白又亮的光芒喷吐到石板上;还喷吐出铁锈在燃烧似的浑浊湿气。大街在冒火。白色的亮光洒落在圆顶礼帽、高筒大礼帽和带羽毛的帽子上;白色的亮光往前涌向大街中心,驱散人行道上傍晚的昏暗;黄昏的湿气融化在涅瓦大街上空的闪烁中,把空气染成暗洞洞、黄分分、血一般的颜色,恰似血和污泥的混合物。这个在芬兰湾沼泽地上形成的城市将向你表明自己疯狂的栖身之地是一个红色的斑点:这个斑点正默默地呈现在远处昏暗的夜间。顺着我们辽阔的故乡走,在昏暗的夜间你远远就会看到一个血红的斑点;你会惊恐地说:"那不是地狱里火焰山的所在地吗?"你会边说边艰难地往前走:你将努力绕过那地狱。
>
> 但如果你,一个丧失理智的人,敢于迎着地狱朝前走,远处那使你恐惧的鲜血般的亮光就会慢慢融化在一片不完全纯净的白分分的明亮之中,四周围都是熊熊燃烧的房屋,——只不过你终将倒在无数的火花之中。
>
> 什么地狱也就不存在了。②

火在燃烧暗示,彼得堡成为一座地狱之城。这火象征着地狱里火湖中的火,这是末世论中火和火的燃烧。尘世的火已经成为邪恶、魔鬼和混乱的象征。于是,在尘世灯光的照耀下流窜出了地狱中的火。在安德列·别雷看来,这来自地狱的火具有人智学所说的红色的幻觉性③。作家认为,具有红龙形象的幻觉世界似乎比现实的世界还真实。

除了火湖中的火和火的燃烧,在最后的、末世的体验中,人的灵魂也在火上

---

① 〔俄〕Белый Ардрей: Критика эстетика теория символизма в двух томах. Москва, изд. *Искусство*, 1994. т. 2, с. 377.

② 〔俄〕安·别雷《彼得堡》,靳戈、杨光译,作家出版社1997年版,第72页。

③ 根据人智学理论,红色具有幻觉性。

燃烧，这火充满了人对地狱混乱的恐惧。但是安德列·别雷认为，人必须"敢于迎着地狱朝前走"，因为只有走进地狱，"那使你恐惧的鲜血般的亮光就会慢慢融化在一片不完全纯净的白兮兮的明亮之中"。人的拯救只有在自我的虚无中才存在。这里，为了表现这个拯救的过程，作家借助了古老的神秘象征，就是灵魂经过火的燃烧后变白。变白象征着得到拯救的肉体。这种魔鬼般的、破坏性的燃烧，在有关灵魂的神话中，被认为是升华的行为：所有的肉体在燃烧的同时，也被改造了。他在此强调，所有的英雄（包括基督）都应该进入红色——地狱中。在《俄罗斯诗歌中的末世论》中，安德列·别雷在"红色集中体现了火的恐惧和痛苦。矗立在各个山的十字架涂满了鲜血"之后，紧接着写道："十字架上矗立着芬芳的白色的神秘的玫瑰荆冠。"①在此，白色包含作家了关于红色的解释，以及经过燃烧红色转化为白色所蕴含的宗教神秘意义，亦即白色表示基督耶稣的死亡与重生，虽然经受了死亡和恐惧。很明显，安德列·别雷遵循着古老的神话传统，表达出启示录精神：由红色（耶稣流血牺牲）变成白色，人最终获得了拯救。

二、索菲亚的意义

安德列·别雷在理解 B. C. 索洛维约夫提出的索菲亚的理念时，是这样理解这个世界灵魂的：

> 世界的心灵即双重本质。体现基督的是她——索菲亚这位光明少女，不体现基督的是月光少女、古代腓尼基的爱情之神阿斯塔尔达、美艳的荡妇、即指巴比伦。与上帝相见的前提是必须找到幸福的女友，与她相会之时上帝便会出现。在这个意义上，她——彩虹门之女。犹如阿斯塔尔达与野兽相会。"终结"，在象征性和体现历史的思想中被理解为或者是恐惧或者是爱情。启示的号角既带来愉悦，也令人恐惧。启示录中既有火焰的炽热，也有冰雪的洁白。②

从中我们看出，代表索菲亚的另外一个形象——阿斯塔尔达（在古希腊罗马被认为是阿弗洛狄特）是世界末日中的巴比伦妓女。这在小说中自然集中体现在同名的女主人公索菲亚身上。

① 〔俄〕Белый Ардрей: Критика эстетика теория символизма в двух томах. Москва, изд. Искусство, 1994. т. 1, с. 377.
② 林精华主编《西方视野中的的白银时代》，东方出版社 2001 年版，第 250～251 页。

尼古拉·阿勃列乌霍夫披着红色多米诺追赶的索菲亚·利胡金娜,外号"天使彼里"。这个外号源自于俄国诗人茹科夫斯基的长诗《安琪儿和彼里》。根据诗人的理解,彼里是高于人、低于天使的精灵。她生活在彩虹之中,飘舞在芳香的地上。而在此处作家使用这个绰号,意在引导读者去体会彩虹门之女索菲亚的含义。在小说《彼得堡》中的索菲亚,头发乌黑,长至脚踝处;她周围环绕着鲜花和蝴蝶;她生活在潮湿闷热的地方,因而她"老是一身汗"。利潘琴科称她为心肝宝贝①。她喜欢和招魂术者在一起。这些描写都充分体现了她的女神特征。在赶赴舞会之前,当她从丈夫身边走开时,像被一阵微风带走了。这里,微风指古希腊神话中的上帝和精灵的出现。作家有意选择 зефир 这个词,它的一个意象就是指古希腊摄神话中的西风。

在舞会上,她充分体现了阿佛洛狄特的特点:喜欢大笑,浑身充满青春活力。像希腊艺术所描述的那样,索菲亚被描写为带着翅膀、飞舞的天使,"她的多米诺像是缎子般的翅膀"。舞会上,索菲亚穿着镶着"又薄又细的泡沫状花边"的裙子,这好像泡沫一样的花边让人马上会想到阿佛洛狄特女神的诞生。

在小说中,索菲亚被作者冠以"爱打扮爱玩乐的轻佻的女人"(фифка②)的称呼。作家在小说中集中表现了索菲亚即阿斯塔尔达的妓女特点。从对她的描述中,我们已经看到了她所具有的阿佛洛狄特的特点,并且她也如女神一样,并不衷心于自己的丈夫,与多人保持相好的关系。这里,值得一提的是索菲亚与杜德金、尼古拉·阿勃列乌霍夫的三角恋爱关系。

> 安琪儿索菲亚·彼得罗夫娜自然像其他安琪儿一样,只爱上帝;
> 而小娘们却糊涂了:她一开始就讨厌那令人不愉快的微笑,可是她后来爱的正是自己所讨厌的这一点;爱上了憎恶,爱上了卑鄙的微笑……③

索菲亚没有选择上帝,这需要说明一下。这里有两个像上帝的人,一个是她的丈夫利胡金,小说中很多地方都把他描写为类似基督的人;另外一个就是尼古拉·阿勃列乌霍夫,小说中明确指出了他的这个特点。这在前文的分析中都有所体现。

在对两者的选择中,索菲亚扮演的不是彩虹门少年天使,而是阿斯塔尔达。她是在和具有蛤蟆(动物)面孔的尼古拉·阿勃列乌霍夫相会,自然带来的是对

---

① 心肝宝贝(душкан)的词根是灵魂(душа)。
② 安德列·别雷在此特别注明,фифка 这个词来源于粗鲁骂人的话 фи。
③ 〔俄〕安·别雷《彼得堡》,靳戈、杨光译,作家出版社 1997 年版,第 100 页。

末日世界来临的恐惧感。索菲亚经历了和尼古拉·阿勃列乌霍夫的虚假爱情，他们内心都怀有负罪感，受到了尘世之火的煎熬。

但是她经受的这些煎熬和恐惧，后来却给她带来另一种选择，就是获得了天使和上帝的爱，获得了真正的爱情，心中充满了愉悦感。表现就是，小说中出现了象征基督的白色多米诺，以及他的出现带给索菲亚的快乐心情。白色是产生其他颜色的初始色。因为在大地和天空分开之前，就闪耀着白色的初始光芒。安德列·别雷在此赋予了白色更多的末世论的色调。白色是流淌的初始之光，它使人联想到天堂的河流和末世论中的白色羔羊，这也是上面提到的"冰雪的雪白"。

三、世界末日来临的时间

在回忆录《两个世纪之交》中，安德列·别雷列举了对自己的创作有影响的末世论思想家，包括 Д. С. 梅列日科夫斯基、В. 罗扎诺夫、В. С. 索洛维约夫、A. A. 勃洛克、牛顿等人，另外还有 Н. А. 莫洛佐夫（Морозов Н. А.），他的末世论思想对安德列·别雷的影响在《彼得堡》中得到了证实。莫洛佐夫认为，9 月的最后一天，是人们计算出来的世界末日开始的宇宙日期，这之后的日期就不确定了。作家显然采用了这个观点，为了表达世界末日这个主题，他所选择的小说开始的时间是"雾蒙蒙的 10 月的一天"。

另外，Н. А. 莫洛佐夫塑造的末日骑士形象也被安德列·别雷所采用。在《彼得堡》中，末日骑士的体现者就是萨杜尔。我们知道，在小说中正是用萨杜尔来形容参政员阿波罗·阿勃列乌霍夫的，他所乘坐的是黑马，无疑，他也被赋予了末日骑士的特征。

当然，在小说中还有其他一些体现末日世界的情节和形象，像青铜骑士的出现，布满城市的绿色和灰色，等等。鉴于本书已在其他章节进行了分析研究，在此不再赘述。

第三节　启示录精神

在人们等待世界末日来临、心灵充满恐惧的时刻，安德列·别雷却从世界末日中看到了俄罗斯获得拯救的未来之路。他认为通向未来的唯一途径是改变每个人的思想意识。并将探索的范围延伸到宗教领域,希冀建立起神学艺术,以其影响和改变人们的思想。并且这种改变是建立在个性思想自由的基础上,不是简单、粗暴地破坏现存的世界秩序。

作家还认为未来之路才是真实的俄罗斯之路,现在是通向未来的桥梁。于是,他紧张地等待并企盼世界末日的来临,执着于神秘地改变人类的思想。作家不仅预感到这种改变,并且期待这种改变。因此,他积极地表达主观的感受和观点,并逐步将视点放在了历史和艺术领域,试图通过历史认识俄罗斯的未来命运,通过艺术直觉感知俄罗斯的未来之路。在他看来,历史和艺术是启示录精神的表征。

一、人类历史框架中的启示录精神

安德列·别雷提出了"统一的就是象征的"和"象征的目的是宗教的"的观点。根据这两个理论观点,我们可以得出这样的结论:历史是统一体,那么也就意味着,历史是象征的,既然是象征的,那么历史的最终目的必然指向宗教,而宗教中的启示录精神又在作家《彼得堡》的思想体系中占据主导地位。因此,历史是启示录精神的表征。根据上述推理过程,现今我们需要密切结合《彼得堡》文本,首先论证其前提条件,即历史是统一的。然后,讨论作家有关东西方历史的观点与问题,最后得出安德列·别雷的东西方历史观点蕴含着启示录精神。

1. 历史统一观

安德列·别雷在《词语的魅力》一文中对"象征"的解释是:象征"把隐藏在我的意识和潜意识深处的、无法用语言表达的,而且眼睛又看不见的世界与处在我身外的、缺少语言和意义的世界联系起来"①。在这位象征主义者提出的象征的定义中包含这样一层意思,即象征是某些东西的结合,象征本身是一个统一的整体。

后来,安德列·别雷多次谈到他对"统一"的理解:"统一就是象征""象征就是统一"。显然,他将"统一"和"象征"视为可以互换的一体。这就是安德列·别雷"历史统一观"理论的核心。按照这种理解,无疑历史也被视为一个统一体。表现在《彼得堡》中,就是作家把整个彼得堡的历史看作一个统一体。把彼得堡的历史看作一个统一体的观点和安德列·别雷多次表达过的把过去的东西看

---

① 〔俄〕Белый Андрей:Символизм как миропонимание. Сост., вступ. ст. прим. Сугай Л. А.. Моска, изд.《Республика》,1994,с. 131.

作一个整体的思想是一脉相承的。诸如,作家在谈到古典主义、浪漫主义、现实主义时,他指出:"象征主义学派跨越了关于艺术创作的概念框架;象征主义流派指出,审美的经典不单单是浪漫主义的经典,(它还可能)或者是古典主义的,或者是现实主义的,其实这三者都是创作的各种不同的形式……"①在接下来的论述中,安德列·别雷无疑扩大了这个思想的范围,他写道:"象征主义甚至打破了审美创作的界限,强调宗教创作的领域与艺术的结合,19世纪封闭的欧洲艺术注入了东方强烈的光芒。现代艺术的革新表现在以往被视为已成为过去的东西,现在一下子在我们面前飞舞起来;我们感受着在艺术中的所有的世纪和民族。"②

虽然这里没有直接论述有关历史统一观的问题,但是安德列·别雷指出,在创作过程中应该坚持以统一的观点来看待事物。历史作为作家思考的问题之一,自然在创作中会有所体现。所以 Д. С. 利哈乔夫在《彼得堡》的编者按中的第一句就指出:"安得列·别雷的《彼得堡》的主题来源于彼得堡两百年的神话。"③这里"两百年的神话"含义使人联想到彼得堡两百年的历史,它有一个发展的轨迹,在安德列·别雷的观念中,这就是这座城市历史的统一体。诚如上面安德列·别雷所提到的,"以往被视为已成为过去的东西,现在一下子在我们面前飞舞起来"。

根据安德列·别雷象征主义思想阐述的"统一的是象征的"的观点,既然历史是统一的,那么也就是象征的;既然是象征的,其最终目的无疑就指向了宗教性,含有启示录精神。

2. 东西方问题

在《彼得堡》中安德列·别雷展示了俄罗斯所经受的历史灾难。在他看来,灾难产生的根源在于俄罗斯历史上形成的东西方的分裂局面。据此,他对历史上的东西方问题进行了深刻的反思,反思的结论是,他既否定东方,也否定西方,更否定东西方结合的模式。安德列·别雷认为,俄罗斯应该重新回归民族的统一本源,回归俄罗斯本土文化和宗教,这样,俄罗斯才能走上民族自我拯救之路。

---

① Так же, с. 81.

② Так же, с. 82.

③ 〔俄〕安·别雷《彼得堡》,靳戈、杨光译,作家出版社1997年版,第3页。

（1）安德列·别雷关于东方的思想。

在《彼得堡》中带有东方的因素，可以说，展现在方方面面。譬如，外貌方面，利潘琴科像蒙古人，参政员像埃及的木乃伊；装饰方面，尼古拉·阿勃列乌霍夫戴着鞑靼人的帽子，索菲亚用日本画装饰房间，参政员使用中国的瓷器；血缘方面，参政员阿波罗·阿勃列乌霍夫有着古老的蒙古血缘，利胡金也是身上流着亚洲人血液的西伯利亚富家子弟。更不用说从日俄战场上归来、常常出现在彼得堡大街上的那些人了。

需要指出的是，安德列·别雷对东方的理解非常宽泛。这里的东方不仅指亚洲地区的国家，像中国、蒙古、日本等，还包括非洲（主要是北非）的一些国家，诸如埃及、突尼斯等。下面，我们将从泛蒙古主义和作家的非洲理念开始，阐述安德列·别雷的东方思想。

①泛蒙古主义。

安德列·别雷追随索洛维约夫的泛蒙古主义思想，认为对俄罗斯来说，潜在的威胁是游牧民族的第二次入侵。在作家看来，游牧民族并没有像一些人认为的那样，他们受到俄罗斯的影响已经信仰基督教，事实上恰恰相反，中国和佛教信仰的文化和精神力量反倒正在侵入俄罗斯人的灵魂。俄罗斯人现在不得不迎接比前一次入侵的蒙古人更加可怕的、来自东方的敌人。

可以说，泛蒙古主义思想贯穿了整部小说，成为小说的主题之一。在安德列·别雷看来，泛蒙古主义思想造成了俄罗斯在日俄战争中的最终失败。因此，这个泛蒙古主义思想对俄罗斯是有害的，它阻碍了俄罗斯的发展。但更为可怕的是，这个思想已经侵入到俄罗斯人的日常生活，甚至灵魂中。

安德列·别雷早在《俄罗斯诗歌中的末世论》中就提到：

> 蒙古进攻的幻影迅速地壮大起来，在欧洲人的上空刮起了旋风和带灰的云彩。现在我们丧失了伦理道德准则，科学观点又使我们对日本战争产生了恐惧感，因为在战争中我们看到了纷至沓来的混乱的象征。日本是面具，面具后面隐藏的是我们看不见的东西。[①]

"进攻的幻影"指的是文化和信仰的侵略，"旋风和带灰的云彩"象征混乱，"看不见的东西"就是 B. C. 索洛维约夫所说的泛蒙古主义思想。B. C. 索洛维

---

① 〔俄〕Белый Ардрей：Критика эстетика теория символизма в двух томах. Москва，изд. *Искусство*，1994. т. 1, c. 377.

约夫曾经预言日本会先占领北京，之后进攻彼得堡，占领俄罗斯，最后占领整个欧洲。这个危险程度比起蒙古人对俄罗斯的侵略要严重得多。因此，安德列·别雷感到忧虑重重。

在小说中，安德列·别雷除了表达对东方敌人新的侵略感到忧虑之外，还表现了这个预言对城市造成的恐怖氛围，给人们心理带来的恐慌情绪。鉴于我们在前文对此已经有所分析，详情请看第八章第二节"《彼得堡》的神话氛围"，在此不再赘述。

②关于非洲的思想。

安德列·别雷在《彼得堡》中表现出的对东方的观念中，还包括了对非洲的看法。小说中涉及非洲主题是很容易理解的。因为安德列·别雷于1911年秋曾前往非洲，并且撰写了非洲旅行日记。在此之后，他马上投入到《彼得堡》的创作工作中。因此，对小说中有关非洲思想的理解，应该建立在作家的非洲之旅和相关的日记上。

的确，小说中许多对彼得堡、人物、情节的描写都是建立在作家对非洲，特别是埃及首府开罗的印象上的，他据此创作了与非洲有关的形象和情节。诸如，阿波罗·阿勃列乌霍夫像木乃伊；尼古拉·阿勃列乌霍夫的房间中悬挂着一把苏丹剑；尼古拉·阿勃列乌霍夫前往北非，在突尼斯和埃及逗留访学，等等。特别需要指出的，尼古拉·阿勃列乌霍夫离开彼得堡前往非洲所行的路线和作家非洲旅行的路线完全一致：主人公尼古拉·阿勃列乌霍夫也和作者一样，开始时生活在突尼斯小镇，然后前往埃及，参观了金字塔、司芬克斯雕像和博物馆。

厘清安德列·别雷关于非洲的思想，对于我们理解整部小说起着十分重要的作用。作家本人在与友人的谈话中就曾经说过，"埃及"跟随他走过了欧洲的许多城市①，其中就有彼得堡。他后来明确表示："我在彼得堡（小说）中所写的一切，都是我在埃及所见到的。"②所以，非洲的城市面貌、非洲现存的问题和非洲的传统文化等统统被作家移植到彼得堡，构成小说的文化背景。

引入非洲的主题，在安德列·别雷看来，最主要的是非洲（主要是埃及）所

---

① 安德列·别雷在此已经把俄罗斯看作欧洲的国家，他完全站在欧洲的立场上，看待和亚洲平行的有关非洲的东方问题，以期借助非洲问题来看待俄罗斯的未来命运，乃至整个欧洲的命运。

② 〔俄〕Andrej Belyi 转引自 Walker Gwen.：Andrei Bely's armchair journey through the legendary land of "Ophir"：russia，africa，and the dream of distance //The Slavic and East European Journal，Volume 46，2002，№1，44.

处的境地是和俄罗斯十分类似的。因为当时的埃及是西方的殖民地。作为殖民地，埃及往往处于体现"文明进步"的西方与保留文化传统的东方尖锐对立的局面中。这种冲突对立的局面使安德列·别雷联想到俄罗斯所处的类似境地。所以说，彼得堡的情形只是开罗情形在地点上的转移。这里，安德列·别雷是把俄罗斯放置在非洲的背景上来看待问题的。在他看来，非洲的文化中已经潜存着不和谐的因素，不和谐的因素就来自殖民者带来的西方文明，并引发西方外来文明与埃及本土文化之间的矛盾冲突，冲突的结果使开罗变得十分怪异：无以数计的幽灵和影子在开罗的街上行走着，引导死人走向下界。这些情节在《彼得堡》中得到了充分再现：一样的幻影行走在涅瓦大街上，构成彼得堡地狱画面之一。

安德列·别雷在把西方和非洲原始的文化进行对比时，否定了西方文化，同时也指出非洲文化的野蛮因素、难以理解性和充满的恐怖性。他指出了西方注重的仅仅是非洲传统文化的形式，而且这种倾向日趋加重。但是在现今的埃及，非洲的传统文化正在衰退。衰退的表现就是安德列·别雷所认为的，埃及当地人是魔鬼般的人，是对人类有危害的人。如同在 20 世纪初早期的导游手册中非洲被认为对欧洲人有威胁的地方。这些情节我们都可以在《彼得堡》中读到。另外，安德列·别雷认为这些人保留着野兽的特征，他用"一群、一堆"来形容他们，他们的声音是尖叫和嘶嘶声。所以，在小说中常常出现尖叫和嘶嘶的声音，常出现"群"（рой）这个词。

欧洲人对非洲的文化，特别是原始文化和异国情调感兴趣。安德列·别雷指责欧洲人所崇尚的异国情调和原始文化是虚假的，因为他认为，当欧洲人开始演奏黑人的音乐时，他就有可能成为黑人。就如同亚洲的血液进入了参政员阿波罗·阿勃列乌霍夫心身上一样，非洲这个另一个古老的文明古国的血液也会注入欧洲人的身体中。在这个意义上，非洲和亚洲是同义的。非洲的文化正在走向衰落，因为按照人智学理论，人类的种族一个替代另一个，每一个种族虽然都在肉体和精神上对人类的进步做出了贡献，但是最终都会走向灭亡。安德列·别雷把这个理论移植到非洲文明上，认为非洲是一个伟大文明的衰落，当然，西方也一样会衰落。

安德列·别雷还从埃及人光和火的浓烟中看到了埃及文化的衰落①迹象。安德列·别作家指出，埃及人是烟灰，虽然他们曾经是埃及文明的代表者，但是

---

① 本来古埃及人用来光和火来代表力量。

现在火已经熄灭，灰烬落在埃及人的身上，他们承载着灰烬，他们本身就是一堆灰。安德列·别雷认为，非洲正用这种力量威胁着西方，使其走向衰落。他写道："非洲吞噬了我们。"①另外，安德列·别雷强调了在非洲文化中存在的伊斯兰主义的负面影响。他指出，非洲文化还在伊斯兰教和古老文化中摇摆。他在阿拉伯文化（伊斯兰主义）中看到了占领和转变的企图。安德列·别雷强调，阿拉伯人既让人羡慕，又让人害怕，并且以法国征用黑人为雇佣兵为例，预言黑人将会背叛养育他们的法国。作家又一次运用了烟灰的意象，但是已经有一些变化，他认为，外国人进入埃及后，当地居民限制着他们的行动，使他们同样变为灰烬。这种可怕的同化作用无疑加速了欧洲衰亡的步伐。

从非洲文化中伊斯兰主义的扩张和黑人发生的倒戈事件中，安德列·别雷看出了某种潜在的威胁，他指出1905年日俄战争具有同样的性质。他把这场战争描写为发生在心灵深处的战争。日俄战争使他坚信在东方已经出现了混乱的迹象，法国军队中的黑人雇佣兵预示着来自南方的威胁，他们就像《启示录》中预示着灾难的"一群人"——恶魔，诱导人们进入灾难。

非洲人和亚洲的蒙古人具有同样的象征启示意义。像亚洲人一样，非洲以"一群""一团""一堆"人的形象作为末日的象征，他们的到来引起了恐慌，被认为是发生了最后的审判。在非洲旅行时，安德列·别雷发展了自己关于非洲的思想，他认为，亚洲和非洲具有同样的作用，都象征着末世的来临。在欧洲的黑人文化中作家看到了可怕的因素，而蒙古大军像旋风、像带灰烬的云朵一样，疾驰而过欧洲上空。这种灰烬是末世将至的象征。这些都引起安德列·别雷待在埃及的不安心理。作家指出埃及不属于这个世界，这里的居民来自另一个世界，他们具有威胁性，引起了人们的恐惧感。他同时把这个特征赋予了彼得堡，在小说中展示了人在古老的超自然中感受到的可怕的东西。安德列·别雷发现了西方现代文化和古老的埃及文化的特殊关联，埃及就在欧洲人的内心，自然也在俄罗斯人的内心里，作家认为，为躲避埃及的影响必须逃离欧洲的生活，必须从内心"走出埃及"。《出埃及记》在这里对安德列·别雷来讲就是逃避的方式，但是如果人们运用恐怖的手段来解决这个问题，结果就会使俄罗斯遭受更大的灾难，像战争、瘟疫和其他难以预料的灾难，这预示着将来末世

① 〔俄〕Andrej Belyi 转引自 Walker Gwen.：Andrei Bely's armchair journey through the legendary land of "Ophir"：russia，africa，and the dream of distance //The Slavic and East European Journal，Volume 46，2002，№1，396.

的惨象。

安德列·别雷运用非洲的主题,展示了西方精神的衰落。无论在莫斯科、巴黎还是在伦敦、开罗,他都感觉到那种趋于腐朽的文化,难怪他会发出"这些城市都是一样的"感慨。应该说,作家发掘了不同题材中的文明和文化问题,展示了对将要到来的世界末日的主题。于是,在《彼得堡》中青铜骑士发出的"轰隆隆"的马蹄声响彻彼得堡大街时,埃及人的鼓敲出的"嗒姆、嗒姆"的声音也出现在小说的结尾处,这些无疑都显示出文化的衰落。

(2)安德列·别雷关于西方的思想。

在小说中西方文明更多体现为城市空间布局的直线条和规整划一。安德列·别雷展示的,就是一切被规范化和制度化后的结果,并且这个结果展示在彼得堡的整个历史进程中,甚至反映在世界历史的进程中。依照作家的看法,在世界历史的进程中,西方文明的规范化逻辑包含着许多潜在的意义。诸如将所有事物规范化、条理化后形成的逻辑一致性,是没有任何出路的。资本主义秩序化使其失去了创造生活的新能力。资本主义文化的发展使欧洲陷于停顿状态,这就是精神和思想的死亡。欧洲文明发展的踯躅不前,正是东方静止的学说,也就是"蒙古人的事业"。

历史在小说中还呈现为一种圆形的运动,即返回到了彼得堡创建时的彼得大帝时代。彼得大帝完全按照西方的样式打造彼得堡城市。作家认为彼得堡的历史必须冲破这个圆形,应该呈现螺旋形上升的趋势。这在小说的结尾体现出来,即尼古拉·阿勃列乌霍夫回到了俄罗斯农村。结尾表达了作者对俄罗斯大地的深爱,而这种爱需要通过神秘情感体验才能获得。

和以前人们对西方的理解相比,安德列·别雷对西方有了一种新的诠释。他在很多时候不再对俄罗斯和西方进行区分,他把俄罗斯等同于欧洲。实际上,他扩大了俄罗斯的范围,已经把俄罗斯的问题上升为整个世界的问题,整个人类面临的危机问题。在这个意义上,《彼得堡》中的末日是真正意义上的世界范围的末日,整个人类都需要拯救。这在上面安德列·别雷对东方的理解中已经有所体现。

(3)东西方的结合。

在小说中,参政员阿波罗·阿勃列乌霍夫是东西方结合最主要的体现者。他的名字带有敌基督的特点。因为 B. C. 索洛维约夫《三次对话》中用阿波罗伊这个人物述说了将要到来的敌基督。他把这个世界的灾难看作基督和敌基督

(撒旦)斗争的过程。敌基督披上了神人类的外衣，并且暂时获得了统治权。他来到这个世界是以东方的侵略者撒旦的模样出现的。他统治欧洲的居民，而且标榜自己是神人类、伟大奇迹的创作者，用自己的奇迹使人们坚信神人类上帝的到来。这个神奇的创作者阿波罗伊无疑是个天才，他具有亚洲和欧洲血统，是信仰天主教的犹太人，他通晓西方的科学和技术，和 B. C. 索罗维约夫刻画的人物形象类似，安德列·别雷笔下的参政员明显具有阿波罗伊的亚洲和欧洲相结合的特征，也就是东西方结合的特点。在作家看来，东方和西方的结合，也就是把知识和智慧变成了撒旦——敌基督，是对没有生气的文明的信仰。东方和西方的结合，在安德列·别雷看来是很危险的。对他而言，这种结合的产物就是敌基督——魔鬼撒旦，它将完全摧毁民族的个性。

(4)安德列·别雷的启示录精神。

东西方的分裂使俄罗斯成为断裂地带，十几年甚至一百多年以来积聚的矛盾现在统统流溢出来，成为小说《彼得堡》的世界灾难的源泉。安德列·别雷还将这种断裂延伸至整个世界，告诉人们，世界的平衡被破坏了，世界陷入混乱的悲剧场景中。悲剧的场景体现在小说个人—心理的领域、社会—政治领域和社会—民族领域等。悲剧的因素进入了国家组织和个人即居民的骨肉和灵魂中，成为生活中的现象。每个现象既包含着本质，又包含着矛盾。矛盾表现在西方和东方思想的对峙。根据 B. C. 索洛维约夫的论述，西方是运动、变化和完结的代表者；而东方却与此相反，反映出间接性和停滞不动的单一性。B. C. 索洛维约夫认为，俄罗斯应该融合这两种敌对的矛盾，以期建立起生活和国家的新秩序。但是安德列·别雷并没有完全接受这个观点，对他来说，东方和西方世界不仅是互相敌对的，而且两者对俄罗斯也是敌对的。俄罗斯的前途不应该受任何一方的影响，即便是两者的结合。虽然安德列·别雷不赞同 B. C. 索洛维约夫的上述观点，但是 B. C. 索洛维约夫的许多理论观点仍旧成为安德列·别雷看待问题的主要依据。

应该说，安德列·别雷放弃了选择任何一方的企图，因为他的目的并不是停留在对历史上东西方问题的抉择上，或者采取中庸的方式，融合对峙的双方。他的目的是努力整合破碎的意识，试图通过恢复裂变的民众意识变革个性。这就是安德列·别雷提出的民族的、自我认知的和宗教意义上的启示录精神之路。

二、艺术中的启示录精神

安德列·别雷在写作《彼得堡》之前就发表了一系列有关艺术理论的文章，诸如《艺术的意义》《意义的象征》《词语的魔力》和《未来的艺术》等，此外，还包括早期发表的《艺术形式》(1902)一文。在这些文章中，安德列·别雷系统阐述了自己对艺术的看法。鉴于这些文章对理解《彼得堡》中的启示录精神十分的重要，所以，我们首先来了解一下安德列·别雷的基本艺术观。

安德列·别雷在艺术领域的思考是非常全面的，他思考的内容涉及艺术的意义、艺术的形式、词语的意义等方面。在他看来，对这些方面的阐释，能够解答类似生活的意义、人的存在等问题。或者换句话说，审美成为他寻找生活意义的一个途径。应该说，安德列·别雷对纯唯美主义持否定的观点，他认为，离弃生活的审美是消极的审美，对现实生活不会产生任何实质性的影响。于是，他另辟蹊径，试图通过哲学领域确定审美目标。最初，他寄希望于新康德主义的文德尔班和里凯尔特的"价值"观念，认为，艺术追求的就是价值。但是作家很快地发现，里凯尔特建立的"价值"观念，实质上只是一个抽象的绝对理念，与作家所确立地解决现实生活的目标相差甚远。后来，安德列·别雷又转向"意义"的问题，以期发现新的审美目标。但是事实证明，无论是"价值"还是"意义"，还是他曾经追求的 B. C. 索洛维约夫的"完整统一"的观念，本质上都没有什么根本的区别，都属于柏拉图曾经提到的绝对"理念"范畴。这是他所不能接受的，因为他认为这些理念都不能解决现实存在的问题。因此，安德列·别雷探寻神秘目标的脚步始终没有停留。正如 H. 别尔嘉耶夫对他的评价："别雷沿着向上的楼梯前行，又破坏了每一级台阶，悬在空洞的无底之上，他只有向上，没有尽头。这是哲学的幻想，可怕的美丽和幻觉。甚至安德列·别雷试图坚定地站立在里凯尔特所搭建的阶梯上，但是他又无情地将其打破。"①顺便提一句，后来安德列·别雷在象征主义理论中提到的大写的"象征"②，实际上也是他的思考形成的一种理念。

安德列·别雷后来不再寄希望于哲学领域和对抽象主体的追求上，而是将注意力集中在"创造"上。

---

① 〔俄〕Бердяев Н.：Русский соблазн（по поводу《Серебряного голубя》А. Белого），Типы религиозной мысли в России. Собр. соч. Т. 3. Париж，1989，с. 428.

② 安德列·别雷认为象征就是某种神秘的，无法述说的，文化和存在赖以成长起来的"伊始"。

　　"创造"是一个谓词，或者用 H. 别尔嘉耶夫的话来说，"（安德列·别雷的思想理论——引者）只有创造的纯行动，没有主体和承载者。"①作家认为，人只有通过"创造"，才能意识到真正的存在。而艺术是"创造"能够得以实现的途径。因为艺术的创造能够扩大现实的时间和空间的范围，使人感受到时间和空间的无限性。时空的无限性为思考范畴的扩大化提供了条件。另外，艺术家的责任就是创作，生活成为创作的材料，而艺术家又把艺术转化为生活，这是一种"生活艺术"的观点。

　　论说了"创造"这个概念以后，我们进一步将转向论述在作家观念中的创造的目的问题。前面我们提到，安德列·别雷否定审美主义。因为审美主义往往从艺术本身寻找审美的目的。而在艺术本身寻找目的是没有意义的。艺术的目的只能到宗教中去寻找，因为在艺术中缺少自我的目的和自我的内容。他说："形象的使命不是唤起美的感觉，而是发现能够在生活的现象中看到它们的改变的意义。当目的达到后，这些形象便没有任何的意义了。"②他甚至断言了"艺术之死。"因此，安德列·别雷认为，创作活动的目的并不是创作完善的审美艺术作品，而是重建自己的生活和人生。人应该与创作结合，他的生活应成为艺术的。当所有人的生活都成为艺术后，艺术就不再是艺术，它只是达到更高宗教生活的一种手段。

　　明确了这些问题，就能够理解作家作品中的启示录思想。因为根据上面的论述，作家本人的创作目的直指艺术的宗教性。显然，处于特定时代的象征主义者安德列·别雷的艺术宗教性明显带有末日启示录精神的特点。诚如 H. 别尔嘉耶夫所言，"他生活在启示录紧张的氛围中，经历着《启示录》中记录的灾难。但别雷还神秘感受到了启示录中的女性，如微风，徐徐吹来"③。这里的"女性"指的是索菲亚。在 B. C. 索洛维约夫的观点中，索菲亚代表世界灵魂，是启示录精神的一个组成部分。安德列·别雷吸收了这个观点，并且根据此观点，撰写了一些艺术理论文章。在关于艺术的理论文章中，他规划出俄罗斯、甚至整个世界未来发展的蓝图。并将这个规划的实施比拟为创世主的开天辟地的

　　①　〔俄〕Бердяев Н.：Русский соблазн（по поводу《Серебряного голубя》А. Белого），Типы религиозной мысли в России. Собр. соч. Т. 3. Париж，1989，с. 428.

　　②　〔俄〕Белый Андрей：Символизм как миропонимание. Сост.，вступ. ст. прим. Сугай Л. А. Моска，изд.《Республика》，1994，с. 247-248.

　　③　〔俄〕Бердяев Н.：Русский соблазн（по поводу《Серебряного голубя》А. Белого），Типы религиозной мысли в России. Собр. соч. Т. 3. Париж，1989，с. 429.

创世行为。他以此最终实现《启示录》带给人们的启示,实现启示录精神。

安德列·别雷的启示录精神受到 B. C. 索洛维约夫和尼采的极大影响。索洛维约夫为其指明了未来的发展道路和走上未来之路的途径。未来的发展道路就是改变人性,而改变的途径,B. C. 索洛维约夫求助于艺术:"完美的艺术应该改变①我们的现实生活。"②安德列·别雷接受了"艺术改变生活"的观点,并进一步提出艺术宗旨的问题。他认为,象征主义艺术的宗旨不在于追求形式的和谐,而在于直观地解释心灵深处的感受。特别针对人们只关注古典作品的形式问题,他提议人们应该重新审视古典的艺术作品,应该从形式转向对感受的关注。"感受"(переживание)这个词屡次出现在安德列·别雷有关艺术理论的文章中,可见作家对它的重视程度,并且他特别关注个人的感受。在作家看来,个人的感受是一个统一的综合体,当人面对一部艺术作品时,除了他本人固有的感受外,还包括个人所经历的艺术家同样的境遇,安德列·别雷将其称为个人—集体的感受。这种个人—集体的感受在其运动中会体验到一种全能的力量,而这种全能力量,在作家看来,就是宗教的感受。于是,个人的内心感受本质上是一种宗教的感受。譬如,当人在生活中遇到各种艺术形式(安德列·别雷根据空间和时间的关系,将艺术形式从低向高依次排列为:雕塑、绘画、诗歌、音乐)时,在内心会引起宗教的感受。这是因为,当人的内心上升到最高境地——音乐领域时,他已经跨入无限的空间和时间领域。而充分体现时空无限性的就是宗教。于是,宗教的感受代替了艺术的感受。

当安德列·别雷将混乱作为审美和创作的对象时,他是在与尼采的,而不是索洛维约夫的思想相接近。因为尼采把内心感受到的混乱称为狄奥尼索斯式的,并且把狄奥尼索斯视为被钉在十字架上的神祇。安德列·别雷接受了狄奥尼索斯式的艺术主题,并进一步提出,尼采还呼唤人们履行自己的责任。呼吁人们不要回头,应该走向十字架,应该走向人心灵的各各他山,因为各各他山给人们展示了未来图景。于是,他写道:"我不知道更加可怕的、更加崇高的道路在哪,尼采把自己送上了十字架。但是尼采没有模仿基督,更像是狄奥尼索

---

① "改变"(原文为 пресуществить)这个词指通过某种神秘的行动完成某事。神秘不是指教堂的神秘,而是直接或者间接作用于物质世界的多神教的秘密或者某种超自然魔力的秘密。

② 〔俄〕Соловьёв В. С. 转引自〔俄〕Пискунова С., Пискунов В.: История литературы: Культурологическая утопия Андрея Белого//Вопросы литературы, 1995, выпуск III. http:// www. auditorium.ru/ books/285/vopli95-3_chapter2.htm

第十章 《彼得堡》:彼得堡神话象征的意蕴

斯,并且尼采把自己作为贡品,为这个神献祭。"①此处,安德列·别雷之所以提到"尼采模仿的是狄奥尼索斯",是因为,消极地等待末日和基督的来临,对于作家来说,是没有太大意义的。人们只有行动起来,参加类似祭祀的仪式活动,才能获得神秘的意识,才能从本质上改革个性。显然,作家已经从尼采又返回到了 B. C. 索洛维约夫的神学学说,即混乱不仅需要被看见,还需要被诅咒,用行动将其变为和谐。换句话说,需要参与行动,参与创造活动。

在以后对创作的思考中,安德列·别雷还进一步限定了创造的主体,他以古埃及文化为例,指出只有能够创造性地重塑自我的人,才能有权利从事星相学、数学、神学等工作。由此可见,安德列·别雷的创造主体是"能够重塑自我的人",只有这样的人才能担负起创造的大任,这和前面我们提到的"艺术家应该成为肩擎天穹的阿特拉斯神"②意思是相同的。所以,作家把希望放在了这一部分人身上,特别是艺术家身上,其中也包括他自己。所以,他创作了小说《彼得堡》,以期完成自己重塑新人的重担。新人不仅包括小说中的尼古拉·阿勃列乌霍夫,还应该包括每一位仔细阅读小说的读者,这也是作者为什么在小说《彼得堡》的叙述中常常面向读者的原因,当然,作者在此也运用了古希腊戏剧的手法。安德列·别雷认为,如果读者(观众)参与创作活动(仪式活动),可以说,他们就一直和作者一起进行神秘的感觉探寻,而后者以自己创作的文本作为一个仪式活动的展示,带领观众进入神秘的世界,经受仪式的洗礼,最终成为新的人类。这也是安德列·别雷艺术上启示录精神内涵之所在。

本 章 小 结

本章的研究表明,安德列·别雷在《彼得堡》塑造的城市神话形象彰显了作家的启示录精神。本章主要关注三个问题:一是作家的危机观。主要指意识危机和文化危机两个方面。特别指出造成危机的原因是意识整一性遭到了破坏。并进一步指出,正是由于作家的危机观点,他才创作出带有世界末日特点的城市神话形象。二是小说《彼得堡》中蕴含的世界末日因素。本章借助小说中出现的世界末日图景的因素,试图阐述小说主人公和作家对当时社会危机状况的

---

① Так же.

② 〔俄〕Белый Андрей: Символизм как миропонимание. Сост., вступ. ст. прим. Сугай Л. А.. Москва, изд. 《Республика》, 1994, с. 338.

感觉,由此,作家提出人只有通过精神的革新才能获得拯救的启示录精神的思想。三是作家的艺术审美观点和历史观点。安德列·别雷否定消极的审美观点,倡导积极创造的观点,否定局限于审美范围的观点,提出审美的宗教意义,这表明作家最终指向了启示录精神。对待历史问题,作家阐述问题的视域也极其的广阔,他先后否定了彼得一世所走的西方模式,又否定东方的模式,而对东西方结合的折中模式也持否定的态度,进而提出走民族自我拯救之路——人精神的重生,本书认为,这也是作家启示录精神的内涵所在。

结　语

　　纵观所述,本书通过安德列·别雷《彼得堡》中所蕴含的神话、原型、意象和情节等,构筑起了研究《彼得堡》城市的神话艺术空间的框架,勾勒出彼得堡的城市神话形象,形成了彼得堡末日神话的研究体系。安德列·别雷所创作的末日神话具有城市发展趋于灭亡的必然性。这种研究的最终目的,是为了深入地关照历史转折的关键时刻彼得堡的精神面貌和社会状态及人们的意识和心理,因为彼得堡是俄罗斯的心脏,了解了彼得堡,也就了解了俄罗斯。

　　首先,我们从对彼得一世的研究开始,因为彼得一世开启了城市的现代神话之门。虽然他被世人誉为神般的伟大人物,但是他所缔造的城市彼得堡在创建伊始就昭示了其陨落的必然结局,关于彼得堡必然灭亡的预言在民间曾经广为流传。

　　之后普希金笔下的城市展示了其创建初期从无到有的历程。当时的彼得堡处于初始的混沌中,原始的自然景象,如河流、沼泽和树木随处可见。面对萌发的混沌、涅瓦河水的泛滥(漫世洪水),彼得一世试图通过治理水灾确立彼得堡的新秩序,而据此建立的新秩序,则同个人的幸福形成了矛盾,矛盾又为以后彼得堡的城市事态发展埋下了伏笔,乃至到了《彼得堡》中斗争的情节仍旧在上演。

　　时至果戈理创作的《彼得堡故事》中所描绘的时代,彼得堡已经成为亦真亦幻的城市。一方面,习以为常的人物、事物、情节的背后,存在着来自另一个世界的诡异、幻想和神奇之力;另一方面,此类事物在神奇力量的作用下均呈现为极其物化的发展势态。极度的物化又造成了城市夜晚的虚幻性。

　　到了陀思妥耶夫斯基的《罪与罚》,城市已经失去吸引作家的魅力,人物的内心世界被推到了首位,道德规范成为小说宗教神话的目的和主题。事实上,小说的名字中就蕴含着城市灭亡的因子:彼得堡的居民已经走向犯罪的道路,犯了罪就需要受到惩罚,而上天已经开始惩戒彼得堡。

　　于是,安德列·别雷笔下的彼得堡最终走向了灭亡的道路。彼得堡已经完全成为一个地狱般的城市,居民似已成为幻影,即便在白天也游荡在彼得堡大街上。"别雷关于彼得堡的小说预言了俄罗斯历史上彼得堡时期的终结。"①一个伟大的城市就这样陨落了。

在城市的现代神话形象中我们还看到了另一层意义:作家关注个人在历史和哲学层面上的使命和命运,关注个人真实的感受。应该说,小说中所反映的一切只是初始原型的变形,它们虚幻的神话故事构成了小说的非现实性,但是结合小说描写的事件,无疑这一切在艺术上又获得了现实性,特别体现在小说主人公的内心深处(或者按照小说中的写法"大脑游戏")。小说的人物感到自己生活在历史的运动中,感到自己进入历史和生活的激流中,受神秘和未知的力量的掌控,从中可以看出《彼得堡》主要是描写彼得堡、俄罗斯甚至欧洲国家发生的巨变(革命)。安德列·别雷敏锐地感到并捕捉到了急剧变化的社会时局和笼罩在整个城市上空的恐惧氛围,并且意识到这种恐惧感已经渗入人的内心深处,于是"恐惧"和带来的紧张感贯穿了整部小说。作家在此想阐释个人对生活时代的理解和感受,这个时代,安德列·别雷认为是彼得改革时代的结束。

城市形象的神话建构还源于作家对当时俄罗斯状况的思考,并十分关注彼得堡所具有的世界意义,将其放置在东西方的文化情境下考虑。

安德列·别雷指出俄罗斯自彼得一世以来,缺乏稳固的价值体系,因为自彼得一世建立彼得堡,俄罗斯就面临着东西方抉择的问题。普希金在作品中表现了这个观点。从根本上讲,俄罗斯自彼得一世建立彼得堡之后一直在走欧洲的理性道路,遵循阿波罗主义,但是在小说中今昔的彼得堡反映出来的城市陨落昭示了这条道路在俄罗斯已经成为失败的例证。现今人们已经失去了生活的方向,于是,有人转向了东方的道路。但是,在安德列·别雷看来,这也是行不通的。因为彼得堡自建立以来,就蕴含着东方的因子,以前所走的西方之路,本质上带有东方的特点。并且他认为,东方和西方的道路在本质上没有太大的差别,当西方停滞不前时就是东方的静止主义。剩下的似乎只有东西方的结合,但是也同样不被作家所接受,并且在安德列·别雷看来是很危险的。对作家来说,这种结合就是敌基督,撒旦的帝国,它将完全摧毁民族的个性。另外他在指出彼得堡的西方性中含有东方因素时,否定西方的时候,同时也就否定了东西方的结合模式。作家进一步将东西方的问题推延至世界范围,在世界的

---

① 〔俄〕俄罗斯科学院高尔基世界文学研究所《俄罗斯白银时代文学史》,王艳秋译,Москва,изд.《Имлиран (Наследие)》,2001 年版,第 181 页。

（东西方）文化语境中把握问题，其中把非洲埃及所处的状况与俄罗斯的现状作类比性考虑，从而得出，彼得堡现今的状况无疑是非洲埃及所处的情景，即外来文化和本国文化的冲突，并且作家不单单停留至此，还进一步看到非洲文化对西方的影响，如同蒙古主义对俄罗斯的侵蚀，从而否定非洲的模式。别雷还进一步指出威胁俄罗斯的不仅有蒙古主义，还有人内心深处存在的野兽性，通过非洲黑人已经表现出来。摆脱本性发作的唯一途径是接受基督的怜悯和仁慈。当然，别雷是通过诗学上的一些方法达到的。例如割裂文本叙述中的艺术时间、对话的断裂、断离的句子等。

可以看出来，作家通过彼得堡这个城市形象，他所映射的范围不断地扩大：透过彼得堡的城市形象展示了整个俄罗斯的状况，甚至是世界的整体情况。

在小说中作家还确立了一系列矛盾。如果说在世界范围内存在着东方与西方的对立矛盾，那么在国家中革命和反对革命之间存在着矛盾，而在个人中则是意识与感觉、直觉与意志之间的矛盾。在作家看来，现在人类就处于这些矛盾的斗争中，并且这些矛盾成为世界灾难的源泉。而世界灾难作家是通过对世界末日情景的描写烘托出来的。比如，在小说中出现了闪动的多米诺、黑暗中的阴影、飞舞的红色幽灵、基督和大天使的幻影、随时可能从基座上跳下来的青铜骑士、科学的产物——定时炸弹等。定时炸弹随时可能带来彼得堡的末日，于是整个城市笼罩在被炸毁的危险和世界末日来临前的惊恐氛围之中，彼得堡处于危机之中。

在安德列·别雷看来，这个危机从表现形式上来看，是社会的危机。但从根本上看，却是意识和文化的危机。安德列·别雷在《文化的危机》一文中明确提出，由于感觉和理智之间存在的巨大鸿沟，悲剧的不和谐层面已经从无意识领域转向意识领域，集中体现在人们对日常生活所产生的恐惧感。针对人们的恐惧感，作家提出了意识危机和文化危机的观念。他指出危机产生的主要原因在于，现在哲学和文化分裂了人类原初经验中意识的整一性。在历史的前进中，哲学和文化沿着逻辑理性的原则前行，牺牲意识存在的整体性，这势必会产生意识和文化危机的问题。而安德列·别雷提出解除危机的方法是从索洛维约夫、尼采、歌德、易卜生等人的思想中衍生出来的。通过这些思想，他提出人们虽然在与命运的抗争中，体会到无望的痛苦，但是悲剧中存在着一种净化的力量，这种净化的力量在安德列·别雷的眼中就是人内心蕴含的创造力量，创造的目的就是唤醒存在于人无意识领域的上帝的印迹，使之从潜意识范畴呈现于意识范畴,实现人类的重生。

事实上,他将思考的重心放到了人和人性上,而不是社会的革新和创造上。换句话说,革命在此不是杜德金所走的充满着恐怖活动的暴力革命之路,也不是普希金提出的通过当局的政治改革所走的和平道路,而是人精神的成长与发展。

据此,安德列·别雷关注的焦点已不仅仅是城市神话的构建、城市形象的塑造和社会革命情景的再现,而是将其延拓至人的意识和个性存在的领域,关注个性和个性的改造。他首先把人置于宇宙之中。宇宙成为人生活的主要空间。这种情形的发生源于俄罗斯当时所处的特殊的历史时期(时代的断裂)和人们内心充满的恐惧感。为了克服恐惧感,人们急于寻求一种秩序(包括社会和内心的)。这些使人们偏离了日常生活的惯常轨道,而把日常生活与宇宙(原初生活的秩序)联系起来,把日常生活变为宇宙的一部分。而人处在宇宙范围内,会脱离日常生活习惯的抑制,释放内心的愿望,最终实现个人灵魂的飞跃。

对个性的改造的提出,作家是基于对人的创造性的一种信任感,认为每个人都有这种能力。关键是人能够发现这个能力。而为了发现这个能力,人需要把思想变成行动,通过行为来看待人自身。并且人的行为带有一定的自我改造的目的,在此人是一个发展、呈现的过程。推动人不断发生变化的是人内心的一种动力,这个动力就是创造。创造使人参与到社会生活中,但是参与需要带有一定的神圣性,这个神圣性,在安德列·别雷看来,就是宗教领域内的悲剧感和崇高感[①]。应该说,安德列·别雷更看重人的行动。如果说人是具有神性的神人类,那么就要参与到向目标前进的仪式活动中。因此,如果说他的作品构成了一个神话世界,那么他的创作目的却是仪式性的,要求人们行动起来。

或者换一句话说,安德列·别雷抓住一个很重要的一点:改造人,改造人的思想和意识,改造独立存在的"大脑"。当然,大脑不是从生物学或者心理学的意义上来理解,而是从"新宗教主义"和"神智学"的范畴内来讲,即等到基督的第二次降临。在等待中,经历仪式洗礼,在仪式中体验宗教的魅力,人就会发生变化。人如果发生了变化,关键不在于哪个政权当政,无论官僚主义,还是资本主义,即便革命再此也不过是与彼得一世性质相一致的。

作者肯定了人的意识、人的大脑、人的神性。神性通过仪式的体验,在体验中完成自我改造,如同埃及的凤凰涅槃。彼得一世开创了一个新的世界,他被

---

① 关于安德列·别雷的"悲剧感"和"崇高感",请翻阅本书"绪论"部分的相关论述。

世人奉为神明,他的继承者继承了这个神的本性,但是现在应当让位给神人,那么人如何成为神人呢?这就需要经历、唤醒记忆,恢复被掩盖的原生力,生命的意义的真理才能呈现出来,当然,需要在上帝光的照耀下。

总之,彼得堡的城市形象也是小说《彼得堡》的主人公,安德列·别雷以其独特的方式,从各种不同的角度和层面,对这个超个性的存在进行了解读。

安德列·别雷笔下的《彼得堡》宣告了一个伟大城市的结束。值得欣慰的是,作家本人的探索之路并没有停下来,他继续在宗教领域前行,但是他不再对传统的东正教感到满意,他的看法与果戈理和陀思妥耶夫斯基所提出的宗教之路也有所分歧。他认为果戈理所走的东正教之路缺少爱的因素:"果戈理知晓喜悦与恐惧的秘密,但却不知晓爱的秘密。"[1]而在陀思妥耶夫斯基笔下只有疯子:"在陀思妥耶夫斯基的启示录中只看见癫痫病人的喊叫,启示录成为癫痫病。"[2]所以在 20 世纪初,包括安德列·别雷在内的俄罗斯象征主义者虽然对宗教感兴趣,但是寻找的却不再是传统的基督教,而是具有新宗教意识的东正教。即便是对于新的宗教意识,安德列·别雷也提出了自己的看法。当时在象征主义者中存在着两种观点,一些人认为,需要在人民信仰中寻找真理。但是,安德列·别雷并不赞同这个观点,最起码在《彼得堡》这部小说中没有体现出来。在小说中唯一属于宗教领域的人物是来自乡下的斯捷普卡。安德列·别雷对他的描写着墨不多,他缺少热情和力量。显然,作者只是把他作为一个为小说整体情节发展服务的人物。安德列·别雷没有把他当做拯救俄罗斯的力量,而是坚信人的个性的改造。另一些人认为东正教必须与多神教和基督新教相结合,因为完成一定的仪式就能成为神人。在《银鸽》中,安德列·别雷反映出了这个观点。在《彼得堡》中也可以找到痕迹。但是后来安德列·别雷认为应该在人智学中寻找个性的发展,寻找生活意义,寻找俄罗斯的未来。安德列·别雷认为,只有把本体论上的世界和认知论的世界有机结合起来,才能寻找到生活的意义。[3]

安德列·别雷展示的彼得堡的悲剧给人们带来极大的震撼,但是他并不是悲观主义者。他执着于自己的信念,虽然带有乌托邦的色彩,但是他努力去实

---

① 〔俄〕Белый Ардрей: Критика эстетика теория символизма в двух томах. Москва, изд. *Искусство*, 1994. т. 1, c. 311.

② Так же, с. 411.

③ 鉴于这是一个比较大的研究领域,在此我们不作过多的论述,有待今后进一步开展此方面的研究工作。

践,采取积极的行动,这是尼采笔下真正的查拉图斯特拉。安德列·别雷相信太阳的动力,B. Φ. 霍达谢维奇在回忆录《安·别雷》中曾经提到,别雷在弥留之际请求人给他诵读他自己早年写的一首诗:

> 我相信太阳的金辉,
> 却死于太阳射来的箭矢。
> 我以世纪的思考揣度,
> 却不会把生命安度。①

像太阳一样,安德列·别雷为自己的一生画了一个完美的符号。他生为太阳,死为太阳,为人们留下了一笔宝贵的财富,留待人们去解读。

---

① 〔俄〕安德列·别雷转引自周启超主编《白银时代:名人剪影》,中国文联出版公司 1998 年版,第 279 页。

参考文献

［1］Анциферов Н. П.：Петербург Достоевского. http://lib.rus.ec/b/1444/read

［2］Анциферов Н. П.：Петербург Пушкина. http：//lib.rus.ec/b/1445/read

［3］Белый Андрей. Ваш рыцарь. Письма к М. К. Морозовой. 1901—1928, Москва，изд.《Прогресс-Плеяда》, 2006.

［4］Белый Андрей：Глоссолалия. Москва，изд.《Evidentis》, 2002.

［5］Белый А. Душа самосознающая. Москва,《Канон＋》, 1999.

［6］Белый Ардрей：Критика эстетика теория символизма в двух томах. Москва，изд.《Искусство》, 1994. т. 1

［7］Белый Ардрей：Критика эстетика теория символизма в двух томах. Москва，изд.《Искусство》, 1994.

［8］Белый Андрей：Мастерство Гоголя. Москва，《Государственное издательство художественной литературы》,1934.

［9］Белый А. Материал к биографии. http://az.lib.ru/b/belyj_a/text_1915_03_material_k_biografii.shtml

［10］Белый Андрей：На рубеже двух столетий. http：//az.lib.ru/b/belyj_a/text_0010.shtml 223

［11］Белый А. Начало века. Москва,《Художественная литература》, 1990.

［12］Белый Андрей：Петербург. Роман в восьми главах с прологом и эпилогож. Москва，Издательсто《Наука》, 1981.

［13］Белый Андрей：Петербург Стихи. Москва，изд. Олимп，ООО Фирма 《Издатательство АСТ》, 1998.

［14］Белый Андрей. Принцип ритма в диалектическом методе ［J］//Вопросы литературы. 2010. №2.

［15］Белый Андрей：Проблемы творчества：Статьи，воспоминания，публикации. Сост. Лесневский С.，Михайлов А.. Москва，изд.

《Советский писатель》，1988.

[16] Белый Андрей. Ритм и действительность. Ритм жизни и современность. Москва，изд.《Искусство》. 1989.

[17] Белый Андрей：Pro et contra. Санкт-Петербург，изд.《РХГИ》，2004.

[18] Белый Андрей：Символизм как миропонимание. Сост.，вступ. ст. прим. Сугай Л. А.. Моска，изд.《Республика》，1994.

[19] Белый Андрей. Собрание сочинений. Ритм как диалектика и《Медный всадник》. Исследование. Москва，изд. Дмитрий Сечин. 2014.

[20] Белый Андрей. Собрание сочинений. Символизм. Книга статей. Москва，изд.《Культурная революция；Республик》. 2010.

[21] Белый Андрей. Трагедия творчества. Достоевский и Толстой. Критика. Эстетика. Теория символизма：В 2-х томах. Т. 1 / Вступ. ст.，сост. А. Л. Казин，коммент. А. Л. Казин，Н. В. Кудряшева，Москва，изд. 《Искусство》，1994.

[22] Белый Андрей：Я был меж вас…. Москва，изд.《Вагриус》，2004.

[23] Белый Андрей и Иванов-Разумник：Переписка / Публикация, вступительная статья и комментарии А. В. Лаврова и Джона Малмстада. Санкт-Петербург，изд.《Atheneum-Феникс》，1998

[24] Блок Александр，Белый Андрей：Диологи поэтов о России и революции. Сост.，встур. ст.，коммент. Пьяных М. Ф.. Моска，изд.《Высш. шк.》, 1990.

[25] Блок Александр：Исследования и материалы. Ленинград，Издательство 《наука》，Ленинградское отделение，1987.

[26] Блок Александр：Полное собрание стихотворений в 3-х томах. Москва，изд.《Прогресс-Плеяда》，2009.

[27] Бердяев Н.：Русский соблазн（по поводу《Серебряного голубя》А. Белого），Типы религиозной мысли в России. Собр. соч. Т. 3. Париж, 1989.

[28] Бердяев Н.：Философия Творчества Культуры и Искусства в двух томах. Москва，Издательство《искусство》，1994.

[29] Бойчук А. Андрей Белый. Публикации. Исследования. Москва,

《ИМЛИ РАН》，2002.

［30］Большая Советская Энциклопедия. (в 30 томах)Т. 16. Гл. ред. Прохоров А. М.. Изд. 3-е.，Москва，《Советская Энциклопедия》,1974.

［31］Брюсов В. Дневники. Москва，изд. 《Издание М. и С. Сабашниковых》，1927.

［32］Быстров В. Н.：Идея обноления мира у русских символистов（Д. С. Мережковский и А. Белый）//Русская литература，2003，№3.

［33］Быстров В. Н.：Идея обноления мира у русских символистов（Д. С. Мережковский и А. Белый）// Русская литература，2003，№4.

［34］Вера Калмыкова：Международная научная конференция "Андрей Белый в изменяющемся мире"// 《НЛО》，2006，№79.

［35］Википедия-свободная-энциклопедия. http：//ru. wikipedia. org/wiki/% D0%

［36］Виллем Вестстейн：От составителей // Russian literature，Volume 58，Issues 1-2，August，2005.

［37］Диксон Олад：Шаманские учения клана ворона. Москва，изд. 《Рефлбук》，2000.

［38］Гоголь Н. В.：Петербургские повести. Пьесы. 2-е изд. Стереотип. Москва，изд. 《Дрофа》，2003.

［39］Грифиов А. Б.：Роман Андрея Белого//София，1914，№3.

［40］Демин В. Андрей Белый. Москва，изд. 《Молодая гвардия》，2007.

［41］Долгополов Л. К.：Андрей Белый и его роман 《Петербург》. Ленинград，изд. 《Советский писатель》，1988.

［42］Долгополов Л. К.：Андрей Белый и его роман 《Петербург》. Ленинград，изд. Сов. писатель，1988 //Серия литературы и языка，1989，№5.

［43］Долгополов Л. К.：На рубеже веков. О русской литературе конца XIX — начала XX века. Ленинград，изд. 《Советский писатель》，1985.

［44］Дунаев М. М.：Прославие и русская литература в 5-ти частях. Ч. III. Москва，изд. 《Христианская литератера》，1997.

［45］Египет Розанова и Египет А. Белого：Материалы Международной научной конференции 《 Наследие В. В. Розанова и современность 》.

Москва, 29-31 мая 2006 года ИНИОН, http://poetica.chekhoviana.ru/egipet.htm

[46] Зеньковский В. В.: История русской философии. Ленинград, изд. 《ЭГО》, 1991. том II, часть 1.

[47] Колонтаев К. В.: Арийский след//Гатета 《Дуэль》 №40（87）. Http://www. duel.ru/199840/? 40_5_1

[48] Кравченко А. И.: Культура и культурология: словарь. Москва, Акадимичесий Проспект; Екатеринбур, изд. 《Деловая книга》, 2003.

[49] Лавров А. В.: Андрей Белый в критических отражениях. http://russianway. rchgi.spb.ru/belyi.html

[50] Лавров А. Андрей Белый: Разыскания и этюды. Москва, изд. 《Новое литературное обозрение》, 2007.

[51] Лавров А. Андрей Белый: pro et contra. Личность и творчество Андрея Белого в оценках и толкованиях современников. Антология. СПБ, изд. Р 《ХГИ》, 2004.

[52] Лесневский С., Михайлов А. Андрей Белый: проблемы творчества: Статьи, воспоминация, публикация. Москва, изд. 《Советский писатель》, 1988.

[53] Лосев А. Ф.: Из ранних произведений. Москва, издательство 《Рава》, 1990.

[54] Лотман Ю. М.: Беседы о русской культуре. Санкт-Петербург, изд. 《Искусство》, 1992.

[55] Лотман Ю. М., Минц З. Г., Мелетинский Е. М.: Литература и Мифы. // Мифы народов мира: Энциклопедия. Москва, 1980. http://www.edic.ru/myth/art_ myth/art_26052. html

[56] Максимов Д. Е.: О романе-поэме Андрея Белого 《Петербург》: К вопросу о катарсисе. Максимов Д. Е. Русские поэты начала века: Очерки. Ленинград., 1986. http://www. 2cb. ru/ddb/raspis/goS-EXams/rus-lit-istochniki.doc

[57] Марков Д.: История Петербуга. http://o-spb.ru/archives/18

[58] Мельникова Е. Г., Безродный М. В., Паперный В. М.: Медный

всадник в контексте скульптурной символики романа Андрея Белого 《Петербург》. // Блоковский сборник VI. А. Блок и его окружение. Тарту，1985.

［59］ Миненков Г. Я.：Проблема религиозно-культурной идентичности в русской мысли XIX—XX веков：современное прочтение. Москва，изд. 《ЕГУ》，2003.

［60］ Орлинцкий. Ю. Б.：Стих и проза в культуре серебряного века. Москва，изд. 《Издательский Дом ЯСК》. 2018.

［61］ Пискунов В. Воспоминания об Андрее Белом. Москва，изд. 《Республика》，1995.

［62］ Пискунова С.，Пискунов В.：История литературы：Культурологическая утопия Андрея Белого//Вопросы литературы，1995，выпуск III. http://www.auditorium.ru/ books/285/vopli95-3_chapter2.htm

［63］ Положение о Литературной Премии Андрея Белого. http：//www. guelman. ru/slava/beliy/polozhenie.htm

［64］ Поляков Л. В.：Россия и Пётр Великий：pro et contra. Предисл. Бурлаки Д. К.，Полякова Л. В.，послесл. Кара-Мурзы А. А.，библиогр. Указ. Нетужилова К. Е.，Санкт-Петербург，изд. 《РХГИ》，2001.

［65］ Пустыгина Н. Г.：Цитатность в романе Андрея Белого 《Петербург》 (Статья 2) //Учёные записки Тартуского государственного университета，выпуск 513.

［66］ Пушкин А. С.：Поэзия Сост.，предисл. и коммент. И. З. Сурат，худож. В. В. Медведев. Москва，изд. 《СЛОВО\ SLOVO》，1999.

［67］ Пушкин А. С.：Pro et contra. Сост. Маркович В. М.，Потапова Г. Е.，коммент. Потаповой Г. Е.，Санкт-Петербург，изд. 《РХГИ》，2000.

［68］ Пшихомиров Б. Н.："Лазарь！ гряди вон". Роман Ф. М. Достоевского 《Преступление и наказание》 в современном прочтении：Книга-комментарий. Санкт-Петербург，изд. 《Серебряный век》，2005.

［69］ Русская мифоролия. Знциклопедия. Москва，Эксмо；Санкт-Петербург，изд. 《Мидгард》，2006.

［70］ Русские писатели 20 века：Биографический словарь. Гл. Ред. и сост.

Никалаев П. А., Редкол. Бочаров А. Г., Лазарев Л. И., Михайлов А. Н. и др. Москва, Большая Российская энциклопедия；изд.《Рандеву-АМ》，2000.

[71] Русская Философия：Словарь. Под общ. ред. Маслина М. А.. Москва, изд.《Республика》，1995.

[72] Синдаловский Н. А.：Призраки Северной столицы. Легенды и мифы питерского зазеркалья. Москва, изд.《ЗАО Центрполиграф》，2006.

[73] Спивак М. Андрей Белый в изменяющемся мире：к 125-летию со дня рождения. Моска, изд《Наука》，2008.

[74] Спивак М. Андрей Белый между мифом и судьбой. Москва, изд.《Новое литературное обозрение》，2022.

[75] Спивак М. Л.：Рассказ Андрея Белого "ИОГ"：автобиографический подтекст и эзотерический опыт//Серия литературы и языка, 2004，№2.

[76] Степан Ф. Памяти Андрея Белого. Воспоминания об Андрее Белом. Москва, изд《Республика》，1995.

[77] Топоров В. Н.：Миф. Ритуал. Символ. Образ：Исследования в области мифопоэтического：Избранное. Москва, Издательская группа《Прогресс》-《Культура》，1995.

[78] Топоров В. Н.：Петербургский текст русской литературы. Санкт-Петербург，изд.《Искусство-СПб》，2003.

[79] Фещенко В. В. Поэзия языка：о становлении лингвистических взглядов Андрея Белого//Андрей Белый в изменяющемся мире. Изд.《Наука》. 2008.

[80] Ханзен-Лёве А.：Русский символизм. Система поэтических мотивов. Мифопоэтический символизм. Космическая символика. Пер. с нем. Некрасова М. Ю., Санкт-Петербург, изд.《Академический проект》，2003.

[81] Хализев В. Е.：Мифология XIX—XXвеков и литература //Вестник московского университета，Сер. 9. Филология, 2002，№ 3.

[82] Целкова Л. Н.：Поэтика сюжета в романе Андрея Белого《Петербург》//Филологические науки, 1991，№2.

［83］Шарлин Кастеллано.：Синестезия：язык чувств и время повествования в романе Андрея Белого 《 Петербург 》. Андрей Белый. Публикации. Исследования. Редактор-составитель Бойчук А. Г.，Москва，Издательство《Наследие》，2002.

［84］Шейнина Е. Я.：Энциклопедия символов. Москва，изд. 《 АСТ 》；Харьков，изд.《Торсинг》，2006.

［85］Элиаде М.：Аспекты мифа. Москва，Изадательство,《Академический Просаект》，2010.

［86］Элиаде Мирча：Шаманизм. Архаические техники экстаза. http://www. koob. ru/ mircea_eliade/ecstasy_techniques

［87］Эфрос Н. Е.：В Москве. Литературная злоба дня //Одесские новости，1916，№10261，29 нояб.

［88］Юдин А. В.：Мифы русских народов. Русская народная духовная культура. Москва，изд.《Высшая школа》，1999.

［89］Юркина Л. А.：Проблематика романа А. Белого 《 Петербург 》// Филологические науки，1988，№ 4.

［90］Юрьева З. Творимый космос у Андрея Белого. СПБ.，изд.《Дмитрий Буланин》，2000.

［91］Belyj Andrej：Special Issue in the Occation of his Birthday. Russian literature. Volume LVIII-I/II，2005.

［92］Maria Carlson.：Theosophy and History in Andrej Belyj's Peterburg：Life in the Astral City // Russian literature，Volume 58，Issues 1-2，August 2005.

［93］Robert Mann.：Apollo and Dionysus in Andrei Belyi's Petersburg // Russian Review，Volume 57，October 1998.

［94］Samuel Cioran.：The Eternal Return Andrej Belyj's Kotik Letaev // Slavic and East European Journal Seej，Volume XV. 1971，№1.

［95］Walker Gwen.：Adumbrations of the end in Andrei Belyis treatment of Africa //The Russian Review，Volume 60，2001，№3.

［96］Walker Gwen.：Andrei Bely's armchair journey through the legendary land of "Ophir"：russia，africa，and the dream of distance //The Slavic and East European Journal，Volume 46，2002，№1.

[97] 〔俄〕安·别雷. 彼得堡[M]. 靳戈,杨光,译. 北京:作家出版社,1997.

[98] 〔美〕阿兰·邓迪斯. 西方神话学读本[M]. 朝戈金,等,译. 桂林:广西师范大学出版社,2006.

[99] 〔俄〕巴赫金 M. 巴赫金全集. 2 卷[M]. 李辉凡,张捷,张杰,等,译. 石家庄:河北教育出版社,1998.

[100] 白云晓. 圣经词汇词典[M]. 北京:中央编译出版社,2001.

[101] 〔法〕保罗·里克尔. 恶的象征[M]. 公车,译. 上海:上海人民出版社,2003.

[102] 〔俄〕鲍特文尼克 M. H. 神话辞典[M]. 黄鸿森,温乃铮,译. 北京:商务印书馆,1985.

[103] 〔美〕布尔芬奇. 布尔芬奇讲述神祇和英雄的故事[M]. 姚志永,陆蓉蓉,译. 北京:东方出版社,2004.

[104] 程金城. 原型批判与重释[M]. 兰州:甘肃人民美术出版社,2008.

[105] 〔俄〕俄罗斯科学院高尔基世界文学研究所. 俄罗斯白银时代文学史[M]. 王艳秋,译. Москва. изд. Имлиран（Наследие），2001.

[106] 〔德〕恩斯特·卡西尔. 人论[M]. 甘阳,译. 上海:上海译文出版社,2004.

[107] 〔俄〕弗·阿格诺索夫. 白银时代俄国文学[M]. 石国雄,王加兴,译. 南京:译林出版社,2001.

[108] 〔英〕弗雷泽 J. G. 金枝[M]. 徐育新,张泽石,汪培基,译. 北京:新世界出版社,2006.

[109] 管海莹. 别雷小说研究[M]. 北京:人民文学出版社,2021.

[110] 林精华. 西方视野中的白银时代[M]. 北京:东方出版社,2001.

[111] 刘小枫. 人类困境中的审美精神[M]. 北京:东方出版中心,1994.

[112] 周启超. 白银时代:名人剪影[M]. 北京:中国文联出版公司,1998.

[113] 黄晋凯. 象征主义·意象派[M]. 北京:中国人民大学出版社,1989.

[114] 简明不列颠百科全书[M]. 中国大百科全书出版社《简明不列颠百科全书》编译部,译编. 北京:中国大百科全书出版社,1986.

[115] 金亚娜.《青铜骑士》的象征和象征主义意蕴[J]. 求是学刊,1999(1):84-88.

[116] 〔美〕勒内·韦勒克,奥斯丁·沃伦. 文学理论[M]. 刘象愚,等,译. 南京:江苏教育出版社,2005.

[117] 〔法〕列维-斯特劳斯. 结构人类学[M]. 陆晓禾,黄锡光,译. 北京:文化艺

术出版社,1991.

[118]〔俄〕洛斯基 H. O. 俄罗斯哲学史[M]. 贾泽林,等,译. 杭州:浙江人民出版社,1999.

[119] 孟慧英. 尘封的偶像——萨满教观念研究[M]. 北京:北京出版社,2000.

[120]〔美〕米尔恰·伊利亚德. 神圣的存在:比较宗教的范围[M]. 晏可佳,姚蓓琴,译. 南宁:广西师范大学出版社,2008.

[121]〔美〕米尔恰·伊利亚德. 宗教思想史[M]. 晏可佳,吴晓群,姚蓓琴,译. 上海:上海社会科学出版社,2004.

[122]〔加拿大〕诺斯洛普·弗莱. 批评的解剖[M]. 陈惠,等,译. 天津:百花文艺出版社,2006.

[123]〔加拿大〕诺斯洛普·弗莱. 神力的语言[M]. 吴持哲,译. 北京:社会科学文献出版社,2004.

[124]〔德〕尼采. 查拉图斯拉如是说[M]. 尹溟,译. 北京:文化艺术出版社,1987.

[125]〔俄〕尼·米·尼科利斯基. 俄国教会史[M]. 丁士超,等,译. 北京:商务印书馆,2000.

[126]〔俄〕普希金. 普希金长篇全集[M]. 余震,智量,译. 杭州:浙江文艺出版社,1994.

[127] 钱善行. 当代苏联小说的嬗变:主要倾向、流派及其它[M]. 北京:社会科学文献出版社,1994.

[128] 檀明山. 象征学全书[M]. 北京:台海出版社,2001.

[129]〔俄〕陀思妥耶夫斯基. 罪与罚[M]. 非琴,译. 南京:译林出版社,1994.

[130]〔俄〕瓦·叶·哈则利夫. 文学学导论[M]. 周启超,等,译. 北京:北京大学出版社,2006.

[131]《维基百科辞典》http://zh.wikipedia.org/w/index.php?

[132] 吴持哲. 诺斯洛普·弗莱文论选集[M]. 北京:中国社会科学出版社,1997.

[133] 徐凤林. 俄罗斯宗教哲学[M]. 北京:北京大学出版社,2006.

[134]〔俄〕叶·莫·梅列金斯基. 神话诗学[M]. 魏定征,译. 北京:商务印书馆,1990.

[135] 叶舒宪. 神话—原型批判[M]. 西安:陕西师范大学出版社,1987.

[136] 朱光潜. 悲剧心理学:2 版. [M]. 合肥:安徽教育出版社,2000.

后　记

　　本书通过理论和实践两部分的探讨,试图厘清别雷文学观念和写作特点。其实,在本书中别雷的文化观不止上述所讨论的,因而,对于别雷的研究永远处于"路途"中。这里需要补充的有两个方面,有待得到进一步的研究。

　　一个方面是别雷的宇宙观。对宇宙主义的理解是用世界和人的统一的和整体的观点来看待,科学、思维、个人情感、哲学启发的来看待宇宙,世纪之末的宗教哲学宇宙主义,以综合的观点看待现实,将宇宙看作一个有机活生生的整体,人作为宇宙整体的一部分,可以通过改造世界同时改变创造的本性。他们的思想体现了改变世界、改变人、救赎的思想。人们不约而同,将宇宙主义分为三个分支,即文学艺术、宗教哲学、自然科学方向。他们指出人的重要作用,不是神的作用,反对宗教中提出的人逆来顺受,听天由命,而是要积极改变世界。人类与宇宙的和谐是人的目标之一。他们将人类看作创造的实体,会慢慢改变世界,与动物不同,人类没有能力适应野生的生活环境,他们需要通过技术和劳动改变自然,形成了文化。通过文化,人类改变自己,改变世界,上帝创造人之后,通过意志和理智行动。索洛维约夫认为,人是上帝和世界的中介,他也是一位缔造者,管理宇宙,神性在人的个性中,发展个性,就能发展神性。人的目的是创造一个完美的世界,文化是上帝和人类共同创造的,文化使人成为宇宙的一部分。火是宇宙给人的能量,人类可以借助它改变世界。人类存在一个元代码,是通过天文表现出来的。所有民族都充满天文象征的体系。

　　别尔嘉耶夫准确地概括俄罗斯文艺宇宙主义的特点,即象征主义诗人世界观处在宇宙符号之下,而不是逻各斯之下。因此宇宙吞噬了他们的个性,个性的价值被削弱:他们所有明显的个性,但是个性表现得十分微弱。别雷甚至谈及自身时曾说过自己没有个性。多神教的宇宙主义虽然经过变形,还是优于基督教的个性。别尔嘉耶夫认为,别雷笔下的人物最终都沉入了宇宙的漩涡中,在别雷的作品中存在宇宙力量,存在所有人已经忘却的宇宙诗学(为了表示宇宙诗学,他称作新逻辑)。类似齐奥尔科夫斯基(Циолковский),也称这个为未知的宇宙的理智的力量。当时的象征主义者都具有强烈的将大宇宙和小宇宙联系到一起的感觉。索洛维约夫一切统一的思想对别雷产生了极大的影响。索菲亚的思想明显带有宇宙的特点，索菲亚时世界的智慧，参与创世活动。与一切统一的抽象概念不同，索菲亚具有情感性，在迷乱时、诗兴大发时、在哲学预见可以感受到。索洛维约夫记载了三次的相遇。索洛维约夫试图通过索菲亚寻找应该由神人类完成的宇宙秘密，宇宙最后的统一的秘密。别雷的宇宙是索菲亚的宇宙，过程带有通灵的性质。宇宙的世界观贯穿了整个创造。在人们心中唤起了雅利安人的世界感受，乌莎斯佛陀教中的黎明女神。红色的朝霞成为人们传达的一个象征。

　　安德烈·别雷通过象征形象构建自己的宇宙观。理解宇宙建构的本质。作家将词语和象征等同，是因为无论词语和象征都充当着物质世界和精神世界的媒介。类似波普尔第三世界的概念，每个部分都是独立的，只有通过词语，将两个世界连接起来。（宇宙空间）由此可见，宇宙空间是一种认知的空间，自上而下神圣性、精神性递减。这种秩序体现了人对自己的定位，三重的空间，意味着，人有进退的余地，有善恶转换的机会。

　　其实，别雷的《彼得堡》中也充满了宇宙性。对《彼得堡》宇宙的感觉和出发点，都源于混沌和秩序这个对立的视角。如果说彼得堡在小说中被描述为秩序初始建立的宇宙因素，那么其中的居民则被刻画为原初的混乱。被人的意识扭曲后的城市已经出现混沌的模式。也就是说，城市是秩序的载体，通过人的意识发生变形。扑向读者和人物的生活漩涡，如同黑洞一样，将人和人物吸引进去，面临死亡和灰飞烟灭的境遇。幸运的是，笔直彼得堡大街、花园和洋房的秩序空间抵制住自然和人类的原生力，将一切带入既定的轨道。从政治层面来讲，就是革命党人的恣意妄为对抗彼得堡的秩序，最终将混乱的因素消灭殆尽。作家赋予城市街道涅瓦大街宇宙的规模，彼得大帝也复活，青铜骑士也保卫彼得堡的安危，他奋起直追恐怖分子杜德金。他在 1921 的回忆录中记载了，他在创作彼得堡时一直处于恐怖的感觉中。对小说的题材争论不休，但是基于他所创作的宇宙规模。源于黑暗和光明、善与恶的争斗的结局，或者说是阿里曼和奥廖穆兹神的斗争。施泰纳将人的生命、世界历史和宇宙发展融为一体，在很多方面符合索洛维约夫主张的一切的统一和索菲亚的宇宙观点。因此，别雷对人智学倍感亲切。按照人智学学说，世界是由人创造的，宇宙也是人的一部分，只不过人没有永恒的生命。开始新的宇宙纪元，人已经成为超人。人是一个综合体,他经历宇宙的演变,有四态,其中自我体是含有神的因素和无个性的灵。人是宇宙演变的产物,由宇宙的力量掌控。由天使引导人走向超人阶段,宇宙也就完成了由前人类到超人类的阶段。他要探寻世界创造的秘密。另外一个使别雷感兴趣的是星际同貌人。他承载人的关怀和悲伤,还承载人的厌恶和恐惧,他承载我们的缺点。以太体是回忆的身体,当处于危险时候会显露出来。

另一个方面,需要注意别雷所认可的认知过程。别雷将认知过程分为三个阶段:第一个阶段,普通的意识不能理解的纯粹的观察,因为有很多概念,这就是混乱的一团没有关联的汹涌的浪涛,因此,面对没有任何联系的混乱世界,只能进行观察;第二个阶段是利用合适的概念将混乱感官世界变成了具体的客体,这不是感官和概念简单的混合,而是认识的主体在思想的生动形象中达到了思想的现实。第三个阶段,认知的主体通过鲜活的形象,呈现为外在世界的现实。人追求鲜活的形象,这就是歌德提出的原型,通过判断的直觉力量感知到的。形象也是思想想象的产物,因此,认知活动成为艺术审美的过程。认知的主要特点就是流动性和动态性。所以,康德的认知是矛盾的,它是静止的。认知在别雷看来就是修辞任务。认识的活动就是审美的艺术活动,这是人在思想中创造的第二个现实世界,与上帝创造的世界同在。

别雷在小说《柯吉克·列达耶夫》(1915—1916)中生动形象地描写了人认知的形成过程。小说《柯吉克·列达耶夫》反映了他对革命的认知是心理的革命,与人智学联系起来。格尔神宗给予小说高度的评价,指出他是第一个审视人类灵魂的本性的人,他探讨了人物从孩童时代,即作为宇宙一粒种子,慢慢成长的过程,形成个性、意识和思想。叶赛宁也高度评价小说。小说描写了从出生到三岁的时光。按照人智学的观点,这个时段是无意识阶段,体现宇宙理智发展的必然阶段。理智的发展包含着人存在的秘密。随着以太轻盈的呼吸,作家创造了令人眼晕的宇宙演变图景。以幼童的塔吉克为例,展示了他记忆深处的智慧所见。

小说展示给读者的印象,似乎是记忆碎片拼凑起来的故事,但实际上,其结构却经过作家的深思熟虑。别雷的创作思路可以归结为:根据孩子语言能力的发展来描绘孩子认知世界的过程。当然,别雷的创作思想离不开波捷布尼亚语言哲学的影响。小说所描述的正是儿童思维形式发生质变的飞跃时期。《柯吉克·列达耶夫》涵盖了这一过程的三个阶段。从自我意识产生的那一刻起,孩子就发现自己处于自发的感官观念的海洋中。通过创造一个充满想象力的"思维方舟",他学会了将"洪水"般的印象带入有序的场域。随着孩子词汇量的增加,他逐渐将比喻思维转变为概念思维,打开话语心理活动的大门。随着概念思维的建立,孩子开始通过科学分析的认知方法来征服最初威胁他的环境。另外,第一阶段具有的变形的图像和神话世界都消失了,同时,对母体子宫世界温存的记忆现在已经不再显现。在小说中抽象的思维带有具象性,这种创作策略在世界文学应该是首创的。由此可见,别雷在小说中进行了真正意义上的艺术实验,创作了一部关于语言哲学的作品。

纵观所述,别雷文学观的杂多和丰富性,与别雷对多个哲学家思想的汲取密不可分。其中包括莱布尼茨、叔本华、尼采等。

别雷认同莱布尼兹的单子理论,莱布尼兹认为个人封闭在自己的空间内,通过自己的发展,逐步成长起来,上帝来协调各个人之间的关系和协作,而人与人间接地发生关系。别雷的父亲将单子理论从数学领域扩展到人文领域。

关于叔本华的意志,首先它是一种力,当时是与理智平行的一种事物,在否定理智之后还需要再寻找到一种东西替代理智,无疑力是一个最为合适的词汇。它存在与万事万物中,首先存在于人的身上,那就是意志力。只有在人的身上达到了内部和外部同时发生的过程。人的身体成为一个媒介,将外部事物和人的内部联系起来。其实,叔本华将人的大脑降低到器官的地步,没有过大夸人的大脑的作用。心理的层面,和人的性格有关,正是由于人中存在自利、利他、恶的因素,人往往是混合体,恶没有受到任何的外在力量的约束,意志是内在的,所以恶人当道,世界存在一个不可违背的古希腊的悲剧观,命定的,人的性格也是命定的,无法改变,因而他的世界观是悲剧的。这种意志是一种动态的、生长的源泉。尼采也提到有一种力,但是这个力,会带来增加和改变,因为这是一种创造力。

别雷一直追求统一性,反对知识科学界用术语对事物和现象命名,造成世界认知的分割和断裂(或称作深渊)。在寻觅世界真正本质的过程中,施泰纳的人智学说与作家的追求不谋而合。人智学是关于认知感觉世界的精神方法的学科。施泰纳是人智学的创始人和代表者。他汲取古典精神哲学、自然科学知识和各种宗教神秘主义等。他对世界本质的思考得到别雷极大的赞许。别雷极其认同施泰纳的观点,认为一个人的身体、情感、意识和精神原则不是单独考虑的,而是作为一个整体的各个方面或阶段来考虑的,以及自然现象、人类历史进程和一个人的内心世界都被构建成一个活生生的、有机连接的整体。在回忆中追述文化的记忆,恢复原初与最高精神、浩瀚宇宙的联系。(统一观,感觉和知性的有机结合,宇宙的连续性和开放性)另外,时代的危机。对于当时俄罗斯的状况,别雷感到了各种危机,撰写了一系列危机文章,例如《文化的危机》《生活的危机》等。生活中存在的末世论观点。走出危机的唯一途径就是象征主义。象征主义不仅是一种文学手法,还是一种世界观,一种生活和思考方式。

别雷的世界观既是他作品思想的出发点,同时又是创作的目的。他首先需要改变自己,之后改变整个人类。他的作品是"自我意识灵魂的历史",是内在的意识,对任何来自现实的尝试都充满敌意。